古典文獻研究輯刊

二 編

曾永義 主編

第 6 冊

明清扮裝文本之文化象徵與文藝美學

喻緒琪 著

國家圖書館出版品預行編目資料

明清扮裝文本之文化象徵與文藝美學／喻緒琪 著 — 初版 —
新北市：花木蘭文化出版社，2011〔民 100〕
目 4+288 面；19×26 公分
（古典文學研究輯刊　二編：第 6 冊）
ISBN：978-986-254-493-8（精裝）
1. 明清文學　2. 文學評論　3. 文學美學
820.8　　　　　　　　　　　　　　　　　　100000957

ISBN-978-986-254-493-8

9 789862 544938

古典文學研究輯刊
二 編 第六 冊　　　　　　ISBN：978-986-254-493-8

明清扮裝文本之文化象徵與文藝美學

作　　者　喻緒琪
主　　編　曾永義
總 編 輯　杜潔祥
出　　版　花木蘭文化出版社
發 行 所　花木蘭文化出版社
發 行 人　高小娟
聯 絡 地 址　新北市永和區中正路五九五號七樓之三
　　　　　　電話：02-2923-1455／傳眞：02-2923-1452
網　　址　http://www.huamulan.tw 信箱 sut81518@ms59.hinet.net
印　　刷　普羅文化出版廣告事業
初　　版　2011 年 3 月
定　　價　二編 30 冊（精裝）新台幣 48,000 元

明清扮裝文本之文化象徵與文藝美學

喻緒琪　著

作者簡介

喻緒琪，1973 年生於臺北。高雄師範大學文學碩士，中山大學文學博士，歷任中山大學兼任講師、臺南護專兼任助理教授。著有《明末清初世情小說之研究》、《明清扮裝文本之文化象徵與文藝美學》、〈論《太平廣記》女仙故事中的內心意識及其精神意蘊〉、〈袁枚女弟子詩作中的自我呈現及真情〉等學術論著。

提　　要

　　明清扮裝文本吸收「擬代文學」創作內涵，以「扮裝」題材跨越性別障礙，並由「扮裝」引起之越界效應，淡化兩性界線。此「扮裝」題材不僅滿足群眾閱讀期待，且使讀者經閱讀活動感受扮裝者之冒險歷程。作者藉「創作想像」滿足自我欲望，讀者則依自身生命歷程與生活經驗透過「閱讀想像」使身、心獲得解放。作者並善用衝突、錯認、巧合等敘事建構，以「扮裝」展演，呈現扮裝文本特有之美學藝術與審美精神。

　　隨明清扮裝文本之出現，封建體制產生微妙轉化，明清扮裝文本作者體現藝術根源於現實之本質，對現實人生投注關懷，並就性別、身分、空間、個體自覺等議題提出進步見解，結合大眾閱讀期待與自我藝術構思，以語言論述表達自我主張，對封建體制提出質疑，並表現深層之情感意蘊。

　　「扮裝」踩破封建體制之底限，不僅使性別、身分有具體之移轉，同時亦使個體自主精神發揮至極。扮裝者透過「扮裝」突破現實困境，個體與封建機器對抗之結果，產生無數文化衝擊。本書由扮裝者扮裝動機演變之軌跡推論社會脈動與文本走向之關連，並察覺隱藏於性別地位、社會階級、自我認同、婚姻意識等背後之文化象徵意義。本書並以社會、文化、歷史視角做文本觀察，將扮裝文本回歸文學本位，以小說與戲曲之相關文學評論為基礎，以文藝美學角度審視明清扮裝文本，尋求明清扮裝文本共通之文學規律與美學價值。

目次

第一章　緒　論

第一節　「扮裝」與「扮裝文本」釋義

　　傳統社會之禮教爲支配所有個體行爲之重要體制，於此體制中，任何個體皆無法只爲個體而存在，必須依存於各種形式之互動聯結中。此種無形之機制不僅確立「長幼尊卑」之階級區隔，同時亦確立「男主外、女主內」之性別空間。即便政治正統改換抑或種族勢力移轉，任何外在形式之改變皆無法澈底撼動已固化的「尊卑、上下、內外」之傳統文化內涵。

　　然每一獨立個體皆有與生俱來之思考天賦，若欲以常模化之禮教體制限定，無疑爲違反生物原則之事，故歷來總有不甘屈服於僵化體制之個體，嘗試以自我模式觸碰禮教體制，試圖探測傳統體制改變之底線。這些嘗試之結果成敗不一，然或多或少皆賦予舊有禮教新的源頭活水，並予後世嘗試者更多希望與可能，「扮裝」即爲其中之一。有些個體嘗試以不同於傳統之模樣裝扮，跳脫現有生活侷限，或挑戰因階級、性別而造成之尊卑差異。此種實驗於先秦時代即已出現，明清時期更造成一股「扮裝」風潮，明清小說或戲曲文本中，亦出現「扮裝」情節。此種探觸式踰越可謂社會進步之重要指標，故「扮裝」對傳統文化帶來何種新意與衝擊，確是值得探討之課題。

　　國外對「扮裝」議題之研究較國內起步爲早，然而這些研究大都著重醫學、社會或心理層面之分析，探文學視角研究「扮裝」議題者仍屬少數，即便有，亦多以西洋文學文本爲範疇，然這些國外研究論著對「扮裝」之認知與定義，對本書言，仍深具啓發意義。本書回歸古典文學本位，以明清兩朝之扮裝文本爲本，並探討其文化象徵與文藝美學。「扮裝」之定義可由兩方面論述：

一、就性別改扮言

　　所謂性別改扮並非指生理性別變換之變性行爲，而是指經由外在服飾由男變女，由女變男，包括上衣、下裳、頭飾、髮型、化粧等之扮裝行爲。此種經由服飾變換而短暫改變目前身分之扮裝模式，於明清扮裝文本中最爲廣泛，主因傳統禮教對男、女分際界限規定十分嚴格，「嚴男、女之防」爲維護禮教之重要教條，故傳統社會之男、女，一旦確定生理性別，亦即確立自身之社會職責。然並非所有個體皆自願承接此份職責，故想盡辦法脫離既定現實，「扮裝」行爲應運而生，扮裝者亦可藉由「扮裝」達到脫離現實、完成心願之目的。

二、就身分變換言

　　此種扮裝模式無關性別之改變，僅指一角色因身分或姓名改變，從而斷絕與過往一切關聯之身分扮裝，使甲變爲乙，並改變原先身分所附加之家庭任務或社會職責，此種情形即爲身分變換所造成之「扮裝」。此種扮裝模式多爲扮裝者爲掩飾自我身分所施之手段，當原身分對所欲達成之目的造成不便或阻礙，而此阻礙與性別無關時，扮裝者多選擇此種僅須改變姓名、假扮他人即可輕易改變身分之扮裝模式。但若因人生階段不同而造成之身分變換，如未婚女子初嫁爲人婦之角色變換，則不屬本書學術探討範疇。

　　綜上所論，筆者認爲「扮裝」之定義即「藉由外在服飾變換而造成男、女性別之改變；或無涉性別之變換，因身分、姓名之轉變，從而改變原身分、成爲他人之現象，稱之爲『扮裝』。」另外，與「扮裝」相同意涵之語彙，於不同學者之稱述有不同用詞，或稱之爲「變裝」，或稱之爲「改扮」，或稱之爲「扮裝」〔註1〕。爲研究語彙之統一，本書採「扮裝」二字，做爲學

〔註1〕　稱之爲「變裝」者，如張靄珠：〈性別反串、異質空間、與後殖民變裝皇后的文化羨嫉〉，《中外文學》第二十九卷七期（2000年12月）；陳素貞：〈性別、變裝與英雄夢──從明清女詩人的寫作傳統看秋瑾詩詞中的自我表述〉，《東海中文學報》第十四期（2002年7月）。稱之爲「改扮」者，如王安祈：〈改扮分飾──演員、角色、劇中人三者關係〉，《表演藝術》第五十三期（1997年4月）；李惠綿：〈論關漢卿雜劇中的「改扮人物」〉，《中外文學》第十九卷六期（1990年11月）。稱之爲「扮裝」者，如洪淑苓：〈扮裝、試探與相知相惜──漫談梁祝故事與曾永義編著崑劇「梁山伯與祝英臺」〉，《印刻文學生活誌》第一卷四期（2004年12月）；劉瑞琪：〈扮裝、變體與假面：辛蒂‧雪曼的詭態諧擬〉，《中外文學》第三十二卷七期（2003年12月）。

術語彙。

　　「扮裝文本」指加入「性別扮裝」與「身分扮裝」等扮裝情節之敘事文本，無論此敘事文本之扮裝情節爲貫串整部文本之主題，抑或僅是文本中之情節點綴，僅具串場意義而非整部文本之主題，本書皆將之視爲「扮裝文本」，列入研究範疇。採取廣義性定義主因希望增加研究樣本，以免失之偏頗，且於諸多情節設計選擇中，何以作者選擇「扮裝」以爲故事橋段，必有其特殊考量，爲更深入研究「扮裝」之深層文化意義，故本書採取廣義性定義。

　　「扮裝」可因形式不同而簡要區別爲性別扮裝與身分扮裝二種，由「扮裝」衍生之文化問題與現象，皆可涵括於扮裝文化中。然扮裝者爲何進行此種不符社會規範之冒險行爲？主因與人類現實社會處境有相當程度之關聯。「扮裝」行動傳達人類對現況不滿之訊息，因自我需求與眞實現況無法平衡，故於此「失衡」狀態下，人類與生俱來之欲望，強烈促使人類追求於婚姻愛情、事業學業與生理需求方面之自我滿足，故竭盡心力改變現況。由明清敘事文本出現許多「扮裝」情節，並出現以「扮裝」爲主題之文本現象觀察，「扮裝」可視爲人類爲自我需求而採取之非常手段。

　　「扮裝」爲嘗試擺脫固有文化束縛並深具冒險精神之前衛行爲，此種行爲嘗試跨越傳統體制所形塑之男、女典型形象、越過階級之藩籬，並享受暫時跳脫「原我」之快樂，如女性扮裝者藉由扮裝享受出入學堂或官場之滿足感與成就感，於扮裝歷程中，她們暫時忘卻「原我」之女性身分，而以男性身分自由出入於女性之禁制涉足區。這些女性扮裝者之扮裝行爲，不僅是改變服裝或身分如此簡單，其扮裝之具體行爲，使女性活動空間由閨閣闈房擴展至庠序、官場、商場，其背後意義代表女性正逐步爭取與男性平等之自主權，同時亦嘗試保有婚姻之選擇權與教育之受教權，盼能選擇自我生活方式，強調人生操控在己而非傳統體制之威權者。

　　女性爲傳統體制之弱勢族群，故須藉由「扮裝」爭取權利，藉由「扮裝」行爲帶來之便利與成果，使女性瞭解自我、發揮潛力與自我實現，並進一步肯定自我之存在價值。然男性較女性享有更多之特權，爲何亦須透過「扮裝」完成某種目的？故「扮裝」不僅只是弱勢者之權宜計策，強勢者之扮裝用意，亦是研究關鍵，故研究「既享利益者」——男性之心理意識，亦可從中探索某些文化線索。無論扮裝者採取何種型態之扮裝，當「扮裝」行爲消失，所

享有之短暫特權亦隨之消失，並回歸傳統體制，故「扮裝」不僅象徵身分、性別具體空間之移轉，同時也代表自主、自由與權益抽象主權之擴張。由於傳統體制特有之性別規範，故男、女兩性因各自不同之需求與動機，進行扮裝行為，故須將「扮裝」議題置於文化體系下加以分析、研究，方可理解由「扮裝」掩護之扮裝文化其複雜之內涵。

第二節　研究動機

　　筆者碩士學位論文《明末清初世情小說之研究》將明末清初世情小說之創作背景、源流、類別、思想內涵、價值、侷限與影響等問題，做全面性之探討，獲得不少研究心得。回顧以往為撰寫碩士論文，對明清時期之世情小說進行研究，於研究過程中，筆者注意世情小說之作者為表現豐富曲折之世情百態，於情節發展耗費許多心思以凸顯世態之詭譎多變，同時亦發現這些世情小說的確存在某些令人困惑與陌生之特殊文化情結。其中引起筆者注意者即為「扮裝」。筆者於閱讀歷程，發現「性別」、「扮裝」、「禮教」與「服飾」等元素於扮裝文本形成糾葛不清之謎團，這些謎團牽涉範疇十分廣泛，實有待深入研究以釐清頭緒，故筆者對隱藏於「扮裝」情節背後之文化象徵產生濃厚興趣。圍繞「扮裝」此一主題，作者依不同情境、背景與動機等複雜社會因素，使「扮裝」情節於文本產生微妙化學變化，並呈現深層文化內涵，此內涵尚未於學界引起廣泛注意，故實有發掘之必要。

　　於扮裝文本中所出現之扮裝者，由於性別、階級、目的等複雜因素之差異，而有不同之扮裝歷程。女性扮裝者扮裝目的大多為顧全家庭以全孝道或追求自我理想，這些自我理想包括追尋真愛、訪求伴侶，或為顯現才能、自我實現，故女性扮裝者之行為模式可謂為傳統女性塑造更為自主之形象；而男性扮裝者則多藉扮裝女性之機會伺機接近女性，這些男性扮裝者接近女性之目的不一，崇高者多為愛情，卑劣者卻為行姦淫之私。由明清扮裝文本觀察，不同性別呈現截然不同之扮裝歷程與扮裝結果，然為何明清敘事文本出現「扮裝」此種弔詭新奇之情節？這些文本產生之社會背景為何？創作者為何產生此種奇特之創作靈感？皆為本書極欲探索之答案。

　　明清扮裝文本不僅為作者求新求變之文學實踐，更是眾多社會體制、人性實踐等種種因素交錯縱橫下產生之作品，故其背後之文化意義實為值得深

思之問題，例如兩性問題於衛道人士有心阻擋下，成爲不爲人知之神秘地帶，甚至以訛傳訛、散發錯誤兩性資訊，使社會與人性間存在無法聯繫之斷層，故如何跨越斷層，使若干性別現象浮出檯面，並將隱藏於明清扮裝文本下之問題重新解構並加以組合，尋思較爲完整之面向，成爲本書致力之研究方向。

　　筆者攻讀博士學位期間，選修龔師顯宗「女性文學研究」課程，於龔師啓發下，筆者於每堂有關女性文學之課堂探討中，深覺性別、文化、空間、時間與階層之相互關係，彷彿是一面緊密交織、錯綜複雜卻又井然有序之蜘蛛網，組合成這面蜘蛛網的每條蜘蛛絲，皆爲筆者極欲了解與探索之奧秘，故博士學位論文擬以「明清扮裝文本之文化象徵與文藝美學」爲題，期使學術界對此課題有更進一步之關懷，使其價值得以呈現。倘能藉由對明清扮裝文本之解構與理解，使「扮裝」議題揚現價值，相信對學術文化與兩性平等將有所裨益，「男、女平等」、「男、女共治」之兩性理想，亦得以有更完善之實現。

第三節　文獻探討與研究方向

　　不分中外，有關婦女或性別議題之學位論文已承先啓後、陸續發表，並於不同專業領域獲得學界肯定，這些研究成果不僅給予後學極高之參考價值，更使後學於前人研究基礎上再加以深造或另闢蹊徑，以不同研究視角開創新發現。

　　有關傳統古典文學之性別研究，以「女性形象」爲研究重點之學位論文數量最爲可觀，如朱美蓮《唐代小說中的女性角色研究》〔註2〕、李孟君《唐詩中的女性形象研究》〔註3〕、郭淑芬《馮夢龍情史類略之才女形象研究》〔註4〕、吳佳眞《晚明清初擬話本之娼妓形象研究》〔註5〕、施惠娟《柳永詞

〔註 2〕 朱美蓮：《唐代小說中的女性角色研究》（臺北：政治大學中國文學研究所碩士論文，1988 年）。

〔註 3〕 李孟君：《唐詩中的女性形象研究》（臺北：輔仁大學中國文學研究所碩士論文，1992 年）。

〔註 4〕 郭淑芬：《馮夢龍情史類略之才女形象研究》（新竹：清華大學中國文學研究所碩士論文，1997 年）。

〔註 5〕 吳佳眞：《晚明清初擬話本之娼妓形象研究》（臺北：淡江大學中國文學研究所碩士論文，1999 年）。

女性形象之研究》〔註6〕、曾宗宇《杜牧詩中唐代之女性形象研究》〔註7〕、
李映瑾《全唐詩宮廷婦女形象研究》〔註8〕等。

　　施惠娟《柳永詞女性形象之研究》以研究柳永詞女性形象為研究主題，
將柳永詞類做初步分析，並分別研究不同詞類中的女性所呈現之不同面貌。
此論文於研究女性形象時，能觀照這些女性所顯現之哀樂與情欲，而非僅做
女性外在形象之表面研究，同時亦特別重視這些女性形象之文化意涵，並藉
由分析柳永詞作，以尋出柳永詞學之淵流與文學技巧，以揚現柳永自身之文
學長才。此論文以宏觀角度探索北宋文學環境對柳永詞之影響，同時亦顯現
被傳統價值觀侷限的柳永與外在環境扦挌之矛盾與掙扎，故此論文雖以研究
女性形象為主，但能不受主題侷限，將主題回歸柳永，並探索其詞作與環境
之交互影響。

　　又如李映瑾《全唐詩宮廷婦女形象研究》以《全唐詩》為主要研究範疇，
分析涉及宮廷婦女之詩作的文學技巧與這些宮廷婦女所代表之形象特徵。此
論文除全面研究宮廷婦女之形象，並對詩作之創作動機與性別意識提出探
討，雖未全面研究唐代婦女，然宮廷婦女位居傳統女性地位之最高階，藉由
此論文所探討之宮廷婦女形象，得以更加瞭解唐代上層女性階級之風貌。

　　上述研究論文以「女性形象」為研究重點，此議題於性別研究範疇已屬
高度開發之研究領域，其研究方向大致可分為兩項，一項以研究專書或文人
作品之女性形象為主，另一項則以研究某一斷代之女性形象為主。此議題雖
缺乏新意，然近幾年之女性形象研究多專注於較少為學界研究之專書或文人
作品，故對學術界之貢獻實不可否認。

　　以女性形象研究領域豐厚之學術基礎做為後盾，有少數研究者開始關心
由女性形象所延伸之「女性生活」、「女性書寫」等相關議題，亦使目前之性別
研究更為全面，如以「女性生活型態及地位」為研究重點之學位論文，有戚心
怡《晚清小說中女性處境之研究》〔註9〕、陳國香《根據三言二拍一型見證傳

〔註6〕施惠娟：《柳永詞女性形象之研究》（臺中：中興大學中國文學研究所碩士論
　　　　文，2002年）。
〔註7〕曾宗宇：《杜牧詩中唐代之女性形象研究》（嘉義：南華大學文學研究所碩士
　　　　論文，2003年）。
〔註8〕李映瑾：《全唐詩宮廷婦女形象研究》（嘉義：中正大學中國文學研究所碩士
　　　　論文，2004年）。
〔註9〕戚心怡：《晚清小說中女性處境之研究》（臺北：淡江大學中國文學研究所碩
　　　　士論文，1993年）。

統的女性生活》〔註 10〕、吳瓊媚《清代臺灣「妾」地位之研究》〔註 11〕、曾
淑貞《晚清小說中婦女地位的研究——從鴉片戰爭到辛亥革命》〔註 12〕等。

　　陳國香《根據三言二拍一型見證傳統的女性生活》著重明末清初女性生
活之探討，以《三言》、《二拍》、《一型》做研究論點依據，由上述著作內容
切入，重現明末清初女性生活，藉由生活於傳統父權社會體制下之明末清初
女性，進而省思傳統女性長期居於弱勢地位之歷史事實，其中不乏精闢見解。
此論文更將遲至西元 1992 年方為世人發現之《型世言》〔註 13〕小說列入研究
範疇，將《型世言》與《三言》、《二拍》並列探討，不僅使《型世言》之文
學價值得以顯現，亦使明末至清初此時期之女性生活有一較連貫之呈現，得
以填補小說史之空缺。

　　又如吳瓊媚《清代臺灣「妾」地位之研究》此論文以清代臺灣地區人民
婚姻狀況為研究重點。清代處於盛行三妻四妾之傳統年代，大戶人家娶妾自
是社會普遍習俗。女性走入婚姻雖為必然之歸屬，然「妻」與「妾」由於身
分不同造成利益衝突，故於步入家庭後之處境，實有南轅北轍之差異。小妾
或因其美貌、馭夫手段及為夫家傳宗接代之敏感身分，對正妻產生極大威
脅，然其於婚姻之地位卻遠不如受婚姻制度保障之正妻穩固，故處於同一家
庭中，「妻、妾互爭」成為每天上演之戲碼，對傳統社會規範之家庭制度造成
威脅。此論文即以清代臺灣地區之「妾」為研究主題，探討妾與正妻家庭地
位、掌握權勢之消長，同時亦顧及傳統制度對「妾」之規範與其人生歷程。

〔註 10〕陳國香：《根據三言二拍一型見證傳統的女性生活》（臺南：成功大學中國文
　　　　學研究所碩士論文，1998 年）。

〔註 11〕吳瓊媚：《清代臺灣「妾」地位之研究》（臺北：臺灣師範大學歷史研究所碩
　　　　士論文，2000 年）。

〔註 12〕曾淑貞：《晚清小說中婦女地位的研究——從鴉片戰爭到辛亥革命》（臺北：
　　　　中國文化大學中國文學研究所碩士在職專班論文，2004 年）。

〔註 13〕《型世言》作者為明末陸人龍，生卒年及事蹟不詳。本書原已亡佚，直至西
　　　　元 1987 年方由法國科學研究中心陳慶浩教授於漢城大學發現，回臺後交由中
　　　　央研究院中國文哲研究所出版。陳慶浩教授研究後發現，今傳世之《幻影》、
　　　　《三刻拍案驚奇》和《別刻拍案驚奇》等書，應為《型世言》一書之殘本，
　　　　故此書於明末清初小說史之地位更形重要。此書清楚描繪明末清初社會之世
　　　　情百態，對研究明末清初社會提供眾多佐證，然因《型世言》為近年發現之
　　　　新著，故目前可見之研究成果與《三言》、《二拍》相較自是不足，故於研究
　　　　上仍有極大之開發空間。《型世言》第三十七回〈西安府夫別妻　鄜陽縣男化
　　　　女〉中，敘述當時社會扮裝變性之實例，與本書有直接相關，故《型世言》
　　　　亦為本書所研究之重要扮裝文本之一。

此論文亦將研究觸角延伸至妻、妾所生子女，探討第二代於家庭生活現況與未來婚配情形，以了解母親與子女之交互關係，藉此剖析「妾」對家庭之影響力。

再如曾淑貞《晚清小說中婦女地位的研究——從鴉片戰爭到辛亥革命》則以晚清爲研究斷代，此時期正處新、舊文化交替之階段，小說亦多具反映社會之特徵，故晚清小說可謂窺探當時婦女社會地位之最佳見證。此論文將晚清劃分爲中法戰爭前與戰爭至辛亥革命兩階段，發掘晚清婦女地位與社會發展之關係。中法戰爭前之婦女普遍仍受傳統禮教之影響，故「守貞、柔順」爲婦女秉持之處世準則；然晚清末年政治腐敗、國家衰弱不振，故西方文化大大啓蒙晚清婦女，部分有識婦女開始對國家、社會問題有所反思，積極投入救國、救民行列，此時女權思想高漲，使晚清婦女由家庭走入社會，並主張拿回女性應有之自主權。

上述三篇論文皆以「女性地位」爲探討議題，戚文專主晚清小說女性處境之研究；吳文探討清代臺灣地區「妾」之家庭地位；曾文則由晚清小說對晚清婦女地位做抽絲剝繭之探討。三篇論文之研究時期略有不同，所關注之女性主體群亦有差異，然同樣立基於期待迎接男、女平等社會之立場，爲不同時期之女性發聲，藉研究這群女性之家庭生活與社會生活，從而探討家庭、社會與女性之互動，以爲當時婦女尋找定位。

部分學者將研究觸角延伸至身分特殊之女性身上，這些女性之生命歷程與爲家庭奉獻爲畢生職志之傳統女性不同，或成爲女冠、女尼，形成社會特殊族群；或外顯表現與傳統女性形象大相逕庭，形成強烈對比等。這些特殊女性爲學術研究提供素材，使女性研究愈形豐富，如林雪鈴《唐詩中的女冠》〔註 14〕、郭雅鈴《女冠、女仙與唐代社會》〔註 15〕、曾馨慧《巾幗英雄之研究——從樊梨花出發》〔註 16〕等。

以曾馨慧《巾幗英雄之研究——從樊梨花出發》爲例，此論文以巾幗英雄樊梨花爲研究主體，其成長環境與傳統女性不同，跳脫傳統女性之形象框

〔註 14〕 林雪鈴：《唐詩中的女冠》（嘉義：中正大學中國文學系碩士學位論文，2001年）。
〔註 15〕 郭雅鈴：《女冠、女仙與唐代社會》（臺中：東海大學歷史學系碩士學位論文，2003 年）。
〔註 16〕 曾馨慧：《巾幗英雄之研究——從樊梨花出發》（臺中：中興大學中國文學系碩士學位論文，2004 年）。

架。傳統女性經社會教育養成，逐漸成爲溫柔婉約之典型性格，不僅爲相夫教子之最佳助手，更爲社會穩定力量之基礎，然此種固化之社會角色模式，卻爲個體自覺之阻力。反觀樊梨花個人性格極爲鮮明，表現不同於傳統女性之膽識與謀略，使謹守男、女主從關係之傳統價值觀面臨挑戰。此論文由人女、人妻、人母三方面出發，探討樊梨花角色變換之外顯行爲，並藉由這些行爲表現，進一步探討女英雄將以何種生命智慧應對傳統體制？女英雄與丈夫之主從關係型態與女英雄之母性角色於親子關係中扮演之地位？藉由探討女英雄之生命歷程，將有助於了解女性如何於傳統體制中逐漸學會獨立與自主。

　　上述論文屬性別研究範圍，其中研究視角已由社會一般婦女延伸至具特殊身分之女性，如女冠、女仙、女英雄身上，對鮮爲人知之研究範疇投注關懷。這些特殊女性與受傳統體制教化之傳統女性表現互異，她們不以婚姻家庭爲人生唯一依歸，忠實於自我之內在深層思想，主導未來人生，無論是皈依佛門或潛修入道，皆可展現女性之自主權；樊梨花所象徵之女英雄形象更顛覆「男主女從」之傳統價值觀。明清扮裝文本亦出現性別錯置之現象，人類因生理性別不同，故傳統制度對兩性分別給予不同之養成教育，這些教育內容深深影響兩性之行爲模式，形成社會性別之分工，諸如「男主外、女主內」之空間規範與「男尊女卑」之地位差異，在在顯示傳統制度對兩性之社會期待。然於明清扮裝文本卻發現與傳統性別不同之社會定位：原應表現柔順之女性於扮裝文本被形塑爲悍婦或女英雄；原應統理一切之男性則被形塑爲懼內之丈夫或專事取悅之男寵。出現於明清扮裝文本之性別錯置現象，顛覆傳統價值對兩性之社會期待，其背後之性別意義確實值得深思。

　　本書研究文本以傳統古典小說爲主，其中尤以明清時期之古典小說爲研究重點，然劇曲於明清時期亦有長足之發展，並出現扮裝情節，故凡出現扮裝情節之劇曲文本亦列入本書研究範疇。與本書研究主題較爲相關之前人劇曲論著如葉長海〈明清劇曲與女性角色〉〔註17〕曾提及徐渭《雌木蘭》與《女狀元》對明末清初大量出現扮裝情節劇作之影響力；熊賢關〈花木蘭與黃崇嘏──徐渭的非女權主義的女英雄〉〔註18〕認爲花木蘭與黃崇嘏兩位女性之

〔註17〕葉長海：〈明清劇曲與女性角色〉，《明清戲曲國際研討會論文集》下冊（臺北：中央研究院中國文哲研究所籌備處，1998年）。

〔註18〕熊賢關：〈花木蘭與黃崇嘏──徐渭的非女權主義的女英雄〉，《中國婦女與文學論集》（臺北：稻鄉出版社，1999年）。

扮裝行為，實顛覆父權文化所認定的固化且對立之性別意識；華瑋〈明清婦女劇作中之「擬男」表現與性別問題——論《鴛鴦夢》、《繁華夢》、《喬影》與《梨花夢》〉〔註19〕提出劇曲改變性別文化之可能性。上述相關文獻於性別研究分別提出精闢觀點，然由於研究主題之限定，故這些相關論著僅能將研究焦點專注於某些戲曲文本，未能對扮裝文化做一全面性之討論，故如何將劇曲扮裝文本之內涵與意義做初步呈現，將是本書所要努力之方向。

有關性別研究之相關文獻已見上文之探討，然若以傳統文學之「扮裝」為研究主題，並以此為論述中心之學位論文，僅有蔡祝青《明末清初小說中男女扮裝之性別與文化意義》〔註20〕。此論文可謂以「扮裝」為研究議題之學位論文首見〔註21〕，將明末清初出現扮裝情節之小說做精闢之分析，並對扮裝情節做系統性分類，於「扮裝」議題研究跨出一大步。然此論文由於主題之設定，故僅著重明末清初時期之性別扮裝小說，對其他時期之扮裝小說與其他體裁之文本著墨較少，然此研究成果，已成功為「扮裝」研究奠定基礎。筆者認為清代中期與後期，扮裝情節仍繼續出現於各式小說中，清末更出現一批狎邪小說與專寫同性戀之文本，此種文學現象實與當時社會流行扮裝風氣有密切之關聯。另外，戲曲與小說同列俗文學兩大領域，兩者發展雖分庭抗禮，然其流變實有許多共通性，兩者本質皆為反映社會、顯現人性，故基於研究立場，實不可忽略戲曲於文化之實踐意義，故若欲全面探討扮裝文化，實應將這些文本列入研究範疇。

目前所見有關性別研究之相關文獻大多著重於內緣研究，將研究焦點置於文本人物形象塑造或角色定位，對性別研究全面觀照度不足，成為研究盲點。然某一特殊現象之形成，必有其外緣與內緣因素交互作用之影響，「扮裝」正為此種特殊時空環境所形成之「異常」現象，故為補缺罅漏，筆者嘗試新

〔註19〕 華瑋：〈明清婦女劇作中之「擬男」表現與性別問題——論《鴛鴦夢》、《繁華夢》、《喬影》與《梨花夢》〉，《明清戲曲國際研討會論文集》下冊（臺北：中央研究院中國文哲研究所籌備處，1998 年）。

〔註20〕 蔡祝青：《明末清初小說中男女扮裝之性別與文化意義》（嘉義：南華大學文學研究所碩士論文，2000 年）。

〔註21〕 筆者查詢國家圖書館全國博碩士論文索引資料庫，以「扮裝」二字做為關鍵詞進行搜索，發現相關學位論文僅有十八部，以「扮裝」為論文名稱者僅有七部，然於傳統中國古典文學範疇內，與本書「扮裝」主題與研究範圍相關者僅有蔡文，其餘皆為探討電影、電視或西洋文學之扮裝現象，故就傳統古典文學之扮裝議題研究而言，目前成果甚為缺乏。

研究路徑，由社會學與歷史學研究入手，探討「扮裝」之外緣因素與歷史淵源，嘗試尋找扮裝文本所反映之社會現象與深層之文化內涵；於文本內緣人物研究方面，本書並不特別著力於傳統人物形象，而將研究焦點著重於迥異傳統角色定位之新性別形象，如悍婦、女英雄、女才子與男寵等，藉研究此類人物形象，透視扮裝文本對傳統體制所表達之反抗意識。

　　本書除由社會學與文化、歷史源流角度做觀察外，並將扮裝文本回歸至最本質之文學定位做檢視，即使部分扮裝情節於整體故事發展僅扮演串場作用，然其文藝美學仍不容抹煞，故本書將探討明清扮裝文本文學角度之具體藝術實現，與其美學之欣賞價值。另外，有關「扮裝」議題尚有許多待開發之研究區塊，本書除印證前人之研究成果外，更希望補強前人研究之不足，期與專家先進之研究成果做呼應，使性別議題有更全面之呈現，打開性別研究之新領域。

第四節　研究目的

　　西方於「扮裝」議題之研究已有卓足之進步，有些研究學者已開始注意「扮裝」現象，實地研究人類現實生活或虛構敘事文本之扮裝，並於研究方法建立不同之切入視角。反觀東方，傳統通俗文學之主題式研究中，有關「志怪」、「諷刺」、「人物形象」等主題皆有豐厚之研究成果，然對「扮裝」議題則未為人所詳知，亦尚未引起學界普遍注意，盼藉本書之研究，對此議題有更進一步之了解，故本書將由各種不同體裁之扮裝文本，尋找蛛絲馬跡之關聯，並對其中扮裝現象提出史實線索與之呼應，借助西方扮裝研究方法，深層辨析「扮裝」現象與傳統文化之相關聯結，發掘傳統體制制約下之扮裝文化，並期能達到下列目標：

一、審視扮裝文本之文化內涵

　　形成文化之各式因素，必有其特殊之時空環境與促使蘊釀發酵之酵素。由歷史文獻與文人相關筆記觀察，男、女扮裝事實於前代即已存在，然此現象卻為傳統禮法所不容，形成詭異且矛盾之現象。雖則如此，仍有少數自發份子甘冒社會之大不韙，逕行扮裝，故「扮裝」現象之形成必有其特殊文化內涵。「扮裝」使扮裝者藉由服飾完成性別互換，或經身分轉換造成角色錯換，然這些扮裝者之所以選擇「扮裝」完成自我願望，必是現實生活處境造

成扮裝者之心理困境，為平衡自我滿足之心理需求，故扮裝者以「扮裝」達成目的。然何種現實背景使扮裝者無法滿足自我欲望？為何非經「扮裝」之非常手段方可完成目的？「扮裝」之同時，是否容許其他替代方案之存在？「扮裝」於傳統社會扮演何種突破意義？透過「扮裝」是否造成傳統禮制、服飾意義、傳統婚姻、男女之防的改變？扮裝前後，於性別之間是否產生有別於傳統之新文化內涵？惟有對上述問題進行實際探討，方能真正獲知「扮裝」於文化之象徵意涵。扮裝文本於明清之際出現頻率達於高峰，此必與明清社會現實具密切之關聯，故本書期望能於跨時代之扮裝文本間，尋求其共通之文學規律與不同於彼此之文化特性，並進而了解扮裝文本如何游移於文學藝術、現實障礙與社會文化之中，故尋找此文化內涵發展之脈絡與凸顯其特殊性為本書冀望達成之目標，此亦為本書探討「扮裝」文化意義之重點。

二、揚現扮裝文本之文學藝術

　　每部明清扮裝文本文有其不同之創作主題，有表揚孝道之花木蘭故事、褒揚女性能力之黃崇嘏故事、以年輕男、女婚戀為主題之劉素香故事、以報仇雪恨為主題之謝小娥故事等。這些故事之主題具相當大之差異性，然小說之編作者卻不約而同選擇「扮裝」以為小說鋪敘之重要情節，有些作品甚至以「扮裝」貫串整部小說，使「扮裝」成為支配整部小說之重要關鍵。「扮裝」情節於扮裝文本起何種作用？扮演何種重要關鍵？確是值得探究之課題。除此之外，一部文學作品之完成須創作者全心投注，一部優秀之文學作品更須大量運用文學技巧，明清扮裝文本作者為流暢帶出扮裝情節而不覺突兀，故運用各式文學技巧，使情節峰迴路轉，運用「巧合」、「錯認」、「懸疑」、「伏筆」等技巧鋪敘扮裝情節，營造好事多磨、出人意料與恍然大悟等各式閱讀經驗，除使扮裝文本更具可看性，亦使讀者以愉悅心情欣賞此文學藝術結晶，於不知不覺中，走入創作者安排之文學世界。明清兩朝為傳統古典小說高度發展時期，扮裝文本於明清兩代大量出現，自亦代表扮裝文本累積歷代文學遺產，擁有精緻之文學藝術，本書擬藉由文學批評理論對扮裝文本情節結構、人物心理活動、場景環境描寫與文本運用之各式文學技巧進行客觀分析，盼能揚現扮裝文本之文學藝術。

三、凸顯扮裝文本之美學價值

　　傳統古典小說之文學淵源可追溯至先秦時期，至唐代時，由唐傳奇率先掀起第一波高峰，繼之而起的宋元話本、明清小說更將小說發展推至前所未見之境界。觀察傳統古典小說悠久之發展歷程得知，受不同時空背景與個人經歷影響，不同作者投入小說寫作之動機可謂互有異趣，或為保存稗史傳聞而作、或將之視為遣時自娛之休閒活動、或抒寫懷才不遇與對現實失望之滿腔憤懣〔註22〕，更有作者以血淚寫一生〔註23〕。姑且不論作者著作動機為何，不可否認者，作者為使作品更具吸引力與感染力，投注許多心力於此「不入流」、「君子不為也」之「小道」。為凸顯自我著作動機並進而獲得群眾認同，明清扮裝文本作者如何於一字一句之娓娓直敘或委婉泣訴中，發揮其文學渲染力，則有賴作者之文學素養，故作者竭盡己能，鑽研文學藝術技巧，展現文本之藝術美學。即使作者並未明言強調扮裝文本之美學價值，然其美學價值卻已存在於文字敘述。明清扮裝文本融合許多緊密要件，這些要件包含作者創作理念、人物形塑、文字語言、情節架構等，為吸引閱讀者目光，惟有經作者縝密規劃與設計，方可將無數虛構人物、連串事件與種種連鎖作用結合於扮裝文本。作者以其優異之藝術技巧，擷取現實社會之生活素材，於合理之秩序下將之組織串連，達成藝術結合效應，除呈現「扮裝」之特殊性，並反映當代「奇」、「美」、「真」之審美情趣。從扮裝事件發生，扮裝者冒險之歷程與對傳統文化之抗爭亦就此開展，形成扮裝文本組織架構基點與

〔註22〕　由於明末清初社會處於動盪階段，故明末統治階級之腐敗與清初異族統治之國仇家恨，在在皆使明末清初之知識份子空有滿腔理想卻乏一施長才之機會，故明末清初小說作者所發抒之憤懣多以對現實社會不滿與對己身際遇不平為主，如以明末清初世情小說而言，作者強烈批評社會重財輕義、強權欺弱、道德淪喪之亂象，同時亦揭露許多科舉考試弊端與人情冷暖無常等現象，天花藏主人《平山冷燕·序》云：「落筆時驚風雨，開口秀奪山川，每當春花秋月之時，不禁淋漓感慨，此其才為何如？徒以貧而在下，無一人知己之憐；不幸憔悴以死，抱九原埋沒之痛，豈不悲哉！……顧時命不倫，即間擲金聲，時裁五色，而過者若罔聞罔見，淹忽老矣。欲人致其身而既不能；欲自短其氣而又不忍，計無所之，不得已而借烏有先生以發洩其黃粱事業。」（臺北：三民書局，1998 年）從天花藏主人序言透露之線索可明顯得知作者創作動機除自傷滿懷才華無知己得賞之無奈外，更為將心中積蓄已久之憤慨傾囊發洩，以表達對現實社會之反動。

〔註23〕　作者以血淚寫一生者如曹雪芹《紅樓夢》開章明言：「滿紙荒唐言，一把辛酸淚。都云作者癡，誰解其中味？」（臺北：地球出版社，1990 年）道盡多少人生歷程之無奈與繁華過盡之辛酸。

其內在精神，故本書盼藉由對明清扮裝文本之分析，凸顯明清扮裝文本之美學價值。

考察「扮裝」淵源，實與傳統體制、社會文化有密切相關，故此議題無法僅以文學視角進行文本研究，必須將之置於整個文化與歷史網絡中，多方仔細搜索分析，故本書以出現扮裝情節之文本為主要研究範疇，輔以其他相關資料，從性別理論出發，於文化、社會體制與文學藝術三者之間做交錯檢驗，將「扮裝」議題背後之創作動機與時代意義加以呈現，並考察扮裝文本與社會環境之關聯，探索扮裝文本之文學與美學價值，以期能有所發現，臻於預期研究目的。

第五節　研究範疇

本書以明清扮裝文本為主要研究範疇，依體裁分為短篇小說、中長篇小說、戲曲文本、彈詞文本四大類。明代短篇扮裝文本以《三言》、《二拍》為主要研究範疇，因《三言》、《二拍》保留自宋至明之短篇小說資料，收集短篇小說資料最為完整，有助研究文本之全面性，避免因收集資料不足造成研究成果偏頗之缺失。同時，《三言》、《二拍》採用話本形式進行書寫，保留「入話」與「正話」之格式〔註 24〕，編作者為帶起故事主題，大多於「入話」先說明相關扮裝情節之傳說或史實，對進行扮裝故事歷史淵源之探討具相當大之助益，亦有助對扮裝故事文化背景之認識。清代短篇扮裝文本則以《聊齋誌異》為主要研究範疇，《聊齋誌異》為清代最具代表性之短篇小說，其故事內容以志怪題材為主，故於情節自亦求奇出新，其中扮裝情節故事更為研究資料之重要參考。

就中長篇小說文本而言，明末清初大量出現之世情小說，或著重反映社會現實，或著重才子、佳人間之感情愛戀，其中才情小說一類亦以「扮裝」做為情節鋪敘，例如《平山冷燕》、《玉嬌梨》等，為本書不可或缺之研究文本。另外，由於明清朝廷禁止官員狎妓禁令之頒布與社會風氣思潮之影響〔註 25〕，成為提供男風〔註 26〕大幅興盛之溫床，故此時出現以描寫同性戀為

〔註 24〕「入話」之作用本為說話人為引起聽眾興趣所言之詩詞或小故事，其內容大都與正文有關，又稱「得勝頭迴」或「笑耍頭迴」。「正話」則為故事正文。

〔註 25〕據明人王錡《寓圃雜記》云：「唐宋間皆有官妓，仕宦者被其牽制，往往害政，雖大人君子亦多惑之，至勝國時，愈無恥矣。我太祖始革去之，官吏宿娼，

主之文本，如《龍陽逸史》、《弁而釵》、《宜春香質》等同性戀小說，至清代中期，更出現首部專寫男同性戀之長篇小說——《品花寶鑑》，書中男同性戀者爲展現女性婉約，紛紛穿起女裝，舉手投足充滿女性魅力，形成男身女扮之特殊現象，故亦列入本書之探討範疇。

　　明清戲曲出現扮裝情節者，如徐渭《雌木蘭》、《女狀元》；王驥德《男王后》等。上述戲曲文本除故事內容出現扮裝情節外，於實際搬臺演出之際，演員更須配合文本適時做扮裝演出，故其「扮裝」除具平面書寫意義外，更有演員性別扮裝矛盾與性別認同之立體心理層面問題，故戲曲之扮裝意涵實比小說更形複雜，於此種背景下，探討戲曲扮裝文本之文化思想象徵愈形重要。

　　彈詞文本爲中國民間講唱藝術之一，盛行於江南地區，明清許多女性作家以彈詞爲其抒發心志之主要文學載體，出現許多優異之彈詞著作，如《再生緣》、《筆生花》等。彈詞扮裝文本所形塑之女主角多爲智勇雙全之政治長才，以「扮裝」掩飾性別身分，進入男性職場得遂宿願。由於情節結構相似，反映這群女性作家之共同風貌，故藉探討此類彈詞扮裝文本，更可得知女性

罪亞殺人一等，雖赦終身弗敍。此聖政第一也。」（臺北：藝文印書館，1966年）明初仕宦者宿妓情況十分盛行，沈溺者甚至荒廢公務，明太祖朱元璋有鑑於此，故明令革除，若經查證屬實，不僅加以嚴懲，同時永不敍用。宋鳳翔《秋涇筆乘》亦云：「宣德年間，顧佐爲都御史，性嚴重，聲望蔚然，守正嫉邪，朝綱嚴肅。先爲不禁官妓，每朝退，相率飲於妓樓，牙牌纍纍，懸掛欄檻，群妓奏曲侑觴，浸淫放恣，解帶盤礴，每至日昃而後返，曹務多廢，佐奏革之，歷朝官妓之弊，至我朝而始革，顧公眞有大臣之風力者。」（臺北：新興書局，1979 年）由此段記載得知，明宣德年間又重申禁止官吏狎妓之命令，此次禁令由都御史顧佐所大力促成，成爲明代慣令。至清代，沿襲明朝所訂之狎妓禁令，官員狎妓習氣爲之重挫，然由於官員應酬娛樂所需，狎妓之風雖暫時平息，然「男風」取而代之，既可避免觸禁，又兼具娛樂，使男風因之興盛。

〔註26〕「男風」又稱「男色」、「南風」，泛指男性之間之情欲活動。「男色」一詞出自《漢書‧佞幸傳》：「柔曼之傾意，非獨女德，蓋亦有男色焉。」（臺北：鼎文書局，1979 年）強調男性之間同樣具備彼此傾心吸引之可能。李漁《無聲戲》則稱「男風」爲「南風」：「南風一事，不知起於何代，創自何人，沿流至今，竟與天造地設的男女一道爭鋒比勝起來，豈不怪異？……此風各處俱尚，尤莫盛於閩中。」（北京：中華書局，1991 年）李漁點出「南」字代表之地域性，因盛行於閩中，故稱「南風」。「男色」、「男風」一詞本無負面意涵，然歷來男風文化往往與權力、尊卑、金錢、性別等複雜議題牽連，故漸具負面意涵。

於傳統社會之處境與自我生命之安排。

　　由於明清文人筆記多記錄當時軼聞或掌故，對扮裝風氣亦略有著墨，故爲求對「扮裝」文化背景有全面瞭解，前人讀書筆記與軼聞札記成爲了解當時社會風氣與思潮之重要參考資料。另外，爲探求事實眞相以釐清部分疑點，相關史書記載亦有助從歷史觀點解讀明清時期之扮裝文化內涵。另外專家學者之相關學術著作亦不可忽視，諸如有關《三言》、《二拍》、《聊齋誌異》、《品花寶鑑》、明末清初才情小說、同性戀小說之研究論文；或有關性別、女性、同性戀、明清時期文化思潮等議題之研究論文，亦是研究過程中不可或缺之重要研究資料。以相關《三言》、《二拍》之研究資料而言，如韓南《中國短篇小說》〔註27〕與譚正璧《三言二拍資料》，對《三言》、《二拍》之寫作年代做相當詳細之考證與分期，對於研究扮裝文本反映之思想、文化流變具相當大之助益。

　　本書冀望從歷史角度，以更宏觀、開闊之角度，審視「扮裝」之歷史背景，並揭示明清扮裝文本與歷史、文化、思潮、文學之間的關係。本書第一章〈緒論〉將對「扮裝」與「扮裝文本」做學術語彙之界定，並依此界定將「扮裝」分爲性別扮裝與身分扮裝二類，以奠定論文之基調，除將「扮裝」與「扮裝文本」做清楚定義外，於〈緒論〉部分亦將就研究動機、方向、目的與範疇做說明。

　　第二章〈「扮裝」淵源之探討〉著重於扮裝文本之內緣探討，除分析文本之扮裝行爲，尚提出前人史實或筆記記載之實際扮裝做呼應。本章亦站在文學研究之立場，試圖尋找「扮裝」之文學淵源，以求爲「扮裝」主題銜接文學史之軌道。

　　第三章〈明清扮裝文本之探討〉將對扮裝者之扮裝動機做分類，並由其扮裝動機與文本敘述闡析扮裝者之心理意識。另外由扮裝動機演變之軌跡，得以推論社會背景與文化影響之作用，並由此得知扮裝動機所反映之人類欲望本能。

　　第四章〈明清扮裝文本之文化象徵〉由男女性別地位、活動空間、社會階級、外在服飾、自我認同、婚姻意識等方面，探討隱藏於「扮裝」行爲背後之文化象徵意義。

―――――――――――――――――

〔註27〕本書由美國韓南教授著作，王青平、曾虹翻譯，國立編譯館於1997年出版。有關《三言》寫作年代之考證與分期，此書提供多項有利資料。

　　第五章〈明清扮裝文本之性別現象〉探討由扮裝文本衍生之特殊議題。由於扮裝者多具有不同於傳統體制規範之人格特質，無論男、女，共同選擇突破原有生理性別，跨入社會性別之新制約，其中牽涉性別之社會性與人類情感之各項面向，形成明清社會特殊之性別現象，如男風與同性戀之形成，或因扮裝而導致之性別錯置現象等，故本章擬由這些特殊性別現象，探求明清社會之特有風貌。

　　第六章〈明清扮裝文本之文藝美學〉藉用小說與戲曲之相關文學、美學評論，檢視明清扮裝文本之藝術價值，分別由人物形象書寫、心理意識書寫、鋪敘技巧運用與對比虛實掩映等方面進行評析，希望得從文學視角出發，呈現明清扮裝文本之文藝美學。

　　第七章〈明清扮裝文本之美學精神〉將嘗試由美學角度出發，尋找明清扮裝文本之美學表現，並分設「奇」、「美」、「眞」三個子題，探討情節之奇、演出之奇、人物形塑之美，並剖析明清扮裝文本「假」中求「眞」之敘事特質。另外，作者、讀者、文本三者間之交互作用、讀者預設之閱讀期待與後驗之閱讀效果是否達於平衡，亦是本章所欲探討之課題。

　　第八章〈結論〉將就本書學術研究成果做一整理與分析，期能呈現明清扮裝文本之文化象徵與文藝美學，並就本書之學術侷限提出檢討，以就未來研究計畫提供展望方向。

　　回顧近幾年來，時有以不同研究視角或嶄新研究範疇進行學術研究之專著與論文，研究成果愈來愈豐富，涵括範圍愈來愈廣泛，對學術發展之貢獻良多。雖然對傳統古典文學之「扮裝」議題探討之著作尚屬少數，然於參考資料甚少之現實情況下，已有之相關研究成果更顯其參考價值，這些成果提供相當珍貴之學術資訊，成為使本書更臻完善的磐石。

第二章 「扮裝」淵源之探討

　　由古典文學演進之歷史軌跡得知，古典小說起源於大眾文化，為反映社會現實之重要證據，其內容往往與當時社會風氣、文學思潮息息相關，扮裝文本之出現即為一證。明清時期由於文學與社會環境等內緣、外緣因素之交叉影響，此時出現之扮裝文本數量，明顯比前朝大幅成長，其數量與其他類型文本相較，雖屬相對少數，然扮裝文本何以於明清時期大量出現，確是值得深入探討之文學現象。於討論扮裝文化時，首要之務自須對扮裝文本進行內緣深究。故本章將由歷朝扮裝史實著手，以探討扮裝文本之時空發展背景、社會潮流對扮裝文本之影響。除著眼於「扮裝」此研究視點外，本章亦盼藉回溯「扮裝」游移男女雙性與身分互換流動之性質，探索扮裝文本之文學根源，使「扮裝」主題更為揚現，並置於主題研究之網絡。

第一節　扮裝現象之歷史淵源

　　「扮裝」主題雖不屬傳統古典小說之主流，然既有此特殊情節出現，其背後之文化意義與歷史背景確實值得深究。於歷朝史書記載或文人筆記可見扮裝記錄，這些記錄皆可說明扮裝現象之歷史淵源，故可藉由歸納、分析這些歷史軌跡，以為研究扮裝文本之歷史論證。

　　縱觀中華民族歷史發展，發現各朝幾乎皆有扮裝史實記錄，無論扮裝者置身於階級結構任一層，「扮裝」現象正活生生上映於社會每一處，故其文化意義實不可小覷，同時亦反映扮裝現象確有其歷史淵源。（下述朝代分期依扮裝者生存年代先後排列，非依撰寫者或記錄者為序）

一、春秋戰國

　　早於春秋戰國時期，即有王公貴族扮裝事蹟出現。傳統社會強調以外在禮、法力量約束個體言行，故個體行為受封建禮教規範，並表現應有之固定行為，然春秋戰國時期貴族出現「扮裝」，反映這些族群之特有意識，並具一定之存在意義。據《漢書・五行志》第七記載：

> 《左氏傳》閔公二年，晉獻公使太子申生帥師，公衣之偏衣，佩之金玦。狐突嘆曰：「時，事之徵也；衣，身之章也；佩，衷之旗也。故敬其事則命以始，服其身則衣之純，用其衷則佩之度。今命以時卒，閟其事也，衣以尨服，遠其躬也，佩以金玦，棄其衷也。服以遠之，時以閟之，尨涼冬殺，金寒玦離，胡可恃也。」梁餘子養曰：「帥師者，受命於廟，受脤於社，有常服矣。弗獲而尨，命可知也。死而不孝，不如逃之。」罕夷曰：「尨奇無常，金玦不復，君有心矣。」後四年，申生以讒自殺。近服妖也。〔註1〕

晉獻公使太子申生率領軍隊，卻衣之偏衣，佩之金玦，刻意使申生穿上雜色衣物，不符君子衣純色衣、佩玉之服飾原則，狐突認為晉獻公所賜服飾不符正道，罕夷更直言晉獻公此舉恐有加害太子之意，將使國家招致不可期之災禍，後晉獻公果殺太子申生，導致政治動蕩不安。狐突強調服飾不當將導致災禍之論點，實有其言論根據，傳統社會得以維持穩定狀態，其基本前提建立於個體皆須「各司其職」、「各盡本份」之基礎，一旦出現個體偏離社會體制之導向，將使此平衡喪失制衡能力，產生失控缺口。此缺口小則影響個人、家庭，大則牽動國家、社會，服飾之違常，遭放大成危害國家、社會之重大因素，此種邏輯思維更加入陰陽五行與讖諱迷信色彩，經時間演變與統治者為鞏固政權、特意強化政治制度等因素，形成漢代一度盛行之「服妖說」〔註2〕，眾多學者如劉向等人皆曾提出不合傳統體制之扮裝行為將引起災

〔註1〕 班固：〈五行志〉，《漢書》（臺北：鼎文書局，1979 年），卷二十七。《左傳》記載此事云：「大子帥師，公衣之偏衣，佩之金玦。狐突御戎，先友為右。……狐突嘆曰：『時，事之征也；衣，身之章也；佩，衷之旗也。故敬其事則命以始，服其身則衣之純，用其衷則佩之度。今命以時卒，閟其事也，衣之尨服，遠其躬也；佩以金玦，棄其衷也。……罕夷曰：『尨奇無常，金玦不復雖復何為？君有心矣。』」（〈閔公二年〉，《春秋左傳》，臺北：臺灣古籍出版社，1996 年，卷四）

〔註2〕 「服妖說」是西漢以來學者對服飾失序引起之禍源所做之評論，此學說常加入陰陽五行災異思想，如《漢書・五行志》第七記載：「昭帝時，昌邑王賀

難之看法。「扮裝」與災難形成一定之文化連結，若服飾違常將引發災禍，正是扮裝行爲長期不爲大衆接受之主因。

　　受傳統思想潛移默化，中下層階級之士大夫、平民唯統治者是聽，上位者之視、聽、言、動爲全國矚目焦點，亦是全民仿效之對象。如「齊桓公好服紫，一國盡服紫」〔註3〕事蹟反映統治者個人對服飾之愛好，將對全國流行時尚產生絕對影響，類似事件於靈公時期再度上演，然此次並非僅對服飾顏色有所偏好，而是將性別倒置，以女扮男，呈現統治者對性別扮裝之特殊癖好，《晏子春秋‧內篇雜下第六》記載：

　　　靈公好婦人而丈夫飾者。國人盡服之。公使吏禁之，曰：「女子而男子飾者，裂其衣、斷其帶。」裂衣斷帶相望而不止。晏子見。公問曰：「寡人使吏禁女子而男子飾者，裂斷其衣帶，相望而不止者，何也？」。晏子對曰：「君使服之於內而禁之於外，猶懸牛首於門而賣馬肉於內也。公何以不使內勿服，則外莫敢爲也。」公曰：「善。使

遣中大夫之長安，多治仄注冠，以賜大臣，又以冠奴。劉向以爲近服妖也。時王賀狂悖，聞天子不豫，弋獵馳騁如故，與騶奴、宰人游居娛戲，驕嫚不敬。冠者尊服，奴者賤人，賀無故好作非常之冠，暴尊象也。以冠奴者，當自至尊墜至賤也。其後帝崩，無子，漢大臣徵賀爲嗣。即位，狂亂無道，縛戮諫者夏侯勝等。於是大臣白皇太后，廢賀爲庶人。賀爲王時，又見大白狗冠方山冠而無尾，此服妖，亦犬禍也。賀以問郎中令龔遂，遂曰：『此天戒，言在仄者盡冠狗也。去之則存，不去則亡矣。』賀既廢數年，宣帝封之爲列侯，復有罪，死不得置後，又犬禍無尾之效也。京房《易傳》曰：『行不順，厥咎人奴冠，天下亂，辟無適，妾子拜。』又曰：『君不正，臣欲篡，厥妖狗冠出朝門。』」（臺北：鼎文書局，1979年）此段記載以「服妖說」爲評論基點，批評昌邑王敗亡即因縱容士大夫服飾，終而導致國家敗壞衰亡。「服妖說」以服飾是否得當做爲判斷是非之標準，然若以服飾蔽體之本質而論，「服妖說」多有不合理之處。但就人類文化賦予服飾之符號意義而言，「服妖說」設定種種災難皆因服飾失序而起，此種觀點實代表知識份子對傳統制度失序之隱憂。

〔註3〕《韓非子‧外儲說左上》：「齊桓公好服紫，一國盡服紫。當是時也，五素不得紫。桓公患之，謂管仲曰：『寡人好服紫，紫貴甚，一國百姓好服紫不已，寡人奈何？』管仲曰：『君欲止之，何不試勿衣紫也？謂左右曰，吾甚惡紫之臭。於是左右適有衣紫而進者，公必曰：少卻，吾惡紫臭。』公曰：『諾。』於是日，郎中莫衣紫；其明日，國中莫衣紫；三日，境內莫衣紫也。」（臺北：建安出版社，1997年，卷十一）齊桓公好著紫色服飾，造成全國風靡，然爲抑制紫布物價上漲，只得棄紫色服飾。此則故事雖爲簡單之經濟學理論，然一旦加入政治學觀點，則實際反映上位者對下位者之影響，除說明服飾本身對全國思潮之影響程度，亦使服飾加入傳統政治色彩。

內勿服。」逾月而國人莫之服。〔註4〕

齊靈公對「婦人而丈夫飾者」情有獨鍾，其喜好影響全國時代風尚，故「婦人而丈夫飾者」成為所有女性模仿之對象，為當時流行指標。晏子勸諫齊靈公之言，可見當時強調國君須以身立則之道德教化功能，然「婦人而丈夫飾者」顛覆傳統制度嚴格規定之「男女有別」分際，並獲國君青睞甚至成為全國時尚，此種裝扮使男女差異藉由服飾得以暫時拉平，除展現當時對服飾之審美觀外，更提供男女性別越界之可能。然此群「婦人而丈夫飾者」之扮裝動機並非出於「女性自覺」，僅為投國君所好、獲其恩寵，此種「女為悅己者容」之觀念，顯示身處傳統社會之女性實為男性附庸之悲哀，即使服飾已小有突破，然此突破仍須獲當權者允許，方可暫時解放，一旦當權者認定此群「婦人而丈夫飾者」之扮裝行為已危害其地位時，即被立刻禁止，甚至冠以「服妖」罪名。此則史實不僅揭示傳統社會由權勢、地位加以控制運作，更凸顯傳統女性居於男性下位之實。由於「扮裝」將使地位、性別造成相互衝擊，故扮裝行為及所衍生之時代課題往往被擱置文化深層，無法提出檯面討論，遲至明清時期，個體意識抬頭、民主思潮湧現，扮裝行為方較前朝明朗，然仍處於被側目對待之矛盾處境。

二、漢　代

漢代扮裝行為於史實與文人筆記中皆留下文字記錄，由此扮裝行為記錄，得以觀察文化差異與性別分歧。

漢武帝時，原本備受寵愛之陳皇后失寵後，為填補空閨寂寞，使女巫著男子衣飾並與之寢處，此事可見沈德符《萬曆野獲編》：

> 武帝時，陳皇后寵衰，使女巫著男子衣冠幘帶，與后寢居，相愛若
>
> 夫婦，上聞窮治，謂女而男淫，廢后處長門宮。〔註5〕

陳皇后使女巫著男裝之動機或因產生移情作用，將己身對皇帝之愛戀移情於著男裝之女巫。陳皇后使女巫著男裝以為漢武帝之替身，除暫時消磨深宮內苑之寂寞，亦藉以撫慰自我心靈。回溯漢武帝與陳皇后之婚約實經漢武帝同意而成，並非全由父母隻手決定，故以廣義而言，漢武帝與陳皇后夫妻感情於婚前已萌芽，然此段婚姻受眾多因素影響產生變化。漢武帝於衛子夫入宮

〔註4〕晏子著，王更生註譯：〈內篇雜下第六〉，《晏子春秋》（臺北：商務印書館，1989年），卷六。

〔註5〕沈德符：〈內監·對食〉，《萬曆野獲編》（臺北：新興書局，1977年），卷六。

後，專寵衛子夫，陳皇后失勢，更失去丈夫（皇帝）恩寵，外有旁人見風轉舵之嘲諷，內有自身內心痛苦之煎熬，故陳皇后只得將滿懷心思寄託於著男飾之女巫，以此移轉模式，方可暫時排除對武帝之思與自我之寂。

陳皇后寵衰事蹟，反映傳統社會深厚之文化啟示。傳統女性之婚姻依附於男性，即使皇后貴為六宮之首，握有掌管後宮佳麗之權，然此權力實由皇帝賦予，一旦失去皇上恩寵，「皇后」地位將岌岌可危。皇帝僅須一聲令下，即由尊貴皇后成為萬人唾棄之廢后，此種罷黜情況於權力中心之皇宮時而有之，皇后雖貴居女性頂端，然其地位高低仍隨時受皇帝個人喜好擺佈。以皇后之尊，尚未能永久保有特權，更遑論一般女性，女性定位既依靠男性而成立，實已註定一生僅能為男性附庸之數，故女性生命歸宿亦僅有走向家庭婚姻一途。未出嫁女性受原生家庭男性（父、兄）支配，決定未來歸宿與婚配對象；出嫁女性更受婚屬家庭控管，無論生育權、行動權或意志權，皆僅能受限於婚屬家庭之權力網絡，女性地位低下，更不具保護自我之力量。

陳皇后寵衰史例提供兩性研究之資料，其「使女巫著男子衣冠幘帶，與后寢處，相愛若夫婦」之行為，除得以移情作用視之，或更可大膽假設陳皇后為雙性戀或同性戀者，真實答案為何，實有待相關專長學者做進一步考證，然無論陳皇后使女巫著男子服飾之動機為何，其性別扮裝確實值得引起性別、地位之相關討論。

漢代有多位皇帝寵幸男寵之史例，如高祖與籍孺；惠帝與閎孺〔註6〕；文帝與鄧通〔註7〕；武帝與韓嫣〔註8〕、李延年〔註9〕等，哀帝與男寵董賢更有

〔註6〕　《漢書・佞幸傳》:「漢興，佞幸寵臣，高祖時則有籍孺，孝惠有閎孺。此兩人非有材能，但以婉媚貴幸，與上臥起，公卿皆因關說。故孝惠時，郎侍中皆冠鵕鸃，貝帶，傅脂粉，化閎、籍之屬也。」（臺北：鼎文書局，1979年），卷九十三。

〔註7〕　《漢書・佞幸傳》:「文帝時間如通家游戲，然通無他伎能，不能有所薦達，獨自謹身以媚上而已。上使善相人者相通，曰:『當貧餓死。』上曰:『能富通者在我，何說貧？』於是賜通蜀嚴道銅山，得自鑄錢。二鄧氏錢布天下，其富如此。」（臺北：鼎文書局，1979年），卷九十三。

〔註8〕　《漢書・佞幸傳》:「韓嫣字王孫，弓高侯穨當之孫也。武帝為膠東王時，嫣與上學書相愛。及上為太子，愈益親嫣。嫣善騎射，聰慧。上即位，欲事伐胡，而嫣先習兵，以故益尊貴，官至上大夫，賞賜擬鄧通。」（臺北：鼎文書局，1979年），卷九十三。

〔註9〕　《漢書・佞幸傳》:「李延年，中山人，身及父母兄弟皆故倡也。延年坐法腐刑，給事狗監中。二女弟得幸於上，號李夫人，列外戚傳。延年善歌，為新

「斷袖之癖」典故〔註10〕。董賢以其姣好面容、善於逢迎之優勢深受漢哀帝寵幸，王嘉《拾遺記》曰：「（漢哀帝）命賢更易輕衣小袖，不用奢帶脩裙。」〔註11〕董賢擅長以服飾粧點，穿上女性服飾後，愈顯嬌豔動人，更令後宮佳麗相形失色，深得漢哀帝寵愛。董賢身為男性，於以男性為主體之官場，本應以自身才識與能力獲國君重視，然董賢卻選擇以性別扮裝方式，矯飾女性，以色藝事人，憑恃美色、身體以獲取權力，此種形同「以物易物」之對價權力關係，使董賢由一介太子舍人進而躍昇為言行舉足輕重之爵侯，高居三公之尊。然此權力關係建立於「一有所取，一有所求」之供需前提，絕非永久平等持衡，於政局詭譎多變之外在環境，董賢若僅靠美色以獲權力者之保護，並藉此獲取更多權力，無疑為飛蛾撲火之行為，故董賢即便以美色獲得三公高位，然於所依附生存之哀帝去世後，王莽奪得政治實權，董賢立即為此股新興政治勢力剷除，落得縊亡自盡之下場。性別扮裝提供董賢獲得政治權力之捷徑，卻非為其長久保有權力之萬靈仙丹。

《後漢書》記載統治階級因穿戴不合身分服飾，導致災難臨身之事蹟，如〈五行志〉記載：

> 更始諸將軍過雒陽者數十輩，皆幘而衣婦人衣繡擁髻。時智者見之，以為服之不中，身之災也，乃奔入邊郡避之。是服妖也。其後更始遂為赤眉所殺。〔註12〕

變聲。是時上方興天地諸祠，欲造樂，令司馬相如等作詩頌。延年輒承意弦歌所造詩，為之新聲曲。而李夫人產昌邑王，延年繇是貴為協律都尉，佩二千石印綬，而與上臥起，其愛幸埒韓嫣。」（臺北：鼎文書局，1979 年），卷九十三。

〔註10〕 《漢書‧佞幸傳》：「董賢字聖卿，雲陽人也。父恭，為御史，任賢為太子舍人。哀帝立，賢隨太子官為郎。二歲餘，賢傳漏在殿下，為人美麗自喜，哀帝望見，說其儀貌，識而問之，曰：『是舍人董賢邪？』因引上與語，拜為黃門郎，繇是始幸。問及其父為雲中侯，即日徵為霸陵令，遷光祿大夫。賢寵愛日甚，為駙馬都尉侍中，出則參乘，入御左右，旬月間賞賜累鉅萬，貴震朝廷。常與上臥起，嘗畫寢，偏藉上，上欲起，賢未覺，不欲動賢，乃斷袖而起，其恩愛至此。賢亦性柔和便辟，善為媚以自固。」（臺北：鼎文書局，1979 年），卷九十三。

〔註11〕 王嘉：《拾遺記》（臺北：世界書局，1988 年）。

〔註12〕 陳壽：《新校後漢書集注‧五行志》（臺北：世界書局，1981 年），卷九十，志十三。此段記載同時見於《後漢書‧光武皇帝本紀》卷一：「更始將北都洛陽，以光武行司隸校尉，使前整修宮府。於是置僚屬，作文移，從事司察，一如舊章。時三輔吏士東迎更始，見諸將過，皆冠幘而服婦人衣，諸于繡擁髻，莫

此段史實記載更始皇帝諸將軍身著婦人衣飾經洛陽之景況。於沙場衝鋒陷陣之將軍，應表現威武無畏之氣概，然穿著婦人衣飾，呈現不合性別與身分之表徵。此群武將未必盡擔負保護國家之重責，反著重外在服飾之華麗美觀，無怪乎被視之爲「服妖」，論者更謂更始皇帝國家衰敗，最終卒於赤眉賊之手，實與諸將軍「服之不中」有關。「服妖說」將服飾與政治相互連結，對應服飾與政治之並列關係，服飾得當與否，甚或影響個人安危與國家興亡。然客觀而論，政治危機與服飾本無絕對關係，「服飾」本身無罪，因服飾而延伸之種種符號意義，由社會價值觀與穿著個體所賦予，「服飾」僅居於被動、附屬位置，其符號意義由穿著主體之地位、尊卑、性別等因素決定，故「服妖」之判定，實與社會價值、時代背景有密切關連，其結果亦依社會價值觀之轉變，產生不同差異。國家之滅亡必非由單一原因得以影響，東漢朝之衰敗實與統治者之領導能力有絕對關係，此群身佩虎符、乘高車鮮馬之將軍，儼然爲國家之棟樑，然本末倒置，未致力於保家衛國，反著重個人外在儀表，罔顧國家安全，終使國家走向敗亡之途。〈五行志〉又記載靈帝好著胡服之事蹟：

> 靈帝好胡服、胡帳、胡牀、胡坐、胡飯、胡空侯、胡笛、胡舞，京都貴戚皆競爲之，此服妖也。其後董卓多擁胡兵，塡塞街衢，虜掠宮掖，發掘園陵。〔註13〕

靈帝身爲國君，理應爲一國表率，其服飾之式樣、顏色、裝扮亦應受服飾禮儀文化之規範，然靈帝卻一味仿效胡族衣飾，甚至連日常生活方式亦全然模倣胡族，引起京都貴族之競相爭逐，形成效胡風尚。靈帝好著胡服，爲其特殊審美觀，本無可厚非，然此項舉動卻隱含更深層之文化隱憂。漢民族向以「泱泱大國」、「禮儀之邦」自居，憑恃國勢強盛與文化深厚之優勢，以天朝自居，並以高高在上之態，視外族爲蠻夷之邦，對其他非漢民族者往往以鄙夷態度視之，漢族視己族爲高之思想觀念，始終保持恒久不墜之延續。漢代

不笑之。或有畏而走者。及見司隸僚屬，皆歡喜不自勝。老吏或垂涕曰：『不圖今日復見漢官威儀！』由是識者皆屬心焉。」更始帝部下將領穿著婦人服飾，不符武將身分與「尊貴」之男性地位，故引起他人譏笑，反觀光武帝（時任司隸校尉）僚屬服儀，威武大方，與更始形成強烈對比。此則因服飾所引起之批判事蹟，說明服飾之象徵意義，更說明男女性別地位之尊卑。

〔註13〕陳壽：《新校後漢書集注・五行志》（臺北：世界書局，1981年），卷九十，志十三。

四百多年國祚，多次與蠻夷接觸，將中華文化帶至當地，影響蠻夷文化甚鉅。漢文化於蠻夷地區發揚光大，更實質提昇漢族之文化、政治地位，即便歷經「五胡亂華」之民族浩劫，外來文化終究受漢文化影響，為漢族同化。

　　唐時，經太宗、玄宗等皇帝勵精圖治，使漢文化臻於高峰，不僅治內蠻夷前來朝貢，日本、高麗等國亦派「遣唐使」至唐學習漢文化；元代雖以外族之態統一中國，實施多項貶抑漢人之政治措施，然亦不敵漢文化根深蒂固，強大之元朝帝國於短短九十年滅國；明代更將漢文化推廣至海外，明成祖多次派鄭和下西洋，除具政治目的，亦藉海巡行動宣揚國威；清朝雖為外族異邦，其漢化程度卻為歷朝之高，早於關外時期即已接觸漢文化，奪得政權後，更重視漢人之文化力量，本位心態更超越歷朝，皇帝接見外國使節之際，強制要求外國使節須行跪拜禮，以示對皇帝、朝廷之效忠，藉禮儀形式宣示國家本位，更凸顯民族優越感。然東漢靈帝好著胡服與仿效胡族之生活方式，就文化意義而言，無疑是自貶民族地位。漢代統治階級之扮裝行為，無論是為紓解個人煩悶或餘興取樂之用，分析其扮裝動機，並未見任何積極意義，於性別或身分階級之文化象徵，亦未見任何明顯之跨越宣示，即便東漢靈帝嚮往胡族文化並進一步落實於現實生活，然其扮裝行為僅為個人偏好，並非深具「民族平等」之進步觀念，故漢代扮裝行為之存在意義實遠大於進步意義。

三、魏晉南北朝

　　魏晉南北朝政治混亂、戰亂頻仍，社會亦極度動盪不安，無論南朝或北朝，改朝換代之頻率可謂歷史新高，為爭奪帝位亦發生多次手足相殘、你爭我奪之政治權謀慘劇，如西元 308 年，北朝劉淵於平陽（今山西臨汾）稱帝，建國號為「漢」，統稱「後趙」。劉淵卒後，劉和繼位。劉和膝下無子，弟劉聰竟殺兄篡位取而代之。劉聰行事荒淫暴虐，不僅史無前例立皇后五人，後宮美女更多至萬餘人〔註 14〕。社會嚴重失序，不為禮常所容之特殊行為亦於

─────────────────

〔註14〕後趙劉聰卒後，子劉粲繼立，其荒淫凶暴之程度更甚其父，故宰相靳準發動政變，殺劉粲，並將所有皇族趕盡殺絕。身處此種政治情勢，人民自無法安心生活。類似事蹟亦發生於北齊，其內容更駭人聽聞。北齊文襄帝高澄、文宣帝高洋、孝昭帝高演、武成帝高湛皆曾發生亂倫之事：《北齊書・后妃傳・文襄帝元皇后傳》記載：「文宣（高洋）受禪，尊為文襄皇后，居靜德宮。及天保六年，文宣漸致昏狂，及移居於高陽之宅而取其府庫，曰：『吾兄昔姦我婦，我今須報。』乃淫於后。其高氏女婦無親疎，皆使左右亂交於前。」（臺

此時出現，「扮裝」即爲其中之一。《宋書》、《南史》、《北史》與明代謝肇淛
《五雜組》〔註15〕皆曾記錄出現於魏晉南北朝之扮裝事蹟：〔註16〕

1. 《宋書・文九王列傳》：

晉熙王昶，字休道，文帝第九子也……昶輕吵褊急，不能祗事世祖，

北：鼎文書局，1979年，卷九）《北齊書・后妃傳・文宣帝李皇后傳》記載：
「孝昭（高演）即位，降居昭信宮，號昭信皇后。武成（高湛）踐祚，逼后
淫亂，云：『若不許，我當殺爾兒。』后懼，從之。後有娠，太原王紹德至閣，
不得見，愠曰：『兒豈不知耶？姊姊腹大，故不見兒。』后聞之，大慚，由是
生女不舉。帝橫刀詬曰：『爾殺我女，我何不殺爾兒！』對后前築殺紹德。后
大哭，帝愈怒，裸后亂撾撻之，號天不已，盛以絹囊，流血淋漓，投諸渠水。
良久乃蘇，犢車載送妙勝尼寺。后性愛佛法，因此爲尼。」（臺北：鼎文書局，
1979年，卷九）魏晉南北朝時，皇帝殘酷淫亂，甚至大膽違背人倫禮法，逼
后亂倫；高洋淫於皇嫂，乃因其兄高澄曾淫其婦，故高洋以其人之道還於其
人之身，以亂倫做爲報復手段，並於宮廷內苑公然亂交，實是令人匪夷所思。
由此想見當時社會秩序之異常混亂、禮法蕩然無存。

〔註15〕《五雜組》爲明陳留謝肇淛著，共分爲天、地、人、物、事五部，除天、地
各爲二卷外，餘皆各爲四卷，總十六卷。本書內容包羅萬象，天部記天文、
氣候、節氣等；地部記山川、河流等；人部記醫藥、宗教、書畫等；物部記
鳥獸、蟲魚、植物等；事部記文字、收藏、婚嫁等，爲豐富之明代社會史料
筆記。《五雜組》又作《五雜俎》，如《中國文言小說書目》、《中國文言小說
總目提要》等，然據書前李維楨〈序〉云：「『五雜組』，詩三言，蓋詩之一體
耳，而水部謝在杭著書，取名之。何以稱五？其說分部曰天、曰地、曰人、
曰物、曰事，則說之類也。何以稱雜？《易》有雜卦，物相雜，故曰文雜物
撰德，辨是非非，則說之旨也。……《爾雅》：「組似組，產東海。」……在
杭產東海，多文爲富，故雜而繫之組也。」（臺北：新興書局，1975年）由此
可見，《五雜組》方爲其正名。

〔註16〕謝肇淛《五雜組》卷八〈人部四〉中，共計十則扮裝事蹟，其中可知發生於
魏晉南北朝者爲木蘭、祝英台及婁逞三則，茲將謝肇淛記錄扮裝事蹟簡述如
下：
1. 女扮男裝：
   (1) 木蘭爲男裝，出戍遠征而人不知也。
   (2) 祝英臺同學三年。
   (3) 黃崇嘏遂官司戶。
   (4) 婁逞位至議曹。
   (5) 石氏衡兼祭酒。
   (6) 張詧之婦（潘氏）授官至御史大夫。
   (7) 國朝蜀韓氏女遭明玉珍之亂，易男子服飾從征雲南。
   (8) 金陵黃善聰十二失母，父以販香爲業，恐其無依，詭爲男裝。
   (9) 劉方兄弟小說未詳。
2. 男扮女裝：
   太原府石州人桑沖自少纏足、習女工、作寡婦裝，淫女事敗被磔於市。

大明中常被嫌責；民間喧然，常云昶當有異志。永光、景和中，此
聲轉甚。廢帝既誅群公，彌縱狂悖，常語左右曰：「我即大位來，遂
未嘗戒嚴，使人邑邑。」……昶即聚眾起兵，統內諸郡，並不受命，
斬昶使，將佐文武，悉懷異心。昶知其不捷，乃夜與數十騎開門北
奔索虜，棄母妻，唯攜愛妾一人，作丈夫服，亦騎馬自隨。〔註17〕

2. 《南史‧崔慧景傳》附錄東陽女子婁逞變服爲丈夫事蹟：

先是，東陽女子婁逞變服詐爲丈夫，粗知圍棋，解文義。遍游公卿，
仕至揚州議曹從事。事發，明帝驅令還東。逞始作婦人服而去，歎
曰：「如此之技，還爲老嫗，豈不惜哉！」此人妖也。陰而欲爲陽，
事不果故洩，敬則、遙光、顯達、慧景之應也。〔註18〕

3. 《北史‧古弼、張黎》等人合傳：

太武即位，（古弼）以功拜立節將軍，賜爵靈壽侯。歷位侍中、吏部
尚書，典南部奏事。後征馮弘。弘將奔高麗，高麗救軍至，弘乃隨
之，令婦人被甲居中，其精卒及高麗陳兵于外。〔註19〕

4. 《北史‧韓茂、楊大眼》等人合傳：

宣武初……時蠻酋樊秀安等反，詔大眼爲別將，隸都督李崇討平之，
大眼功尤多。妻潘氏，善騎射，自詣軍省大眼。至攻戰游獵之際，
潘亦戎裝，齊鑣並驅。及至還營，同坐幕下，對諸僚佐，言笑自得。
大眼時指謂諸人曰：「此潘將軍也。」〔註20〕

5. 《宋書‧五行志》：

魏尚書何晏，好服婦人之服。傅玄曰：「此服妖也。」……夫衣裳之
制，所以定上下，殊內外也。若內外不殊，王制失敘，服妖既作，
身隨之亡。末喜冠男子之冠，桀亡天下；何晏服婦人之服，亦亡其
家，其咎均也。……昔初作履者，婦人圓頭，男子方頭。圓者，順
從之義，所以別男女也。晉太康初，婦人皆履方頭，此去其圓從，

〔註17〕 沈約編：〈文九王列傳〉，《宋書》（臺北：開明書局，1970年），卷七十二，列
傳三十二。

〔註18〕 李延壽編：〈崔慧景傳〉，《南史》（臺北：開明書局，1970年），卷四十五，列
傳三十五。

〔註19〕 李延壽編：〈古弼、張黎合傳〉，《北史》（臺北：鼎文書局，1970年），卷二十
五，列傳十三。

〔註20〕 李延壽編：〈韓茂、楊大眼合傳〉，《北史》（臺北：鼎文書局，1970年），卷三
十七，列傳二十五。

與男無別也。……晉惠帝元康中，婦人之飾有五兵佩，又以金、銀、
玳瑁之屬爲斧、鉞、戈、戟，以當笄。干寶曰:「男女之別，國之大
節，故服物異等，贄幣不同。今婦人而以兵器爲飾，又妖之大也。
遂有賈后之事，終以兵亡天下。」〔註21〕

魏晉南北朝扮裝者之扮裝動機與漢代明顯不同。漢代扮裝者進行扮裝僅爲尋
找生活刺激或心靈寄託，此種扮裝行爲只具存在意義，對傳統社會男女性別
差異或社會階級尊卑現象並未提出任何反思或批判。反觀魏晉南北朝扮裝事
例，扮裝者之扮裝行爲已較漢代更多元，如王昶妾吳氏爲避難，扮裝爲男性
以方便行事，其扮裝初始動機源自外在環境之壓迫，爲求自身安全，只得權
宜採取扮裝計策。深究吳氏扮裝動機，實有其深切文化淵源，傳統社會以男
性爲中心，由男權所構築之世界，女性聲音微乎其微，遑論女性權益，反觀
男性，於生理與心理皆享有絕對優勢。女性與男性相較既爲相對弱勢，避難
在外自會遇到諸多困阻，人身安全更飽受威脅，故女性一旦離開既爲束縛又
兼具保護功能之家庭樊籬時，爲減少被迫害之可能，選擇男性裝扮在外行走、
避人耳目，成爲女性自保之救命方法。

北朝由於生活習俗與「馬上民族」之文化背景，故其扮裝史實與南朝呈
現極大差異。楊大眼妻潘氏爲隨夫遊獵扮裝爲男性、馮弘婦人爲抵禦古弼追
兵而披甲上陣。楊大眼妻潘氏與馮弘婦人不僅扮裝爲男性，且於扮裝男性身
分更選擇專屬男性之戎裝，相較漢代與南朝，漢代與南朝之女性雖扮爲男裝，
然於男裝掩飾底下之女性並未全然放棄女性意識，其扮裝動機僅爲掩飾女性
之弱勢，並未展現與男性一爭高下、互別苗頭之強勢態度。楊大眼妻潘氏則
全然不同，潘氏不僅善於騎射，攻戰游獵之際，潘氏亦與楊大眼並駕齊驅，
毫不遜色，頗有女中豪傑之態。潘氏不同於尋常女性之表現，正是楊大眼對
其恩寵有加之因，甚至私封潘氏爲「潘將軍」，此名號或爲玩笑語，然正顯現
潘氏好著戎裝之喜好與楊大眼對潘氏之激賞。潘氏著戎裝動機並非爲掩蓋女
性弱勢，而是做爲融入男權社會之手段，並藉此贏得男性威權認同，可謂北
朝女性之佼佼者。

婁逞扮裝之例，則顯現有才女性備受傳統體制壓抑之困境。於女性未被
賦予工作權之際，女性僅能隸屬家庭，並於此有限空間完成生命責任。此定

〔註21〕沈約編:〈五行志〉,《宋書》（臺北：鼎文書局,1970 年），卷三十，志二
十。

律於傳統制度之強權控管下，保持穩定之運行。然人類為具思考能力與超越本能之高等動物，絕不可能一味安於現狀、聽從僵化制度之安排，故於傳統制度樊籬限制下，仍有人嘗試突破界限，探訪樊籬外之春天，享受自由、快樂。婁逞扮裝男性，憑其「知圍棋，解文義」能力，進入女性禁足之官宦政治圈，並以其高超社交能力遍游公卿，官至揚州議曹從事。婁逞不僅走出家庭侷限，更於政治圈開創新天地，其扮裝經歷可謂前所未見，提供女性追求自我實現之可能實踐。惜婁逞生不逢時，受限傳統制度既有男女分工觀念，女性走出家庭實為社會所不容，更為破壞禮教之可怕因素，故婁逞女扮男裝事敗後，惟有使一切回歸原有秩序，方可平息社會爭議，此亦註定婁逞無法繼續擔任官職之命運。

　　上述魏晉南北朝扮裝之例，皆以女性為主體，這些扮裝女性大都處於不安之外在環境，選擇扮裝保護自我，或因居先天劣勢，故為實現抱負，刻意改扮男裝。然魏晉南北朝亦曾出現男性改扮女裝之例，據《宋書》記載，何晏為魏晉玄學大師，於學界、政壇舉足輕重，然何晏卻有好著婦人服飾之怪癖，其扮裝行為有違禮常，故遭傅玄批評為「服妖」。《三國志》亦記錄何晏隨身攜帶粉白，行步顧影之生活軼事〔註22〕。何晏自戀之生活態度，顯現對自我充分自信之認同感，故能不顧禮常之服飾禮制與他人異樣眼光之批評。何晏認為穿著女性服飾得以增添美感，故於未受外在因素脅迫下，主動穿著女性服飾，男扮女裝，其獨特之審美觀，展現其特有之個體性與高度之自我認同。何晏公然穿著女性服飾之扮裝行為，亦顯示某程度對女性之社會認同，即使向以瀟灑不羈、輕誕風雅為尚之魏晉時期，亦屬異軍，除顯示男性亦具女性陰柔美外，更顯現個體於大我環境尋求自我出口之可能性。

四、隋唐五代

　　唐代受胡化程度較前朝為深，故其文化習慣與華夏地區有所差異，縱觀歷來女性地位，唐代可謂最高，女性生活空間大為增加，尤以宮廷女性而言，

〔註22〕《三國志‧魏書‧曹爽傳附何晏傳》，南朝宋‧裴松之注曰：「晏性自喜，動靜粉白不去手，行步顧影。」（臺北：鼎文書局，1979年，卷九）《世說新語‧容止》云：「何平叔美姿儀，面至白。魏明帝疑其傳粉，正夏月，與熱湯餅。既噉，大汗出，以朱衣自拭，色轉皎然。」（臺北：臺灣古籍出版社，1997年）何晏注重個人儀表，展現不同凡俗之時尚品味，後人以「面如傳粉」形容男子美貌，正因何晏之故。

更享有最高女性特權。唐高祖李淵家族於北周時期即世襲唐國公，為隴西士族。李世民生母竇氏與祖母獨孤氏，皆出身北方少數民族，妻子長孫氏（後之長孫皇后）先祖亦為少數民族北魏拓跋氏，故唐皇室具北方少數民族血統，受多元文化薰陶，於此文化背景，女性所受生活教育與所呈現之婦女形象皆與前朝不同，不再以柔弱、謙順之賢妻良母為唯一標準，反以女性之堅毅精神取而代之。《新唐書》記載俠女謝小娥為報殺父、夫之仇，假扮男裝潛入仇人家中事蹟：

> 段居貞妻謝，字小娥，洪州豫章人。居貞本歷陽俠少年，重氣決，娶歲餘，與謝父同賈江湖上，並為盜所殺。小娥赴江流，傷腦折足，人救以免。轉側丐食至上元，夢父及夫告所殺主名，離析其文為十二言，持問內外姻，莫能曉。隴西李公佐隱佔得其意，曰：「殺若父者必申蘭，若夫必申春，試以是求之。」小娥泣謝。諸申，乃名盜亡命者也。小娥詭服為男子，與傭保雜。物色歲餘，得蘭於江州，春於獨樹浦。蘭與春，從兄弟也。小娥托傭蘭家，日以護信自效，蘭倚之，雖包苴無不委。小娥見所盜段、謝服用故在，益知所夢不疑。出入二箕，伺其便。它日蘭盡集群偷釃酒，蘭與春醉，臥廬。小娥閉戶，拔佩刀斬蘭首，因大呼捕賊。鄉人牆救，禽春，得贓千萬，其黨數十。小娥悉疏其人上之官，皆抵死，乃始自言狀。刺史張錫嘉其烈，白觀察使，使不為請。還豫章，人爭聘之，不許。祝發事浮屠道，垢衣糲飯終身。[註23]

謝小娥為段居貞妻，段居貞「俠少年，重氣決」之性格與謝小娥為父、夫報仇毅力相似，可見兩人性格雷同，夫妻契合。然一對彼此投合之小夫妻，卻為奸盜所害，造成天人永隔之人間悲劇，對遺留在世之人，實為難以承受之悲痛。謝小娥亦曾同傳統婦女選擇殉節投河隨夫自逝，然命不該絕，為人所救之謝小娥收拾殘破心情，化悲憤為力量，決心為父親、丈夫報仇。謝小娥扮裝男性，詭服年餘，終得知凶手。扮裝期間，謝小娥不僅須隱藏女性身分，更須陽奉陰違以獲仇敵信任，無數次壓抑直擊仇敵之心情，只待一次萬無一失之殺敵機會，皇天不負苦心人，終使謝小娥報仇成功。此則事蹟展現唐代女性不同於他朝之堅毅性格，謝小娥立志之堅毅、報仇之沈著與最後

[註23] 歐陽脩編：〈列女傳段居貞妻〉，《新唐書》（臺北：鼎文書局，1980年），卷二〇五，列傳一三〇。

選擇遠離婚姻之勇敢，使謝小娥呈現女性特有之韌性，正是此股獨特女性魅力，吸引無數文學家以其事蹟爲本，進行創作〔註24〕，顯示這位奇女子之特出。

　　隋唐五代由於社會風氣自由，女性自我實現機會增多，使某些女性得以藉由扮裝，隱藏眞實性別，爲自己爭取與其他男性公平較量之機會，如唐德宗貞元年間之潘氏與五代黃崇嘏即是典型之例。明代徐應秋《玉芝堂談薈》〔註25〕記載此二位奇女子之事蹟：

> 貞元末有一媼曰：「吾年二十六與張誉爲妻，誉爲汾陽所任，常在汾陽左右，誉之貌酷相類吾。誉卒，汾陽念之，吾遂僞衣丈夫衣冠，投名爲誉弟，請事汾陽令替闕如此，又寡居十五年，已七十二，軍中累奏兼御史大夫，忽思誉獨，遂嫁此店潘老爲婦，邇來復誕二子曰滔，曰渠，是吾兒也。」〔註26〕

> 五代蜀司戶參軍黃崇嘏，臨邛人，作詩上蜀相周庠，庠首薦之，屢攝府縣吏事精敏，胥徒畏服……傳奇有《女狀元春桃記》，即其事也。〔註27〕

黃崇嘏事蹟流傳甚廣，除《玉芝堂談薈》外，明謝肇淛《五雜組》與清趙翼《陔餘叢考》皆曾記載黃崇嘏事蹟〔註28〕。黃崇嘏與潘氏之官宦經歷雷同，

〔註24〕謝小娥事蹟於唐代廣爲流傳，李公佐據此寫《謝小娥傳》，李復言《續玄怪錄‧尼妙寂》一則亦據此改寫，惟將謝姓改爲葉姓，稍有不同。明代凌濛初〈李公佐巧解夢中語　謝小娥智擒船上盜〉話本小說取材於謝小娥事蹟。清代王夫之亦據此演爲《龍舟會》雜劇。

〔註25〕明徐應秋撰，其體例先立標題爲綱，並旁徵諸書，其說大抵以雜記、掌故爲主，爲了解歷朝社會文化之重要資料。書前自序說明其著作旨趣云：「未及典謨垂世之經奇，止輯史傳解頤之雋永。名之談薈，竊附說鈴，其宗旨固主於識小也。然其拇掫既廣，則兼收並蓄不主一途。軼事舊聞，往往而在。故考證掌故，訂證名物者，亦錯出其間。披沙揀金，集腋成裘，其博洽之功，頗足以抵冗雜之過，在讀者別擇之而已。」（臺北：商務印書館，1986年）

〔註26〕徐應秋：《玉芝堂談薈》（臺北：商務印書館，1986年），《景印文淵閣四庫全書》子部一八九，雜家類。

〔註27〕徐應秋：《玉芝堂談薈》（臺北：商務印書館，1986年），《景印文淵閣四庫全書》子部一八九，雜家類。

〔註28〕謝肇淛《五雜組》卷八〈人部四〉：「黃崇嘏遂官司戶。」（臺北：新興書局，1975年）清趙翼《陔餘叢考》卷四十二「女扮爲男」條目下載有黃崇嘏事蹟：「五代西蜀女子黃崇嘏亦詐爲男子仕宦，元人有《春桃記》傳記，崇嘏

兩人皆扮裝男性、主動求官，憑優異才華屢受男性上司肯定，於仕宦之途平步青雲，使許多男性望塵莫及。黃崇嘏精彩之仕宦經歷亦屢被搬上舞臺，如徐渭即將此事敷演爲《女狀元辭凰得鳳》雜劇。黃崇嘏與潘氏跨越男女性別生活空間限制，使女性於家庭外擁有自我探索與自我實現之可能，於扮裝包裝下，得以於男性職場與男性並駕齊驅，甚至大幅超越。

　　分析此項因素，當與隋唐五代開放自由之社會風氣有關。隋唐五代受西域、胡人影響頗深，唐皇室更與少數民族通婚，開國初期之皇帝尚擁有少數民族血統，於中華文化與西域文化交相融合下，開創唐帝國兼容並蓄之包容環境。武則天掌政時期，女性地位更臻前所未有之尊崇，武則天舉拔優秀女性參與朝政並授以官職〔註29〕，其中尤以上官婉兒爲著，上官婉兒爲武則天重要幕僚，舉凡詔命文書，皆出上官之手，群臣奏議或朝政大事，上官亦處關鍵地位，穩居意見領袖，展現長足之政治才華。武則天亦鼓勵女性走出家庭，積極參與社會活動，故貴族女性得參與百官朝會，一般婦女出行亦毋須遮頭掩面，更可從事騎馬、射箭、打球、踏青、旅行等公開活動，由現今留存唐代仕女圖即可窺知唐代女性自由奔放之生活面貌。

　　唐代婦女不再受限於閨房，與外界接觸機會增多，並得以參與社會文化活動，加以女皇帝武則天提倡女權，提昇女性社會地位，使女性得以積極參

曾登第爲狀元，王弇州《藝苑卮言》以爲崇嘏仕至司戶參軍。」（臺北：新文豐書局，1975年）「女扮爲男」條目除載黃崇嘏事蹟，尚收集其他見於史傳之例。趙翼依其扮裝情況分爲五類：「一、女詐爲男入仕者」七例、「二、假男之事」二例、「三、以女人爲官屬」二例、「四、假男子官號，未必詐爲男子」一例、「五、不假男子官號，直以女子自將矣」三例。然趙翼分類方式頗有可議之處，將東晉熙王昶妾吳氏、楊大眼妻潘氏與謝小娥三則扮裝事例歸爲「女詐爲男入仕者」該類，然吳氏、潘氏與謝小娥並未入仕爲官，其分類顯然失當。

〔註29〕　《舊唐書・列女傳》記載：「鄒保英妻奚氏，不知何許人也。萬歲通天年，契丹賊李盡忠來寇平州。保英時任刺史，領兵討擊。既而城孤援寡，勢將欲陷。奚氏乃率家僮及城內女丁相助固守。賊退，所司以聞，優制封爲誠節夫人。時有古玄應妻高氏，亦能固守飛狐縣城，卒免爲突厥所陷。下詔曰：『頃屬默啜攻城，鹹憂陷沒。丈夫固守，猶不能堅，婦人懷忠，不憚流矢；由茲感激，危城重安。如不褒升，何以獎勸！古玄應妻可封爲徇忠縣君』。」（臺北：鼎文書局，2000年，卷一九三，列傳一四三）平州刺史鄒保英妻子奚氏助夫抗敵，深具膽識，武則天授封「誠節婦人」；縣令古元應妻子高氏助夫守城，英勇退敵，武則天亦下令封爲「徇忠縣君」，可見武則天對女性之重視。唐皇帝亦曾對有功於國之女性下詔授官，如唐憲宗封董昌齡母楊氏爲「北平郡太君」；唐文宗封韋雍妻蕭氏爲「蘭陵縣君」等。

與政治活動，足見若予女性適度之發揮空間，女性即可一展長期被淹沒之政治長才，唐代因具特殊文化、政治背景，故唐代女性之扮裝行為亦有其特殊文化意義。

唐代女性於政治、服飾、愛情、體育各方面，展現不同於以往之積極性與豪邁氣概，展現多元社會自由女性之精神風貌，對後世男女平等意識之提倡具促進發酵之積極意義。然而，唐代女性社會地位並非一蹴而致，而是文化兼容並蓄、繁榮多元之漸進結果。此種包容、自由之社會文化，使女性有較多發聲空間，並使女性價值觀與生活態度有重大轉變，具更開闊之思維方式與更廣大之發揮空間，武則天之當政，更是此股力量最成功之展現。雖則武則天、上官婉兒、黃崇嘏、潘氏最終皆於政治舞臺消失，然這群奇女子已於男權包圍中，強烈表達女性自主意識。

五、宋金時期

宋代城市庶民文化興盛，手工業、商業發達，各式戲班、茶館出現，展現平民文化之特色。這些場所提供雜劇、講史、小唱等娛樂節目，亦因娛樂事業發達，各式酒樓、茶館、飯館、勾欄大量林立，更促使此波平民娛樂風潮盛行。因平民文化崛起，人民交流益廣，故娛樂場所成為民間社交活動之重要聚集地。人民來往頻繁，使「男主外、女主內」之空間定律產生鬆動，一般女性生活空間原侷限於家庭閨房，出門不易，然少數具特殊身分之女性如尼姑、道姑、媒婆、穩婆，卻可自由進出這些防範空間。尼姑、道姑因宗教需求而生，往往擔任家庭祭祀或祈福保佑之務；媒婆為女性姻緣之重要引線；穩婆擔負女性生產時最重要之責，因這些特殊女性得以出入女性空間，故其身分常被利用，成為奸人作姦犯科之工具：

徐應秋《玉芝堂談薈》云：

> 宋端平丙申年，廣州尼董師秀有姿色，偶有欲淫之者，卒揣其陰，
> 男子也，事聞於官，驗之，女也，一生婆令仰臥以鹽肉漬其陰，令
> 犬舔之，已而陰中果漏男形，如龜頭出殼，窮治身帶二形，不男不
> 女，所歷州縣富室大家，作過不可枚舉，遂處之死。〔註30〕

廣州尼姑董師秀因身具陰陽二形且心術不正，利用尼姑身分之便，進出州縣

〔註30〕 徐應秋：《玉芝堂談薈》（臺北：商務印書館，1986 年），《景印文淵閣四庫全書》，子部一八九，雜家類。

富室大家，伺機作亂、誘姦良家婦女，幸為人所揭，處以極刑，方阻止其繼續危害女性。董師秀奸計之能得逞，即乘尼姑身分之便，此亦是濫用特殊身分女性得以自由進出女性生活空間之文化因素。尼姑與道姑因具宗教身分，女性在家設壇或至廟觀祈福許願，必與尼姑、道姑有所接觸；媒婆則挨家挨戶替適婚男女找尋門當戶對人家，更可正大光明打探適婚女性之身家背景、性格面貌等條件，若有心人士欲行奸邪之事，此群特殊身分之女性即為最佳提供消息者，故宋代袁采《袁氏世範・治家》強調內外防閑之說：

> 尼姑道婆、媒婆牙婆，及婦女以買賣針灸為名者，皆不可令入人家，
> 凡脫漏婦女財物及引誘婦女為不義之事，皆此曹也。〔註31〕

清代李汝珍於小說《鏡花緣》亦曾寫到：

> 吾聞貴地有三姑六婆，一經招引入門，婦女無知，往往為其所害，
> 或哄騙銀錢，或拐帶衣物。及至婦女察知其惡，惟恐聲張家家得知，
> 莫不忍氣吞氣，為之容隱。此皆事之小者。最可怕的：來往既熟，
> 彼此親密，若輩必於此中設法，生出姦情一事，以為兩處起發銀錢
> 地步。……甚至以男作女，暗中姦騙，百般淫穢，更不堪言。良家
> 婦女因此失身的不知凡幾。〔註32〕

此群女性之產生原有其文化背景，恃其職業之專業性成為民間不可或缺之要員。若無尼姑、道姑，女性將有何宗教寄託？若無媒婆作媒，女性將適何家？若無穩婆協助生產，於醫療條件不佳之古代，待產女性與子女之生命將由誰保護？這群女性之存在並非原罪，然因其與良家婦女接觸頻繁，若心存私利或甘為他人利用，則此群女性自易成為社會惡源，故為避免茲生事端，若非必要，一般家庭絕不輕易讓此群女性進出自家，以免徒生枝節。然「道高一尺，魔高一丈」，如董師秀此種敗類仍能尋求機會伺機而動，不僅宋代如此，明清兩朝亦曾發生類似事件。

與宋朝南北分庭抗禮之金朝皇宮亦曾發生扮裝事蹟，金海陵帝治國時期，其寵妃阿里虎即曾將侍女扮為男性，《金史・昭妃阿里虎傳》云：

> 凡諸妃位皆以侍女服男子衣冠，號「假廝兒」。有勝哥者，阿里虎與
> 之同臥起，如夫婦。廚婢三娘以告海陵，海陵不以為過，繼戒阿里

〔註31〕 袁采：〈治家・外人不宜入宅舍〉，《袁氏世範》（臺北：藝文印書館，1966年），卷三。（收錄於《叢書集成續編》冊三十三，社會科學類）

〔註32〕 李汝珍：〈雙宰輔暢談俗弊　兩書生敬服良箴〉，《鏡花緣》（臺北：聯經書局，1983年），十二回。

虎勿笞篦三娘，阿里虎榜殺之。〔註33〕

阿里虎爲皇帝愛妃，卻於後宮令所有婢女著男服，此群著男裝之「假廝兒」平日服侍阿里虎，夜間則與阿里虎同寢。海陵帝得知，並未懲處阿里虎，或因其寵愛阿里虎，使之得以包容阿里虎之失，抑或與阿里虎同寢者仍爲女性，故阿里虎並未發生與男性通姦情事使己蒙羞，故海陵帝並未深究。阿里虎使婢女著男服之行徑與漢武帝陳皇后使女巫著男子衣冠幘帶之行徑有異曲同工之處，兩人皆身爲貴族女性，並使身旁婢女、女巫著男服，然陳皇后因寵衰不得漢武帝眷顧，故使女巫扮男裝暫慰心靈寂寞；阿里虎卻深得金海陵帝寵愛，成爲後宮專寵，故其處境與陳皇后有所不同。史載金海陵帝爲荒淫好色之徒，或許阿里虎雖得專寵，然無法獨佔海陵帝，皇帝身邊總不乏好事者獻供民間少女，故阿里虎使這些「假廝兒」服男子衣冠之心態，或與陳皇后相同，此二位貴族女性相關扮裝事蹟，正足以說明深宮女性處境之困窘。

六、明　代

　　明代一方面受「存天理，滅人欲」之理學影響，另方面個體自主思潮已然萌芽，此特殊時空，使明代士人呈現兩種截然不同之生命表現。受李贄與徐渭等人鼓吹自由意志影響，原受程朱理學禁錮之奔放心靈，無一不展現對自由與解放之渴望。大眾心向驅使，追求個體自主成爲明代重要之表徵。由明代開始，「扮裝」於知識份子階層逐漸盛行，成爲社會特殊審美風潮，男性傅粉粧束爲文士風流之表現，並爲眾人欣賞仰羨之對象。流風所及，上行下效，男性「扮裝」於明代非爲怪異舉止，反爲文雅之象徵，成爲知識份子無形之默契，脫離漢代「服妖說」理論之批判。明代中期，士大夫階級普遍注重外在裝束打扮，沈德符《萬曆野獲編》曾敘此時風向：

　　　　故相江陵公，性喜華楚，衣必鮮美耀目。膏澤脂香，早暮遞進，雖
　　　　李固、何晏，無以過之。一時化其習，多以侈飾相尚，如徐漁浦同
　　　　卿，時爲工部郎，家故素封，每客至，必先偵其服何抒何色，然後
　　　　披衣出對，兩人宛然合璧……協院中丞許少微，朱紫什襲，芳馥遙
　　　　聞，時年逾知命，而顧盼周旋，猶能照應數人。〔註34〕

〔註33〕脫脫主編：〈昭妃阿里虎傳〉，《金史》（臺北：鼎文書局，1980年），卷六十三。

〔註34〕沈德符：〈吏部・士大夫華整〉，《萬曆野獲編》（臺北：新興書局，1977年），卷十二。

此群士大夫階級不僅衣飾講究，同時尚使用女性專用脂香，除注重視覺美感，亦注重嗅覺享受，對個人服裝品味頗有自我主張。此種注重服飾時尚之現象，普遍存於明代上層社會階級。沈德符《萬曆野獲編》又載：

> 予游都下見中官輩談主上視朝，必用粉傅面及頸⋯⋯近見一大僚，年已耳順，潔白如美婦人。密詢之，乃亦用李、何故事也⋯⋯今劍珮丈夫以嬪御自居亦怪矣。〔註35〕

明代士大夫階級注重面容外貌，皇帝每日例行上朝亦必「用粉傅面及頸」，可見明代上層階級對外在儀表之追求與重視。此種尚「美」風潮較魏晉南北朝有過之而無不及，並發展為明代特有之審美觀，魏晉南北朝所尚之「美」以風流、瀟灑、率真為精神，明代所尚之「美」力求「潔白如美婦人」。由沈德符對明代時代風尚之載得知，此群上層階級模仿女性傅面，其對「美」之追求與對「美」之認同趨近於女性，展現「陰柔為美」之審美價值觀，更為時尚指標，帶領潮流。

上述男性「用粉傅面及頸」之舉，出於自發性對「美」之追求，然綜觀明代扮裝事件，有些則因環境所逼、不得不為，如紀昀《閱微草堂筆記》曾載明天啟年間發生之扮裝事蹟：

> 魏忠賢殺裕妃，其位下宮女內監，皆密捕送東廠，死甚慘。有二內監，一曰福來，一曰雙桂，亡命逃匿。緣與主人曾相識，主人方商於京師，夜投焉。主人引入密室，吾穴隙私窺。主人語二人曰：「君等聲音狀貌，在男女之間，與常人稍異，一出必見獲。若改女裝，則物色不及，然兩無夫之婦，寄宿人家，形跡可疑，亦必敗。二君身已淨，本無異婦人，肯屈意為我妻妾，則萬無一失矣。」二人進退無計，沈思良久，並曲從，遂為辦女飾，鉗其耳，漸可受珥。並市軟骨藥，陰為纏足。越數月，居然兩好婦矣。乃車載還家，詭言在京所娶。二人久在宮禁，並白晳溫雅，無一毫男子狀。又其事迥出意想外，竟無覺者。但訝其不事女紅，為恃寵嬌惰耳。二人感主人再生恩，故事定後亦甘心偕老。然實巧言誘脅，非哀其窮。〔註36〕

紀昀由舊僕口中得知此則軼聞，聽來頗覺曲折，然若屬實，則扮裝之二位內

〔註35〕 沈德符：〈風俗・傅粉〉，《萬曆野獲編》（臺北：新興書局，1977年），卷二十四。

〔註36〕 紀昀：〈灤陽消夏錄二・司命〉，《閱微草堂筆記》（臺北：三民書局，2006年），卷二。

監並非自願扮裝，而是因躲避魏忠賢追捕，爲避難自保所做權宜之計。解困之商賈並非誠心解危，其乘人之危以誘脅之行徑亦非君子，然由商賈誘脅、內監扮裝之舉，顯見社會功利權力運作之模式。內監生理性別雖爲男性，然一旦遭閹，其地位與女性無異，故商賈以其強勢男權，誘迫內監扮裝避難，又假意誘脅兩人爲其妻妾，實見性別勢力之消長。除沈德符、紀昀所記扮裝事蹟外，徐應秋所撰《玉芝堂談薈》亦記扮裝事例〔註 37〕，其中男扮女裝事例如下：

1. 《江湖記聞》：宋端平丙申年，廣州尼董師秀有姿色，偶有欲淫之者，卒揣其陰，男子也，事聞於官，驗之，女也，一生婆令仰臥以鹽肉漬其陰，令犬舐之，已而陰中果漏男形，如龜頭出殼，窮治身帶二形，不男不女，所歷州縣富室大家，作過不可枚舉，遂處之死。〔註 38〕

〔註 37〕徐應秋所撰《玉芝堂談薈》對扮裝事例，收集頗爲完備，共收集女扮男裝十一則，男扮女裝四則，茲簡述如下：

1.女扮男裝：

(1)唐昭儀軍兵馬使國子祭酒石氏。

(2)唐朔方兵馬使御史大夫孟氏。

(3)五代蜀司戶參軍黃崇嘏。

(4)東陽女子婁逞詐爲丈夫。

(5)謝小娥扮裝殺盜報仇。

(6)貞元末潘媼僞衣丈夫衣冠。

(7)順慶府南有都尉墓，都尉娘，西克女子也，代父戍，以功授都尉。

(8)國朝蜀韓氏女。

(9)宣德間劉方事。

(10)金陵黃善聰詭爲男裝販香事。

(11)濟寧李東以進士授知縣，與妓女王白兒往來甚密。及遷御史，令王詐爲閹者自隨。

2.男扮女裝：

(1)宋廣州尼董師秀有姿色，不男不女，所歷州縣富室大家，作過不可枚舉，遂處之死。

(2)國朝成化間，太原府石州人桑沖淫女，卒磔於市。

(3)戴沖迷女而姦，遂行其術凡十八年，污有名女一百八十二人。

(4)興元民有得閹遺小兒者，爲父母詐爲女子以之騙錢，事敗，使捕其父母，卒不獲。

徐應秋所記與謝肇淛《五雜組》多有相同，然女扮男裝之例較謝肇淛多出第一、二、五、七、十一則，男扮女裝之例亦多出第一、三、四則，扮裝事蹟記載較謝肇淛詳盡。

〔註 38〕徐應秋：《玉芝堂談薈》（臺北：商務印書館，1986 年），《景印文淵閣四庫全

2. 國朝成化間，太原府石州人桑沖，自少纏足，習女工，作寡婦粧，
   遊行平陽、眞定、順德、濟南等四十五州縣，凡人家有好女子者
   即以教女工爲名，密處誘戲，與之姦淫，有不從者即以迷藥噴其
   身，念咒語使不得動，如是數夕，輒移他處，故久而不敗，聞男
   子聲輒奔避，如是十餘年，室女以數百。後至晉州有趙文舉者，
   酷好寡婦，聞而悦之，詐以妻爲其妹，延入共宿，中夜啓門就之，
   大呼不從，趙扼其吭，褫其衣，乃一男子也，擒之送官，吐實且
   云，其師谷才，山西山陰人也，素爲此術，今死矣。其同黨尚有
   任茂、張端、王大喜、任昉等十餘人，具磔於市。〔註39〕

3. 《耳談》戴沖有魔魅法，以雞子一枚去清，桃仁七個搗爛，燒酒
   合成，噴女身上，默誦咒語，女迷而姦，遂行其術凡十八年，污
   有名女一百八十二人。〔註40〕

4. 《清尊錄》：興元民有得闌遺小兒者，以爲子數歲美姿首，民夫婦
   計曰：「使女也，教以歌舞，獨不售數十萬錢耶？」婦曰：「故可
   詐爲也。」因納深屋中，節其飲食，膚髮腰步皆飾爲之，比年十
   二三，嫣然美女子也。攜至成都，教以新聲，又絕警慧，益秘之
   不使人見，曰此女當歸之貴人。於是女僧及貴游好事者踵門，一
   覯面輒避去，猶得錢數千，謂之「看錢」。久之，有某通判者來成
   都，一見心醉，與值至七萬錢乃售，既成券，喜甚，置酒與客
   飲，夜半客去，擁而致之房，男子也，大驚，使捕其父母，亦卒
   不獲。〔註41〕

上述男扮女裝四例，皆爲欺騙世人或姦淫婦女之不法行徑，這些不肖男性藉
扮裝之便，潛入女性內室迷姦無辜女性，使女性人身安全飽受威脅。此種爲
逞一己獸欲、罔顧女性身體自主權、強以威迫或藥物控制之非人手段侵犯女
性之行徑，實罪不可赦。反觀女扮男裝事例，則大多體現女性爲追求愛情或
展現實才之勇氣與膽識，如徐應秋《玉芝堂談薈》記載妓女王白兒爲追求愛

書》，子部一八九，雜家類。
〔註39〕徐應秋：《玉芝堂談薈》（臺北：商務印書館，1986 年），《景印文淵閣四庫全
　　　　書》，子部一八九，雜家類。
〔註40〕徐應秋：《玉芝堂談薈》（臺北：商務印書館，1986 年），《景印文淵閣四庫全
　　　　書》，子部一八九，雜家類。
〔註41〕徐應秋：《玉芝堂談薈》（臺北：商務印書館，1986 年），《景印文淵閣四庫全
　　　　書》，子部一八九，雜家類。

情、鋌而走險之扮裝事蹟：

> 濟寧李東以進士授知縣，與妓女王白兒往來甚密。及遷御史，令王
> 詐為閹者自隨，事漏，為銓曹所黜，王從不忍捨，東鬱鬱得疾死，
> 王自鎰。〔註42〕

顧苓〈河東君傳〉亦曾記載名妓才女柳如是穿著男性服飾拜訪名士錢謙益一事：

> 崇禎庚辰冬（柳如是）扁舟訪宗伯。幅巾躬鞿，著男子服。口便給，
> 神情灑落，有林下風。宗伯大喜，謂天下風流佳麗。〔註43〕

王白兒與柳如是皆為追求心中所愛，甘願扮裝相隨，表現對愛情之堅定，然此二位女性卻呈現兩種不同之女性風情。王白兒與其餘身陷青樓女性相同，擁有早日尋得良人之憧憬，而李東不以王白兒妓女出身為恥，與王白兒相知、相憐，此份情誼打動王白兒，願意冒犯禁令危險，與李東相伴左右。然明太祖朱元璋規定明代官員不得狎妓，故李東雖與王白兒相戀，然礙於禁令，不得公開王白兒身分，故將王白兒偽裝為閹者避人耳目。惜東窗事發，此段戀情不得卒終，兩人無法實現白首偕老之願，李東抑鬱身亡，王白兒亦同隨殉情，徒留遺憾。

王白兒為勇於追求愛情卻犧牲於禁令之悲情女子，柳如是則不同，活潑、自信有才氣，雖同為妓女身分，卻活出自我生命之路。早於錢謙益前，柳如是曾心屬另一名士陳子龍，為表達心中情意，寫〈男洛神賦〉借詠陳子龍，惜此段感情無疾而終。直至得遇仰慕已久之錢謙益，柳如是再度展現追求愛情、不顧一切之堅毅，為見錢謙益一面，柳如是積極主動，扮裝男性直訪錢謙益，並表達「非某不嫁」志向，即使錢謙益已為年近六旬之老翁，仍無法打消芳華二二的柳如是之堅貞情意。最終錢謙益以迎娶正室之禮儀回應柳如是之強烈愛情，即便衛道人士反對此椿婚姻，更以石礫攻擊迎娶隊伍喜船，仍無法阻斷錢、柳二人情緣。王白兒與柳如是雖展現截然不同之女性性格，然追求愛情之積極態度卻為尋常女性少有，她們擺脫傳統婚姻束縛，不顧旁人異樣眼光，只為與所愛相隨，雖於追求愛情過程遭遇挫敗與攻擊，卻無損此段愛情之光芒，成就才子佳人佳話。明焦竑《焦氏筆乘》卷三〈我朝兩木

〔註42〕徐應秋：《玉芝堂談薈》（臺北：商務印書館，1986年），《景印文淵閣四庫全書》，子部一八九，雜家類。
〔註43〕陳寅恪：《柳如是別傳》（上海：古籍出版社，1980年）。

蘭〉亦敘及女扮男裝之社會史實：

> 韓氏，保寧民家女也。明玉珍亂蜀，女恐為所掠，乃易男子飾，從
> 征雲南。往返七年，人無知者，後遇其叔，一見驚異，乃攜歸四川，
> 人皆呼曰「貞女」。……黃善聰，金陵淮清橋人。年十二，失母，有
> 姐已適人。父販線香為活，憐善聰孤幼無依，詭為男子裝，攜之遊
> 盧鳳間。數年，父亦死，善聰變姓名曰張勝，仍習其業。李英者，
> 亦販香，自金陵來，不知其女也，約為火伴，同寢食者逾年，恒稱
> 有疾，不解衣，夜乃溲溺。弘治辛亥正月，與英偕返金陵，年已二
> 十矣。〔註44〕

女性若單獨出門在外，其女性裝扮易引起歹人淫念，造成人身危險，故「保
貞」為女性扮裝者之扮裝主因，韓氏與黃善聰女扮男裝之動機即為此。韓氏
身處戰亂時期，為保貞節進行扮裝；黃善聰則因生活所須，故得拋頭露面、
跑江湖販香，行走民間有諸多不便，故扮為男性以便販香，歷時八年方得返
鄉。兩位女性扮裝動機相同，可見明代女性仍居弱勢，故須改扮男性，以確
保自身安全。然於明代卻出現正史惟一承認其正式誥命之女將軍——秦良
玉，據《明史·秦良玉傳》載：

> 秦良玉，忠州人，嫁石砫宣撫使馬千乘。萬曆二十七年，千乘以三
> 千人從征播州，良玉別統精卒五百裹糧自隨，與副將周國柱扼賊鄧
> 坎。明年正月二日，賊乘官軍宴，夜襲。良玉夫婦首擊敗之，追入
> 賊境，連破金築等七寨。已，偕西陽諸軍直取桑木關，大敗賊眾，
> 為南川路戰功第一。……良玉為人饒膽智，善騎射，兼通詞翰，儀
> 度嫻雅。而馭下嚴峻，每行軍發令，戎伍肅然。所部號白桿兵，為
> 遠近所憚。……朝命賜良玉三品服，……天啓元年，邦屏渡渾河戰
> 死，民屏突圍出。良玉自統精卒三千赴之，所過秋毫無犯。詔加二
> 品服，即予封誥。〔註45〕

秦良玉「饒膽智，善騎射，兼通詞翰，儀度嫻雅」，具女性溫婉特質，更有男
性不及之膽識，不僅助夫練兵，更連破賊眾，萬夫莫敵，所率領之白桿軍隊
遠近馳名，積功無數。秦良玉戎馬軍功為其贏得青史留名之無上榮耀，朝廷

〔註44〕焦竑：〈我朝兩木蘭〉，《焦氏筆乘》（臺北：藝文印書館，1966年），卷三。
〔註45〕張廷玉主編：〈秦良玉傳〉，《明史》（臺北：商務印書館，1983年），卷二七○，
　　　　列傳一五八。

更「詔加二品服」。其榮耀並未依附於任一男性，全然憑藉自我膽識與智謀，得以與其他明代名將馬世龍、賀虎臣、龍在田等人並列一傳，堪屬不易，令人讚歎欽服。然秦良玉於歷史之高度評價，並非爲所有女性享有，大多數女性扮裝者因扮裝遭受批評，如沈德符《萬曆野獲編》載：

> 萬氏豐豔有肌，每上出遊，必戎服佩刀侍立左右，上每顧之輒爲色飛……婦人以纖柔爲主，今萬氏反是而獲異眷，亦猶玉環之受寵于明皇也。晉〈傅咸傳〉云：「妹喜冠男子之冠，桀亡天下。」……今萬氏女而男服，亦身應之矣。〔註46〕

沈德符認爲女性應以纖柔、順從爲主要品德表現，然萬氏受明憲宗恩寵，以強勢姿態支配政治，甚且「戎服佩刀」穿著男性服飾，嚴重影響男女之序，其行徑將使明代重蹈夏朝因妹喜而亡天下之覆轍。沈德符延襲傳統「女人禍水」觀點，扭曲女性社會形象，將亡國責任全拋予女性，實非客觀公允。位居九五之尊之皇帝方爲實質掌權者，即便後宮嬪妃予以建言，亦須皇帝接受方得奏效，故皇帝荒淫、盲從、愚昧，方爲導致滅國之主因。且明憲宗朝距明亡尚有一百餘年，足見萬氏著男裝與明亡並無絕對關係，若一味怪罪女性，將亡國責任與女扮男裝者劃上等號，確爲不周延之論點。

七、清　代

　　清代扮裝風氣愈盛，不僅士大夫階層盛行，民間亦形成扮裝風氣，甚且出現「社團」、「集社」等團體，尤其廣東潮陽地區，男性盛行女性裝束，甚至「施朱傅粉」，宛如眞正女性，這些做女性裝束之男性不僅不須遮遮掩掩，甚且光明正大走出戶外，與志同道合者結社集會，分享男扮女裝之樂，形成特殊之審美氛圍。此種扮裝風氣不僅形諸於外，男性甚且將女性特質內化，完全顛覆傳統社會劃分男、女之分際，使社會性別區隔漸趨模糊。男性不再僅有威武、堅強、勇敢之單一面向，亦可擁有婉約之質，甚者更甘爲其他男性「君婦」。梁紹壬《兩般秋雨庵隨筆》記載秀才金筠泉、馬雲因愛慕王夫之，而願爲其「執箕帚」之軼事：

> 船山先生詩才超妙，性格風流，四海騷人，靡不傾仰。秀才金筠泉，忽告其所親，願化作絕代麗姝，爲船山執箕帚。又無錫馬雲題贈詩

〔註46〕沈德符：〈宮闈·萬貴妃〉，《萬曆野獲編》（臺北：新興書局，1977年），卷三。

云：「我願來生作君婦，只愁清不到梅花」。以船山夫人有「修到人
間才子婦，不辭清瘦似梅花」之句也。其傾倒之心，愛才而兼鍾情，
可謂至矣。〔註47〕

王夫之詩才絕妙，引起秀才金筠泉、馬雲之愛慕，金筠泉並「願化作絕代麗
姝，爲船山執箕帚」。金筠泉、馬雲雖爲男性，然對王夫之之愛慕卻明白易顯，
雖說同性愛戀世皆有之，然如此大膽表白，明言願爲女子隨侍左右，亦實屬
少見。觀察清代男性具女性特質之現象實與其特殊文化背景有關，清代娛樂
事業隨商業興起，各種說唱藝術於清代得到高度發展，並有卓越成績，其中
與扮裝相關之娛樂事業，使「扮裝」對此時社會文化興起微妙作用。以戲劇
而言，禮教規範女性不得拋頭露面，故戲劇搬演時，絕不容女性扮演，而由
男性擔綱演出。戲劇雖不盡然演出眞實人生，然爲使演出效果具眞實性與說
服力，於人物體態、表情重視擬眞扮演，若戲中角色爲女性，負責演出之男
演員勢必改換女性裝束，成爲戲劇「扮裝」行頭。王安祈〈兼扮、雙演、代
角、反串——關於演員、腳色和劇中人三者關係的幾點考察〉一文，將戲劇
「扮裝」依實際演出狀況，分爲四類：

> 「兼扮」指的是「一名演員在同一齣戲中前後兼扮分飾多位劇中
> 人」，有時也以「一趕二（或三、四）」爲俗稱。「代角」是指一名演
> 員除飾演一位劇中人外，還必須兼代另一個人物。「代角」其實也是
> 「一趕二」兼扮中的一類，不過它的動機不全是來自表演藝術，可
> 以視之爲「劇本本身設定的一趕二兼扮」。「雙演」是劇團和觀眾都
> 常使用的慣用語。一般是指兩名不同的演員前後分飾一位劇中人。
> （若由三位演員分飾，則稱「三演」、「四演」、「五演」、「六演」……）
> （又有「前後分飾」型雙演、「同臺共飾、重複扮演」型雙演。）「反
> 串」與演員的性別無關，當以本工的腳角行當爲基準，凡是演出不
> 屬於本行腳色應工的戲，即稱之爲「反串」……「反串」是「演員」
> 與「腳色行當」之間的關係，非關「演員」與「劇中人」的性別。
> 所以本爲男性的梅蘭芳演《轅門射戟》的呂布是反串，演楊貴妃反
> 倒的正常的。〔註48〕

〔註47〕梁紹壬：〈願爲人婦〉，《兩般秋雨庵隨筆》（上海：古籍出版社，1982 年），卷
　　　　八。

〔註48〕王安祈：〈兼扮、雙演、代角、反串——關於演員、腳色和劇中人三者關係的

王安祈將戲劇舞臺所有扮裝模式分為四類:「兼扮」、「代角」、「雙演」、「反串」,並為四種扮裝做扼要註解,於戲劇實際搬演過程,除劇本可以加入扮裝內容,使劇情更顯新穎出奇外,於演員選角、扮演角色方面,更比扮裝文本複雜富有變化。書面文本之扮裝,不出男變女、女變男之性別扮裝與身分扮裝,然戲劇之女性角色由男演員演繹,男演員如何詮釋女性角色?擅演女角之男演員,若依編作需要演出男角,又該如何詮釋?皆為可深入探討之議題。演員與角色之貼身關係,使整齣戲劇瀰漫奇妙之氛圍,而此氛圍將牽動閱聽群眾之閱聽心緒,使舞臺魅力歷久不衰〔註49〕。《張君秋藝術散記》云:

> 學一種行當的表演,也要兼通其他行當的表演,文的學武,武的學文,這對提高演員的藝術水平是十分必要的……兼通其他行當的藝術,不是為了將來演反串戲,圖個熱鬧,而是為了使自己在同其他行當的演員合作演出時,得以很好的默契、配合、交流,而且隨時都可用其他行當的藝術去補充、豐富自己的藝術表演,發展戲曲藝術。〔註50〕

張君秋為著名京劇旦角表演藝術家,以其「嬌、媚、脆、水」之演出技巧獨步劇壇,成為「四小名旦」(張君秋、李世芳、毛世來、宋德珠)之首,更為旦角張派創始人。張君秋擁有豐富實務演出經驗,對戲劇演出瞭若指掌,他認為敬業演員必須學習其他演員之行當,除可培養演員之默契、使舞臺演出更加精采,若遇演員臨時發生意外無法上場,非本行當演員亦可立即上臺遞補,解除危機,故演員彼此學習不同行當,無論是行當角色之扮裝或生理

幾點考察〉,《明清戲曲國際研討會論文集》,華瑋、王璦玲主編(臺北:中央研究院,1998年)。

〔註49〕 筆者曾見上海豫劇團於西元1990年公演《盤絲洞》一劇,本劇描述蜘蛛精為吃唐僧肉,因而附身女兒國皇帝,藉機捉走唐僧。孫悟空為救師父,使出七十二變,變身蜘蛛洞一小女妖精,潛身入洞打探消息,最終救出唐僧與豬八戒、沙悟淨一行人。此齣戲兼有「兼扮」、「雙演」、「反串」等戲劇表現方式,原先飾演女兒國皇帝之演員於劇中被蜘蛛精附身,故「兼扮」蜘蛛精,其行為舉止亦須配合角色扮演,由雍容大方轉為輕佻邪惡,其身段與唱腔亦隨之改變,具相當難度。原先飾演蜘蛛精之演員於劇中又再度「兼扮」由孫悟空變成之女妖精,故其角色由蜘蛛精變成猴模猴樣之小女侍,亦具相當之挑戰。由於這兩位女演員皆「雙演」蜘蛛精,自然卯足全勁競演,此種良性競爭,造福觀眾眼福與耳福,得以欣賞這些演員極佳之扮演技巧。

〔註50〕 張君秋口述、安志強整理:《張君秋藝術散記》(北京:中國戲劇出版社,1983年)。

性別之扮裝，就演出準備而言，皆爲必要之預先工作，亦是演員職業道德之展現。

男演員揣摩女性體態唯妙唯肖者，當推人稱「狐媚教主」的清名伶──魏長生，其「狐媚」得名可謂名符其實，據《燕蘭小譜》記載魏長生登台盛況：

> 京旦之裝小腳者，昔時不過數曲，舉止每多瑟縮，自魏三擅名後，
> 無不以小腳登場，足挑目動，在在關情，且聞其媚人狀，若晉侯之
> 與楚子搏焉。〔註51〕

魏長生之前，京師扮旦角之男性演員並未纏足，魏長生突破表演侷限，創新演出方式，爲表現女性纏足行走之千嬌百態，全程皆穿蹺鞋，模擬纏足狀態〔註52〕。由於大受好評，自此，京師旦角穿蹺鞋成爲風氣，魏長生得意弟子陳銀官更盡得師父眞傳，《北京梨園掌故長編》記載魏長生弟子陳銀官演出之轟動情況：

> 傅粉調脂，弓鞋窄袖，效女子粧束。而科諢詼諧，褻詞穢語，醜狀
> 百出……數年之間，侑觴媚寢，所得金綺珠玉累數萬。〔註53〕

陳銀官「效女子粧束」，扮相風騷、言詞詼諧，頗具個人特色，以此藝博得臺下觀眾滿堂彩，於「侑觴媚寢」之餘，迅速累積財富，成爲當時數一數二之紅角。現實世界裡，扮裝可展現個人審美品味，同時亦爲謀生取活之職業所需，形成特殊扮裝文化。陳銀官爲演出需要而「效女子粧束」，確爲敬業之專業演員，然私下「侑觴媚寢」之行徑則猶如男妓，其舞臺角色固爲女性，然卸下演員身分後，其於現實生活仍未具傳統社會形塑之男性本色，反趨於柔弱之女性社會性別角色。此種特殊現象，將於本書第四章進行深入探討，以探求性別游移之扮裝者所象徵之性別意義。

縱觀歷來扮裝現象確因時代思潮與對「扮裝」之體認而有不同之文化意涵。先秦之扮裝現象僅爲扮裝者遊戲或取悅他人之用，未具任何革新意義，

〔註51〕 西湖安樂山樵（吳長元）：《燕蘭小譜》（北京：中國戲劇出版社，1988年）。（收錄於《清代燕都梨園史料》）

〔註52〕 清末飾演旦角之男演員爲模仿女性行走風情，刻意穿上蹺鞋，扮飾裹小腳。足蹬長約三寸、高約八寸之香樟木，將香樟木纏上白布，再套以繡有花朵等裝飾之緞質蹺鞋，此種扮飾方式與女性纏足幾近相似，行走姿態亦十分相仿，故成爲男演員扮演旦角之必備行頭。

〔註53〕 張江裁：《北京梨園掌故長編》（北京：中國戲劇出版社，1988年）。（收錄於《清代燕都梨園史料》）

亦未引起諸多批評。然至漢代，服飾被冠以政治意義，加以服妖說盛行，故服儀失當者皆被視爲「服妖」，爲亡家滅國之禍害，於漢代文化語境中，「服飾」成爲政治之表徵。魏晉南北朝，扮裝現象持續發生，扮裝者之扮裝動機愈趨多元，此時服妖說漸趨平息，由士大夫階級帶起之扮裝風潮爲審美趣味之展現，故競尚傅粉抹香，以表達不凡之品味，何晏、潘岳、衛玠等「美型男」之人物典型亦爲明清扮裝文本所取，並賦予女性化特質，展現柔弱之另類趨向。〔註54〕

魏晉南北朝之扮裝現象相較於前朝有極大之革新意義，婁逞、楊大眼妻潘氏與馮弘婦人之扮裝史實展現女性才識，其扮裝之實踐過程填補女性向來於歷史缺席之困境，爲女性爭取與男性平起平坐之地位。

至隋唐五代，胡風使唐代社會開放自由，女性享有更多權利，得以公開出遊、參與社交，展現女性迷人風采。女性個人魅力亦得以展現，不再僅是順從、柔婉之單一面向，此時期出現如黃崇嘏與謝小娥等特質鮮明之女性，「扮裝」成爲其達成理想、實現目的之重要進程。這些女性成功跨越性別界限，黃崇嘏扮男爲官與謝小娥報仇事蹟更敷演爲明清扮裝文本故事，於明清扮裝文本作者之再創作後，黃崇嘏與謝小娥紛紛成爲著名之文本人物。

至宋元時期，此時由理學主導社會思潮，女性被侷限於家庭空間，其活動範圍明顯較唐代女性縮小，然禁錮日久，人心蠢動，少性特殊女性如尼姑、道姑等身分得以自由進出這些男性禁地，故其身分成爲男性犯罪之工具，藉扮裝以爲非法之事，於徐應秋《玉芝堂談薈》等文人札記中皆曾記錄此類犯罪手法。明代亦可見此類非法之扮裝史實，其事蹟爲明清扮裝文本所取，如王尼、桑茂、王二喜等人之扮裝故事，即以此爲本。

宋代開始，手工業與商業之興盛，使娛樂事業逐步發達，平民階級亦快速興起，明清二朝承接此種平民文化，故娛樂事業鼎盛，戲曲發展更臻於高峰。由於戲曲演出皆由男性擔綱演出，扮演旦角之男性成爲男性追逐之焦點，甚至比之女性，有過之而無不及，故男風文化成爲明清二朝相當特殊之時代特徵，明代扮裝文本如《龍陽逸史》、《宜春香質》、清代扮裝文本如《品花寶鑑》，皆爲此種社會風氣之文學實踐，男風文化亦成爲明清扮裝文本之歷史淵源之一。

〔註54〕 本書第七章第二節將就美型男之外顯特質及其內化之女性陰柔美以顯現明清
　　　　扮裝文本於美學之表現。

第二節 扮裝題材之文學淵源

明清扮裝文本之出現除有其歷史淵源外，就文學本位言，「扮裝」題材實為作者刻意展現與以往故事不同之創意，期待以新穎橋段出奇致勝，增加作品之可看性，此種創作意識對文學進步而言，實不可或缺。探索扮裝題材於明清時期集中出現之起因，可由內緣與外緣檢視。以外緣言，明清社會風氣與時代思潮當為主要原因，「扮裝」現象雖起於春秋戰國時代，然當時尚未形成社會風潮，隨風氣開放，「扮裝」於現實生活出現頻率愈來愈高，至明清時期甚且形成審美潮流，並內化為社會審美價值觀之一。扮裝題材於明清時期集中出現，其外緣因素誠如下列引文所言：

> 扮裝故事會在明末清初這一段時間流傳起來，除服飾流行、戲曲演出繁盛的外圍環境外，實際上最直接的觸發和影響應該就是生活現實中頻頻可聽聞的扮裝奇聞和事實。〔註55〕

上述引文推測扮裝故事敷演成因有三，分別為服飾流行、戲曲演出繁盛與扮裝奇聞和事實等三項要因，對外緣因素觀察細膩。然除上述三外緣因素外，文學發展必有其內緣淵源此一重要特點，文學演進必須隨時加入新變化因素，方能有別於前，故小說由魏晉南北朝採集異聞之志怪、志人小說奠基，至唐代傳奇走向「作意好奇」模式，直至明清章回小說之興盛，其文學變化之內緣演進，確實其來有自。本節將探討「扮裝」題材於明清文本密集出現之內緣起因，試從文學發展視角，探索其中連結與奧妙。

傳統知識份子自古以來皆具「以家為國」、「視國為家」之思惟傳統，十年寒窗苦讀之最終目標即為考取功名，投身朝廷。《大學》所言「修身、齊家、治國、平天下」之政治觀念，正為傳統社會之最終政治理想，知識份子透過此套政治思想進程，實現自我政治抱負，成為政治文化之重要特徵。齊家原則與治國、平天下之理相通無礙，家即是國，國即是家，故每一個體於龐大國家機器中，自有其固定定位，此為社會區分階級之標準，亦為每一個體身分、地位之表徵。於此攸關個人生命歷程之「大家庭」中，自我定位特別重要，尤以士大夫階級「伴君如伴虎」而言，對自我定位更須步步為營、如臨深淵。面對出處之抉擇，或選擇出世退隱，放下紅塵萬事；或選擇入世為官，繼續受制度與理念之牽絆。「進」、「退」之間，知識份子往往動輒得咎、進退

〔註55〕蔡祝青：《明末清初小說中男女扮裝之性別與文化意義》（南華大學文學研究所碩士論文，2000年）。

兩難。

　　大多知識份子明知官場利害，仍選擇躋身政治，面對詭譎多變之政治情勢，或一路平順、飛黃騰達；或身陷名利權位之爭奪，無可自拔；然有更多滿懷熱血理想之知識份子，任由國君隨意操弄浮沈，韓愈詩云：「一封朝奏九重天，夕貶潮陽路八千」〔註56〕，君主之喜怒哀樂實爲左右士大夫命運之關鍵。「君權天授」、「君爲臣綱」之集權觀念，使長期處於戒慎恐懼之士大夫逐漸體悟自身於「大家族」之定位，正如棄婦、賤妾般不值。

　　棄婦、賤妾等女性家庭地位低落，無自主權且屢遭男性冷落與輕視，此種定位與生活於君權至上時代之知識份子相仿，全然符合爲帝王罷黜遠貶、懷才不遇士人們之心理投射，故此群士人爲抒發悲憊，於吟詩作文之際，將己化身爲失寵女子，以表現對朝廷、國君期待之落空失望，並對自身處境發出自怨自艾之悲鳴。此種寫作模式可遠溯春秋時代之屈原。屈原一生忠貞愛國，然未獲楚懷王信任，故藉「香草」、「美人」意象比喻，自擬爲貌美德高卻失寵之女子，自此，「香草美人」成爲知識份子寄託家國之憂、己身之悲之文學代稱，深深影響後世文人之創作〔註57〕。屈原於其作品多次藉女性口吻吐露心聲，可謂「擬代文學」始祖，其〈離騷〉云：

　　　　亦余心之所善兮，雖九死其猶未悔。怨靈修之浩蕩兮，終不察夫民

　　　　心。眾女嫉余之蛾眉兮，謠諑謂余之善淫。〔註58〕

屈原以美人自喻，眾女嫉妒毀謗正如政治黑暗之滔滔洪水，向屈原席捲而來，屈原吶喊「已矣哉！國無人莫我知兮，又何懷乎故都？」〔註59〕、「世溷濁而

〔註56〕韓愈於唐憲宗朝因諫迎佛骨遭貶潮州，途中作〈左遷至藍關示姪孫湘〉詩：「一封朝奏九重天，夕貶潮陽路八千；本爲聖明除弊政，敢將衰朽惜殘年？雲橫秦嶺家何在？雪擁藍關馬不前。知汝遠來應有意，好收吾骨瘴江邊。」（《韓愈全集》，上海：古籍出版社，1997年，詩集卷十一）本詩道盡爲君除弊之政治理念，然因上奏內容不合聖意，一夕之間遭貶潮州，韓愈際遇正爲無數懷才不遇知識份子之寫照。

〔註57〕《詩經》中之「香草」或「美人」一詞多爲直指本義，然屈原運用譬喻轉化，使香草、美人具備人格化特質，成爲品德高潔者與國君之指代。後世文人繼承此種創作手法，如蘇軾因烏臺詩案遭誣告被貶黃州，即藉《赤壁賦》云：「渺渺兮於懷，望美人兮天一方。」寄寓遭貶後，對國君之掛念與感傷。

〔註58〕朱熹編注，藍海文註譯：《楚辭》（臺北：文史哲出版社，1991年）。

〔註59〕朱熹編注，藍海文註譯：《楚辭》（臺北：文史哲出版社，1991年）。

莫不分兮，如蔽美而嫉妒。」〔註60〕然終無法改變爲君所棄之政治命運。屈原最後選擇投江自盡，對國君進行最慘烈之死諫。屈原之死，見證君臣關係之複雜與被棄文人地位之卑微。屈原之政治際遇使其成爲後世無數失意文人情緒共鳴之對象，故後世文人仿屈原以卑弱女性自擬之文學形式進行創作，產生許多屈原式之失意作品。這些作品反映政治理想無法實現之苦悶，將自我化身爲女性，於「以詩言志」文學傳統之傳承下，以主觀情感敘寫自身於客觀政治現實環境之無奈。此種變換性別之「擬代」寫作方式，與明清扮裝文本如出一轍，成爲明清扮裝文本之文學遠源，爲「性別跨界」提供開啓之樞紐。

　　受屈原影響，許多文人運用「擬代」技巧完成爲己發聲之目的，漢魏六朝樂府有以〈妾薄命〉、〈妾安所居〉命名之樂府詩；曹植〔註61〕〈美女篇〉以美人自喻，詩云：「盛年處房室，中夜起長歎」〔註62〕，〈出婦賦〉云：「左右悲而失聲，嗟冤結而無訴，乃愁苦以長窮，恨無愆而見棄，悼君施之不終。」〔註63〕；王粲〔註64〕〈出婦賦〉云：「君不篤兮終始，樂枯荑兮一時，心搖蕩

〔註60〕 朱熹編注，藍海文註譯：《楚辭》（臺北：文史哲出版社，1991年）。

〔註61〕 曹植素有文名，深受曹操器重，然曹植名聲與政治勢力卻爲威脅曹丕之隱憂，曹丕處心積慮削減曹植勢力，並殺害親生手足，曹植雖躲過曹丕種種構陷，然時處被暗害身亡之恐懼，懷才不遇加以生命不保之憂懼，令曹植僅能將愁思寄託字句，暫且排憂。

〔註62〕 曹植〈美女篇〉：「美女妖且閒，採桑歧路間。柔條紛冉冉，落葉何翩翩！攘袖見素手，皓腕約金環。頭上金爵釵，腰佩翠琅玕。明珠交玉體，珊瑚間木難。羅衣何飄飄，輕裾隨風還。顧盼遺光彩，長嘯氣若蘭。行徒用息駕，休者以忘餐。借問女何居，乃在城南端，青樓臨大路，高門結重關。容華耀朝日，誰不希令顏？媒氏何所營，玉帛不時安？佳人慕高義，求賢良獨難。眾人徒嗷嗷，安知彼所觀？盛年處房室，中夜起長嘆。」（《曹植全集》，北京：人民出版社，1984年）

〔註63〕 曹植〈出婦賦〉：「妾十五而束帶，辭父母而適人。以才薄之質陋，奉君子之清塵。承顏色而接意，恐疏賤而不親。悅新婚而忘妾，哀愛惠之中零。遂摧頹而失望，退幽屏於下庭。痛一旦而見棄，心忉忉以悲驚。衣入門之初服，背牀室而出征。攀僕御而登車，左右悲而失聲。嗟冤結而無訴，乃愁苦以長窮。恨無愆而見棄，悼君施之不終。」（《曹植全集》，北京：人民出版社，1984年）

〔註64〕 少年得志之王粲，前途一片看好，蔡邕聞王粲到訪，連忙「倒屣相迎」，更使王粲朝野名聲迅速傳揚。王粲自恃才華過人，意欲於政壇大施身手，豈料長相醜陋，荊州郡守劉表又以貌取人，王粲空有滿腹理想抱負，卻爲世俗審美觀所淹沒，昔日意氣風發，今日窮途潦倒，兩相對比，更使王粲深覺政治現實，故化爲字字血淚，寫下千古動人作品。

兮變易，忘舊姻兮棄之。」〔註65〕陸機〈燕歌行〉云：「君何緬然久不歸，賤妾悠悠心無違。」〔註66〕上述詩作皆表現空有滿身才華卻不爲國君重用之無奈。「懷才不遇」正如緊箍於知識份子身上之魔咒，無數文人因之憂憤不平，藉詩作以澆心中塊壘，將滿腹愁思寄託於文學作品，藉以抒發情感。於男權建構之傳統社會，政壇爲知識份子之終極目標，若無緣踏入，則男性價值將化爲烏有。即使勉強躋身政壇，於彼長我消之權力風暴中，仍有一夕之間由九天雲霄跌落無盡深淵之可能，進退出處之擇，端視一念。若親眼目睹國君爲權臣、弄臣所蔽，諍言直諫無法導正國君之失，更爲此群知識份子內心最大之痛，或許絕望之餘走上隱居一途，不問世事，或者更多如屈原、曹植、王粲等詩人，化身女性，藉詩歌以抒懷才不遇、憂心國事之悲痛。

　　唐詩亦常出現「擬代」手法，如李白所寫〈夜坐吟〉：「掩妾淚，聽君歌，歌有聲，妾有情，情聲合，兩無違，一語不入意，從君萬曲梁塵飛。」〔註67〕表達女性對丈夫之依賴與面對丈夫愛怨無常之無奈。其〈古風〉四十九又云：「美人出南國，灼灼芙蓉姿。皓齒終不發，芳心空自持。由來紫宮女，共妒青蛾眉。歸去瀟湘沚，沉吟何足悲？」〔註68〕表達遭讒被嫉之心境。張籍樂府詩〈節婦吟寄東平李司空師道〉更爲擬代文學代表：

> 君知妾有夫，贈妾雙明珠。感君纏綿意，繫在紅羅襦。妾家高樓連
> 苑起，良人執戟明光裡。知君用心如日月，事夫誓擬同生死。還君
> 明珠雙淚垂，何不相逢未嫁時。〔註69〕

本詩以愛情意象解讀，爲有夫之婦婉拒第三者追求之愛情詩，然就政治角度解讀，張籍此首「節婦吟」爲婉拒司空李師道邀爲幕下軍師之作。張籍於此詩自擬爲有夫之婦，象徵自身已爲朝廷所用，詩中婦人雖「知君用心如日月」，

〔註65〕 王粲〈出婦賦〉：「既僥倖兮非望，逢君子兮弘仁。當隆暑兮翕赫，猶蒙眷兮見親。更盛衰兮成敗，思彌固兮日新。竦餘身兮敬事，理中饋兮恪勤。君不篤兮終始，樂枯荑兮一時。心搖蕩兮變易，忘舊姻兮棄之。馬已駕兮在門，身當去兮不疑。攬衣帶兮出戶，顧堂室兮長辭。」（《藝文類聚》，臺北：中文出版社，1980年，卷三十，人部十四）

〔註66〕 陸機〈燕歌行〉云：「四時代序逝不追，寒風習習落葉飛，蟋蟀在堂露盈墀，念君遠遊常苦悲，君何緬然久不歸，賤妾悠悠心無違，白日既沒明燈輝，夜禽赴林匹鳥棲，雙鳩關關宿何湄，憂來感物涕不晞，非君之念思爲誰，別日何早會何遲。」（《陸機詩文集》，臺北：三民書局，2006年）

〔註67〕 康熙御編：《全唐詩》（上海：古籍出版社，1990年），第三函，第四冊。

〔註68〕 康熙御編：《全唐詩》（上海：古籍出版社，1990年），第三函，第四冊。

〔註69〕 康熙御編：《全唐詩》（上海：古籍出版社，1990年），第三函，第六冊。

然與丈夫訂有「事夫誓擬同生死」之生死盟約，故張籍一方面感謝李師道抬愛，一方面宣誓效忠朝廷。張籍高超之寫作技巧，成功以擬代詩拒絕李師道，同時亦為擬代文學寫下成功一頁。

至宋朝，詞之表現風格以柔媚為主，詞風亦以婉約為主流，故宋詞敘述女子閨情之作數量大增，即使豪放派蘇軾、辛棄疾、陸游等詞人，亦多有抒情婉約之詞作〔註 70〕，故詞成為宋代詞人抒發主觀情感之創作體裁，男性詞人作品亦出現諸多描寫女性情感或處境之擬代詞作。

「擬代」文學之興起原與政治生態有密切相關，國君得掌控生殺大權，其喜好更能左右國家未來走向，故君、臣之互動足以牽動個人生死，更為國家是否安定之關鍵。國君若能洞燭識人、任用賢臣，國家自可安定晏平；國君若為奸邪蒙蔽，國家恐將岌岌可危。然以世襲體制產生之國君未經道德氣節之檢驗，故昏君、忠臣之政治組合，常使小人專權、君子失勢，有識忠臣常落得被罷黜甚且喪命之下場。此種政治局勢與傳統體制之婚姻狀況相當吻合，男性作家選擇女性代言，與女性於婚姻關係之弱勢現象極為相關。夫妻關係正如君臣，君與臣、夫與妻、男與女具相同本質，皆為一方居主導生殺大權，另一方被動接受強勢者安排。故此群男性作家以怨婦自居，描寫政治不得志之境況。這些擬代作品之寫作動機與創作背景雖不盡相同，然皆以家庭倫理之「夫妻」關係，對應政治倫理之「君臣」關係，由傳統女性之被動、弱勢處境，投射自身於君臣關係之虛弱與無助，真實反映文人內心深層欲望與為君王見棄之悲苦。這些擬代詩作之創作動機雖非以為女性發聲為出發

〔註 70〕如辛棄疾〈祝英臺令‧晚春〉云：「寶釵分，桃葉渡。煙柳暗南浦。怕上層樓，十日九風雨。斷腸片片飛紅，都無人管，倩誰喚、流鶯聲住。鬢邊覷。試把花卜心期，纔簪又重數。羅帳燈昏，哽咽夢中語。是他春帶愁來，春歸何處。卻不解、將愁歸去。」(《宋詞三百首》，臺北：未來書城出版社，2002 年) 其〈摸魚兒‧更能消幾番風雨〉又云：「更能消、幾番風雨。匆匆春又歸去。惜春長怕花開早，何況落紅無數。春且住。見說道、天涯芳草無歸路。怨春不語。算惟有殷勤，畫檐蛛網，盡日惹飛絮。長門事，準擬佳期又誤。蛾眉曾有人妒。千金縱買相如賦，脈脈此情誰訴。君莫舞。君不見、玉環飛燕皆塵土。閒愁最苦。休去倚危樓，斜陽正在，煙柳斷腸處。」(《宋詞三百首》，臺北：未來書城出版社，2002 年) 辛棄疾上述詞作將女性哀愁與悲情表現淋漓盡致，其寫作動機雖未明言宋朝偏遠、金瓜分與主戰建議未為採納之憂國情思，然愛國詞人眼見國破家亡，朝廷充斥主和、消極之聲浪，皇帝懦弱怯事，毫無作為，辛棄疾身處邊疆遠陸，苦無發揮之地，僅能藉詞以逞心志，以女性自代寄託心志，並避朝廷顧忌，亦為極可能之事。

點，僅是藉由與女性「同病相憐」之心理，抒發失志心情，然這些擬代作品呈現女性獨守空閨之孤寂與盼得男性寵愛之渴望，則清楚揭示深藏女性心中之愁苦。

上述男性作家跨越性別，以女性口吻創作文學，為「性別越界」之文學嘗試。女性作家亦不遑多讓，作品多有顯現不凡志向，超出閨閣氣度之磅礴作品，如李清照〈夏日絕句〉云：「生當為人傑，死亦作鬼雄。至今思項羽，不肯過江東。」[註71] 身處南宋存亡之秋的李清照，眼見南宋朝廷苟安一隅，儒弱無能，故藉項羽自刎烏江之壯烈行為，以諷卑弱偷安之南宋王室；又如張玉孃〈從軍行〉云：「二十遴驍勇，從軍事北荒。流星飛玉彈，寶劍落秋霜。畫角吹楊柳，金山險馬當。長驅空朔漠，馳捷報明王。」[註72] 張玉娘以特有女性思緒，寫出豪放壯闊之優秀作品，顯示灑脫自負之豪氣。李清照、張玉娘嘗試藉由擬代技巧化身為男性，想像超脫現實世界、享受實踐抱負之愉悅感與滿足感。她們不同於其他女性作家將焦點專注於自身愛情、婚姻或生活事物，而將視界放遠，關心國家大事或社會現實，跳脫女性空間與女性作家慣有之閨閣氣息，展現對國家要務之關注與胸襟大志，雖身處內室，卻以關心國事為己任，顯現過人氣節，這些跨出閨閣、參與時政、表達己見之詞作，實為女性器識之揚現。

擬代作品模糊性別界線，暗示性別跨界之可能，若就作者自身性別與生平際遇分析擬代作品內涵，可發現男性作者與女性作者於擬代主題呈現兩種不同之文化現象。男性作者大多藉擬代作品寄託政治心境，以女性立場反映政治劣勢地位。政治現實殘酷之對待，迫使這些文人必須承受強大壓力，故透過文學作品藉以表達心志為最適合之疏通途徑，然直接抒寫恐有得罪當權之虞，故詩人巧妙運用「擬代」手法，成功避免與國君之政治衝突，又適切以女性自居，表現於政治權力圈中之弱勢地位，除抒發懷才不遇之感傷，亦寄託己身之政治理想；女性作家作品則多表現陽剛豪邁氣勢，藉以寄託對國事、政治之美好理想，並對時政進行批判，同時表達與男性一較長短之高遠志向。女性作家雖有過人才華與不凡見識，然受限於傳統思想，無法參與政治，對朝廷之事毫無置喙餘地，此即為傳統女性之現實處境，亦為此

〔註71〕李清照著，侯健、呂智敏編：《李清照詩詞評注》（山西：教育出版社，1991年）。

〔註72〕張玉孃：《蘭雪集》（臺北：新文豐書局，1989年）。

群女性作家所極欲突破之束縛，故其擬代作品氣勢多磅礴豪放，內容多抒發政治理想，展現積極自主之精神。其作品除表達對國事之關心，同時亦透露未能生爲男兒身之缺憾，她們所發出之悲歡，實爲亙古以來，有識女性之共同心聲。

明清時期延續此種心向，有識女性持續展現才華，此群女性因心向一致，惺惺相惜，故結爲社團，平日詠詩爲樂，或結伴同遊，或教學相長，著名學者陳文述、袁枚等人更提倡婦學，蔚爲一股問學風氣，培育諸多傑出女弟子，這些女性並出版詩集，使女性才學得以問世〔註73〕。然保守風氣所及，引起保守人士之攻訐，最嚴厲者當屬章學誠之批判〔註74〕。此種批判雖引起女性對自我定位之矛盾，然澆不熄女性對自我才學之自覺，部分女性除於詩歌創作有優異展現，更投身敘事文本之創作，其中明清扮裝文本中，彈詞一類更由女性所主導，如邱心如《筆生花》、陳端生《再生緣》、侯芝《金閨傑》等，皆爲上乘之作。這些彈詞文本表達女性冀望展現才學、投身政治之深層願望，故以性別越界之扮裝模式，於虛構文本建構之「現實世界」實現自我。

不僅彈詞文本有相同之創作心向，戲曲文本亦表達相同作家願望，清代女性作家吳藻於其扮裝戲曲文本《喬影》云：

〔南步步嬌〕優孟衣冠憑顛倒，出意翻新巧。閒愁借酒澆，俠氣豪情問誰知道。（袖出書介）肘後繫離騷，更紅蘭簇簇當堦繞。……

（大笑介）快哉！浮一大白。（飲酒介）

（看書介）我想靈均千古一人，後世諒無人可繼。若像這憔悴江潭、行吟澤畔，我謝絮才此時與他也差不多兒。

〔南園林好〕製荷衣香飄粉飄，望湘江山遙水遙，把一卷騷經吟到。搔首問，碧天寥。搔首問，碧天寥。

（痛哭介）我想靈均，神歸天上，名落人間，更有箇招魂弟子淚灑

〔註73〕　袁枚門下女弟子約五十餘人。另外，雖未實際拜學，然有詩作來往交流者，尚有鍾令嘉（乾隆三大家蔣士銓之母）、張藻（經史學者畢沅之母）等人，可見當時女學拜教之盛。袁枚選女弟子二十八人詩作合輯編爲《隨園女弟子詩選》一書，另輯胞妹——袁機、袁杼、袁棠三人之作，編爲《袁家三妹合稿》。

〔註74〕　章學誠《文史通義·婦學》云：「近日不學之徒，援據以誘無知士女，踰閑蕩檢，無復人禽之分。」（臺北：中華書局，1979年，卷五）

> 江南。只這死後的風光，可也不小，我謝絮才將來湮沒無聞，這點
> 小魂靈飄飄渺渺，究不知作何光景？〔註75〕

由屈原開啟先緒之「擬代」手法，本用以抒發懷才不遇之悲，吳藻將之運用於扮裝文本，藉謝絮才之口娓敘女性才華無法得伸之鬱悶，化用屈原作騷典故，真切地傳達女性同樣懷才不遇之心聲。

正因女性此種強烈之心理需求，不僅女性自身重視自我才學，此種需求亦為男性作家所注意，使明清扮裝文本作家開始對女性才學投注關愛，開啟才學型女性扮裝文本創作之契機，如《平山冷燕》、《玉嬌梨》等，其中形塑之才女形象才貌兼具，成為男性作家幻想之理想女性，而這些於明清時期出現之才學型女性扮裝文本，除實踐文學藝術，亦落實這些不凡女性之冀望。

「擬代」文學原以詩歌為主要呈現模式，至明清時期，由於小說已有長足發展，呈現高度藝術成就，故此項文學遺產由小說繼承。「擬代」文學之性別越界觀念，啟發明清扮裝文本作者之寫作靈感，受此文學藝術手法影響，明清扮裝文本嘗試以「越界」表達人生百態與個體自主精神。然因小說之創作體裁與詩、詞、曲不同，出現人物角色亦遠較詩、詞為多，為顧及小說人物性格表現與故事劇情之流暢，若僅以第一人稱之擬代手法呈現，將大幅限制作者之藝術思考，故「擬代」於客觀創作環境影響下，改變其呈現方式，出現具女性柔美特質之男性或具雄才大略之女性，呈現「男女雙性」之特色，如《無聲戲》之尤瑞郎、《品花寶鑑》之蘇蕙芳、杜琴言等，兼具女性特有之細膩與體貼；花木蘭、黃崇嘏、孟麗君則具男性氣魄與才識等，皆為此種思惟所創之出色小說人物。此種刻意模糊社會性別、造成「性別越界」之寫作模式，正為擬代文學與扮裝文本之共同特色。

自春秋戰國至明清時期，「擬代」文學傳統起於知識份子對自身定位之懷疑與不安，因而將自身擬代為傳統社會之弱勢女性，使社會性別取代生理性別，並使文學作品發生澈底變化。此種變化並非僅為少數文人之認知，從「擬代」文學傳統之源遠流長，可見此為傳統知識份子之集體意識，此股龐大之集體意識，不僅提供嶄新之文學創作模式，使文學得以持續進步，此股認同

〔註75〕《喬影》作者吳藻為清代女性文學家，著有詞集《花影簾詞》與雜劇《喬影》（另名《飲酒讀騷圖》）。劇中記謝絮才感歎身為女性、有才難伸，悲歎之餘，穿著男性服飾，並為己畫像自憐，於像前讀〈離騷〉、飲悶酒，盡情抒發身為女性之無奈。劇中謝絮才之慷慨悲歎，更道出傳統社會有才女性之共同心聲。

女性處境之心態，亦逐漸成爲普遍之社會心理，並進而成爲審美趣味，造成性別界線之鬆動。自屈原擬代詩起，歷來男性文人爲表達自我政治處境、構思擬代詩作時，必須觀察女性眞實生活，並試圖深入探索女性心理世界，對了解兩性課題與淡化性別固化界線，的確大有作用。此種文學傳統發展至明清時期，性別越界之觀念促使扮裝文本出現，故「擬代」技巧啓發明清扮裝文本之創作，使扮裝文本作者打破男女性別界限，並提供後世性別差異之討論議題。

　　「擬代文學」成爲明清扮裝文本之文學遠源，就寫作形制而言，二者皆爲「性別越界」之文學嘗試作品，擬代詩作藉性別越界爲己發言，扮裝文本則藉性別越界達成扮裝目的；就創作內涵而言，二者同樣展現「女子有才」之價值肯定，李清照、張玉娘、陳端生、邱心如更爲現實生活女才展現之最佳範本；就兩性文化而言，二者提供男女雙方「設身處地」之機會，爲兩性嘗試了解彼此提供橋樑，故明清扮裝文本之書寫意義實不可漠視。

第三章　明清扮裝文本之探討

　　史實扮裝行為可遠溯至春秋戰國時期，之後各朝陸續出現。這些扮裝者之身分上至皇親貴族，下至平民老百姓，其扮裝行為於史書或文人筆記中真實出現，成為扮裝文化之實踐者與見證者。扮裝行為反映傳統社會特有之性別文化與階級差異等問題，並以文學藝術之形式，保存於小說與戲曲等扮裝文本中。本書研究範疇以明清扮裝文本為主，短篇小說如《三言》、《二拍》、《聊齋誌異》；長篇小說如《平山冷燕》、《玉嬌梨》等世情小說與《品花寶鑑》等同性戀小說；戲曲文本如徐渭《雌木蘭》與《女狀元》等。本章將按明清扮裝文本之不同體裁條列扮裝資料，以使扮裝資料有一初步建構，並就扮裝者之扮裝動機做深入分析，藉由扮裝者扮裝動機之互異，以見扮裝文本之演變與其透露之文化線索。

第一節　明清扮裝文本之體裁與性質

　　明清時期一方面深受理學與傳統禮教主導，二方面又受倡導個體自主之新興思潮影響，加以清初以來，西方文化東漸，使明清時期充滿多樣變數，此時思想潮流、社會文化皆與前朝有所差異。明初建國之際，統治者為控制浮動民心、消弭社會不安定因素，故大力鼓吹強調「長幼尊卑」、「尊君重上」之儒家思想，使明初學潮深受宋代理學思潮影響。於政治力量刻意推波助瀾下，理學持續固守原有勢力範圍。

　　明中、後期後，於傳統體制嚴格控制下，少部分有志之士仍於此困境尋求個體自由發展之可能性。如李贄、徐渭提倡「自由」、肯定「私慾」，使明

清時期注重個體存在價值、強調個體精神〔註1〕。此種反動思想啓蒙後，使人類重新檢視社會與個人、團體與個人種種關係之對立與牽連，並勇於突破傳統思想限制，以自我思考模式企圖建構新的社會機制與自我發展之機會，此種自主精神已不再以朝廷、社會、家族等團體社群爲唯一貢獻目標，反而著重個體實踐、個體享樂，甚且出現驚世駭俗之瘋狂舉動。徐渭、李贄、張岱、袁宏道等文士表現之隨性自主形象與傳統忠君愛國之文士形象有極大差異，此群文人或因官場不順，看破一切；或因自身生存環境困頓，憤俗發狂〔註2〕；或因表現個體自主，拋棄世俗、寄情山水。然皆積極表達自我主張、追求自我理想，企求拋開社會與傳統制度強加於人類身上之羈索牽絆，勇於向傳統思想挑戰、反抗傳統道德觀，以求更自由之主體精神。

　　受此股強調個體精神之社會潮流影響，下至販夫走卒，上至皇親國戚，注重個人享樂與需求，各階層擁有各自審美情趣，形成多元展現，風俗、服飾、遊藝等方面，皆可見此股風氣對社會之影響，以「小說反映社會」、「戲臺反映人生」角度言，此股風氣已吹至文學領域。人類思惟模式與身處社會背景具緊密之關連，故小說創作者受社會因素啓發，觸動靈感，於小說等文

〔註1〕 此股強調個體自主思潮使諸多知識分子勇於以自身對抗龐大傳統體制，以實際行動反抗傳統體制之固化，如明代李贄批評當時盛行之理學，並以大膽言論駁斥孔孟思想，引起相當之震撼。李贄於其自著《續焚書·聖教小引》云：「余自幼讀聖教不知聖教，尊孔子不知孔夫子何自可尊，所謂矮子觀場，隨人說研，和聲而已。是余五十以前眞一犬也，因前犬吠形，亦隨之而吠，若問以吠聲之故，正好啞然自笑也已。」（臺北：漢京書局，1984年，卷二）李贄明確表達不隨他人起舞之學術立場，重視自我覺醒，而非一味遵守聖賢教條之傳統規範，具十足之反抗精神。

〔註2〕 徐渭向以「半儒半釋還半俠」自居，具傳統知識分子清高自守之偉大情操，亦有不同流俗、豪爽放蕩之俠客精神，然因其立場鮮明，得罪權貴，拔擢徐渭之總督胡宗憲受嚴嵩案牽連致死，徐渭頓失政治舞臺，於不願同流合污情況下，身心壓抑，更趨極端，曾以斧頭、鐵釘自殘，企圖結束殘生。袁宏道〈徐文長傳〉眞實記載徐渭之發狂行徑：「（徐渭）晚年憤益深，佯狂益甚，顯者至門，或拒不納，時攜酒至酒肆，呼下隸與飲，或自持斧擊破其頭，血流被面，頭骨皆折，揉之有聲，或以利錐錐其兩耳，深入寸餘，竟不得死。」（臺北：清流出版社，1976年）此段記載呈現徐渭非得以利器造成生理傷害方能撫平內心憤嫉之痛苦，廣大天地間，徐渭不知寄身何處，故產生自我定位之困惑，然徐渭奇特一生並未就此結束，徐渭於精神極不穩定之狀況下，失手殺死妻子，並因此入獄七年。出獄後，徐渭澈底了悟，認識眞澄自我之奧義，無論一般農民或妓女，徐渭總能與大眾分享眞正自我，然對勢利之權貴階級卻冷眼以對，徐渭將自身年譜親定名爲《畸譜》，此「畸」字正爲貼切形容徐渭不同凡俗之註腳。

學作品中，納入當時社會文化，並於文學作品做真實呈現。社會風潮絕非恒久不變，故「苟日新、日日新、又日新」之社會文化，爲各式文學作品帶來新奇因素，並產生嶄新衝擊。明清時期，扮裝風氣逐漸成形，扮裝文本於明清時期大量出現，正與此股社會風潮息息相關。

明清時期新舊思想交替，歷史因素糾結繁雜，加以拘謹之傳統思想與開放之自主精神，兩者矛盾、衝突、抗衡，展現交織縱橫卻又變化多元之風貌。正是如此特殊之年代，方產生「扮裝」情節之各式文本，並獲得廣大閱聽者之迴響，使扮裝文本於明清時期大量出現。扮裝文本之出現，不僅宣示新文學內容，更爲探索社會多樣風貌之鑰。

「扮裝」行爲於秦、漢、魏、晉時期之文本記錄以史書爲主，其存在價值以歷史視之，而非文學。唐宋時期文本雖出現「扮裝」情節，然「扮裝」於文本之作用多爲串場，對文本情節發展影響不高，缺乏代表性。直至明清時期，小說得到空前發展，至此累積之扮裝文本數量豐富，語言使用愈趨成熟，內容題材更爲曲折多變，出現多部優秀作品。審視明清扮裝文本，依其創作體裁分爲短篇小說、中長篇小說〔註3〕、戲曲文本、彈詞文本四類。以下就扮裝文本體裁分類，擇要列舉出現扮裝情節之主要明清文本：

一、短篇小說

出現扮裝情節之短篇小說篇章數量較其他體裁爲多，明代有《三言》、《二拍》等小說；清代則有《聊齋誌異》、《無聲戲》等小說。明清時期收錄扮裝情節之短篇小說除《三言》、《二拍》、《一型》外，尚有《今古奇觀》、《人中畫》等，此類小說爲符合通俗大眾之閱讀需求，牟求營利而大量出版，僅就《三言》、《二拍》之故事擇要收編刊印，非自撰創作，其內容與《三言》、《二拍》多有重覆，故本書不予討論。

1. 《三言》
(1)《喻世明言》卷二十三〈張舜美燈宵得麗女〉
(2)《喻世明言》卷二十八〈李秀卿義結黃貞女〉

〔註3〕明清扮裝文本中，短篇小說字數短則數百字，多則三萬餘字，如《聊齋誌異·男妾》約爲二百字，《拍案驚奇·聞人生野戰翠浮庵　靜觀尼晝錦黃沙衖》則約一萬四千餘字。中篇小說字數約爲四萬字至十萬字不等，長篇小說則多達數十萬字，如中篇小說《龍陽逸史》約十萬餘字，長篇小說《品花寶鑑》則高達三十萬字左右。

（3）《喻世明言》卷三十〈明悟禪師趕五戒〉

（4）《警世通言》卷二十六〈唐解元一笑姻緣〉

（5）《警世通言》卷二十七〈假神仙大鬧華光廟〉

（6）《醒世恒言》卷七〈錢秀才錯佔鳳凰儔〉

（7）《醒世恒言》卷八〈喬太守亂點鴛鴦譜〉

（8）《醒世恒言》卷十〈劉小官雌雄兄弟〉

（9）《醒世恒言》卷十一〈蘇小妹三難新郎〉

（10）《醒世恒言》卷十三〈勘皮靴單證二郎神〉

（11）《醒世恒言》卷十五〈赫大卿遺恨鴛鴦絲〉

2. 《二拍》

（1）《拍案驚奇》卷二〈姚滴珠避羞惹羞　鄭月娥將錯就錯〉

（2）《拍案驚奇》卷十九〈李公佐巧解夢中言　謝小娥智擒船上盜〉

（3）《拍案驚奇》卷三十四〈聞人生野戰翠浮庵　靜觀尼晝錦黃沙衖〉

（4）《二刻拍案驚奇》卷三〈權學士權認遠鄉姑　白孺人白嫁親生女〉

（5）《二刻拍案驚奇》卷五〈襄敏公元宵失子　十三郎五歲朝天〉

（6）《二刻拍案驚奇》卷六〈李將軍錯認舅　劉氏女詭從夫〉

（7）《二刻拍案驚奇》卷十五〈韓侍郎婢作夫人　顧提控掾居郎署〉

（8）《二刻拍案驚奇》卷十七〈同窗友認假作真　女秀才移花接木〉

（9）《二刻拍案驚奇》卷二十七〈偽漢裔奪姜山中　假將軍還妹江上〉

（10）《二刻拍案驚奇》卷三十五〈錯調情賈母詈女　誤告狀孫郎得妻〉

（11）《二刻拍案驚奇》卷三十八〈兩錯認莫大姐私奔　再成交楊二郎正本〉

3. 《型世言》第三十七回〈西安夫別妻　鄁陽男化女〉

4. 《無聲戲》第六回〈男孟母教合三遷〉

5. 《聊齋誌異》

（1）《聊齋誌異》卷三〈商三官〉

（2）《聊齋誌異》卷四〈姐妹易嫁〉

（3）《聊齋誌異》卷六〈江城〉

（4）《聊齋誌異》卷六〈顏氏〉

（5）《聊齋誌異》卷十一〈男妾〉

（6）《聊齋誌異》卷十二〈人妖〉

二、中長篇小說

明清中長篇扮裝文本數量亦頗豐富，此類扮裝文本內容多為相似，其中不乏原作、仿作關係，本書除將《紅樓夢》、《鏡花緣》獨立成類外，另將相似文本依其內容統歸為「明末清初才情小說」〔註4〕與「男風小說」二類：

1. 明末清初才情小說：《平山冷燕》、《玉嬌梨》、《鼓掌絕塵》等。
2. 男風小說：《龍陽逸史》、《弁而釵》〔註5〕、《宜春香質》〔註6〕、《品花寶鑑》等。
3. 《鏡花緣》〔註7〕

〔註4〕 明末清初才情小說內容多敘男女相識、愛戀之曲折，故扮裝情節普遍出現於此類以才子、佳人為主體之世情小說，如《平山冷燕》、《玉嬌梨》、《鼓掌絕塵》、《白奎志》等。《鼓掌絕塵》敘相府歌妓玉姿因與巴陵才子杜萼有私，故玉姿改扮男裝與杜萼漏夜私奔；同書之姑蘇才子文荊卿與刺史之女李若蘭兩情相悅，然因兩人無法會面致使若蘭相思成疾，故文荊卿扮裝為醫，佯稱治病方可得見若蘭。

〔註5〕 本書分成〈情貞紀〉、〈情俠紀〉、〈情烈紀〉、〈情奇紀〉四部分。其中扮裝情節出現於〈情烈紀〉、〈情奇紀〉兩部。〈情烈紀〉敘文韻為報答雲漢救命之恩，甘願扮裝女子，侍奉雲漢，最後為雲漢壯烈犧牲生命。〈情奇紀〉敘李又仙為報答匡時助之遠離南院之恩，扮裝女性，為匡時男妾。匡時身陷牢獄時，又扛負撫養匡時幼子之責，最後助其子高中狀元並成功為匡時報仇。

〔註6〕 《宜春香質》分〈風〉、〈花〉、〈雪〉、〈月〉四集。〈風〉集敘孫義遭無賴虢某、惡棍干將、莫邪設計，淪為男妓。流落至京後，又遭干將、莫邪毆打致死。孫義死後，好友王仲和嚴懲這班惡徒，並照顧孫義與妓女曹嬌所生之子。〈花〉集寫單秀言以狐媚之姿先後與謝公綽、和賓王、鐵一心等人有後庭之交，然心術不正，偷賣和賓王家宅，又誣告鐵一心，最後為和賓王與鐵一心聯手殺死。〈雪〉集敘變童伊自取專騙錢鈔，最後自食惡果淪為乞丐。〈月〉集敘鈕俊長相醜陋不堪，後經奇遇，改頭換面，成為絕色男子，先後進入宜男國與聖陰國成為皇后，備受恩寵，國亡後，遭受許多磨難，最後悟道學佛。首篇故事開宗明義言：「太上忘情，其下不及情。情之所鍾，正在我輩。我輩而無情，情斯頓矣。蓋有情則可以為善；無情則可以為不善。降而為蕩情，則可以為善，可以為不善矣。世無情，吾欲其有情；舉世溺情，吾更慮其蕩情。情至於蕩，斯害世矣。蕩屬於情，並害情矣。」（臺北：臺灣大英百科出版社，1994年）此番話雖對蕩情者提出警語，然全書充滿淫穢情節，與編作者開宗明義之旨顯著不同，實有雙面之嫌。書中盡為講述男風之情愛故事，好男風者個個柔媚動人、風情萬種，無論華服、頭飾之精美，或體態之柔媚，幾與女性不分軒輊，顯見古代男同性戀者女性化之傾向。

〔註7〕 《鏡花緣》第三十二回至三十八回敘林之洋因經商貿易至女兒國，卻被改扮成女子，深受纏足之苦，女兒國主為逼林之洋就範，施以穿耳、毒打、倒吊之刑，使林之洋備受折磨。林之洋此段女兒國奇遇一針見血點出男女性別之差異，並提供許多省思論點。

4.《紅樓夢》〔註8〕

三、戲曲文本

　　明清戲曲文本之「扮裝」可分成「文本扮裝情節」與「現實演員扮裝」二類，本節以「文本扮裝情節」爲爬梳焦點，「現實演員扮裝」因偏向文化層面，將於本書第四章另行討論。具扮裝情節之主要戲曲文本如：

1.《四聲猿》：〈雌木蘭替父從軍〉、〈女狀元辭凰得鳳〉〔註9〕
2.《男王后》〔註10〕
3.《荔鏡記》〔註11〕

〔註8〕　《紅樓夢》除敍述賈寶玉與數位奇女子間之情愛糾葛，書中亦鋪述數條人物錯綜複雜之感情脈絡，這些脈絡關係除有男女關係，更有男男或女女間之同性情誼，如書中第二十八回，賈寶玉與蔣玉菡（琪官）初會面：「（寶玉）想了一想，向袖中取出扇子，將一個玉玦扇墜解下來遞與琪官道：『微物不堪，略表今日之誼。』琪官接了，笑道：『無功受祿，何以克當？也罷，我這裏也得了一件奇物，今日早起方繫上，還是簇新，聊可表我一點親熱之意。』說畢，撩衣將繫小衣兒的一條大紅汗巾解下來，遞與寶玉道：『這汗巾子是茜香國女國王所貢之物，夏天繫著，肌膚生香，不生汗漬。昨日北靜王給的，今日纔上身。若是別人，我斷不肯相贈。二爺請把自己繫的解下來給我繫著。』」（臺北：地球出版社，1990年）又如第五十八回寶玉見藕官偷燒紙錢之舉動，深感疑惑，詢問芳官，芳官回道：「『他祭的就是死了的藥官兒。』寶玉道：『他們兩個也算朋友，也是應當的。』芳官道：『那裏又是什麼朋友呢？那都是傻想頭，他是小生，藥官是小旦。往常時，他們扮作兩口兒，每日唱戲的時候，都裝著那麼親熱，一來二去，兩個人就裝糊塗了，倒像眞的一樣兒。後來兩個竟是你疼我，我愛你。藥官兒一死，他就哭得死去活來的，到如今不忘，所以每節燒紙。』」（臺北：地球出版社，1990年）蔣玉菡因風流溫柔，故得賈寶玉青睞；藥官、藕官則因做戲，弄假成眞。這些同性愛戀情節，兩者形成因素與環境互異，顯示《紅樓夢》多元之兩性文化。

〔註9〕　明徐渭寫《四聲猿》雜劇，此四本雜劇，全名爲〈玉禪師翠鄉一夢〉、〈雌木蘭替父從軍〉、〈狂鼓史漁陽三弄〉、〈女狀元辭凰得鳳〉，分別寫柳翠得道、木蘭從軍、禰衡罵曹、崇嘏及第四事。其中具扮裝情節者爲〈雌木蘭替父從軍〉、〈女狀元辭凰得鳳〉，以下簡稱〈雌木蘭〉、〈女狀元〉。這四部雜劇展現徐渭對社會世俗與傳統價值之反動，亦展現徐渭不爲禮教箝制之精神。

〔註10〕《男王后》爲明代曲學大家王驥德所著，敍臨川王愛好男風，陳子高因容色出眾，故爲臨川王冊立爲男王后。此則故事眞實反映明代男風鼎盛之流俗與明末放蕩縱欲之時代特色。王驥德雜劇著作計有《男王后》、《兩旦雙鬟》、《棄官救友》、《金屋招魂》、《倩女離魂》五種，今僅存《男王后》一齣傳世。

〔註11〕《荔鏡記》作者不詳，此劇以潮州語、泉州語編寫，故事敍富家子陳伯卿（陳三）於元宵燈夜對黃碧琚（五娘）一見鍾情，爲一親芳澤，扮裝爲磨鏡工匠，委身黃家家奴三年，然因五娘已指婚林家，兩人愛情產生波折，幸得五娘侍

4. 《擋馬》〔註12〕
5. 《龍舟會》〔註13〕
6. 《繁華夢》、《全福記》〔註14〕
7. 《喬影》

四、彈詞文本

　　彈詞為民間講唱藝術，其演出方式多以彈詞藝人一或兩人自彈自唱為主，演詞結合韻文與散文，內容則以男女愛情故事為主要題材，深受大眾喜愛。明清多位優秀女性作家選擇「彈詞」做為發揮文才、抒寫心志之體裁，於女性作家刻意塑造下，彈詞文本女主角大多藉由「扮裝」走出傳統體制牢籠，於職場展現政治長才。這些內容相似、手法相同之彈詞文本，在在反映有識女性內心深層之渴望與抱負，故隱藏於這些彈詞扮裝文本後之文化內涵，提供研究女性心理意識之重要素材。明清扮裝彈詞文本如：

　　1. 《玉釧緣》〔註15〕

婢益春穿針引線，最後三人結伴出奔泉州，有情人終結連理。此劇宣揚男女婚戀自由思想，廣受大眾歡迎，後並改編歌仔戲，搬上舞臺與電視螢幕，顯見此劇之盛行。

〔註12〕本劇選自清代蘇州寶仁堂書坊主人錢德蒼所編選之《綴白裘》戲曲集，故事敘宋將焦光普隨楊家將北征，因戰敗，隻身流落番邦，開設酒店餬口，然焦光普一片赤誠，時存重返宋廷、為國效力之志，然苦無腰牌，難以出關。某日見一少年身繫腰牌途經酒店，故意擋馬留宿，意欲竊取腰牌，後方知此少年為楊八姐扮裝，最後兩人使計，同返宋廷。《綴白裘》共有十二編，1931年由汪協如完成校勘整理工作，胡適寫序，並於1940年12月由中華書局排印出版。

〔註13〕《龍舟會》，王夫之撰，內容敘唐代謝小娥扮裝為父親、夫婿報仇之事，故事情節刻意加上安史之亂，藉此抒發心懷故土、圖思復國之心志。正如王夫之借劇中人云：「卻歎咱半生半生問天，空熬得鬢邊鬢邊霜練，眼對著江山江山如顛，似落葉依苔依苔蘚。庭院歸燕，銜不起殘紅片。」表現遺民思想。

〔註14〕《繁華夢》與《全福記》作者王筠出身書香世第，父王元常為乾隆進士，工詩。王筠《繁華夢》可謂己身心情寫照，劇中主角王氏於夢中化為男子，不僅娶嬌妻、美妾，還高中狀元，實現人間俗世願望，然醒來後，發現人生如黃粱一夢，經麻姑提點，最後隱遁空門。《全福記》記農村女子沈惠蘭女扮男裝，入京應考並屢建戰功之事，兩劇主旨相似，皆表現作者冀望成為男性、展現實學之懇切心情。

〔註15〕《玉釧緣》共三十二卷，作者佚名，僅得知為明末清初母女二人原作，後由侯芝改訂。據《歷代婦女著作考》記載，侯芝改訂彈詞共有四種：《玉釧緣》、《再生緣》、《再造天》、《錦上花》。本書內容敘才女謝玉涓女扮男裝應試中舉，

2.《天雨花》〔註16〕

3.《再生緣》〔註17〕

4.《筆生花》〔註18〕

5.《金閨傑》〔註19〕

6.《再造天》〔註20〕

進而在朝爲官之故事。

〔註16〕《天雨花》共三十卷，作者陶貞懷，《天雨花·自序》云：「家大人有水鏡知人之明，抱輞川卷懷之首，惜余纏足，許以論心，謂余有木蘭之才能、曹娥之志行，深可愧焉。」（臺北：文海出版社，1971 年）顯見陶貞懷自幼深得父親器重，並將之媲美木蘭、曹娥。作者有感家國之痛，故藉此書以表達對國家朝廷之憂心，內容敘述明末朝綱敗壞、清兵入關，忠良左維明剷除奸邪魏忠賢之事。爲凸顯左維明機智多謀，故本書第一回敘其與扮裝爲女性之杜弘仁故意爲盜所擒，以救杜妻之驚險過程。全書思想內容、故事題材與其他女性彈詞作家旨趣不同，跳脫閨閣框架與女性本位，將視角拓展爲家國、民族，顯見作者寫作旨趣頗具深義。

〔註17〕《再生緣》爲清代才女陳端生於清乾隆年間所撰。陳端生初撰十七卷，後因母喪與夫涉官場舞弊事件而未成，後由許宗彥、梁德繩夫婦共同完成，續成二十卷，又名《孟麗君》、《女丞相》。故事敘孟麗君爲夫查案，化名酈明堂應科舉考，得中狀元並高居相位之事。此部作品充分展現陳端生勇於跳脫傳統之見識，並開創女性無限之可能，無論故事人物孟麗君或作者陳端生，皆可謂女性自覺之實踐者。由於陳端生因故未能完成本部作品，故後三卷由梁德繩夫婦續成，然故事卻落於俗套，安排孟麗君辭官成婚，與劉燕玉、蘇映雪三女共侍一夫，故續書評價未如前十七卷高。

〔註18〕《筆生花》爲作者邱心如於閱讀《再生緣》後，因抱持不同創作理念，故另行創作之仿作。《再生緣》孟麗君之新女性形象令人耳目一新，邱心如雖亦認同孟麗君女扮男裝，然反對孟麗君拒絕走入婚姻家庭之態度，批評孟麗君「辱父欺君太覺偏」，故《筆生花》才女姜德華雖亦女扮男裝，並於官場獲得極高成就，最後仍回歸傳統秩序，走入家庭，並遵循傳統制度對婦德之要求，展現「不妒」態度，爲夫納妾，甚至用計替大伯騙婚藺寶如。《筆生花》作者邱心如透過扮裝模式實現自我理想，然受傳統體制制約，邱心如於內容陳述與結局安排並未跳脫女性牢籠，反而表現對傳統社會男女定位與職責之認同感，顯與陳端生不同。

〔註19〕《金閨傑》爲《玉釧緣》故事之延伸，更是《再生緣》之改作。作者侯芝於此書題詞批評孟麗君云：「齒唇直逞明槍利，骨肉看同蔽屣遺。僭位居然翁叩首，裂眥不惜父低眉，倒將冠履怨還小，滅盡倫常罪莫提。」於是改寫《玉釧緣》故事，並加入因果轉世情節，書中人物轉世後，即成爲《再生緣》之相關角色，如謝玉輝投胎爲皇甫少華，鄭昭如爲孟麗君等，雖有女扮男裝情節，然全書受作者創作意識影響，已完全偏離《再生緣》原書本意。

〔註20〕《再造天》爲侯芝所著，敘孟麗君與飛龍兩位女性因偏離傳統女性正軌，故最終落得獨自懊悔（孟麗君）甚至自殺（飛龍）之悽慘結果。本書可謂宣揚

7. 《曉金錢》〔註21〕

明清扮裝短篇小說以《三言》、《二拍》、《聊齋誌異》為主，此類扮裝文本因體製短小且自成一篇，不受同書其他非扮裝文本影響，故作者得以於此類短篇扮裝文本馳騁創作力，使各篇扮裝人物具獨特、鮮明之個人特質，如女中豪傑謝小娥、花木蘭、商三官；癡情男女唐伯虎、劉素香；政治奇才黃崇嘏、顏氏等。這些扮裝人物之扮裝動機與扮裝過程迥然不同，作者所欲呈現之主題、意涵亦有所差異，故其豐富多變之特質，提供多條對傳統禮教之反動線索，並提供學術研究之多樣思考。

中長篇扮裝文本以「男風小說」與「才情小說」為主軸。「男風小說」如《龍陽逸史》、《弁而釵》、《品花寶鑑》等，此類男風扮裝人物幾乎全以顛覆社會性別之扮裝性別登場，標榜同性愛戀；「才情小說」則多敘才子、佳人愛戀情事，故作者表現思想趨於統一，相較短篇扮裝文本，情節與思想缺少變化。其他長篇扮裝文本如《紅樓夢》、《鏡花緣》等，並非以扮裝、同性愛為全書主幹，「扮裝」對這些作品而言，僅為眾多情節架構之一環，並非全書主旨，然長篇扮裝文本情節選材來源廣泛、複雜，「扮裝」得以雀屏中選，納入情節選材之一，可見「扮裝」必有其特殊魅力，更證實探討扮裝文本之重要性。

戲曲扮裝文本與彈詞扮裝文本故事情節頗為類似，主以女性扮裝人物之奇特際遇為故事主軸。女性扮裝人物於沙場、官場逞其才學之歷程，為故事主要模式，然戲曲扮裝文本作者為男性，這些男性作者多藉女性扮裝人物於職場之自我實現，以補其仕途不順之遺憾，或對傳統制度提出反動；彈詞扮裝文本作者為女性，多藉文本虛構之女性扮裝人物凸顯自身才學，並於虛構之文學世界提出特有之女性思惟。侯芝、邱心如、陳端生此群傑出之女性彈詞作家，以女性扮裝人物為本，創作頗具文學價值之彈詞扮裝文本，於其扮裝文本中，扮裝主角皆為才華超出一般男性之優異女性，憑自身努力於職場顯現自我價值，並反映作者內心願望。然由於傳統思想影響與外在環境之限制，故彈詞扮裝文本女性作者群於創作立場出現分歧現象，侯芝與邱心如採取保守創作態度，故安排女性扮裝人物最終回歸傳統女性軌道，此種結局安

「女子無才便是德」觀點之最佳女誡，表現作者過度保守之社會價值觀。
〔註21〕《曉金錢》作者佚名，內容敘王景星妻柳卿雲喬扮男裝，應科舉考得中，並高居當朝宰相之事。

排隱含作者內心對傳統制度之敬畏；陳端生則呈現與侯芝、邱心如全然不同之女性思惟，其彈詞扮裝文本充滿積極、開拓精神，使女性得以於虛構扮裝世界盡其所能，陳端生《再生緣》之創作，為女性才華顯現之最佳證明，所塑女性扮裝人物百般抗拒婚姻束縛，更顯現陳端生與其他女性彈詞作家之不同。惜陳端生未得親自完成《再生緣》，續作者梁德繩雖同為女性，然其所續結局安排三女共事一夫，此種傳統思惟，使《再生緣》未得跳脫傳統框架，殊為可惜。若由陳端生獨力完成此作，女性無限之潛能將如何被啟發，實令人期待，惜此終為不能之願也。

第二節　明清扮裝文本扮裝者之扮裝動機

明清扮裝人物扮裝之因均為完成某種目的，此目的受外在客觀環境影響，無法順利達成，故於滿足欲望之動機驅使下，選擇利用「扮裝」此「非常」手段以快速達成目的。奧地利精神病學專家佛洛伊德〔註22〕於其著作《夢的解析》曾詳細剖析此種心理意識。佛洛伊德認為人類天生具有本能，此本能受外在環境影響，產生心理需求，此需求若愈形強烈，則將產生欲望，稱之為「Libido」（原欲）。因此欲望使人類產生各種情緒，並要求人類儘快滿足此欲望，當人類滿足自我欲望後，將產生愉悅之充實感。然一切客觀存在絕非全然受人類控制，故人類欲望終將無法皆如己所願。社會機制仰賴歷史文化累積、社會制度建立與社會規範形成等種種客觀因素運作，故人類欲望需求將受社會規範或道德標準等條件制約，若欲望與制約得以平衡，則人類情緒、行為亦將於符合社會標準之情況下受制；若欲望無法被滿足，於不得違背社會規範之前提下，人類往往選擇壓抑欲望，然此被刻意壓抑之欲望，絕無法就此消失，反由人類自我意識轉入「潛意識」，潛藏於潛意識之欲望常於人類不知覺之情況，形成夢境，故佛洛伊德認為夢境實為人類內心真實欲望之反射。但自然天性所趨，人類總想將內心欲望落實於現實生活中，期待心理、生理皆可完成自我滿足，故為將真實客觀環境轉成對己有利之情況，藉

〔註22〕佛洛伊德（Sigmund Frued, 1856～1939），奧地利著名精神醫師，發表多部攸關精神心理之學術論著，1900 年發表《夢的解析》一書，後又陸續發表《精神分析五講》、《導論》、《新論》等書，於焦慮、妄想、歇斯底里、伊底帕斯情結、愛情心理、性學等方面有深入研究，對精神病醫學與心理學均有極大貢獻。

由各種手段以達成目的。就佛洛伊德理論而言，能突破性別與身分限制之「扮裝」，即爲人類將眞實客觀環境轉成對己有利之手段之一。

　　扮裝者選擇以「扮裝」滿足自我欲求，故這些扮裝者之扮裝動機成爲探討人類欲望之重要線索。藉由分析這些扮裝者之扮裝動機，除可反映人類欲求，並可得知「扮裝」對社會整體性別結構挑起之化學影響。

一、男性扮裝者

　　男性扮裝者扮裝動機或爲愛情扮裝、追求才女；或爲財色扮裝、騙取女性貞操。爲尋求這些扮裝動機之共質性與異質性之規律，故將男性扮裝者之扮裝動機統分爲「性欲」、「愛情」、「男風」、「其他」四類，以見其共質性；並就這四類再做細部區分，以見其異質性。

（一）性　欲

　　「性」自古即爲傳統社會之禁忌話題，於傳統體制控制下，多部涉及「性」之書籍屢遭查禁，爲防止「傷風敗俗」風氣蔓延，以達控制思想目的。然「食、色」乃人類自然天性，此種自然欲求於強權控制下逐漸扭曲變形，演變爲須藉非法手段方能被滿足之變態思想。爲滿足此種變態思想，不肖分子利用「扮裝」滿足自我私欲，形成以「性欲」爲動機之扮裝行爲。此群歹人或爲滿足變態性欲，「扮裝」爲女性，使無辜女性毫無防備，落入圈套以致失身；或利用人性貪財好色弱點，藉「扮裝」騙取錢財；亦有些扮裝者害人不成反害己，成爲女性之性奴隸，甚至賠上性命。這些扮裝者雖同以「性欲」爲出發點，然各有不同扮裝歷程與目的，無論這些扮裝情節過程有多少相異性，作者多於結局安排扮裝者得到相當程度之懲戒，除可看出作者批評變態思想之價值觀，亦透露害人者必遭譴之道德倫理。

1. 姦淫騙色──男性性權力之非法擴張

　　於明清扮裝文本中，此類加害女性之醜陋行爲，最爲卑鄙無恥。《拍案驚奇》卷三十四入話敘「王尼」假扮尼姑庵主，使無辜女性因未知其眞實性別而遭矇騙、誘姦失身，即便女性抵死守貞，亦被王尼以藥迷昏、強行姦淫。受此獸行侮辱之女性不計其數，然「失節事大」傳統觀念根深蒂固，許多受害女性選擇隱忍不言，獨自承受失節屈辱。可恨逍遙法外之王尼不僅將受害女性姓名整理成冊，甚至留下失貞少女元紅白綾汗巾，以爲犯罪之戰利品。幸天理自有公道，當地理刑察覺事態有異，將王尼逮捕歸案。王尼雖伏法身

亡，然受辱婦女卻須一生承受生理、心理創傷苟活，有些受辱女性擔心失節之事被拆，屆時與其承受他人異樣眼光，不如一死了之，因而紛紛選擇自縊身亡。王尼為逞一己獸欲，致使無數無辜女性生不如死，即使「性欲」為人類與生俱來之天性，然並不代表可藉此天性使犯罪行為合理化。王尼以「扮裝」手段造成他人無法彌補之傷害，即使最終「伏法身亡」，然並未能平息人怨，更無法弭平這些女性所受創傷。

《醒世恒言》卷十之桑茂亦與王尼一般，化名鄭二姐，以教授女性針線女紅之名，光明正大登堂入室，並乘機姦淫無數女性，後因某大戶女婿求歡未成，方揭露桑茂原為男性之性別。《醒世恒言》卷十三之孫神通原為廟官，因見韓夫人貌美，又見韓夫人祈願能嫁予如二郎神模樣之如意郎君，故假扮二郎神誘騙韓夫人。孫神通身居廟官神職，竟大起淫心，冒充神明藉以欺矇婦女，凸顯傳統社會敬天崇神觀念之盲點，因宗教強調神、人間之尊卑差距，故使韓夫人因無知、奉崇神明之心態，失去客觀判斷，誤信二郎神裝扮之孫神通，使其得以利用人性弱點得逞。

傳統社會男性活動空間遠較女性為廣，然有些區域禁止男性涉足，故圖謀不軌之男性，為進入這些區域，採取非法手段，以滲透之扮裝方式掩人耳目，此類男性扮裝者往往選擇扮成尼姑或老婦，方得光明正大進入女性內室，使男性對女性之性控制得以延伸至非婚姻關係所建構之區域。桑茂、孫神通此二則扮裝事例除描寫男性以非法手段姦淫婦女外，亦塑造性飢渴形象之女性，這些女性幾經挑逗即欲火難耐，「引動淫性，調得情熱」後「多不推辭」，甚至「相處情厚，整月留宿，不放出門」〔註23〕。此種描寫合理化此類男性扮裝者之行徑，為其罪行尋求開脫之藉口，然受害女性卻因王尼、桑茂惡行遭受無數煎熬，甚至了卻自我生命。此類男性扮裝者為滿足自我私欲，不擇手段，不僅使用各種詐騙方術騙色，甚至食髓知味、屢犯罪行，雖著人裝卻逞禽獸之欲，以其先天優勢之男性身體強迫控制女性，非法攫取女性身體自主權，使女性屈服、受盡侮辱。這些縱欲男性挾著女裝之便進入內室，又以其男性權力對女性施壓，強者凌辱弱者，性別權力在此展露無遺。

2. 害人害己──性權力之轉移與懲戒

傳統社會賦予男性性自主權與控制權，故生為男性，亦即代表握有性權

〔註23〕 馮夢龍編：〈劉小官雌雄兄弟〉，《醒世恒言》（臺北：建宏書局，1995 年），卷十。

力，此性權力之賦予完全建立於生理性別。一旦扮裝爲女性或被「閹割」，亦即代表性權力消失。有些操弄性別界線、遊走於兩性之間的扮裝者，即於此種遊戲中墮入萬劫不復之深淵。《醒世恒言》卷十五敘赫大卿生就風流倜儻，然素行不良，終日遊戲人間，一日見女尼空照竟起色欲，空照雖爲出家女尼，然俗心未消，故兩人一拍即合、成其好事。赫大卿更與庵中其他女尼大玩性遊戲，時日一久，終至無力招架，意欲離去，然眾女尼貪圖性欲歡愉，施技剃除赫大卿頭髮，將赫大卿扮裝爲女尼，繼續滿足性需求，最終赫大卿竟落得精盡人亡之下場。赫大卿之扮裝非出於自願，然其身分一旦由普通男性變爲女尼，即代表所有之男性優勢將因身分、性別改變，遭到除權，其活動範圍亦因被扮裝爲女尼，故軟禁於尼庵。赫大卿之例反映當男性一旦扮裝爲女性，其男性優勢即隨之消失，隨之而來者，可能是社會加諸於女性身上之枷鎖，若心懷不軌，更可能玩火焚身。赫大卿下場雖頗爲凄涼，然造成此結果亦因其貪圖色欲、勾引女尼空照而引起之連鎖效應。

《聊齋誌異》另載一則自食惡果之扮裝故事。〈人妖〉篇馬萬寶爲一好色之徒，妻田氏不僅知情，甚且助紂爲虐，協助馬萬寶誘姦婦女。某日鄰居老嫗向田氏談及一善於縫紉與按摩之女子，盼田氏能與之見面，起初田氏不以爲意，然某日馬萬寶偶見此女，因其貌美便犯色心，慫恿田氏假意招女子至家。田氏向老嫗說明，老嫗特意交代田氏，此女「畏見男子，請勿以郎君入」〔註24〕，田氏假意答應，終邀此女入室，夜晚入睡時，田氏讓女子先睡，卻讓丈夫馬萬寶從後門入室。馬萬寶上床，滿心歡喜，奸計即將得逞，然故事至此卻有戲劇性發展：

> （女子）遽探其私，觸腕崩騰，女驚怖之狀，不啻誤捉蛇蠍……
>
> （馬生）以手入其股際，則擂垂盈掬，亦偉器也，大駭，呼火！
>
> 〔註25〕

原來此女竟爲男子假扮，老嫗向田氏介紹此女，全爲協助行姦，未料馬萬寶亦懷有邪念，故兩人皆佔不到對方便宜，殊爲可笑。扮女之男供稱己「是谷城人王二喜，以兄大喜爲桑沖門人，因得轉傳其術」〔註26〕，此則扮裝故事凸顯桑沖扮女姦淫婦女之事蹟造成諸多不良影響，甚且有人專程拜桑沖爲

〔註24〕蒲松齡：〈人妖〉，《聊齋誌異》（臺北：正展出版社，2004年），卷十二。
〔註25〕蒲松齡：〈人妖〉，《聊齋誌異》（臺北：正展出版社，2004年），卷十二。
〔註26〕蒲松齡：〈人妖〉，《聊齋誌異》（臺北：正展出版社，2004年），卷十二。

師，學習此種害人邪術〔註27〕，使受害婦女不計其數。男扮女裝、姦淫婦女者大多難逃一死，然於此則扮裝故事中，馬生雖知此女為男子王二喜所扮，然因貪求美色，以報官相脅，王二喜懼之，只得聽從，成為馬萬寶小妾，最終甚被馬萬寶閹割，喪失男性性徵，一生以馬萬寶侍妾身分過活，不僅成為馬萬寶之性玩物，更須執行女性「提汲補綴」、「灑掃執炊」等社會義務。王二喜由加害者成為受害者，真是一大諷刺。然此則故事另一懷有邪念、欲姦淫「良家婦女」之敗類——馬萬寶，並未遭受懲戒，作者蒲松齡更稱揚馬萬寶為「善於用人者也」，兩人之下場截然不同，顯現蒲松齡道德標準之矛盾。

3.取巧詐財——金錢坑洞之捷徑

有些男扮女裝之例實為騙取錢財而進行之陰謀，如《聊齋誌異》卷十一〈男妾〉敘某官紳欲納妾，遍尋各地，總不中意，某老嫗帶一年約十四、五歲、面容姣好之少女前來，官紳一見，甚為滿意，出高價納少女為妾，洞房之夜滿心歡喜擁之入睡欲成其好事，卻驚覺此女竟為男子所扮，男子見事蹟敗露，只得全盤供出此為一場騙局，原來老嫗專從各地購買小童，刻意將之改扮為少女，騙取他人錢財。此則故事雖以詐財為故事主軸，然構成故事發展情節之主要連貫線仍與「色欲」無法脫離關係，若非官紳貪圖少女美色，則老嫗奸計未必得逞，此故事亦無法發展。

「男扮女裝」於此則故事具兩項作用：一就故事發展而言，男扮女裝者終究為男性身分，行騙過程中，即使貪圖美色之官紳對之上下其手、進行性騷擾，相對女性而言，男性受害機會較小，若事蹟敗露，為人揭穿，兩方於拉扯之間，男性逃脫機會亦較女性為大，故老嫗選擇男扮女裝之少男做為誘餌，具「商業」考量利益，以免「賠了夫人又折兵」。二就閱讀效果而言，當讀者情緒隨故事情節起伏之際，驚覺故事中之「女子」竟為男性所扮，所受震驚絕不比書中人物官紳低，故讀者於閱讀審美過程，受故事吸引，又可滿足閱讀好奇，就閱讀效果而言，作者做如此角色安排，確有過人之處，同時亦達到小說「追新逐異」以引人之目的。故作者為文本銷售與閱讀率，必須迎合讀者胃口，而讀者追尋新奇刺激文本之閱讀需求，亦著實反映明清時期扮裝故事盛行之因。

〔註27〕據譚正璧《三言二拍資料》記載：「比有本縣北家山任茂、張虎、谷城縣張端大、馬站村王大喜、文水縣任昉、孫成、孫原前來見沖，學會前情。」

（二）愛　情

「愛情」主題爲最受歡迎通俗文學題材之一，舉凡唐傳奇、明清傳奇戲曲或小說，以愛情爲主線之文本，總能獲得讀者垂青，如《鶯鶯傳》、《霍小玉傳》、《西廂記》、《紅樓夢》等。明清扮裝文本中，與愛情有關之扮裝動機亦佔頗重比例，其故事鋪敘亦頗具變化，有些愛情故事純粹鋪敘青年男女自由戀愛情節；有些則敘誤打誤撞、獲得美人歸之有趣故事；更有些夾雜恩情因素，於愛情中，體現人性光明面。由於此類扮裝文本之愛情組成因素互異，故此類扮裝文本擁有不同樣貌，跳脫一般才子佳人小說情節模式窠臼。

1. 追求佳人──牡丹花下也風流

馮夢龍《警世通言》卷二十六〈唐解元一笑姻緣〉〔註28〕敘才子唐伯虎因受華太師府婢女秋香嫣然一笑吸引，甘願隱藏身分，扮裝爲窮士康宣（後改名華安），耗費心機，全爲進太師府一親芳澤。文中敘兩人初次會面情形：

> 唐解元一日坐在閶門游船之上，就有許多斯文中人，慕名來拜，出扇求其字畫。解元畫了幾筆水墨，寫了幾首絕句。那聞風而至者，其來愈多。解元不耐煩，命童子且把大杯斟酒來，解元倚窗獨酌，忽見有畫舫從旁搖過，舫中珠翠奪目。內有一青衣小捶，眉目秀豔，體態綽約，舒頭船外，注視解元，掩口而笑。須臾船過，解元神蕩魂搖，問舟於：「可認得去的那只船麼？」舟人答言：「此船乃無錫華學士府眷也。」解元欲尾其後，急呼小艇不至，心中如有所失。〔註29〕

唐伯虎久處無聊枯燥之應酬場所，驚見佳人，其容貌、笑姿皆深深吸引唐伯虎，使苦於應酬文化之唐伯虎願意放下一切，自此展開挺身尋愛之冒險路程。

〔註28〕唐伯虎故事流傳甚廣，因唐伯虎名列明代「江南四大才子」之一，加以其生性豪放不羈、風流蘊藉，故相關傳奇軼事在民間甚爲風行。以唐伯虎情事爲主題之敘事文本甚多，除《警世通言》外，文人筆記如周復俊《涇林雜記》、戲劇則有孟稱舜《花前一笑》、史磐《蘇臺奇遇》、卓人月《花舫緣》等。時至今日，唐伯虎風流韻事仍爲人熟知，並多次改編電視劇、電影播放，吸引不少觀眾觀賞，如港劇「金裝四大才子」、諧星巨斗周星馳主演電影「唐伯虎點秋香」等，皆曾以各式不同手法演繹唐伯虎故事，顯見通俗文學對市井之影響。唐伯虎與秋香故事儼然成爲傳統愛情故事代表之一，因此故事流傳愈廣，版本亦隨之增多，「一笑姻緣」點秋香故事，漸漸演變爲「三笑姻緣」故事，唐伯虎與秋香情事亦愈形曲折、多變，表現文學藝術推陳出新之特色。

〔註29〕馮夢龍編：〈唐解元一笑姻緣〉，《警世通言》（臺北：建宏出版社，1995年）。

此則扮裝故事，唐伯虎與秋香僅有一面之緣，然秋香嫣然一笑卻成功擄獲唐伯虎，使唐伯虎願拋開身分、地位、尊嚴，僅爲心中那份被點燃之情愫，甘願付出、紆尊降貴，爲太師府驅役。風流倜儻之唐伯虎於此則故事化身爲愛情之信奉者，爲心中佳人，唐伯虎費盡心思，只爲博佳人注意，故於太師府極力表現，終以其優異才華由一介窮士、陪讀西席晉升爲典中主管，受華學士重用，終贏得佳人歸。

於追尋愛情之曲折過程中，唐伯虎並非以展現自我才華爲傲，其最終目標爲佳人秋香。作者刻意鋪敘唐伯虎爲愛痴狂之形象，使之成爲愛情才子著名代表。秋香一笑，開啓一段浪漫愛情樂章，亦展開故事端緒。於作者筆下，唐伯虎行止雖超乎常態，然爲愛犧牲之形象卻深植讀者心中，爲追求心中眞愛所表現之各式憨態，與爲隱藏扮裝事實所表現之機智，描繪唐伯虎人格特質之不同面向。故事最終，兩人相約出走、共效于飛，此種行徑雖不合傳統婚姻禮俗模式，然唐伯虎爲愛甘願爲奴，冒拐帶良家婦女之險，只爲與伊人相守之決心，表現大膽求愛之精神，眞實呈現明代文士瀟灑、自在之隨性態度。

2. 解救愛妻——情之鍾者

《二刻拍案驚奇》卷六敘金定與劉翠翠本爲青梅竹馬，兩人恩愛非常，自小即暗自互許終身，無奈長成後，礙於貧富差異，遭劉父反對，然翠翠心志堅定，非金定不嫁，劉家父母只好成全女兒，然又恐女兒嫁至金家受苦，故要求金定入贅，金定欣然答應。婚後兩人相得愉悅、羨煞旁人。然好景不常，張士誠兄弟起兵高郵，部下李將軍四處擄掠美色女子，翠翠亦被抓走，音訊全無。爲尋翠翠下落，金定一路打探李將軍屯兵之處，路途跋涉、餐風露宿，身心受盡煎熬，只爲見翠翠一面。歷經七年，終探得李將軍駐紮湖州，爲見翠翠，金定化名劉金定，假稱翠翠兄長，夫妻終於相見，然「礙著將軍眼睜睜在上面，不好上前相認，只得將錯就錯，認了妹子，叫聲哥哥，以兄妹之禮，在廳前相見」〔註30〕。「金定與翠翠雖然夫妻相見，說不得一句私房話，只好問問父母安否，彼此心照，眼淚從肚裡落下罷了」〔註31〕。兩

〔註30〕凌濛初編：〈李將軍錯認舅　劉氏女詭從夫〉，《二刻拍案驚奇》（臺北：建宏書局，1995 年），卷六。

〔註31〕凌濛初編：〈李將軍錯認舅　劉氏女詭從夫〉，《二刻拍案驚奇》（臺北：建宏書局，1995 年），卷六。

人咫尺天涯，明知同在一府，卻無緣相見，金定積鬱成疾，翠翠焦急趕往探視，兩人於府中之第二次會面，竟爲金定身亡之時，金定最後於翠翠懷中奄然而逝，翠翠心痛欲絕，不多時，亦隨金定而去，臨終遺言兩人同葬一處。

金定與翠翠情緣自小而定，歷盡千辛萬苦，方得婚配，誰知命運弄人，隨翠翠被劫，兩人一別即爲七年。七年期間，金定不眠不休找尋翠翠，翠翠雖於將軍府過著舒適專寵之日，然內心煎熬與對金定之思，又豈爲旁人了解。兩人雖爲夫妻，卻礙於將軍威勢不得相認，金定只得扮裝，偽稱翠翠兄長，然心中對翠翠之情，並未因時間與人事之變異而有所改變，兩人情誼深厚，堅若磐石，生不得相從，但求死能同穴，此種超越生死之愛情，可謂情之鍾者。

同樣亦爲解救愛妻而扮裝之汪秀才，其人格特質則較金定增添幾分機智與積極主動之精神。《二刻拍案驚奇》卷二十七敘汪秀才妾回風生得美豔異常，乃人間難得之絕世美女：「雲鬢輕梳蟬翼，翠眉淡掃春山。朱唇綴一顆櫻桃，皓齒排兩行碎玉。花生丹臉，水剪雙眸。意態自然，技能出眾。直教殺人壯士回頭覷，便是入定禪師轉眼看。」〔註32〕回風姿色過人，引起山中賊寇柯陳三兄弟覬覦，將回風強擄至寨。汪秀才心急如焚，出重賞打聽回風下落，然柯陳兄弟勢力遍及洞庭湖八百里，地方武官亦不敢招惹此股惡勢力，反而阿諛奉承、官盜勾結。汪秀才心知無法力奪，僅能智取，故向擔任都司之好友向承勳求援，商借樓船一隻、巡江哨船二隻，加以平日所用傘蓋旌旗冠服，向兵巡衙門取得牒文狀紙，帶數十個扮裝軍士之家人，浩浩蕩蕩往柯陳賊窩出發。汪秀才穿上都司紗帽、紅袍，扮裝成新任提督，化名江萬里，以新任提督身分與柯陳兄弟周旋，刻意與柯陳兄弟攀交情、稱兄道弟，取得信任，並假意請柯陳三兄弟上船飲宴，耳酣耳熟之際，將船駛離賊窟，使三兄弟孤立無援。再以汪秀才已至衙門提告，將來恐生事端之由，向柯陳兄弟遊說釋放回風還家，柯陳三兄弟評估情勢對己不利，接受提議，回風終於平安返回汪府，汪秀才亦全身而退。

此類解救愛妻型之扮裝故事，除「扮裝」背後之文化意涵值得探討外，男性扮裝者之堅毅、執著亦是其特出於其他扮裝類型之最大優勢。此類故事安排女主角陷入困境，遭擄無法脫困或身陷盜賊巢穴，女主角僅能示弱，無

〔註32〕凌濛初編：〈偽漢裔奪妾山中　假將軍還妹江上〉，《二刻拍案驚奇》（臺北：建宏書局，1995年），卷二十七。

法逃離，必須仰賴男主角機智與冒險精神方得脫險，故此類扮裝文本，作者必須爲男性扮裝者塑造臨危不亂、好謀而成之形象，其中尤以「汪秀才」形象最具代表性。馮夢龍於文本極力鋪敘汪秀才足智多謀形象，並將之比擬爲「呂望」，其主要用意正爲符合解救愛妻之故事主線。解救愛妻型之扮裝文本中，男性扮裝者對女主角皆用情頗深，運用「身分扮裝」或「性別扮裝」深入賊窟，幾經波折終尋得美人，且汪秀才未費一兵一卒，憑己之智偕愛妻同歸、全身而退，其智謀與膽識更非常人能及。

3. 報答恩情──以恩報情

報恩型之扮裝文本中，扮裝者之扮裝動機頗值同情，與多數男性扮裝者抱持不良企圖相較，愈顯報恩型扮裝者之可貴。李漁《無聲戲》卷六〈男孟母教合三遷〉所敘尤瑞郎，即爲典型之例。尤家世以賣米維生，然因父親欠下大筆債務，母親過世之喪葬費亦無法籌措，故父親只得販賣年僅十四之尤瑞郎以抵銷債務。因尤瑞郎出色容貌，吸引新遭喪妻之痛的秀才──許季芳之愛憐，許季芳爲尤瑞郎不惜賣田典地，後果如神仙伴侶，共度恩愛生活。然尤瑞郎漸長，男性性徵愈見明顯，許季芳隱憂亦隨之浮現。許季芳恐尤瑞郎長成後即移情女子，離己遠去，故悶悶不樂、傷心落淚，瑞郎見狀甚感不捨，思及平日恩愛，再念及許季芳爲己償還家庭債務、協助安葬母親，又不遺餘力奉養自己父親，情義並重，故拿起剃刀自宮，以表明永遠跟隨許季芳之決心。尤瑞郎爲報恩寧願自殘，其精神著實令人欽佩。尤瑞郎自宮後，與許季芳更如眞正夫妻，此時尤瑞郎亦因自宮產生奇特變化：

> 他就有如神助的一般，不上月餘，就收了口，那疤痕又生得古古怪怪，就像婦人的牝戶一般。他起先的容貌體態，分明是個婦人，所異者幾希之間耳，如今連幾希之間都是了，還有什麼分辨？季芳就索性叫他做婦人打扮起來，頭上梳了雲鬟，身上穿了女衫，惟有一雙金蓮，不止三寸，也教他稍加束縛，瑞郎又有個藏拙之法也，不穿鞋襪，也不穿摺褲，做一雙小小皂靴穿起來，儼然是戲臺上一個女旦。又把瑞郎的郎字改做娘字，索性名實相稱到底，從此門檻也不跨出，終日坐在繡房，性子又極聰明，女工針黹，不學自會，每日爬起來，不是紡織，就是刺繡。〔註33〕

〔註33〕 李漁：〈男孟母教合三遷〉，《無聲戲》（上海：古籍出版社，1981 年），第六回。

尤瑞郎自宮後，傷口結痂狀如女子，不僅生理產生變化，甚且連心理狀態亦趨近女性，不僅扮裝爲女性，穿上女性服飾，改梳女性髮式，甚至日常作息亦如女性，鎮日於繡房紡織、刺繡，與女性無異。許季芳死後，尤瑞郎仍繼續報恩，獨力教養許季芳獨子，終身爲許季芳守節。尤瑞郎受他人滴水之恩以湧泉相報，當見恩人爲擔憂自己與女性私奔之愁苦，以自宮方式免其疑慮，其爲報恩甘受生理苦痛之行徑，顯現人性之光明。

4.打探虛實——造化弄人之喜劇

　　扮裝文本故事內容十分多元，扮裝者或爲情、或爲色扮裝，然明清扮裝文本故事最爲曲折離奇者，可推打探虛實類型之扮裝文本。此類扮裝文本之扮裝過程往往充滿多次耐人尋味之波折與巧合，這些陰錯陽錯之巧合主導故事進行，並支配故事人物命運，於一連串巧合中，逐步完成目的，皆大歡喜。

　　《醒世姻緣》卷七敘錢秀才出身貧賤，表哥顏俊天生貌醜又無才學，卻中意高家女兒，適錢秀才於館上讀書，故顏俊拜託錢秀才扮裝、假稱爲己。錢秀才難以推辭，只得假扮身分，換上顏俊準備之華服，佯稱顏俊，帶二小童拜見高家。高家老爺見錢秀才人品軒昂、衣冠楚楚，便有幾分歡喜，又見其風采翩翩，幾番測試，錢秀子皆顯現過人才學，連高家所聘業師亦難以匹敵，故欣然答應婚事，錢秀才完成顏俊所託。顏俊以爲此事已成，孰料高家得意選得才貌兼具之佳婿，執意讓顏俊至家，親迎新娘，以讓遠近親鄰親眼見識乘龍快婿，顏俊無計可施，只得再度央請錢秀才，錢秀才勉爲答應，再次假扮顏俊，至高家迎親。正欲起身回府之際，竟刮風下雪，高家老爺恐耽誤成親吉時，硬將錢秀才與一干娶親隊伍留置於府。錢秀才擔心事跡敗露，委請熟知詳情之媒人尤辰代爲婉拒，然好酒之尤辰於此際竟貪杯爛醉，錢秀才只得權且停留。一連三日，錢秀才皆信守顏俊娶親之託，未爲踰矩之事。三日過後，風雪已歇，錢秀才終將美嬌娘送至顏府，誰知顏俊欺婚在先，又以小人之心度君子之腹，直指錢秀才早與高家女兒有私，不分青紅皂白，率眾痛打錢秀才，高家見「佳婿」被毆，與顏家扭打，最後眞相大白，高家得知遭到詐婚，一狀告上縣府，縣府得知詳情後，將高家女兒判給忠厚重諾之錢秀才。顏俊自知理虧，羞慚逃回顏府，數月不敢出門。錢秀才受人之託，忠人之事，本可將錯就錯、取而代之，然天性純良，反陰錯陽差迎娶美嬌娘，最後更因岳父之助，全力準備科舉，終於得名，夫妻偕老。此則扮裝故事堪

稱集巧合大成之喜劇扮裝文本。

另外《醒世恆言》卷八之孫玉郎與劉慧娘情事亦與上則故事異曲同工。孫家女兒珠姨許配劉家之子劉璞，劉璞一表人才、談吐非凡，未料成親前竟染寒症，人事不省。劉母為救兒，急欲娶珠姨進門沖喜，然孫家打聽劉璞染上重症，深恐女兒受苦，遲遲不肯允親。然劉家托言喜事妝奩均已準備妥當，且已向親戚發帖預告喜事，臨時取消甚為不當，堅持迎娶珠姨。孫家得知無法推託，只得應允，苦思預留後路之計，最後孫家決定由兒子孫玉郎假扮珠姨，代姐出嫁，一來得以打探虛實，二來若劉璞病情惡化，尚可退婚。孫玉郎無法拒絕母親之託，只得勉為答應。出嫁當天，扮成女裝之孫玉郎對劉璞之妹劉慧娘一見鍾情，劉慧娘雖不知孫玉郎為男身，然亦暗想願得配與孫玉郎一般美貌之夫婿。花燭之夜，劉母恐冷落新嫁娘，故遣慧娘伴「嫂」同睡，誰知陰錯陽差成就孫玉郎與劉慧娘之私情。時日一久，劉母益發奇怪，又見玉郎回娘家之日，慧娘緊抱玉郎痛哭不捨，更覺事有蹊蹺，對慧娘逼問拷打，得知實情，劉家上下大亂，不知如何是好。此事為好攛掇搬弄之李都管得知，向慧娘允聘親家裴家告密，裴家氣惱不過，上劉家理論。劉公深覺為孫家詐欺，一股悶氣無法發洩，告上官府。執事者喬太守斷獄如神，素有「喬青天」之譽，聽得劉家之狀，明瞭事情經過，傳喚孫家姐弟、劉家兄妹上堂，個個人物俊秀、美貌絕倫，於是心存成全，改配鴛鴦譜，劉璞仍娶孫珠姨，劉慧娘歸孫玉郎，裴家兒子正可娶孫家允聘之徐家女兒。三對佳偶各有所歸，原本無法收拾之一團亂事，於喬太守巧妙安排下，全成喜事，完成三段姻緣。

打探虛實類型之扮裝文本往往於一連串巧合、錯認與妙計中展開，其故事之精彩，堪稱一絕，作者不僅善用扮裝之新奇，同時亦穿插諸多引人入勝之情節，當故事即將「解決」時，總出現另一波「危機」，使情節發展平添阻礙，為消除危機，又出現「巧合」，圓滿解決危機，此種情節模式使讀者跌入一段又一段之驚奇冒險，待讀者回神，故事亦邁入最終回，以喜劇收結，不僅得以滿足人類深層願望，並使讀者獲得充足之閱讀樂趣，正是此類扮裝文本之特點。

5. 展現才學──自傲與自卑之矛盾

明清扮裝文本中，展現才學類型時有所見，扮裝者亦男女兼具，二者雖皆為展現才學而扮裝，然扮裝目的卻有截然不同之取向。女性扮裝者大多為

進入男性職場或生活空間展現才學，故須隱瞞女性真實性別，以男性裝扮現身，方有進入男性專屬領域之可能。反觀為展現才學而扮裝之男性，未受性別限制，其扮裝目的因受限身分而起，為一己男性自尊預留後路，故選擇「身分扮裝」，以虛構身分掩飾自己，於此身分保護傘下，暫得拋開現實生活之侷限，以全新身分進行「訪美、試才」之實際行動。

　　《平山冷燕》之平如衡、燕白頷兩位青年才子向以才學自負，聞宰相之女山黛才貌兼具，年方十歲即以〈白燕詩〉一首，深得皇上賞識，名重一時。燕、平二人素以訪得才美兼具之佳人為人生職志，故二人決定遠涉千里、訪求佳人。此行不僅以試探山黛才學為目的，平如衡更冀望訪美途上得重遇當日有一面之緣之另一才女——冷絳雪。礙於兩人為皇帝徵召入京之當朝才子，且山黛之名遠近皆知，絕非等閒女子，若此行試才未得使山黛折服，豈非淪為天下笑柄？兩人幾經思量，決藉「身分扮裝」進行試才，平如衡扮裝託為錢姓書生；燕白頷扮裝託為趙姓書生。山黛、冷絳雪兩位才女適為主僕關係，故同於山府，待平、燕二人造訪。此次試才本可立即成就二段佳緣，惜陰錯陽差，與平如衡較才者為山黛，與燕白頷較才者卻為冷絳雪。故平如衡未知冷絳雪正在山府，而山黛亦不知前來應試者即為燕白頷。此次較才，平如衡、燕白頷本有幾分自負之心，然於一番筆墨吟詠後，兩人甘拜下風、懷慚離府。山黛、冷絳雪二人驚喜燕、平之才學遠出一般士子，不獨才高且又虛心服善，對二人更加傾心。皇帝對四人才學甚感歡喜，封「四大才子」，並親自賜婚，成就燕白頷、山黛與平如衡、冷絳雪二段圓滿婚配。

　　燕白頷、平如衡二人身為男性，為傳統社會優勢者，其生活空間遠較女性廣闊，且所為之事又非不法勾當，實不須如此大費周章以「身分扮裝」掩飾真實身分。然燕、平二人最終選擇以此方式與二位才女會面較才，其背後意涵恐來自男性對女性才學之恐懼。燕、平二人身負當朝才子之盛名，二人亦對自身才學頗為自傲，正因如此，當聞當朝「弘文才女」山黛正為聖朝試才，二人即滿懷自信、啟程訪美，其中隱含男性優勢之自負。然山黛得以〈白燕詩〉受聖上器重，又得御賜「量才玉尺」與「玉如意」，其才學之高，絕不容輕視。燕、平二人與山、冷詩文對試情節除為作者刻意凸顯才子、佳人之才外，同時更攸關兩性對決之尊嚴，故於此重要時刻，燕、平二人扮裝，掩飾真實身分，其實已透露缺乏自信之訊息，選擇「身分扮裝」，既可與才女比試，不枉此次千里遠來；若不幸落敗，落敗者亦是不存在之虛構身分，二人

仍可保有當朝才子之盛名與身爲男性之尊嚴，故「身分扮裝」可視爲男性面
對女性才學威脅時，所啓動之防禦機制。

（三）男　風

明清扮裝文本發展過程中，男風扮裝文本於明代中後期大量出現，即使
歷經其他扮裝文本出現之考驗，此類型之扮裝文本並未消聲匿跡，歷經文學
演變，男風扮裝文本愈加提昇文本「質」之層次與格調，發展至清末，重新
登場之男風扮裝文本其故事內容擺脫明中後期淫穢庸俗之詬病，取而代之者
爲看似描繪男、女，實則描繪男、男情欲之扮裝類型。男風扮裝文本之出現，
反映明清社會之文化面向，此面向包括男風之盛行、情欲之流動、眞我之追
求等，故男風扮裝文本亦爲考察明清社會現象之重要文學遺產。

明中後期之男風扮裝文本如《龍陽逸史》、《弁而釵》、《宜春香質》等，
此類以描寫男色爲主之小說，其故容內容大多圍繞男、男情欲爲主，於性愛
場面之處理，亦多採直接且大量之敘寫手法，缺乏文學技巧，文藝美學亦乏
善可陳，以小說藝術而言，實非上乘之作。然其書寫內容與明中後期男風鼎
盛之社會現象習習相關，故就文化研究而言，仍具意義。此類男風扮裝文本
之扮裝行爲多出現於男風小院，亦即以小官（男妓）爲主之妓院。此群小官
爲招徠顧客，個個於穿著服飾竭盡巧思，其婀娜之態更勝女性，如《龍陽逸
史》敘小官裴幼娘：

> 昔日洛陽城中有個小官，名喚裴幼娘。你說一個男人，怎麼倒叫了
> 女人的名字？人都不曉得。這裴幼娘雖是個男兒，倒曉得了一身女
> 人的技藝。除他日常間所長的琴棋書畫外，那些剌鳳挑鸞，拈紅納
> 繡，一應女工針指，般般精諳。洛陽城中曉得的，都羨慕他，所以
> 就取了這個名字。年紀可有十五六歲，生得十分標致，眞個是個小
> 官魁首。就是那些女子班頭，見他也要聲聲喝采。怎見是魁首處？
> 搗練子：「香作骨，玉爲肌，芙蓉作面，柳爲眉，俊眼何曾凝碧水，
> 芳脣端不點胭脂。」〔註34〕

又如第八回敘范六郎：

> 年紀可有十五六歲。果然生得齊整：香玉爲肌，芙蓉作面。披一帶
> 青絲發，梳一個時樣頭。宛轉多情，畫不出來的一眶秋水。兩道春

〔註34〕醉竹居士編：〈揮白鎚幾番蝦釣鱉　醉紅樓一夜柳穿魚〉，《龍陽逸史》（臺北：
臺灣大英百科，1994 年），第一回。

　　山，一種芳姿，不似等閒兒女輩。幾多情苗，敢誇絕代小官魁。這樣標致的小官，且莫說是金州惟有他一個，料來走遍天下，也沒有第二個了。〔註35〕

這些精心打扮之小官以其出色外表吸引男客注目，兩者性吸引力之連結，甚且連女性亦無法攻破。此群愛好小官之男客並非全為同性戀者，多數男客皆已娶妻、生子，其妻妾對丈夫玩小官之行徑雖持反對意見，然無法阻遏此股建構於肉慾之性吸引力。此群小官擁有女性特質，個個年輕貌美，其職業生涯以十四、五歲為其顛峰時期，若為十八、九歲，則已屬過氣黃花，無怪乎文本中扮裝小官個個妖嬈嫵媚，深受男客喜愛，成為明清男性生活不可或缺之娛樂。

　　王驥德劇作《男王后》主角陳子高雖非小官，然亦具備此類人物外型特質，天生麗質，令人欣羨。正因其與生俱來的過人之貌，使陳子高得以深獲臨川王青睞，甚且榮登王后之位，地位之高、恩寵之榮為其他男風扮裝者望塵莫及。此則扮裝故事中之陳子高具出色外表，然常有恨未生成女兒身之遺憾：「嗳！當初爺娘若生我做個女兒，憑著我幾分才色，說什麼『蛾眉不肯讓人』，也做得『狐媚偏能惑主』。饒他是鐵漢，也教軟癱他半邊哩！可惜錯做個男兒也呵！」〔註36〕由陳子高自我表述得知其趨於女性之性別取向，並以出色容貌為傲，若非做個「不肯讓人」的「女」中豪傑，必也做個「偏能惑主」的「紅顏」禍水。當為臨川王抓至軍營時，陳子高為免受皮肉之苦，甘願自薦枕蓆，與喜愛男風之臨川王一拍即合。臨川王對陳子高疼愛有加，不忍對其施以閹割酷刑，僅將陳子高改扮女裝，陳子高扮裝後，愈發嬌豔動人，正是「媚醫裁花，嬌眸剪水，鬢拂雙鴉，唇含半蕊，別樣風流，撩人旖旎。」〔註37〕無限風韻，流轉其間，臨川王不僅將之收入後宮陪侍，更獨排眾議，立陳子高為男王后，由此可知臨川王對陳子高之寵溺。

　　上述如《龍陽逸史》、《弁而釵》、《宜春香質》等男風文本皆不脫淫邪詬病，甚至淪為宣淫之作。然後期男風文本則擺脫此種制式情節模式，轉以描

〔註35〕醉竹居士編：〈煙花女當堂投認狀　巡捕衙出示禁男風〉，《龍陽逸史》（臺北：臺灣大英百科，1994 年），第八回。

〔註36〕王驥德：《男王后》（臺北：鼎文書局，1972 年）。（收錄於《全明雜劇》第六冊）

〔註37〕王驥德：《男王后》（臺北：鼎文書局，1972 年）。（收錄於《全明雜劇》第六冊）

寫男性眞情爲發展主線，除仍於主角外相儀態多加刻畫外，同時更注意人性眞摯之本質，使男風文本有新面貌。如《品花寶鑑》分敘梅子玉與杜琴言、田春航與蘇蕙芳兩對男性戀人之戀愛故事。杜琴言與蘇蕙芳爲著名男伶，扮旦角之相不僅維妙維肖，更兼風采綽約，諸多紈綺公子攜大把銀子前來捧場，極盡豪奢能事，然杜琴言與蘇蕙芳不爲所動，與梅子玉、田春航相戀。此四人之戀情並非建立於性愛基礎，而是歷經一見鍾情、多次會面相處之過程，方強化雙方之愛戀關係，此愛戀關係與柏拉圖式精神愛戀相仿，文本未見性愛場面，反多男、男情欲心理層面之剖析，其中牽涉社會對男伶之負面看法，與面對男方元配時之矛盾。種種社會價值規範，一再考驗雙方情愛深度，其故事組成較《龍陽逸史》等男風文本愈形複雜，雖仍有思想侷限，然《品花寶鑑》之出現已開拓男風文本之境界。

由作者對男風扮裝者容顏、體態、姿儀之述，可想見人人皆爲上上之選，個個花容月貌。此類男風扮裝者具男體女形、雌雄合體之性別特質，成爲特殊之性別現象。從《龍陽逸史》直至清末《品花寶鑑》，明清男風文本橫跨古典小說盛行之明清時期，從未遭到淘汰，可見明清二朝男風鼎盛之社會風俗。男、男權力消長之鬥爭亦迥異於男、女雙性，隱含於性別背後之角力，實支配傳統社會之建構，影響社會運作。

（四）其　他

1. 洗刷冤屈——巧計破奸謀

前述扮裝文本《二刻拍案驚奇》之汪秀才爲營救被盜賊擄去之寵妾回風，扮裝官吏，唬得盜賊自動歸還寵妾。同書卷十五亦出現運用智謀、以身分扮裝、破壞敵人陰謀之成功事例。江溶原爲賣餅爲業之老實生意人，然有心人故意誹謗，傳言江溶以賣餅爲幌，實與海賊相通，收容贓物，家財萬貫。江溶受人誣陷，有苦難言，平日與之交好之吏典顧芳知江溶爲人所害，日以繼夜爲之奔走喊冤，辦理此案之知州素知顧芳爲人，故有幾分採信，欲訪求眞相。知州心生一計，若江溶未與海賊勾結，則海賊必不識江溶，故讓江溶與皂隸換裝，以「身分扮裝」隱瞞江溶眞實身分。審案當日，知州遣海賊指認江溶，海賊不疑有他，斬釘截鐵直指穿著江溶衣物之皂隸正爲江溶，而對穿著皂隸衣物之江溶，海賊竟渾然不知此人方爲眞正之江溶。案情至此水落石出，江溶終得以洗刷冤曲。

「扮裝」於此則扮裝故事居牽針引線之關鍵地位，若知州未用計使江溶

換裝，此案情必陷於膠著，無法釐清。江溶扮裝後，整件案情趨於明朗，「扮裝」成爲破案之重要關鍵。江溶與前述之汪秀才皆以身分扮裝爲解救行動之方，汪秀才用以救妾，江溶用以救己，說明「扮裝」除是性別轉換之越界手段，亦可成爲展現人類機智巧謀之媒介。

2. 生理扮裝——女性之原罪

扮裝行爲多出於欲望驅使，於自我意願同意下，因而採取「性別」與「身分」轉換之行爲。然清朝小說《型世言》之李良雨卻與多數扮裝者不同，其「扮裝」全然出於無奈，事先毫無所知，亦無從防備，爲扮裝故事之發展增添意外。〈西安府夫別妻　郃陽縣男化女〉此則扮裝故事中，男主角李良雨扮裝爲女性乃因一夜風流造成之後遺症。李良雨與友人呂達結伴出外營生，呂達提議招妓陪宿，然李良雨竟染上性病楊梅瘡，「週身發起寒熱來，小壯下連著腿起上似饅頭兩個大毒……做了柱梗一節節見爛將下去，好不奇疼……不惟蛀梗，連陰囊都蛀下了……先時李良雨嘴邊髭鬚雖不多，也有半寸多長，如今一齊都落下了。」〔註38〕李良雨疼痛難耐，尋遍名醫，皆無法治療此特殊病症。一日忽夢陰司曰：「李良雨，查你前生合在鎮安縣李家爲女，怎敢賄囑我吏書將女將男！」〔註39〕原來李良雨前世本應爲女，卻因賄賂陰間曹司而得以爲男，此世雖僥倖爲男，然天命如此，難逃生爲女性之命運，故當李良雨夢醒後，果眞變爲「髭鬚都沒，唇紅齒白」之眞女人。「變性」後之李良雨因生理已爲眞正女人，故其男性優勢亦隨「變性」消失。最後李良雨無法恢復性別又無法以男性身分生活，只得委屈求全與呂達成爲夫妻。

李良雨之扮裝非出於主動，乃因被上天懲罰，不得不爲之下策。此則故事情節雖奇特引人，然作者陸人龍以否定態度看待女性化之男性，陸人龍認爲女性化之男性爲「妖姪」、「妾婦」，此群妖姪、妾婦爲天下亂源，上天必會示警〔註40〕，陸人龍並針對此點提出對「妾婦」亂政之看法：

〔註38〕 陸人龍：〈西安府夫別妻　郃陽縣男化女〉，《型世言》（北京：中華書局，1993年），三十七回。

〔註39〕 陸人龍：〈西安府夫別妻　郃陽縣男化女〉，《型世言》（北京：中華書局，1993年），三十七回。

〔註40〕 陸人龍《型世言》云：「世上半已是陰類，但舉世習爲妖淫，天必定與他一個端兆。嘗記宋時宣和間，奸相蔡京、王黼、童貫、高俅等專權竊勢，人爭趨承。所以當時上天示象，汴京一個女子，年紀四十多歲，忽然兩頤癢，一撓撓出一部鬚來，數日之間，長有數寸。奏聞，聖旨著爲女道士，女質襲著男形的徵驗。又有一個賣青果男子，忽然肚大似懷孕般，後邊就坐蓐，生一小

> 這干閹奴王振、汪直、劉瑾與馮保，不雄不雌的，在那邊亂政，因
> 有這小人磕頭掇腳、搽脂畫粉去奉承著他，昔人道的舉朝皆妾婦也，
> 上天以災異示人。〔註41〕

陸人龍認為當前政治動盪不安，主因太監王振、汪直、劉瑾與馮保作亂，這
些「妾婦」之出現，實為上天對世間提出警告之徵。陸人龍更以五行災異論
點批評這些女性化之男性將為天下帶來災禍。陸人龍認為生理性別應與社會
性別相符，若生而為男，卻出現女性化之陰柔特質，或模仿女性穿著樣式，
則此現象皆為異常展現，亦為上天以災異示人之因。陸人龍將社會災難源頭
導向女性化行為，使女性形象更為負面，此種論點對女性有失公允。陸人龍
並將出生性別之結果視為天命，人人渴求生而為男，若生而為女，則人人想
盡辦法，不擇手段亦必扭轉局勢改變性別，正因此種心態，故李良雨前世本
應為女，然圖謀賄賂陰司，將命定性別改為男性。男性於傳統社會享受最多
之社會優勢，故人人皆欲成為男性，李良雨故事之情節設計正說明傳統社會
男尊女卑之價值觀。

3. 被迫扮裝──女權之反撲

李良雨因受上天懲罰，被迫轉男為女，故僅能以「扮裝」為己找尋生存
之由。《鏡花緣》「女兒國」故事亦出現與李良雨一般，非出於自願之扮裝者
──林之洋。林之洋扮裝主因受外在環境脅迫，此則扮裝故事雖出於虛構，
然透過林之洋以男身親身經歷女性扮裝之過程，顯現性別權力文化之象徵意
義。

林之洋因經商所需，途經女兒國，聽聞女兒國女人喜愛打扮，故攜帶大
批胭脂水粉，準備大賺一筆。女兒國為女系社會，社會階級、男女分工之型
態全與中原地區相反，國王亦由女性擔任。女兒國國王因見林之洋長相清秀、
面白唇紅，冊封林之洋為娘娘，林之洋百般不願，然無法逃脫，只得佯從以
待救援。林之洋遭女兒國軟禁期間，歷經穿耳、纏足之苦，生不如死，急思
脫逃卻求救無門，幸得唐敖搭救，終離開女兒國，解除痛苦。

林之洋被迫扮女裝，甚至纏足，乃受女兒國國王強迫所致，非出於自願。
此則故事劇情充滿男女「性別倒錯」之弔詭情節。林之洋身為傳統社會優勢

兒，此乃是男人做了女事的先兆。」（北京：中華書局，1993 年）
〔註41〕陸人龍：〈西安府夫別妻　邰陽縣男化女〉，《型世言》（北京：中華書局，1993
年），三十七回。

男性，因緣際會至女兒國，見識與傳統社會體制完全相反之女性國度。女兒國顛覆傳統社會之性別價值，強調「女尊男卑」，其統治階級全爲女性，女性亦全然享有男性擁有之一切權力，故林之洋被迫以「男寵」身分入宮侍寢，並須接受扮裝與纏足之對待，此則故事特別提及纏足、穿耳之痛苦：

> 正在著慌，又有幾個中年宮娥走來，都是身高體壯，滿嘴鬍鬚。內中一個白鬚宮娥，手拿針線，走到林前跑下道：「稟娘娘：奉命穿耳。」早有四個宮娥上來，緊緊扶住。那白鬚宮娥上前，先把右耳用指將那穿針之處碾了幾碾，登時一針穿過。林之洋大叫一聲：「疼殺俺了！」往後一仰，幸虧宮娥扶住。又把左耳用手碾了幾碾，也是一針直過。林之洋只疼的喊叫連聲。兩耳穿過，用些鉛粉塗上，揉了幾揉，戴了一副八寶金環。白鬚宮娥把事辦畢退去。接著有個黑鬚宮人，手拿一匹白綾，也向林前跑下道：「稟娘娘：奉命纏足。」又上來兩個宮娥，都跪在地下，扶住「金蓮」，把綾襪脫去。那黑鬚宮娥取了一個矮凳，坐在下面，將白綾從中撕開，先把林之洋右足放在自己膝蓋上，用些白礬灑在腳縫內，將五個腳指緊緊靠在一處，又將腳面用力曲作彎弓一般，即用白綾纏裹；才纏了兩層，就有宮娥拏著針線上來密密縫口，一面狠纏，一面密縫。林之洋身旁既有四個宮娥緊緊靠定，又被兩個宮娥把腳扶住，絲毫不能轉動。及至纏完，只覺腳上如炭火燒的一般，陣陣疼痛。不覺一陣心酸，放聲大哭道：「坑死俺了！」〔註42〕

林之洋所受一切，正爲傳統女性必須忍受之人生歷程，不僅承受生理之苦，心靈所受之箝制與思想之壓抑，恐爲對個體最大之傷害。林之洋扮裝經歷凸顯現實社會女性之痛苦，說明女性面對傳統制度脅迫時之無助。作者刻意藉此則「性別倒錯」之扮裝故事呈現男女社會地位之差異，扮裝後的林之洋代表弱勢個體，於其身上全然未見男性優勢，反而呈現男性被剝奪一切後之無助與逆來順受之生活態度。相較林之洋，女兒國統治者爲主宰一切之優勢者，具控制林之洋行動之權，作者凸顯女性高高在上之「制空權」，虛構性別倒置後之社會體制。林之洋於女兒國之扮裝遭遇，可視爲女權之反撲，令男性體驗女性之苦，於女兒國，所見爲女權至上之傳統社會，此種社會體制完全複

〔註42〕李汝珍：〈粉面郎纏足受困　長鬚女玩股垂情〉，《鏡花緣》（臺北：聯經出版社，1983年），第三十三回。

製男權至上之傳統社會,經權力複製後之女兒國,轉女為男、轉男為女,女性於此則扮裝故事中,一反傳統體制,掌握無上權力。然女兒國之社會運行模式與傳統社會完全相同,作者僅呈現性別倒置後之社會體制,對男女平權或共治理想卻無任何建樹,故女兒國之存在,除再度宣示男女性別不均之現狀外,隱藏於匪夷所思情節之後,更充滿性別倒錯與利益消長之深意。

二、女性扮裝者

明清扮裝文本女性扮裝者之扮裝動機大體可分為受傳統觀念影響之扮裝,與側重自我實踐之扮裝二類。女性自小受三從四德倫理觀之薰染,以家庭守護者自居,一旦家庭、家人遭受危害或意外,必將挺身而出,誓死守衛。同時於「餓死事小,失節事大」之理學教育下,女性重節甚於生命,故當必須拋頭露面於家庭外之公共空間時,女性多以「扮裝」避免遭遇威脅貞節之因素。重視自我實踐之女性扮裝者,則以先賦才能馳騁於官場,顯現過人智慧;或忠於自我情感,以主動積極態度,正面迎擊傳統婚姻觀。這些女性扮裝者於各方面展現自我人格特質,她們有聲有口、有形有貌,每位女性扮裝者皆為獨立個體,展現特有之生命熱力。

(一)護　家

古訓女性應遵守三從四德,面對原生家庭時,父母即為天、地;出嫁時,夫婿與兒女即為女性最重要之存在價值。女性一生依附他人,此種傳統觀念亦為支配女性之精神內涵。無論是原生家庭或婚配家庭,女性之存在即為維持家庭和諧,孝順父母舅姑、相夫教子為天經地義之事,女性亦將此視為畢生職志,若家庭或家人遭遇危險,女性為保護家庭,除繼續盡為人子女、為人妻母之義務外,甚且可能鋌而走險,如代父出征之花木蘭或為報父仇之商三官等,皆為此類女性代表。

1. 保護家人——倫理之實踐

花木蘭代父從軍故事流傳已久,《喻世明言》卷二十八入話詩亦曾引用其事蹟:「緹縈救父古今稀,代父從戎事更奇。」〔註43〕「孝順」自古即為傳統美德,且為善行之首,若無法終養父母,將為人生遺憾,《詩經·蓼莪》云:

> 蓼蓼者莪,匪莪伊蒿;哀哀父母,生我劬勞!蓼蓼者莪,匪莪伊蔚;

〔註43〕馮夢龍編:〈李秀卿義結黃貞女〉,《喻世明言》(臺北:三民書局,1998年),卷二十八。

哀哀父母，生我劬瘁！缾之罄矣，維罍之恥。鮮民之生，不如死之
久矣！無父何怙？無母何恃？出則銜恤，入則靡至。父兮生我，母
兮鞠我，拊我畜我，長我育我，顧我復我，出入腹我，欲報之德，
昊天罔極。〔註44〕

父母生養之恩昊天罔極，為人子女孝順父母乃天地倫常，對女性而言，父母
恩惠更為難能可貴之恩典，因女性惟有於未出嫁前方可享受片刻生命自由，
享受原生家庭父母之愛；出嫁後，則須由小女孩蛻變為人妻母之角色，扛起
相夫教子之重任。故女性認知一生使命後，更加珍惜於原生家庭短暫不到二
十年之時光。當原生家庭有難，年邁父親被徵召出征時，花木蘭毅然扮裝代
父出征，正源於此份深厚之父女情誼。為保護父親，花木蘭以身代之，歷經
戰場十年歲月之滄桑，終役滿而歸。足見女性為保護家庭，展現無與倫比之
毅力，完成此項不可能之任務，打破女性永遠是弱者之偏見，木蘭代父從軍
之事蹟，確實展現屬於女性之韌性。

　　《二刻拍案驚奇》卷十七亦彰顯另一保護家人之奇女子——聞蜚娥。聞
蜚娥出身武官家庭，自小習得武藝，善於騎射。父親雖高居參將軍職，然畢
竟為粗樸武將出身，於爾虞我詐之官場，難免遭受不公。蜚娥為顧及家庭出
路與年幼兄弟之前途，經深思熟慮，一肩扛起責任，改扮男裝，入學堂就讀，
期望以男性身分與男性平起平坐，並藉廣泛人脈以確保家族安全。蜚娥博通
經史，終考上秀才，為家增光，秀才身分成為保護蜚家之重要後盾。蜚娥初
登新科秀才，多位縉紳誤認蜚家「兒子」獲取功名上門祝賀，蜚父亦自豪接
受，顯見蜚娥憑己所學，終獲得家庭最高權力者之認同。當此位家庭最高權
力者因受奸邪陷害、身陷囹圄時，惟一賴以存活之力量正來自女性——蜚娥。
蜚娥藉學堂學伴——魏撰之、杜子中之助，終洗刷父親冤屈，解除家庭危機。
蜚娥救父事蹟為孝道倫理之揚現，亦顯示地位「卑微」之女性當可為保護家
庭與家人之重要力量。蜚娥擅用教育帶來之知識力量，不僅考中秀才，更消
弭父親牢獄之災，成功完成保護家庭之責，更化危機為轉機，於救父過程，
成功為己挑選人生伴侶，喚起女性對婚姻之自主意識，故此則扮裝故事除凸
顯孝道儒理之意義外，更進而延伸進步之婚姻觀念。

2. 尋仇報怨——大快人心之女性復仇

　　女性扮裝者中，性格最剛烈者非謝小娥與商三官莫屬。此二位女性為替

〔註44〕馬持盈註譯，王雲五主編：《詩經註譯》（臺北：商務印書館，1994年）。

家人討公道，不惜以私法嚴懲歹人，甚至與歹人同歸於盡，因愛家人所產生的仇恨之心，迫使她們矢志報仇，更因而走向不歸路，個性決定未來，故事發展除令讀者爲其事蹟隨之慷慨激昂外，同時亦增添幾許欷歔。

《拍案驚奇》卷十九之謝小娥爲商賈之女，與同樣經商之段家成婚後，謝、段兩家合爲一姓，同舟載貨，生意版圖愈加擴充，成爲一方首富。某次水運途中，遇江洋大盜打劫，謝小娥父親與丈夫慘死，謝小娥因不愼落水，保住性命逃過一劫。某日謝小娥夢見父親與丈夫提示大盜姓名，卻苦思不得其解，後經判官李公佐解得「申蘭、申春」二名。謝小娥爲報殺父、殺夫之仇，扮裝爲男性，於渡口埠頭打聽大盜消息，經年餘，終得以進入申家爲傭。謝小娥爲取得申蘭信任，做事勤懇樸實，對申蘭交代事務亦妥當圓滿處理。潛伏申蘭家二年餘，終於於某次謝神酒宴灌醉申蘭，謝小娥乘機持刀砍下申蘭首級，親刃敵人，並將申春一幫惡徒繩之以法。完成爲父、爲夫報仇心願後，謝小娥選擇遁入空門、削髮爲尼。

李公佐所撰唐傳奇《謝小娥傳》亦載同一故事，馮夢龍將此則故事收錄所編撰《拍案驚奇》一書，吳震元亦將之收錄於《奇女子傳》。吳震元對此則故事之精神內涵有一番獨到認知云：

> 謝小娥可謂探珠鮫宮，取於虎穴者焉。結念千古，死生以之，以此入道，何道不入？以此立功，何功不立？嗚呼，古來聖賢豪傑，成佛成祖，不過如是而已。〔註45〕

吳震元認爲謝小娥爲使父親、丈夫九泉下得以瞑目，因而鋌而走險扮裝以伺機報仇，此種行徑如「探珠鮫宮，取於虎穴」，成功則已，失敗則恐賠上性命，然謝小娥卻抱持與仇敵同歸於盡之必死決心，此種精神節操可與留名青史之忠臣等同，比起成佛成祖者，更是不遑多讓。吳震元認爲女性對家庭之犧牲可比忠臣對國家之貢獻，除從倫理教化之基礎看待謝小娥扮裝之行爲，吳震元將謝小娥此類奇女子比擬忠臣之觀念，更提昇女性對家庭之重要性與對國家、社會之價值，對女性扮裝動機給予更深層之關注。

《聊齋誌異》卷三之商三官父親因得罪豪紳而遭亂棒打死，商三官二位兄長告上官府，卻屢遭阻礙，無法爲父伸張公道，商三官見局勢不利，決心自力救濟爲父報仇，故假扮爲男性，並拜優伶爲師，藉機入豪紳家尋仇。學成後，果如所願，潛入豪紳家獻藝，因刻意奉承阿諛，深得豪紳喜愛，獲得

〔註45〕吳震元：《奇女子傳》（臺北：天一書局，1985年），卷三。

留宿機會，商三官趁機砍斷豪紳首級，完成爲父報仇心願，最後自縊身亡。

此則扮裝故事中之商三官深受父、兄疼愛，若非家庭遭逢變故，想必一生安穩順遂，嫁得良人、終此一生。然突遭此變故，官司纏訟多年卻苦無結果，長久期待卻換來無止盡之未知，故商三官決心親自爲父報仇。伺機報仇之過程中，商三官必須忍受優伶訓練之辛苦，又必須承受明知殺父仇人近在眼前卻必須壓抑之心理掙扎，此種痛苦實非常人所能忍受，然商三官始終獨自承受，卒斷仇人首級以雪家恨，無怪乎異史氏（蒲松齡）對商三官發出讚歎：

> 家有女豫讓而不知，則兄之爲丈夫者可知矣。然三官之爲人，即蕭蕭易水亦將羞而不流，況碌碌與世浮沈者耶？願天下閨中人買絲繡之，其功德當不減於奉壯繆也。〔註46〕

蒲松齡將商三官比擬「女豫讓」，對其爲父報仇、事成後慷慨成仁之行爲大表讚賞。蒲松齡與吳震元皆注意女性於家庭之表現，同時亦注意女性與歷史男性之對等關係，並進一步認同女性能力，其男女平等觀念相當進步，對兩性間之認知更有橋樑作用。謝小娥與商三官此二則扮裝故事除「性別扮裝」外，更兼有「身分扮裝」，因謝小娥與商三官除扮成男性掩人耳目外，尚須轉換身分，方可接近仇家，故就扮裝之實際難度而言，比之單純「性別扮裝」愈形複雜。謝小娥、商三官及前述之蜚娥，皆爲保護家人、替家人伸冤洗雪，然謝、商與蜚娥之結果取向卻截然不同，蜚娥因受知識力量與秀才身分保護，得以尋正當公權力模式爲父伸冤，然謝小娥、商三官尋求公權力保護失敗，只能自力救濟，以己微薄之力，力拼仇敵，三者結果取向不同，呈現人格特質與知識教育所帶來之差異，或許此亦爲作者訴求之一。

3. 悍婦捉姦──區域地盤之鞏固

女性被傳統社會灌輸「柔順爲主」之處事態度，凡事須以夫爲重，「三從四德」教條爲女性必須恪盡之責任與義務，此爲亙古不變之理，故稱頌女性當以「柔順、守貞」爲圭臬，然於明清扮裝文本卻有一例完全顛覆傳統女性形象、以潑辣、好妒著稱、具獨特個性之女性扮裝者──江城。

《聊齋誌異》卷六之江城爲書塾講師樊翁之女，自小與高蕃青梅竹馬，後樊家搬徙，經四、五年，兩人方再度相遇，重逢乍見，兩人互有愛意，留下巾帕以爲訂情之物，最終兩人結成連理。然江城個性好怒、善妒，對高蕃

〔註46〕蒲松齡：〈商三官〉，《聊齋誌異》（臺北：正展出版社，2004年），卷三。

總百般苛責挑難，甚且撻打虐待，高蕃對江城卻始終愛戀，不忍離去。高蕃友人同情高蕃遭遇，常藉故尋高蕃出外飲酒，然若爲江城獲知，則將遭一番痛打，使高蕃對江城畏懼非常。受高壓管理之高蕃，對溫柔鄉自是十分嚮往，然皆爲江城所知，落得淒慘下場。一爲見陶家婦貌美，常思一親芳澤，江城卻扮裝成陶家婦，破壞高蕃美夢：

> 生喜極，挽臂促坐，具道饑渴。女默不語，生暗中索其足，曰：「山上一覿仙容，介介獨戀是耳。」女終不語。生曰：「夙昔之願，今始得遂，何可覿面而不識也？」躬自促火一照，則江城也。大懼失色，墮燭於地，長跪戹觫，若兵在頸。女摘耳提歸，以針刺兩股殆遍，乃臥以下床，醒則罵之。〔註47〕

二則爲與南昌名妓謝芳蘭共飲，慘遭江城修理毒打：

> 王生曰：「適有南昌名妓，流寓此間，可以呼來共飲。」眾大悅。惟生離席，興辭，群曳之曰：「閨中耳目雖長，亦聽睹不至於此。」因相矢緘口，生乃復坐。少間妓果出，年十七八，玉佩丁冬，雲鬟掠削。問其姓，云：「謝氏，小字芳蘭。」出詞吐氣，備極風雅，舉座若狂。而芳蘭猶屬意生，屢以色授。爲眾所覺，故曳兩人連肩坐。芳蘭陰把生手，以指書掌作「宿」字。生於此時，欲去不忍，欲留不敢，心如亂絲，不可言喻。而傾頭耳語，醉態益狂，榻上胭脂虎，亦並忘之。少選，聽更漏已動，肆中酒客愈稀，惟遙座一美少年對燭獨酌，有小僮捧巾侍焉；眾竊議其高雅。無何，少年罷飲，出門去。僮返身入，向生曰：「主人相候一語。」眾則茫然，惟生顏色慘變，不遑告別，匆匆便去。蓋少年乃江城，僮即其家婢也。生從至家，伏受鞭撲。從此禁錮益嚴，弔慶皆絕。〔註48〕

江城兩次扮裝皆爲阻止丈夫高蕃外遇可能，故一次「身分扮裝」爲陶家婦，另一則「性別扮裝」爲美少年。二次扮裝過程，高蕃皆渾然不知，還一心做著美女在抱之春秋大夢，情緒高亢之際，驚覺身邊人正爲悍妻江城，高蕃所受驚嚇程度，自是不言可喻。

　　江城爲維護家庭完整，不容第三者破壞，故處心積慮阻止丈夫，不僅杜絕丈夫與友人之往來，若發現蛛絲馬跡，對高蕃更毫不手軟，施以虐待。得

〔註47〕蒲松齡：〈江城〉，《聊齋誌異》（臺北：正展出版社，2004年），卷六。
〔註48〕蒲松齡：〈江城〉，《聊齋誌異》（臺北：正展出版社，2004年），卷六。

知丈夫正於酒樓召妓飲酒，更親自出馬，改扮男裝，混入酒樓，進而揭穿丈夫，以收嚇阻之效。江城如此積極之作爲除爲善妒個性使然，更具宣示家庭女主人主權之重要意義。扮裝後之江城英姿煥發、外貌出眾，若著平日之女裝，更爲姿色過人之女子，然高蕃坐擁嬌妻，仍有外遇想法，顯示維繫家庭夫婦感情之方，並非全然依賴外貌。江城個性剽悍，以如此激烈甚至幾近變態之方式阻止丈夫外遇、納妾〔註49〕，積極鞏固自身之家庭地位，其性格與傳統禮教所塑造之女性有迥異之風貌。然女性於婆家畢竟僅能附庸於丈夫，故江城扮裝行爲似乎僅能視爲女性於家庭地位岌岌可危時之奮力一搏，然無可諱言，江城至少已替無數女性發聲，爲許多家庭地位低落之元配，甚至失寵於丈夫、被冷落休離之女性代言，其手段雖殘忍不仁，然此位悍妻爲女性爭取家庭地位與權益之努力，確不容忽視。

（二）守　貞

女性自小即爲「大門不出、二門不邁」之生活空間制約，除「男主外、女主內」工作分配原因外，更重要者即爲確保女性貞節安全。藉由空間規範，使女性保有貞節，同時亦符合社會對女性之期待與標準。若女性於非常情況必須踏出閨閣，保護貞節仍爲首重之務，尤以未婚女性而言，貞節比性命更寶貴，故諸多女性扮裝者扮裝動機正爲守貞觀念延伸下之護己行爲。

《喻世明言》卷二十八之黃善聰自小與父相依爲命，父以販香爲業，爲照顧黃善聰，將黃善聰扮成男裝帶在身邊以便四處販香，黃善聰女扮男裝，與父親行走各地，並學習販售技巧。父親死後，黃善聰仍以相同裝扮掩人耳目，四處販香以求溫飽。黃善聰扮裝實出於環境所逼，迫於無奈之善聰因販香緣故，必須與社會不同階級、背景之人群接觸，爲於複雜江湖行走，黃善聰扮成男裝，以免招惹無端事故。扮裝販香七年，與同以販香爲業之李秀相識，兩人結伴同行，日則同食，夜則同眠，但善聰堅守貞節，不使李秀發現

〔註49〕〈江城〉文曰：「一日與婢語，女疑與私，以酒壜囊婢首而撻之。已而縛生及婢，以繡剪剪腹間肉互補之，釋縛令其自束。月餘，補處竟合爲一瘢。女每以白足踏餅塵土中，叱生摭食之。」高蕃僅是與身旁婢女言談，並未有任何踰矩行爲，江城卻以如此殘忍手段對付高蕃，令人不寒而慄。然故事最後，作者蒲松齡卻借老僧之口說明江城與高蕃此世姻緣是前世宿仇所造成，使全文思想流於因果報應迷信色彩，改過後之江城還替高蕃屬意之名妓謝芳蘭贖身，並將之納於家中，則又流於二女共事一夫之情節俗套，削弱全文思想性。

女兒身，總是和衣而睡，不露半點痕跡，故李秀並不知黃善聰之真實性別；又如《醒世恒言》卷十之劉方與父親回鄉籌措母親安葬費，爲求安全，劉父將劉方扮成男裝，孰料返鄉途中，父親染病驟逝，經營客棧之劉姓老夫婦憐憫劉方孤苦無依，故收養劉方，待之如親生子，劉方則以男性身分幫忙客棧事宜，視劉姓夫婦爲再造父母，孝順有加。經數年，某日劉方偶救劉奇，劉奇因傷勢嚴重，於客棧休養半年，休養期間，劉方與劉奇因年紀相仿，相伴讀書，感情融洽。最後劉方留詩表明自己女兒身分，兩人結爲連理，傳爲佳話。

上述兩則女性扮裝故事中，劉方因「恐途中不便」，扮成男裝；黃善聰因父親「思想年幼孤女，往來江湖不便」，故扮成男裝。兩則扮成男裝之女性皆爲尋求「方便」而扮成男裝，此「方便」實指「女性人身安全」。傳統社會裡，不僅男女地位相差懸殊，男女所規範之空間亦有內外之別，故當女性以真實性別身分於外拋頭露面時，不僅恐遭社會輿論耳語，亦對自我人身安全產生莫大威脅，尤以黃善聰販香職業言，所接觸者幾爲陌生人，若遇存有機心之小人，得知其爲弱勢女性，或恐發生難以預料之意外，故出於保護自我之動機，黃善聰與劉方選擇隱瞞自我性別以求自保。上述女性際遇各有不同，然推及其扮裝之因皆爲自保，所保之物即爲「貞節」。女性貞節不僅爲女性所重視，同時亦爲旁人判斷是否爲良家婦女之依據，故當女性扮裝者於扮裝完成、回歸女性身分之際，常被嚴格要求檢驗是否仍爲完璧之身，這些女性扮裝者亦須配合檢驗或提出證據以爲辯白，如祝英台扮裝讀書前，曾向天祝禱自誓保有完璧之身，並以門前榴花開落證明〔註50〕；花木蘭從軍十年役滿返家時，保有處子之身〔註51〕；黃善聰販香返家歸見家姐，其姐心疑善聰長年於外販香，早非童身，經過檢驗，發現善聰仍爲童身，姐妹才終於相認

〔註50〕《喻世明言》卷二十八：「英臺臨行時，正是夏初天氣，榴花盛開，乃手摘一枝，插於花臺之上，對天禱告道：『奴家祝英臺出外遊學，若完名全節，此枝生根長葉，年年花發；若有不肖之事，玷辱門風，此枝枯萎。』」（臺北：三民書局，1998年）梁山伯與祝英台故事可謂中國最偉大愛情故事之一，於民間流傳已久，文字流傳之敘事文本可見《梁山伯寶卷》、《華山畿》樂府與《同窗記》傳奇等。因深受大眾喜愛，故於各地皆可見梁祝故事改編爲戲劇演出，如越劇〈梁山伯與祝英台〉、豫劇〈樓臺會〉、晉劇〈十八里相送〉、川劇〈柳蔭記〉等，使此經典愛情名劇於大眾心中反覆回味。
〔註51〕《喻世明言》卷二十八：「如此十年，役滿而歸，依舊是箇童身。邊廷上萬千軍士，沒一人看得出他是女子。」（臺北：三民書局，1998年）

〔註52〕；謝小娥爲報殺父之仇扮爲男裝混跡江湖，復仇成功後，選擇出家以示貞潔等〔註53〕，上述扮裝之例皆可見傳統禮教強調女性貞節之重要性，不僅大眾價值觀深受此影響，同時被規範者（女性）亦自我要求，顯示「處女情結」仍爲傳統禮教難以破除之魔咒。

（三）展　才

於傳統制度催眠下，每一個體自出生即被教育須符合社會期待、社會秩序，另外，受身分、地位、性別、家族、年齡等差異因素影響，每一個體亦須安份守己，居於符合自我之社會定位，以免成爲社會邊緣人。即便現今爲民主時代，符合當今社會標準之社會規範仍超越時、空限制，繼續操控所有個體，遑論傳統社會之規定與現今相較，自必嚴格甚多。以女性而言，小自生活儀態坐姿，大至爲人妻母之處事態度，皆須受嚴密監控，若違反禮教規範，恐慘遭丈夫休離，嚴重者，甚被指控爲危害社稷之「禍水」。女性受「三從四德」教條捆綁，亦被「女子無才便是德」之傳統思想包圍，一生退居閨閣，僅能操持家務或繡花撲蝶。然無論傳統思想如何縝密防範女性「踰矩」之可能，個體自主畢竟爲潛藏每人心中之天生本能，於歷史洪流中，仍可見傑出女性之存在，如文壇才女謝道韞、李清照；政壇長才武則天、上官婉兒；商界女強人巴寡婦清等。這些女性各有專擅長才，於各領域佔有立足之地，同時，更獲青史留名，實屬不易。這些女性之存在證明若給予女性相同表現機會與場合，女性亦能開闢康莊大道，完成自我實現。明清扮裝文本中，女性扮裝者之扮裝動機多以展現自我才華爲主要目標，顯示女性才學已獲明清扮裝文本作者之注目，同時亦反映女性才學爲傳統性別教育壓抑之現實，故

〔註52〕　《喻世明言》卷二十八：「張勝（即黃善聰）道：『不欺姐姐，奴家至今，還是童身，豈敢行苟且之事，玷辱門風。』道聰不信，引入密室驗之。你說怎麼驗法？用細細乾灰鋪放餘桶之內，卻教女子解了下衣，坐於桶上。用綿紙條捲入鼻中，要他打噴嚏。若是破身的，上氣泄，下氣亦泄，乾灰必然吹動；若是童身，其灰如舊。朝廷選妃都用此法，道聰生長京師，豈有不知？當時試那妹子，果是未破的童身。於是姊妹兩人，抱頭而哭。」（臺北：三民書局，1998年）

〔註53〕　《拍案驚奇》卷十九：「里中豪族慕小娥之名，央媒求聘的殆無虛日。小娥誓心不嫁。道：『我混跡多年，已非得已。若今日嫁人，女貞何在？寧死不可。』爭奈來纏的人越多了，小娥不耐煩分訴，心裡想道：『昔年妙果寺中，已願爲尼，只因冤仇未報，不敢落髮。今吾事已畢，少不得皈依三寶，以了終身。不如趁此落髮，絕了眾人之願。』」（臺北：建宏出版社，1995年）

此類扮裝文本題材佔所有女性扮裝文本大半。

1. 官場逞才──掃眉才子之自我實現

女性扮裝文本以凸顯女性才學類型故事爲多，其數量顯示女性才學不容忽視。傳統體制將官場空間由男性專權，即使女性能力凌駕男性，若欲以女性身分進入官場，絕無可能。故此群女性扮裝者選擇「扮裝」進入男性職場、尋求自我實現機會。她們進入男性職場之目的，非欲與男性一較高低或進行權力鬥爭之「掠奪」，僅爲單純證明自我實力，於閨閣外之領域尋求發揮自我之天地。源自官場之成就感，正爲吸引她們扮裝之主要原因，女性才能並非只限家庭，人生目標除成爲「相夫教子之賢妻良母」外，尚有其他人生模式得以選擇，故她們選擇當自我之決策者，而非爲社會決策之人，婁逞、黃崇嘏、顏氏、孟麗君等人，正爲此類女性代表。

《奇女子傳》之婁逞本爲南朝浙江東陽人氏，女扮男裝，因擅下棋、懂詩賦、善交游，憑藉個人才華累官至揚州議曹從事。直到扮裝之事被揭露，宋明帝下詔解除官職，婁逞方被迫返回原籍。

《喻世明言》卷二十八敘西蜀女子黃崇嘏自小詩賦俱通、才華出眾，因宰相周庠正適鎮於蜀，黃崇嘏因而假扮男性，佯稱爲當地秀才、毛遂自薦，獻上平日所作詩卷，深受周庠賞識，並受薦爲郡掾。黃崇嘏憑其卓越能力與過人膽識，助周庠偵破無數疑案，深受周庠信任與百姓之感佩景仰，周庠更欲將女兒嫁予黃崇嘏，然黃崇嘏實爲女性，只得委婉藉詩歌表明眞實性別，婉拒此門婚事。周庠由詩歌內容得知黃崇嘏實爲女性後，大感驚訝，然因女扮男裝之事牽涉風化，只得令黃崇嘏辭去郡掾職務，並將黃崇嘏許配予郡中士人。

《聊齋誌異》卷六之顏氏爲名士後裔，承繼家學淵源，自小即由父親授讀，其父並戲稱顏氏爲「女學士」。長成後，嫁與某生，與某生夫妻感情甚篤。某生屢次應試不第，顏氏苛責某生，並誇言若由己親試考場，必將取得功名，故與某生相約，顏氏扮裝假託某生之弟，共赴闈場應試，結果某生再次落榜，顏氏則果如其言，高中順天第四，隔年成進士，累官至河南道掌印御史，富埒王侯，最後顏氏托疾辭官，由丈夫承襲官位。

上述擁有過人才華之女性皆曾涉足官場，擁有非凡經歷。這些女性爲實現自我理想，明知不可爲而爲，不惜觸犯禮教規範，走出閨閣，更令人對其膽識與志氣刮目相看。於扮裝第一步成功後，爲再度證明自我價值，她們努

力把握得來不易之機會，除極力掩藏眞實性別，更以男性身分於職場展現才華、嶄露頭角，努力終將得到回饋，這些女性個個擔任高位、令男性望塵莫及。可惜即使這些女性表現突出，建立諸多事功，然於官場，「性別」爲惟一亦爲最高之先驗條件，一旦女性身分被揭發，一切將隨即泡沫化。故事結尾，扮裝文本作者呈現一致之價值觀，女性扮裝者眞實性別被揭穿後，全數離開職場、打回原形，恢復女性社會角色，回到女性唯一歸宿——家庭、婚姻。如婁逞性別被拆穿後，被迫返回原籍，回程途中，婁逞感慨女性即使於官場有傑出表現，最終僅能返回故鄉，終老一生，成爲田婦。婁逞心中透露之不滿與不甘，凸顯女性身分之無力感。黃崇嘏亦與婁逞相同，無法逃脫既定命運，上司周庠爲謹守傳統禮教之知識份子，得知黃崇嘏實爲女性後，即令其罷去官職，並爲之擇偶婚配，使具超越男性才華之黃崇嘏，仍須遠離專屬男性之「官場」，回歸「家庭」，盡傳統女性應盡之義務，即使黃崇嘏表現卓越，亦無法避免身爲女性之宿命。故事最後，黃崇嘏由男性長官選擇其婚配對象，正是男性主制女性、上位制約下位之實例，使女性聲音愈加微弱，僅能被動接受他人對自身婚姻、生活、命運之宰配，實令人扼腕。

2. 打探虛實——進退皆可之攻防

《平山冷燕》分述四位青年才女平如衡、山黛、冷絳雪、燕白頷之戀愛故事。四人彼此傾心才學，最終有情人終成眷屬，成就人生美事。此則扮裝故事中，山黛、冷絳雪爲出眾才女，山黛更獲欽賜才女之名，可見才情之高，然亦因盛名在外，故諸多才子常盼與山黛試才，並冀望獲得山黛青睞，其中當朝才子平如衡、燕白頷即故意改換身分，扮成貧士，易名爲錢橫、趙縱，故意試探山、冷實學。山黛、冷絳雪自非省油之燈，大有「兵來將擋、水來土掩」氣勢，兩人假扮侍兒應試，果眞以優異詩才，使前來踢館之平如衡、燕白頷心服口服、鎩羽而歸。

山黛、冷絳雪於作者刻意形塑下，並非傳統嬌羞可人、小家碧玉型之女性，而是以讀書作文自娛、以焚香啜茗自樂之奇女子。其舉止與傳統女性相較，愈顯落落大方、氣度非凡。作者亦未強調兩人順從、謙柔之傳統女性特質，反給予許多空間予山、冷二人展現自我。山黛、冷絳雪扮裝之目的與大多展現才學之女性扮裝者不同，她們並未改扮爲男性，反而呈現眞實性別，假扮侍兒是爲有退守之計，正如山黛和冷絳雪所言：

　　若是勝他，明日傳出去，只說連侍兒也考不過，豈非大辱？就是輸

　　與他，也不過侍妾，尚好遮飾，或者不致損名。〔註54〕

此兩全其美之法，使無論此場文試勝負爲何，皆能完美保全兩人才女名譽，最終比試結果由山、冷二女成功挫敗兩位以才學自負之男性，使「才女」之稱愈加名符其實。此則扮裝文本呈現與其他扮裝文本不同之扮裝內涵，此故事無關男女性別之職分與空間約束，亦未與「男尊女卑」傳統觀念息息相關，「扮裝」僅是純粹爲掩飾真實身分所行之計，使兩性跳脫性別限制，得以於平等之性別地位上有場公平對決，是此則扮裝文本最大之啓示。

（四）求　愛

　　傳統婚姻關係之成立全然依靠「父母之命」與「媒妁之言」，若非此兩種形式牽成，其餘男女之間任何形式之連結，皆被視爲不合禮教之行爲。婚姻關係之主控權亦由男方所操控，若父母中意，加以媒人說親，男方即可主動提親，完成終身大事。反之，女方則須被動等待男方上門提親，絕無女方主動求親之可能。故女性若遇見心儀男性，除非父母同意，請媒人相助謀合，否則女性幾乎皆至新婚之時，方知未來終身伴侶之長相樣貌。傳統社會由婚姻制度全權決定青年男女之婚配，而非由人性情感自主選擇，故造成諸多因無法結合而不可挽回之悲劇，這些悲劇實由不合人性之婚姻制度所造成。有些青年男女忠於自我感情歸向，紛紛突破傳統婚姻制度樊籬，主動挑選心儀人生伴侶，甚且不惜私奔，只求與心上人廝守一生，明清扮裝文本亦反映同等欲望需求，尤以女性扮裝文本更爲明顯，此種現象除點出傳統婚姻制度之盲點，亦顯示女性對情欲自主之渴求。

　　《喻世明言》卷二十三之劉素香於上元佳節與張舜美一見鍾情，故留詩張舜美，表訴衷情，並約定十七日晚相會。至十七日，張舜美果然赴約，兩人歡會一晚，更覺纏綿不捨，劉素香傷心之餘，提出與張舜美私奔之議，張舜美大喜，兩人決定投奔鎮江遠族。當日，劉素香扮成男性與張舜美私奔，誰知劉素香一雙小腳不善久行，城門進出之處又人多擁擠，故劉素香不慎與張舜美失散，兩人遍尋對方不著。劉素香爲一弱女子，怕歹人尋隙，幸得一庵收留，暫得棲身，整日束髮簪冠，等張舜美來尋。張舜美爲尋劉素香心急如焚，直至松竹林中，見有一庵遂趨身入內，或是兩人緣份未盡，冥冥之中自有安排，張舜美偶然闖入之庵，正爲劉素香棲身之所，兩人歷經艱辛終於

─────────────────

〔註54〕天花藏主人編：〈才情思占勝巧扮青衣　筆墨已輸心忸怩白面〉，《平山冷燕》（臺北：三民書局，1998年），第十六回。

相認。後結爲連理，獲父母諒解，張舜美並官至天官侍郎，子孫貴盛。

《拍案驚奇》卷三十四之女尼靜觀本爲俗家楊家女兒，因幼小體弱，母親聽信翠浮庵女尼誑語，誤信將女兒送至佛門修行即可保住性命，故靜觀被送入尼庵，法號靜觀。誰知翠浮庵女尼專拐帶良家幼女，待其長成，專勾引光棍惡少入庵，自己亦可蒙受其惠。靜觀自到寺中，年紀慢慢長成，心知翠浮庵女尼詭計，然潔身自愛，不願與之同流合污，故時常扮裝和尙，返回俗家楊家，以免惹腥上身。某日靜觀於庵中偶見翩翩少年聞人生，心有所動，但思及自己已爲佛門子弟，悲從中來，僅能勉強壓抑心中情欲。某日靜觀又扮裝爲和尙，準備搭船返家，竟於船艙再度遇見聞人生，心中情欲再度啓發，靜觀雖已竭力克制心中情欲，然於夜間與聞人生共躺船艙時，忍不住碰觸聞人生，聞人生誤認靜觀爲慣家之和尙，且受靜觀出眾容貌吸引，正欲迎合，突然驚覺靜觀女性身分，加以詢問，靜觀表明自己實爲女性，入佛門實非自願。兩個青年男女正如乾柴烈火，當晚成其好事。最後靜觀與聞人生私奔，聞人生將靜觀安置於乳母家庵，一面準備科舉考試，一面待靜觀蓄成長髮，最後高中二甲，並迎娶靜觀。

《鼓掌絕塵》卷六之韓蕙姿、韓玉姿姐妹爲相府歌妓，適逢巴陵才子杜萼與友人康汝平至相府爲客，席上蕙姿與康汝平鼓琴而奏，玉姿與杜萼則吟詩唱和，兩對俊郎才女彼此傾心，留下良好印象。元宵燈會時，宰相邀請杜萼到府作客，正好予杜萼、玉姿彼此相會機會，當晚玉姿趁宰相夜睡，偷偷私會杜萼，兩人彼此情投意合，遂同枕共眠。天曉時，爲恐宰相發現，兩人商議私奔。韓玉姿穿上杜萼舊衣衫，扮成男性，與杜萼連忙逃離相府。宰相發現杜萼、韓玉姿之私情，但念及蕙姿、玉姿平日侍奉殷勤，無不法之事，遂網開一面，不僅不追究，並將惠姿贈予康汝平，成就兩段美好姻緣。最後杜萼、康汝平同中進士，闔家歡樂。

明末清初著名才情小說《玉嬌梨》另有一位扮裝爲男性並大膽爲己說媒之勇敢女性——盧夢梨。此則扮裝故事之男主角——蘇友白已與佳人白紅玉定親，然因落難，路途巧遇另一佳人盧夢梨，盧夢梨因見蘇友白才、貌雙全，爲之傾心不已，最後難按心中滿懷情思，扮裝爲男性，並託言爲兄，假藉爲妹說親，表現勇於求愛之膽識。作者於此則扮裝故事中，藉由蘇友白與盧夢梨之對話，展現進步之愛情觀，盧夢梨歎道：

或制於父母，或誤於媒妁，不能一當風流才婿，而飲恨深閨者不

少！〔註55〕

盧夢梨此話深深道出青年男女因受限父母或媒妁，不得理想伴侶之無奈與遺憾。盧夢梨託言爲兄，實則爲己說親，於傳統禮教，未經父母同意或託媒人說項，婚姻關係絕不可能成立，即使雙方彼此傾慕、欲結連理，亦爲禮法所不容，若兩人私奔更爲忤逆之事，故盧夢梨爲己說親之勇敢行徑，實爲自我情感之實踐。

上述女性扮裝者不約而同展現對婚姻、愛情之執著與積極，她們勇於表現自我，不因傳統禮教或婚姻制度束縛而退縮，甘冒生命、名譽之險，只求面對愛情之心安理得。如劉素香主動贈詩表明心意，私會之約、私奔之議皆爲劉素香主動提出；韓玉姿心儀杜萼，對杜萼一見傾心，夜會杜萼爲其對愛情之立馬行動；盧夢梨爲尋與己匹配之對象，幾番波折，終遇才子蘇友白，盧夢梨立即表現勇氣，爲難以啓齒之兒女婚事舖路。這些女性扮裝者表現積極求愛之決心，展現女性捍衛愛情之勇氣。由於對婚姻制度之反動，使這些女性扮裝者情欲自主意識萌芽，化被動爲主動，拋開矜持自守之禮教束縛，甚且於婚姻關係未成立前即與男性發展性關係，此種情節安排顯現女性對自我情感之忠實與積極尋求人生伴侶之決心，「男怕入錯行，女怕嫁錯郎」，若僅循「父母之命」、「媒妁之言」，把己身婚姻大事依託於父母或靠嘴吃飯之媒人，不如由己主動挑選。故這群女性扮裝者決定依己感情、直覺行事，甚且不惜違背禮教，隨男性私奔，凸顯女性意識之抬頭。然此類扮裝故事仍流露傳統價值線索，這些女性扮裝者之扮裝動機因男性而起，遇見心儀男性後，爲愛情長久存在，立即表明欲依靠男性、託付終身之心意，由此可見，這群女性扮裝者雖爲愛情主動出擊，有突破禮教之求愛行爲，然其行爲處事仍世俗價值影響，最後願爲男性走入家庭婚姻，看似轟轟烈烈追求愛情，實則最後仍回歸「男主外、女主內」之原點，尚未澈底擺脫傳統婚姻制度之框架。

（五）其　他

1. 男性工具──男性性權力之荼毒

於傳統制度屏障下，男性擁有性掌控權，包括對女性身體之宰制與性自主之享受等。婚姻制度可謂爲保障男性權力而設置，罔顧女性權益，故男

〔註55〕荻岸散人編：〈盧小姐後園贈金〉，《玉嬌梨》（瀋陽：春風文藝出版社，1985年），十四回。

性擁有之性權力立根於家庭，並延伸至社會各角落，甚且連清修之地亦可見男性性權力遺跡，《喻世明言》卷三十之紅蓮，即為男性性權力荼毒下之犧牲品。

《喻世明言》卷三十之紅蓮自小被丟棄於寺廟，寺中禪師憐見孤苦，交由道士清一收養，待至五、六歲時，將送予普通人家扶養。清一將紅蓮收於廟中，直至長成，未送出廟。紅蓮十五、六歲時，偶為寺中五戒禪師所見，五戒禪師竟起色欲，清一因有求於五戒且畏於五戒威勢，為己利益，犧牲紅蓮，答應五戒條件。為避旁人耳目，清一將紅蓮假扮為小頭陀，獻予五戒，使紅蓮成為五戒之縱欲工具。

紅蓮方初懂人事，即被養父當成籠絡五戒之貢品，為免旁人發覺五戒禪師之淫行，紅蓮尚須隱瞞女性身分入廟，除須忍受為五戒作踐之委屈，尚須為如此可惡人渣隱瞞罪行，女性尊嚴蕩然無存。紅蓮為男性利益之犧牲品，於五戒、清一利益勾結下，不僅失去貞節，同時亦為男性性玩物。然此則扮裝故事作者以男性權威者身分，主導扮裝文本故事，將被迫扮成小頭陀、成為犧牲品之紅蓮描寫成沈溺於性快樂的「得水渴龍」〔註56〕，此種託辭，實為男性主觀意識宰制女性之威權遺毒。於女性扮裝文本故事中，女性多被塑造為貞德、有文才、武才與政治長才之女性，然此則故事中之紅蓮卻於無知情況下扮成小頭陀，藉滿足禪師之私欲並為養父追求權勢，成為權力鬥爭工具，不僅降低女性人格、尊嚴，同時亦暴露女性對自我身體與意志自主權之薄弱。

2. 解危脫困——救人者恒自救

明清扮裝文本之女性扮裝者大多為自我實現或求愛而扮裝，然其中卻有一位女性扮裝者為自救、救人而進行扮裝計劃，不僅為己找到歸宿，且將惡人繩之以法，使「扮裝」成為故事轉折之重要關鍵，此則故事即為《拍案驚奇》卷二鄭月娥冒名頂替姚滴珠之奇事，其扮裝過程頗為曲折有趣。

〔註56〕《喻世明言》卷三十：「且說長老關了房門，滅了琉璃燈，攜住紅蓮手，一將將到牀前。教紅蓮脫了衣服，長老向前一摟，摟在懷中，抱上牀去。戲水鴛鴦，穿花鸞鳳，喜孜孜枝生連理，美甘甘帶綰同心，恰恰鶯聲，不離耳畔，津津甜唾，笑吐舌尖，楊柳腰脈脈春濃；櫻桃口微微氣喘，星眼朦朧，細細汗流香，玉體酥胸蕩漾，涓涓露滴牡丹心，一箇初侵女色，猶如餓虎吞羊，一箇乍遇男兒，好似渴龍得水，……紅蓮是女孩兒家，初被長老淫勾，心中也喜。」（臺北：三民書局，1998年）

　　姚滴珠與潘甲爲一對新婚夫妻，兩人恩愛情篤，成親方兩個月，潘父即逼潘甲出外經商。潘父、潘母對滴珠時惡言相向，一日滴珠因晚起，不及準備早飯，又爲潘父、潘母冷言數落，姚滴珠負氣返回娘家，途中遭汪錫誘拐，連哄帶騙，嫁與吳大郎做外妾。潘、姚二家發現姚滴珠失蹤，互告對方窩藏姚滴珠。姚家內親周少溪偶見妓院一娼貌似滴珠，故通知姚兄姚乙加以指認。經一番查訪，方知此女名爲鄭月娥，本嫁與姜秀才做妾，然爲大婦不容，竟爲姜秀才轉賣爲娼，於娼院頻遭鴇家嚴刑拷打，悲苦受虐。故兩人議定，姚乙爲鄭月娥贖身，並使鄭月娥扮裝爲姚滴珠，一方面了結此案，二方面鄭月娥可脫離老鴇魔掌，兩全其美。姚乙至官府，佯稱其妹被拐騙至妓院，故李知縣將姜秀才、老鴇等人問罪，並發鄭月珠返回原籍，仍歸潘甲。然扮裝者與本人究有差異，即便鄭月娥得以隱瞞親戚朋友，然不過潘甲之眼，潘甲認出鄭月娥並非己妻，向李知縣告發。李知縣不動聲色，於醒目處貼上已尋獲姚滴珠並結案之訊，拐騙姚滴珠之汪錫一看告示，認爲事已天衣無縫、萬無一失，不料卻爲李知縣暗中佈下之眼線跟蹤，終發現眞姚滴珠蹤跡，亦拆穿假姚滴珠身分。最終拐騙人口之汪錫被重打六十大板，氣絕身亡；姚滴珠仍歸潘甲；姚乙因謊報被判充軍，鄭月娥因感念姚乙爲其贖身恩德，故自隨姚乙爲軍妻，後姚乙遇赦，兩人成婚，此事圓滿。

　　此則故事之「扮裝」，實爲巧合安排，鄭月娥扮裝並非事先計劃，只因生就與姚滴珠雷同之樣貌，相似度之高，連親生父母親與兄長一時之間亦難以辨別，冥冥之中，種下此份因緣。得知姚滴珠事後，鄭月娥心計一轉，想出兩全其美之方，「扮裝」爲姚滴珠，不僅成功爲己脫困，亦解除姚家危機，故扮裝動機出於善良，並非惡意矇騙他人，幸李知縣明察秋毫，使事情獲得圓滿發展，鄭月娥助人，獲完美歸宿，不再淪落紅塵；姚滴珠亦回歸婚配家庭，重拾舊愛。此則故事雖強調鄭月娥之聰穎、有義、感恩，然亦凸顯女性身體自主權之薄弱，一旦失去家庭保護傘庇佑，即可能使自身陷入危境，如鄭月娥爲大婦驅逐、轉賣妓院；姚滴珠負氣離家、遭惡人拐騙，皆使自身陷入險地。傳統女性一方面須婚姻關係保護，另一方面又須爲婚姻制度牽制，女性宿命實爲兩難局面，然此局面卻爲所有傳統女性所須面臨之困境。

3. 職業需求──真假難辨之自我

　　女性扮裝者中，有一群位居社會下層，終生受人擺佈之弱勢者，即爲以舞臺爲人生演示之戲班演員。此群女性演員爲配合劇情扮裝演出，同時因職

業因素，常巡迴各地，過奔波辛勞之走唱生涯，運氣好者，或遇富貴人家，收入府中成為家班，過安穩生活；運氣差者，或流落街頭，賺取微薄生資。無論其演出地點為大庭廣眾之茶樓酒館，抑或豪奢大戶之深庭內院，永遠不變者為其卑微之身分與地位，此種彷若浮萍之人生，使此群演員產生本是同源生之特殊情感，更因「扮裝」緣故，易產生真實性別與虛構角色間之混淆。如《紅樓夢》賈府為豪門世家，為元妃省親，特從外地採買十二個女孩養於梨香院〔註 57〕，早晚教唱，以為省親時娛興節目之用。這幫唱戲戲班僅供自家內用，舉凡特殊喜慶，皆由這群女孩唱演助興。這群女孩生活、排戲皆朝夕相處，感情寄託常依附於彼此，故易發展不尋常之同性感情。如第五十八回敘扮演男性角色之藕官一日躲於角落燒紙錢，適為賈寶玉發現，寶玉詢問原因，藕官泣而不答，原來藕官雖為女性，然因職業需求扮裝為小生，與同為戲班演員之藥官有曖昧情愫產生，此則燒紙錢之插曲，凸顯戲班同性愛戀之存在。此群戲班演員生活彼此照應，休戚與共，情感異常深厚，使現實與戲臺密不可分、真假難辨，此正為「扮裝」引起之「性別疑惑」。

　　造成戲班演員同性愛戀產生之因，除朝夕相處、日久生情與現實人生、戲臺角色混淆此二種內緣因素外，若由外緣環境分析，社會對優伶職業之輕賤，更為逼使優伶產生惺惺相憐情愫之最重要因素。如《紅樓夢》第六十回趙姨娘辱罵芳官：「小娼婦養的！你是我們家銀子錢買了來學戲的，不過娼婦粉頭之流，我家裡下三等奴才也比你高貴些！」〔註 58〕第七十七回王夫人亦以輕視口吻云：「唱戲的女孩子，自然更是狐狸精了！」〔註 59〕此番代表社會價值觀之言論，凸顯優伶於傳統社會生存之艱難，更道出優伶之哀，即使技藝出眾，成為名角，對上層階級而言，這些優伶不過為閒暇娛樂之物，遑論真情相待。這群唱戲女性地位卑微，擁有相同家庭背景與人生際遇，故她們選擇成為彼此避風港，產生一段註定無結果之悲戀。

　　綜觀上述扮裝文本發現，男女扮裝動機趨向截然不同。以數量觀察言，

〔註 57〕　《紅樓夢》第十七回敘賈府為迎接元妃，託賈薔由姑蘇採買十二位女孩統為
　　　　　家用戲班，並聘教習教演女戲，由府中習過歌唱的老嫗管理，這些女孩分別
　　　　　是藕官、芳官、藥官、齡官、文官、慈官、葵官、艾官、荳官、茄官、寶官、
　　　　　玉官。

〔註 58〕　曹雪芹：〈茉莉粉替去薔薇硝　玫瑰露引來茯苓霜〉，《紅樓夢》（臺北：地球
　　　　　出版社，1993 年），第六十回。

〔註 59〕　曹雪芹：〈俏丫鬟抱屈夭風流　美優伶斬情歸水月〉，《紅樓夢》（臺北：地球
　　　　　出版社，1993 年），第七十七回。

男性扮裝動機幾乎離不開「性」因素，王尼、桑茂、孫神通等這群男性扮裝者為滿足私欲，以扮裝掩飾不法行徑，扮成女裝藉機接近女子閨閣，並進而登堂入室、不受質疑。扮成女裝後，女性誤以為真，進而鬆懈心防，被誘拐獻身或迷姦，當真相揭穿後，這群男性扮裝者奸計已然得逞，後果無可挽救。這群男性扮裝者不僅可自由進入女子閨閣或尼姑庵等專屬女性之男性禁足區，製造與女性親近之機會，更掩人耳目以為諸多非法之事，他們不僅將「扮裝」當成滿足私欲之工具，同時亦藉以規避傳統社會對男女接觸規範之懲罰。故「扮裝」於有心人士利用下，不僅無法成為兩性溝通之橋樑，更加強男性對女性身體之宰制權，造成兩性間更多之不平等。

女性扮裝者之扮裝源起則呈現多樣化趨向，如為自我實踐、為追求愛情、為生活經濟等。由此種現象得知，傳統禮教社會並不允許女性拋頭露面，舉凡家庭外之活動空間，皆非女性得以自由進出，未出嫁時，僅能聽從父母安排，決定一生伴侶；出嫁後，須扮演「相夫教子」角色，一切以丈夫為依從，故有諸多女性極欲突破此種生活現狀，走出家庭，追求婚姻自主、經濟獨立並展露自我才學。這些女性扮裝者體會於傳統禮教限制與思維下，身為女性，難以獲得與男性同等之對待與機會，故希望得以突破侷限，為自我創造未來，故具政治長才之女性，將想法真正付諸實踐，藉「扮裝」於官場體驗仕途生活，如黃崇嘏；有些女性體會女性經濟無法獨立，主因「男主外、女主內」觀念制約，故藉由父兄帶動，加入職場，賺取養家收入，擁有經濟自主權，如黃善聰；更有些女性深感婚姻無法自主，因而勇敢拋下一切，不顧世俗禁忌，追求自我幸福，如靜觀、劉素香等。這群女性扮裝者雖未高揭「女性自覺」旗幟，然這群女性已為「女性自覺」啟蒙先端。

男女扮裝動機之差異，可由馮夢龍《醒世恆言》言論作結：

> 福善禍淫天有理，律輕情重法無私。方才說的是男人裝女敗壞風化
> 的。如今說個女人裝男，節孝兼全的來正本。〔註60〕

「男人裝女，敗壞風化，女人裝男，節孝兼全」，顯現男女扮裝動機之文化差異。男性於傳統社會所享特權遠過女性，無論家庭婚姻地位或職場、權力之發揮空間，男性皆居宰制地位，女性則處於被動之方。因男女兩性身處環境

〔註60〕 馮夢龍編：〈劉小官雌雄兄弟〉，《醒世恆言》（臺北：建宏出版社，1995年），
　　　　卷十。馮夢龍藉桑茂假冒女性姦淫婦女之事，對比劉方保全貞節一事，點出
　　　　兩性扮裝之差異。

與養成教育之異，故形成兩種不同之社會角色，亦形成差異日大之性別認知。受先天差異環境影響，優勢之方自然極力保有獨享權益，弱勢之方則欲極力反撲，脫離不公環境。無論是性別或身分所造成之差異，這些差異並非無消弭之可能，只是於調整男女差異之過程，付出之代價卻相對昂貴。

身分、階級尊卑之不同，可仰賴制度獲得平等機會，如一般平民百姓若欲進階社會地位，可藉科舉改變現況，儘管科舉制度無法臻於絕對公平，然此項德政至少可為天下士子贏得封官進爵之機會，改變身分階級。然「性別」所造成之差異與「身分」相較，更為難以跨越之界限，身分差異得以藉制度加以改變，而性別差異卻已由先天決定，「弄璋之喜」、「弄瓦之喜」此種形容詞，已說明生理性別所象徵之文化差異。於此種養成教育下，女性長久遭受壓抑，若欲改變先天劣勢，僅能「斧底抽薪」，隱藏真實性別「扮裝」為男性，方可立即扭轉頹勢，故於明清時期，因自由意識啟蒙與個體自主萌芽，產生諸多扮裝行為。這些扮裝行為以秘密、隱瞞方式進行，男性欲奪得更多空間權限，故「扮裝」以進入女性閨閣；女性則欲跳脫制式規範，「扮裝」為男性，為己爭取工作權、婚姻自主權與經濟權。

因女性所受限制遠較男性為多，故呈現無窮之反彈力量，此種權益需求反映於明清扮裝文本，故女性扮裝動機呈現多元化，表現對婚姻自主與展現才學之渴望；男性扮裝動機則大多圍繞於藉色心、逞淫欲之題材。然無論於現實生活，抑或虛構之文學環境，皆出現「扮裝」事蹟，足證於傳統體制之框架內，男女之間的確存在不平等，呈現兩性不同之內心欲望反射。

第三節　明清扮裝文本內容之演變

明清扮裝文本故事情節千變萬化，本節將透過扮裝者之扮裝動機與文本成書時間，進行交叉比對分析，除橫向觀照明清扮裝文本之差異，更從直向分析於時間歷程變化中，明清扮裝文本內容之轉變與其中透露之微妙訊息。以下就扮裝文本成書年代與扮裝動機做一簡表，依成書年代先後排序。其中有些扮裝者之扮裝動機具複雜之多面性，故同時表列，以將扮裝動機意涵做更完整之呈現。透過下列簡表之分析歸納，本節將從扮裝動機之演變與出現數量之多寡兩面向加以探討，期能對明清扮裝文本有更全面之認識，釐清男性扮裝文本與女性扮裝文本之異同，並從中發現明清性別文化轉變之軌跡。

一、男性扮裝文本內容之演變

　　下列表格依扮裝文本成書年代排列，藉分析男性扮裝動機，以見男性扮裝文本內容之演變：

成書年代	文　本　出　處	扮裝人物	同性男風	報答恩情	被迫扮裝	詐騙財色	追求愛情	打探虛實	洗刷冤屈	感染怪病	展現才學	備註
明嘉靖	《荔鏡記》	陳伯卿					○					
明萬曆	《龍陽逸史》卷一	裴幼娘	○									〔註61〕
明萬曆	《龍陽逸史》卷九	柳細兒	○									
明萬曆	《弁而釵情烈》	文　韻	○	○								
明萬曆	《弁而釵情奇》	李又仙	○	○								
明萬曆	《宜春香質》	伊自取			○	○						〔註62〕
明萬曆	《宜春香質》	鈕　俊	○		○							
明萬曆	《男王后》	陳子高	○									
明天啓四年	《警世通言》卷二十六	唐伯虎					○					
明天啓四年	《警世通言》卷二十七	假神仙				○						
明天啓七年	《醒世恒言》卷七	錢秀才								○		
明天啓七年	《醒世恒言》卷八	孫玉郎								○		
明天啓七年	《醒世恒言》卷十	某老嫗				○						
明天啓七年	《醒世恒言》卷十	桑　茂				○						
明天啓七年	《醒世恒言》卷十一	秦少游								○		
明天啓七年	《醒世恒言》卷十三	孫神通				○						
明天啓七年	《醒世恒言》卷十五	赫大卿			○							
明天啓七年	《初刻拍案》卷三十四	王　尼				○						
明崇禎五年	《二刻拍案》卷三	權次卿					○					
明崇禎五年	《二刻拍案》卷五	賊　人				○						

〔註61〕 《龍陽逸史》爲短篇章回同性戀小說，由二十回短篇故事組成，每回獨立成篇，敘裴幼娘、柳細兒等二十位小官之同性故事，因扮裝動機雷同，故本表茲舉裴幼娘、柳細兒爲代表。

〔註62〕 《宜春香質》共分〈風〉、〈花〉、〈雪〉、〈月〉四集。敘孫義、單秀言、伊自取、鈕俊等男風故事，本表茲舉伊自取、鈕俊爲代表。

明崇禎五年	《二刻拍案》卷六	金　定				○		
明崇禎五年	《二刻拍案》卷十五	江　溶					○	
明崇禎五年	《二刻拍案》卷二十七	汪秀才				○		
明崇禎五年	《二刻拍案》卷三十五	程老兒			○			
明崇禎五年	《二刻拍案》卷三十八	郁　盛			○			
明崇禎五年	《型世言》回三十七	李良雨						○
明末清初	《玉嬌梨》	張軌如			○			
清順治	《無聲戲》卷六	尤瑞郎	○	○				
清順治八年	《天雨花》	杜弘仁			○			
清順治十五年前	《平山冷燕》	宋　信			○			
清順治十五年前	《平山冷燕》	平如衡			○	○		○
清順治十五年前	《平山冷燕》	燕白頷			○	○		○
清康熙	《兩交婚》卷五	甘　頤			○			
清康熙	《聊齋誌異》卷十一	男　妾			○			
清康熙	《聊齋誌異》卷十二	王二喜			○			
清康熙	《警悟鐘》卷二	石羽沖			○			
清嘉慶	《鏡花緣》三十二、三十三回	林之洋		○				
清嘉慶	《白圭志》卷五	張美玉			○			
清道光	《品花寶鑑》	蘇蕙芳	○					
清道光	《品花寶鑑》	杜琴言	○					

　　明萬曆年間，男性扮裝動機多集中於同性男風此類，明天啓年間至清嘉慶年間之扮裝動機則多因詐財騙色或追求愛情而起，其中間雜以打探虛實或洗刷冤屈等少數特例，至清道光年間，男性扮裝動機又由同性男風居領導地位。由男性扮裝動機之時間推移，可得知男性扮裝文本內容之演進軌跡：

（一）男風文化：由注重性欲需求轉變為刻畫人性真情

　　男性扮裝文化於發展初期與男風有極大關係，此種現象主受明代政治禁令影響。明代禁止官員狎妓，然士大夫平日往來應酬，頗須娛樂助興，為顧及宴會享樂餘興需求，故轉而狎辟優伶或小官，既可享宴遊之樂又可避免觸令。佔有經濟優勢之縉紳階級、商產階級亦仿而效之，「狎優伶」、「玩小官」

成爲時尙風俗之盛行活動，使男風文化於明中後期形成一股龐大之社會風潮。此種男風文化主要建立於金錢、權力、肉欲之基礎，愛好男風之中產階級與上流社會挾其優異權勢，以金錢、權力享受男風帶來之歡娛，而優伶、小官亦以其出色才藝與色相事人，並從中獲取金錢、權力之滿足，雙方各取所需並彼此依存。此種供需關係使明代男風興盛，同時亦使色欲泛濫，反映於男風類型之扮裝文本，故有諸多露骨之性描寫情節，於《龍陽逸史》、《宜春香質》等男風文本幾乎隨處可見。隱藏於男風文化背後者，爲一連串權力、性別之糾葛，大量出現之性描寫，亦反映明萬曆年間男風文化之特色。

相較明萬曆時期與清末之男風扮裝文本，二者本質呈現極大差異。明萬曆時期之扮裝文本如《龍陽逸史》、《宜春香質》等書偏重「性」層面，男、男關係主要憑藉性吸引力成立，故有大量性情節，描述露骨、直接；然清末男風扮裝文本如《品花寶鑑》則著重「情」，注重男、男關係之互動與心理層面之描寫，扮裝人物對心儀對象之專一、痴情，更爲作者側重描寫之細節，亦爲作者所刻意標榜之主題。除偏重人性真情訴求外，書中同性愛戀關係亦與明中後期建立於金錢、權力之男風愛戀形式不同，此時扮裝文本更注重「情」之單純，故《品花寶鑑》同性戀模式與異性戀幾乎毫無分別，梅子玉與杜琴言、田春航與蘇蕙芳這兩對同性愛侶關係與異性戀相仿，梅子玉、田春航爲男性角色，而杜琴言、蘇蕙芳生理性別雖爲男性，然其社會角色定位卻猶如女性，外貌體態與行爲舉止之外在表現，作者皆以女性標準摹寫。杜琴言與蘇蕙芳所呈現之價值觀亦與女性相仿，視己身爲女性，以女性定位對應與其他男性之互動關係，與梅子玉、田春航之相處更與一般異性愛戀相同。綜上所觀，男風扮裝文本於明清兩朝不同之時尙風潮與價值差異影響下，呈現截然不同之男風內涵。

男風扮裝文本大量集中於明萬曆後與清末，其餘時期幾乎消聲匿跡，其中僅出現清初順治年間《無聲戲》文本而已。該書可視爲由明萬曆年間過渡至清末之男風扮裝文本，其重要性可見一斑。《無聲戲》之尤瑞郎一例，正爲男風文本由「性」過渡至「情」之關鍵事例，此例不僅有「性」有「情」，同時更延展至「恩」之層面，使性包含感情之觸動，故其格調較明萬曆年間之男風扮裝文本更爲高尙，亦比清末扮裝文本更貼近現實。《無聲戲》之尤瑞郎因感念陳季芳之恩，故主動自宮、專心陪侍，並於自宮後改扮爲女性，不僅外在形貌，甚至性格、處事，皆以傳統女性爲標準。陳季芳死後，尤瑞郎更

義無反顧、撫養其幼子長大成人。此則事例之尤瑞郎若眞爲女性，其舉止或可列入〈列女傳〉模範，爲後人稱頌。如前所述，早期男風扮裝文本多著重「肉慾」書寫，然此例扮裝故事卻著重尤瑞郎與陳季芳兩人之情深義重，與尤瑞郎如何知恩圖報之主軸。於此則扮裝故事可得見人類偉大情操，「情」、「義」、「恩」等人性價值皆可於此則扮裝文本體現，「扮裝」情節反退居第二線，非文本重點。尤瑞郎爲回報陳季芳之恩，寧可自宮、拋棄男性身分，自宮後，又以「女爲悅己者容」態度，以陳季芳希望之女性扮裝出現，此種爲討陳季芳歡心之種種犧牲行爲，正爲尤瑞郎對陳季芳眞心之展現，陳季芳死後，尤瑞郎並爲之守寡、撫養幼子。此種至死不渝之同性愛，將人類除「性」之外的本能——「愛」提昇至最高地位，方爲此則故事所欲呈現之重點，文中，陳季芳對女性雖有認知矛盾，然不損及整篇文本價值，此則扮裝事例不僅爲男風扮裝文本從明代過渡至清代之關鍵，更揚現人性之可貴。

（二）騙財騙色：受騙對象由女性轉變為男性

由男性扮裝文本題材演變過程得知，各類型扮裝文本於明清時期出現時間點均有所消長，僅有詐財騙色類型之扮裝事例從未自此舞臺消失，成爲男性扮裝文本主流類型。由於傳統社會給予男性之先天權力遠超出女性，故女性扮裝者大都爲保護自我安全或突破社會限制、自我實現而扮裝；然男性扮裝者之扮裝動機則與女性大相逕庭。男性於傳統社會爲優勢者，然於社會階級分工制度影響下，仍須由禮教約束，承擔男性社會責任，故爲傳宗接代而娶妻生子，乃爲天經地義之事。然有些男性僅願享受權力，不願承擔傳宗接代、保護家庭之社會職責，故逃避責任，沈浸溫柔鄉，飲酒作樂、流連忘返。等而下之者，不願擔負職責，又欲享受男性獨有特權、滿足自我性需求，變態者甚至扮爲女裝，隱藏男性身分，侵入女性內室、姦淫女性，以男性優勢對弱勢女性進行身體侵害。

早期扮裝文本之男性扮裝者如王二喜、桑茂、王尼等人，皆以姦淫良家婦女爲主要目的。此種行爲與「性」直接關連，著重側寫男性騙「色」或騙「財」行爲。扮裝文本作者捉住男性重視肉慾之弱點，故事書寫題材亦由扮裝者姦淫婦女轉移至男性因貪求色慾而反被扮裝者詐欺之主題，開啓男性扮裝文本另一項扮裝內容。故事受騙對象由女轉男，鋪敘男性因好色而受騙上當情節，如《聊齋誌異》之官紳因見少女容貌姣好、心生歡喜，故出資購買並蓄爲侍妾，然於洞房花燭夜時，方知其爲男性所扮。此男性扮裝者正是

看穿男性好色弱點，設下仙人跳騙局，無數好色男性即受此技倆詐欺。騙財騙色類型扮裝文本除於故事題材有所擴充外，另外亦強調傳統社會道德制裁之力量，故這些詐騙他人之男性扮裝者於故事最後必將受一定之懲戒，如桑茂被處以「凌遲重辟」之刑；孫神通依律「凌遲處死」；王尼則被「重打四十」、「用法擺佈，備受殘酷」，最後落得「登時身死」下場。這些騙人財色之扮裝者行為下流卑瑣，盡做害人勾當，故理當接受懲戒，以正風化，凌濛初云：

> 只看從古至今，有那崑崙奴、黃衫客、許虞侯那一班驚天動地的好漢，也只為從險阻艱難中成全了幾對兒夫婦，直教萬古流傳。奈何平人見個美貌女子，便待偷雞吊狗，滾熱了又妄想永遠做夫妻，奇奇怪怪，用盡機謀，討得些便宜，枉玷辱人家門風。直到弄將出來，十個九個死無葬身之地。〔註63〕

凌濛初云「十個九個死無葬身之地」，說明這些玷辱他人家風之扮裝者受道德力量制裁，實為必然之事，強調道德力量之強大。並藉由扮裝者伏法，強化道德力量之至高性，驗證小說勸人向善之社會意義。另外，受道德制裁之對象除心術不正之扮裝者外，同時亦包括好嫖妓者。《型世言》之李良雨因嫖妓身染梅毒，於一夕之間變成女性，此則故事藉李良雨人生際遇說明嫖妓不當，並對買春者給予諷刺教訓。以現代科學觀之，李良雨因嫖妓而由男變女，雖為匪夷所思之事，然作者如此安排，實已看出作者以負面立場看待嫖妓男性之道德觀，故使嫖妓男性李良雨身染性病並淪為至交好友之小妾，由性掌控者淪為性供應者。詐財騙色者應受法律制裁，好嫖妓者亦應受道德制裁，成為此類扮裝文本之通則。

（三）智慧展現：由凸顯男性機智轉變為欣賞女性才學

綜觀明代至清代男性扮裝文本類型，以詐財騙色型居多，幾乎遍佈每一時期，於此約三百年之時間流變中，其中亦點綴穿插少數展示才學或解救愛妻之智慧型扮裝文本，如《平山冷燕》之平如衡、燕如頷；《二刻拍案驚奇》之金定、汪秀才與《天雨花》之杜弘仁等，皆於此類扮裝文本展現過人才學與機智。此群扮裝者之智慧類型與表現手法彼此亦有巧妙不同。汪秀才與杜弘仁為解救身陷賊窟之愛妻鋌身走險、直搗虎穴，整部扮裝文本之故事主軸

〔註63〕凌濛初編：〈聞人生野戰翠浮庵　靜觀尼晝錦黃沙衖〉，《拍案驚奇》（臺北：建宏書局，1995年），卷三十四。

著重這群扮裝者之機智，與用計救妻之妙，故事緊湊、毫無冷場。然至清初，才子佳人小說盛行，故如《平山冷燕》等此類智慧型扮裝文本除凸顯男性扮裝者於才學、機智之優異表現外，同時亦注意女性能力，使這些男性扮裝者除擁有過人之才外，更具欣賞女性才學之識，作者亦時藉這些男性扮裝者之口，提出非常見解，包括推翻「女子無才便是德」之傳統思想，另建「才、德、貌」兼備之時代新女性，同時亦勇於反對「媒妁之言」、「父母之命」之婚姻模式，另闢自擇佳偶之愛情新潮流。這些不同流俗之觀點，正為清代智慧型扮裝文本歷經時代演變後，發展不同於明代智慧型扮裝文本之特色。

綜上所論，可獲知以下線索：由簡表統計觀察，男性扮裝文本於動機方面確有時間差異，由早期注重個人欲望演變至後期以呈現人性至愛為主，表現完全不同之文化內涵。另外就數量而言，詐財騙色型扮裝文本數量高居首冠，歷經明代直至清初，此類型扮裝文本從未退場，可見男性內心欲望渴求。男性於傳統社會享受權力與優勢，使他們不須如女性扮裝者極欲展現自我才學，反而欲於原有權勢擴張版圖，除藉由婚姻或買賣交易擁有合法性享樂權外，更貪圖以非法、侵略方式攫取他人身體自主權，並由中獲取性刺激，滿足個人私欲。即使扮裝文本主題並非以敘述性事為主軸，然「性」仍為全篇文本之重要關鍵，甚且成為男女主角認識、交往與私奔之契機。如孫玉郎「扮裝」是為代姐出嫁而不得不為之舉，然當得知與其同榻而眠者為荳蔻佳人劉慧娘後，反而極盡挑逗能事，誘惑劉慧娘，使劉慧娘於毫無心防下獻上處子之身。孫玉郎與劉慧娘這一雙年輕男女結褵之關鍵點，正為陰錯陽差的那晚「新婚之夜」。另外，張舜美與劉素香只因於杭州上元節偶遇，即種下私好之約：

> 女子聽得歌聲，抓簾而出，果是燈前相見可意人兒。遂迎迓到於房
> 中，吹滅銀燈，解衣就枕。他兩個正是曠夫怨女，相見如餓虎撲羊，
> 蒼蠅見血，那有工夫問名敘禮？且做一班半點兒事。〔註64〕

張舜美與劉素香之結合純粹受外在形貌之性吸引力，張舜美見劉素香媚態嬌姿，早有一親芳澤之意；劉素香見張舜美輕俊標緻，故留下同心方勝兒，並於花箋紙留下住處，使張舜美得以尋址夜會，終於元宵當夜兩人遂願。「那有

〔註64〕 馮夢龍編：〈張舜美燈宵得麗女〉，《喻世明言》：（臺北：三民書局，1998 年），
卷二十三。

工夫問名敘禮？且做一班半點兒事。」〔註65〕二句，說明兩人於不知對方姓名之情況下即急於交歡，顯見兩人之歡愛完全建立於「性」基礎，作者以「餓虎撲羊，蒼蠅見血」〔註66〕形容兩人對「性」之渴求，亦說明「性」於扮裝文本之特殊地位。隨文學技巧演進與敘事題材擴展，男性扮裝文本逐漸加入新元素，除「性」外，亦強調扮裝者於其他人格特質之展現，如「智慧」、「才學」、「報恩」等，於故事情節走向亦趨於複雜，不僅呈現肉慾議題，同時另有倫理道德、男女職分與同性戀主題，使男性扮裝文本發展至後期，呈現較為豐富之面向。

二、女性扮裝文本內容之演變

女性扮裝者之扮裝動機多為實現自我、追求自主，其類型之演變，亦可得見女性於傳統社會之侷限，與極思突圍之迫切。下列表格以扮裝文本成書時間為經，以女性扮裝動機為緯，探討女性扮裝文本內容之演變軌跡：

成書年代	文　本　出　處	扮裝人物	保護家庭	展現才學	追求愛情	行走江湖	洩欲工具	解救危困	尋仇報怨	打探虛實	悍婦馴夫	職業扮裝	備註
明嘉靖後	《雌木蘭》	花木蘭	○										
明嘉靖後	《女狀元》	黃崇嘏		○									
明萬曆	《奇女子傳》	婁逞		○									
明萬曆	《奇女子傳》	孟嫗		○									
明天啟一年	《喻世明言》卷二十三	劉素香			○								
明天啟一年	《喻世明言》卷二十八	花木蘭	○										
明天啟一年	《喻世明言》卷二十八	祝英台		○									
明天啟一年	《喻世明言》卷二十八	黃崇嘏		○									
明天啟一年	《喻世明言》卷二十八	黃善聰	○				○						
明天啟一年	《喻世明言》卷三十	紅蓮								○			
明天啟七年	《醒世恒言》卷十	劉方	○				○						

〔註65〕馮夢龍編：〈張舜美燈宵得麗女〉，《喻世明言》：（臺北：三民書局，1998年），卷二十三。
〔註66〕馮夢龍編：〈張舜美燈宵得麗女〉，《喻世明言》：（臺北：三民書局，1998年），卷二十三。

年代	文本	人物											
明天啓七年	《初刻拍案》卷二	鄭月娥					○						
明天啓七年	《初刻拍案》卷十九	謝小娥	○		○		○						
明天啓七年	《初刻拍案》卷三十四	靜　觀			○	○							
明崇禎五年	《二刻拍案》卷十七	聞蜚娥	○	○									
明崇禎	《同窗記》	祝英台		○									
明末清初	《玉嬌梨》	盧夢梨			○	○							
明末清初	《玉釧緣》	謝玉涓	○										
明末清初	《龍舟會》	謝小娥	○						○				
清順治十五年前	《平山冷燕》	山　黛	○							○			
清順治十五年前	《平山冷燕》	冷絳雪	○							○			
清康熙	《聊齋誌異》卷三	商三官	○						○				
清康熙	《聊齋誌異》卷四	張妹妹					○						
清康熙	《聊齋誌異》卷六	江　城	○								○		
清康熙	《聊齋誌異》卷六	顏　氏		○									
清康熙十一年	《醒風流》卷十六	馮閨英		○									
清康熙十一年	《醒風流》卷十六	馮閨英侍　女						○					
清雍正後	《鼓掌絕塵》卷六	韓玉姿				○							
清乾隆	《紅樓夢》	藕　官										○	
清乾隆	《再生緣》	孟麗君		○									
清乾隆	《金閨傑》	孟麗君		○									
清乾隆	《筆生花》	姜德華		○									
清乾隆	《再造天》	孟麗君		○									
清乾隆	《曉金錢》	柳卿雲		○									
清乾隆後	《繁華夢》	王　氏		○									
清乾隆後	《全福記》	沈惠蘭		○									
清乾隆後	《綴白裘攩馬》	楊八姐				○							
清乾隆後	《喬影》	謝絮才		○									
清嘉慶	《白圭志》卷一	張蘭英		○									
清嘉慶	《白圭志》卷八	劉秀英				○							
清嘉慶	《白圭志》卷八	楊菊英								○			

　　清康熙前之女性扮裝動機多以家庭因素爲出發，或爲捍衛家庭，或爲家人復仇；雍正前之女性扮裝動機普遍出現追求愛情因素；女性爲展現才學、實現自我之扮裝動機則橫跨明清二朝，且清雍正後，女性扮裝動機多屬展現才學，取代因愛情而起之扮裝動機。除上述因素外，間以解救危困、悍婦馴夫、打探虛實等扮裝事例。由女性扮裝動機之時間推移，可得知女性扮裝文本內容之演進軌跡：

（一）家庭觀念：由缺乏自我轉變為人格鮮明

　　女性扮裝者中，無論是代父從軍之花木蘭、隨父還鄉之劉方，或爲父兄報仇之謝小娥，皆有一共通點──重視家庭關係。她們雖各有不同之扮裝動機，然家庭觀念卻同爲影響她們扮裝之主因，無論爲生計或家人，保護家庭爲其共同信念。然這些女性雖同樣重視家庭，但與家庭之對應關係卻有實質之差異。早期爲保護家庭而扮裝之女性，全心爲家庭奉獻，缺乏個人自我聲音，當家庭義務責任完了後，女性扮裝者隨即消聲匿跡，或回扮女裝、重歸女性定位；或走入家庭、接受婚姻。如縱橫沙場之花木蘭與扮裝販香之黃善聰等。這些扮裝女性或於沙場出生入死或曾於江湖打滾謀生，擁有與其他女性不同之人生經歷，然最後仍須回歸傳統女性秩序，當必須爲家庭扮裝之情況解除後，隨即回歸該有之女性位置，如同扮裝事蹟從未發生。然因其特殊扮裝經歷，故爲外界質疑貞節問題，當卸下保護家庭重任後，隨即被檢驗是否爲處子之身，甚至逼迫女性扮裝者必須主動表明自我貞操清白，以示自愛自重，「守貞」成爲早期此類扮裝文本之特色。

　　後期爲保護家庭而扮裝之女性，則於恪盡家庭職責之過程中，展現自我主張，凸顯與傳統女性不同之人格特質，甚至武裝自己，表現女英雄形象，如謝小娥、商三官兩人皆爲家人報仇而進行扮裝，於報仇過程中，凸顯兩人勇敢、堅忍、積極、大膽之人格特色。如謝小娥家人慘遭盜匪殺害，多年沿街乞討、傭工過日，當報仇之日來臨時，毫不猶豫砍下兇手首級，完成報仇宿願。然謝小娥報仇後，謝絕他人求聘，決定終生伴隨佛門青燈，顯示不同於早期家庭型扮裝女性之特色。又如商三官同樣救父心切，作者蒲松齡爲凸顯此位女性之偉大，另塑造草菅人命之官府與無能之兄長，藉反面人物襯托商三官之積極精神。

　　另一位具鮮明人格特質之家庭型扮裝女性，則爲江城。《聊齋誌異》之江城雖已嫁爲人婦，然其剽悍性格，全然與傳統制度要求之「賢淑溫婉」形象

不同，「三從四德」、「嚴守婦訓」，對江城而言，彷若虛文。江城平日對丈夫施以無毒不打、無虐不施之恐怖對待，當其得知丈夫正於酒肆招妓快活，二話不說，扮起男裝，直奔酒肆馴夫。從丈夫嚇得臉色慘白、匍伏臥地之舉，可見江城之凶悍潑辣。江城雖為保護家庭完整、不擇手段遏止丈外遇行為，然悍婦作為顛覆傳統女性形象，故「江城」角色之樹立，實則站於性別對立之角度，對「男尊女卑」、「男主外、女主內」之傳統架構提出宣戰。此則扮裝故事之男性角色懦弱、無能、畏怯；女性角色則強勢、凶悍、霸道，完全顛覆傳統社會對家庭角色之期待。作者蒲松齡雖未明言提出對「男尊女卑」現象之反動，然此則故事或可視為蒲松齡為「男女平等」所提出嘲諷家庭角色、顛覆社會性別之文學載體。此則故事雖過於矯枉，部分情節亦顯殘忍暴力，然江城此位悍妻已令諸多偷腥男性收到警惕之效。即使江城對待丈夫之殘忍行徑實為不值得鼓勵之偏激行為，然或許必須經由此不人道行為，方可引起大眾對不公之婚姻制度有所省思。

（二）才學展現：由職場肯定轉變為肯定自我

傳統女性無法享有自由出入之權利，使生活空間受限於家庭，亦未與男性享有平等之受教權，故諸多女性於傳統制度刻意隔絕下，接受「三從四德」教化，以符社會規範要求。然少數幸運女性因家學薰陶之啟迪，自小習讀詩書，成為不櫛進士，如謝道韞、李清照等，即為最佳之例。然婦女得受男性詩書之教實屬少數特例，故這些女性之養成教育僅能閉門造車，無法大肆推展。直至清代，部分有識之士發掘女性才華潛能，相繼推動女性教育，先有袁枚，後有陳文述繼之，這些思想先進者對女性教育實有推波助瀾之功，使女性教育更上一層樓，不再只是制式化之婦德提倡，使女性得以積極顯現文學才華，甚至集結作品出版刊行。經有識之士努力，女性視野更為遼闊，自主性亦隨之昇高。然女性一旦走出閨閣，必將侵犯男性領域、觸犯傳統教條，繼之而來的衛道攻擊，勢必成為這些女性必須承受之壓力，其中尤以章學誠之攻訐最具殺傷力：

> 古之婦學，必由禮以通詩，今之婦學，轉因詩而敗禮。禮防決而人
> 心風俗不可復言矣！夫固由無行之文人倡邪說以陷之，彼真知婦學
> 者，其視無行文人若糞土然，何至為所惑哉？……近日不學之徒，
> 援據以誘無知士女，踰閑蕩檢，無復人禽之分。……以邪說蠱惑閨

閣，亦惟婦學不修，故閨閣易爲惑也。〔註67〕

章學誠以犀利言辭指責袁枚「踰閑蕩檢，無復人禽之分」，並直指袁枚所提倡之婦學爲「邪說」，專以蠱惑「無知士女」。章學誠觀點正代表無數衛道人士對這群「無行之文人」的強力撻伐。然袁枚與這群勇敢女性仍於此片反彈聲浪中，致力推動女性教育。

於女性意識抬頭與保守聲浪攻訐下，才學型女性扮裝文本就此孕育誕生。才學型女性扮裝文本反映女性急於自我實現、實踐抱負之心理需求，這些女性扮裝者爲實現夢想進行扮裝，於女性自覺潮流逐步興盛後，女性將關愛重點由家庭移向個人，更懂得適時表現自我，向「女子無才便是德」禮教價值挑戰，如黃崇嘏、婁逞、孟麗君等爲發揮長才而扮裝進入官場，這些女性表現著實令人刮目相看，然其展現才學之方式，亦於時間演進中，產生微妙變化。早期才學型女性扮裝者藉由「扮裝」爭取進入男性職場機會，進入男性職場後，須學習男性舉止作爲，以獲男性社會認同，如此方得有繼續逞才之機會。正如黃崇嘏以優異詩賦作品獲宰相周庠賞識，爲己贏得郡掾官位；婁逞則女扮男裝廣結達官顯貴，以高明交際手腕奠定知名度，並以精湛棋技技壓群雄，最後獲得揚州從事之位。這些「養在深閨人未識」之女性，若非進入男性職場，其才學必無法顯現，此亦說明女性才能價值仍依附於男性職場，須藉獲得男性職場認同之方式以肯定自我。

然清初才學型女性扮裝者如山黛、冷絳雪則全然爲己顯現才學，才女自身即爲最佳見證者，不須依恃他人。其名聲遠播結果，更爲「無心插柳柳成蔭」之意外，故清初才女逞才之實踐地點爲己，而非男性職場，不須靠外界俗世價值或他人以肯定自我。山黛區區十歲之年，即以〈白燕詩〉嶄露頭角，獲御賜量才玉尺一把與「弘文才女」之譽，其展現才學方式明顯與黃崇嘏、婁逞不同，女性才學已逐漸獨立於男性職場外，其存在價值不須仰靠男性仍可展露光芒。

至乾隆時期，才學型扮裝女性孟麗君故事於民間廣爲流傳，仿效文本並起，一時蔚爲風潮。孟麗君扮裝故事又將女性展才空間回歸男性職場，其故事雛型與明朝女性才學型扮裝文本相仿，皆以女性隱瞞身分進入男性職場以發揮才學爲主題，然故事收束方式卻與明朝呈現不同結果。以黃崇嘏、婁逞、祝英台與蜚娥、山黛、孟麗君兩組女性做比較，黃崇嘏扮裝男性歷程中，深

〔註67〕章學誠：〈婦學〉，《文史通義》（臺北：中華書局，1979 年），卷五。

受宰相厚愛，官運享通，前途一片光明，然一旦被打為原型，擁有之現實優勢頓時化為灰燼，僅能聽從男性威勢者安排，符合社會所期許之女性角色；婁逞被揭露為女性真相後，亦被迫以嫁人收場；祝英台由父母安排許婚於馬家，即使於學堂時傾心梁山伯，最終仍須無奈放棄與梁山伯結合之機會。

　　山黛、冷絳雪、孟麗君之擇，則顯得勇敢、自主，山黛身負才女之名，擇偶條件自亦非尋常人所及，最終得配才德並具之青年才俊——燕白頷；孟麗君為避劉奎璧求婚，因而女扮男裝逃婚，化名酈君玉，並進京應考得中狀元，此時皇甫家冤屈亦成功洗刷，「酈君玉」遂與皇甫少華同朝為官，礙於情勢，孟麗君無法與皇甫少華相認，加以孟麗君多次憑藉智慧解決朝廷難事，深受天子與文武百官器重，更讓孟麗君不願回到以三從四德為規範之閨閣中，故多次躲避皇甫少華試探。孟麗君才識亦深受皇帝傾慕，於得知酈君玉實為女子後，皇帝亦起私心，欲納孟麗君為妾，然皆為孟麗君以計躲過，孟麗君如此處心積慮隱瞞女性身分，正是不願回到充滿束縛之閨閣，於女性與男性角色間，孟麗君選擇以男性角色自居，即便於眾多男性（劉奎璧、皇甫少華、皇帝）苦苦追求下，孟麗君不甘受婚姻束縛，故多次逃離逼婚，此為女性於面對人生時，勇敢且劃時代之選擇。

（三）愛情追求：由受性吸引轉變為受才吸引

　　女性扮裝文本有一相當重要之主題——「情」，正因女性無法自由選擇婚配對象，故無數女性之青春、生命，即盲目婚姻制度所葬送。為符合女性期待，愛情類扮裝文本應運而生，凸顯女性對婚姻自主之深層渴求。扮裝文本女主角為完成與情人廝守一生之宿願，因而捨棄一切與所愛私奔，將父母之命、媒妁之言拋諸腦後，如原已抱定伴青燈一生之女尼靜觀與原可享受豐渥物質生活之相府歌伎韓玉姿，皆為所愛，不顧一切私奔，展現愛情凌駕於傳統禮教與物質享受之愛情觀。觀察由明發展至清之愛情類扮裝文本，發現男女雙方彼此吸引之關鍵點有不同之相異性。早期愛情型扮裝女性如靜觀與劉素香，一個自幼被母親送至佛門靜養清修，一個則深鎖於閨閣內室，難與男性偶遇，一旦遇上心儀男性，自然無法自持，導致私奔結果。然觀察男主角之所以獲得靜觀與劉素香兩位女性之青睞，主因其出色之外表相貌，觸動少女情竇，加以外在環境因緣際會相助，使此二對青年男女私訂終身，於未有父母之命與媒妁之言之前提下，即先行偷歡、偷嘗禁果，如靜觀於尼庵初見聞人生已撩動芳心，搭船回鄉途中又巧遇聞人生，「只見他一雙媚眼，不住的

把聞人生上下只顧看」〔註68〕，最後甚至「見聞人生已睡熟，悄悄坐起來，伸隻手把他身上摸著。」〔註69〕張舜美則爲「輕俊標致的秀士，風流未遇的士人」〔註70〕，使劉素香一見傾心，主動留下住址約張舜美共度春宵。靜觀與劉素香行徑，無疑爲大膽之性自主嘗試，兩人偶遇心儀男性，未知對方名姓、家世、品格、才學，卻自薦枕蓆，男女雙方之愛情來自對彼此肉體之吸引，可謂貪圖肉欲享受而完成之愛情實踐。

然清代愛情類扮裝文本則呈現與明代不同之愛情標準，如《鼓掌絕塵》韓玉姿與其姐韓慧姿容貌同樣出色，不分上下，韓慧姿對男主角杜開先亦頗具好感，然最終與杜開先有情人終成眷屬者爲妹妹韓玉姿而非姐姐韓慧姿，即因韓玉姿優異之文學造詣，藉吟詩作對，製造與杜開先接觸機會，因而使杜開先鍾情於己，最後決定相攜逃離相國府私奔。另外，清初以敘述才子佳人戀愛故事爲主之才情小說，於作者刻意塑造下，每位佳人除氣質出眾外，更兼才、貌並具，於情節敷演下，這些佳人一次又一次發揮才學，使才子屈服於佳人石榴裙，甘拜下風。此皆說明「才」爲促成才女、才子婚配之最重要條件，其次方顧及「貌」、「情」或「家世」等其他因素，呈現與明代愛情型扮裝文本不同之文化面貌，亦看出明代至清代對愛情認知之新價值觀。

這些女性扮裝文本由男性作家所創作，忠實呈現男性作家俗世願望與性別觀，因這群虛構佳人之出現，使眞實女性形象有重新定位之可能。女性扮裝文本由重視女性傳統職責，要求女性重視家庭、謹守家庭本份之社會道德，直至發掘女性內在之不同個人本質，此爲經無數作者努力之成果，於不同作者塑造下，女性扮裝者有更豐富且多元之面貌，使各式扮裝文本歷經不同時期、不同作者之詮釋，於兩性議題有更進一步擴展之空間。

〔註68〕 凌濛初編：〈僞漢裔奪妾山中　　假將軍還妹江上〉，《拍案驚奇》（臺北：建宏書局，1995 年），卷三十四。

〔註69〕 凌濛初編：〈僞漢裔奪妾山中　　假將軍還妹江上〉，《拍案驚奇》（臺北：建宏書局，1995 年），卷三十四。

〔註70〕 馮夢龍編：〈喬太守亂點鴛鴦譜〉，《喻世明言》（臺北：三民書局，1998 年），卷二十三。

第四章　明清扮裝文本之文化象徵

　　成功之小說創作必須根源於人類現實生活，反映人類深層意識，方可獲得大眾之共鳴，故小說創作者往往由人類周遭生活汲取創作靈感與材料，即使爲平凡瑣碎之雜事，或爲人類習以爲常之生活細節，經這些小說創作者之再創作，成爲反映人生百態世情之文學作品。正因小說起源於大眾，故經由閱讀小說文本之經驗，可獲取寶貴文化資源，諸多深層文化象徵即隱藏於這些文本，故閱讀文本成爲深入先民文化生活之最佳途徑。明清扮裝文本正爲反映這些文化象徵之一面銅鏡，於明清扮裝文本中，扮裝者各有不同之扮裝動機，其「扮裝」意義絕非僅止於兩性互換服飾而已，其中必有值得仔細推敲之文化現象，這些文化現象可啓發對文化之反思，本章研究即由性別地位、活動空間、社會階級、外在服飾、自我認同、婚姻意識等面向，嘗試找尋這些文化象徵之線索。

第一節　性別地位

　　於傳統體制社會中，男女性別地位一言以蔽之，即爲「男尊女卑」。早於周代，傳統禮法即已明確規範男女、上下、陰陽之序，此天下之大則，不容任何更動。《禮記・昏義》云：

> 成婦禮，明婦順，又申之以著代，所以重責婦順焉也。婦順者，順於舅姑，和於室人；而后當於夫，是故婦順備，而后內和理；內和理，而后家可長久也；故聖人重之，以成絲麻布帛之事，以審守委積蓋藏。〔註1〕

〔註1〕 戴聖編，王夢鷗註釋：〈昏義〉，《禮記今註今譯》（臺北：商務印書館，1971

女性社會定位以「順」爲圭臬，必須「順於舅姑，和於室人，而后當於夫」。至漢代，更有所謂「女書」用以教育女性社會定位與職責，其中成爲後世教女典範者，當屬漢代才女班昭所著之〈女誡〉。〈女誡〉七篇原爲班昭告誡家族女性之家訓〔註2〕，然因班昭深受太后重用，故其所著〈女誡〉廣爲流通，當時大儒馬融亦曾特地令妻女習之，可見〈女誡〉於當時之地位。經代代相傳，此篇家訓成爲傳統女性共同遵守之行爲規範，影響所及，後世多有女教之作，如唐代長孫皇后《女則》三十卷、宋若莘〔註3〕、宋若昭《女論語》三十章、武后《古今內範》一百卷、明憲宗王皇后《女鑑》一卷、王夫人《女範》八卷、夏雲英《女誡衍義》等，或爲發揮〈女誡〉要旨，或爲補不足之處，可見〈女誡〉對女性規範典籍之影響。

〈女誡〉共分七部分：「卑弱第一」、「夫婦第二」、「敬慎第三」、「婦行第四」、「專心第五」、「曲從第六」、「和叔妹第七」。班昭於〈女誡〉充分表達對女性於家庭、社會應以何種方式自處之論點，由班昭之論，亦可見當時女性

年），卷四十二。

〔註2〕 班昭於〈女誡〉清楚表明著作動機：「吾性疏頑，教道無素，恒恐子穀負辱清朝，聖恩橫加，猥賜金紫，實非鄙人庶幾所望也。男能自謀矣，吾不復以爲憂也，但傷諸女方當適人，而不漸訓誨，不聞婦禮，懼失容它門，取恥宗族。吾今疾在沈滯，性命無常，念汝曹如此，每用惆悵，間作〈女誡〉七章，願諸女各寫一通，庶有補益，裨助汝身。」（臺北：萬卷樓書局，2003年）此篇家訓原僅用以告誡家族女性，本無外傳，然因符合禮教規範，加以政治力助之推動，故成爲後世女教規範代表。

〔註3〕 宋若莘爲貝州處士宋廷芬長女，宋氏五女若莘、若昭、若倫、若憲、若荀，皆以文名。宋若莘、宋若昭更相繼於唐穆宗朝擔任內尚書職位，掌管宮中文書事宜。《舊唐書・穆宗紀》云：「（元和十五年）戊寅，召故女學士宋若莘妹若昭入宮掌文奏。」《舊唐書・后紀下》：「女學士、尚宮宋氏者，名若昭，貝州清陽人。父廷芬，世爲儒學，至庭芬有詞藻。生五女，皆聰惠，庭芬始教以經藝，既而課爲詩賦，年未及笄，皆能屬文。長曰若莘，次曰若昭、若倫、若憲、若荀。若莘、若昭文尤淡麗，性復貞素閒雅，不尚紛華之飾。嘗白父母，誓不從人，願以藝學揚名顯親。若莘教誨四妹，有如嚴師。著《女論語》十篇，其言模仿《論語》，以韋逞母宣文君宋氏代仲尼，以曹大家等代顏、閔，其間問答，悉以婦道所尚。若昭注解，皆有理致。」《新唐書・后紀下》：「尚宮宋若昭，貝州清陽人，世以儒聞。父廷芬，能辭章，生五女，皆警慧，善屬文。長若莘，次若昭、若倫、若憲、若荀。莘、昭文尤高。皆性素潔，鄙薰澤靚妝，不願歸人，欲以學名家，家亦不欲與寒鄉凡裔爲姻對，聽其學。若莘誨諸妹如嚴師，著《女論語》十篇，大抵准《論語》，以韋宣文君代孔子，曹大家等爲顏、冉，推明婦道所宜。若昭又爲傳申釋之。」宋代尤袤《全唐詩話》將宋若莘作宋若華，今從兩《唐書》，作宋若莘。

之社會角色與定位。班昭認爲「卑弱」爲女性首要具備之處世態度：

> 古者生女三日，臥之床下，弄之瓦磚，而齋告焉。臥之床下，明其
> 卑弱主下人也；弄之瓦磚，明其習勞主執勤也；齋告先君，明當主
> 繼祭祀也。三者蓋女人之常道、禮法之典教矣。〔註4〕

卑弱下人、習勞執勤、主繼祭祀爲傳統女性背負之家庭責任，此三者爲班昭
所認同，並認爲此爲女性常道與典教，須時時遵守，以維婦道。〈敬愼第三〉
再次強調相同主張：

> 陰陽殊性，男女異行，陽以剛爲德，陰以柔爲用，男以強爲貴，女
> 以弱爲美。故鄙諺有云：「生男如狼，猶恐其尪；生女如鼠，猶恐其
> 虎」然則修身莫若敬，避強莫若順，故曰敬順之道，婦之大禮也。
> 〔註5〕

〈女誡〉首重卑弱柔順，此亦爲貫通〈女誡〉思想之主要原則，舉凡夫妻之
道、道德倫常等相關內容，皆以不違「卑弱至上」爲前提。班昭又認爲女性
一旦走入婚姻，即應以夫家爲重，爲免爭端，凡事以曲從爲上，惟有順從公、
婆、叔、姑，方可避免「違戾是非」之事，〈女誡〉云：

> 夫得意一人，是謂永畢，失意一人，是謂永訖，欲人定志專心之言
> 也，舅姑之心豈當可失哉？物有以恩自離者，亦有以義自破者也。
> 夫雖云愛，舅姑云非，此所謂以義自破者也，然則舅姑之心奈何，
> 固莫尚於曲從矣。姑云不爾而是，固宜從令，姑云爾而非，猶宜順
> 命，勿得違戾是非、爭分曲直，此則所謂曲從矣。〔註6〕

〈女誡‧和叔妹第七〉又云：

> 婦人之得意於夫主，由舅姑之愛己也，舅姑之愛己，由叔妹之譽己
> 也。由此言之，我臧否毀譽一由叔妹，叔妹之心不可失也。皆莫知
> 叔妹之不可失，而不能和之以求親，其蔽也哉。……若夫蠢愚之人，
> 於嫂則託名以自高，於妹則因寵以驕盈，驕盈既施，何和之有？……
> 然則求叔妹之心，固莫尚於謙順矣，謙則德之柄，順則婦之行，知

〔註4〕班昭：〈女誡‧卑弱第一〉（臺北：萬卷樓圖書，2003 年）。（收錄於《華夏女
　　　子庭訓》）

〔註5〕班昭：〈女誡‧敬愼第三〉（臺北：萬卷樓圖書，2003 年）。（收錄於《華夏女
　　　子庭訓》）

〔註6〕班昭：〈女誡‧屈從第六〉（臺北：萬卷樓圖書，2003 年）。（收錄於《華夏女
　　　子庭訓》）

斯二者，足以和矣。〔註7〕

班昭認爲女性出嫁即應以夫家和樂爲首要之務，故爲維繫家庭和諧，媳婦必須順從舅姑之意，即使舅姑所言爲非，仍須以曲從爲上、避免爭端。班昭並進一步要求，爲求順舅姑之心，故對小姑、小叔亦應以謙順爲上，如此方可家安人和。班昭〈女誡〉主張皆以維持家庭和樂爲出發，然此維持家庭和樂之重擔全落於女性，尤其是爲人妻、爲人媳者，亦即由原生家庭移至婚配家庭之「外來女性」。這些外來女性對夫家生活習慣、相處模式尚處於摸索、適應階段，即須挑起女教加諸於身之重擔，處境實爲狼狽，尤當家庭成員意見有所衝突時，這些女性被教育須以曲從、卑弱態度以消弭爭端。故女性家庭地位低落，其來有自，然傳統女性即以此種家庭定位渡過漫長歷史洪流。女性一旦步入婚姻，即全心爲家庭付出，不得享有自我，連代表自我之娘家姓氏，亦隨婚姻成立、冠上夫姓而消失（雖此原有姓氏亦得自於男性），然相較男性「行不改名，坐不改姓」之做人基本原則，實可見男性、女性對自我保全程度確存在不同之標準。

除此之外，兩性養成教育亦呈現不同走向。男性教育主以「治國」爲基本目標，教育乃爲將來出仕做準備，故四書、五經爲男性須熟讀之典籍。女性教育則以「賢妻良母」爲目標，故爲成爲「賢妻」，女性自小接受女紅訓練，學會紡績織布、灑掃烹飪；爲成爲「良母」，女性須承擔爲夫家家族延續香火之重責大任，惟有產下男性繼承人，方可暫保於夫家之安穩地位，此即爲傳統女性之宿命。女性受教內容並未享有與男性同等之權益，故傳統女性甚少雅諳文字，更遑論以文學創作爲己身發聲。傳統社會之文化壓力使女性長久受不公待遇，地位卑弱之女性爲尋求保身立命之隅，必須謹守傳統體制教條，順從男性個人意志，故事事卑顏低下，順從丈夫。男性亦爲掌控家庭經濟大權之強勢者，女性因缺經濟自主能力，故須依附男性庇佑，未出嫁女性依賴父兄之經濟援助，出嫁女性則仰賴丈夫，丈夫死後，仍須仰賴子息，一生爲男性附屬品，依存男性底下。若兒孫不孝甚至無子傳後，則可能被冠以「七出」〔註8〕之罪，逐出夫家，並使娘家蒙羞。

〔註7〕 班昭：〈女誡・和叔妹第七〉（臺北：萬卷樓圖書，2003年）。（收錄於《華夏女子庭訓》）

〔註8〕 《大戴禮記》卷十三〈本命〉「七出」之例爲：「不順父母，爲其逆德也；無子，爲其絕世也；淫，爲其亂族也；妒，爲其亂家也；有惡疾，爲其不可與共粢盛也；口多言，爲其離親也；盜竊，爲其反義也。」（北京：中華書局，

　　女性缺乏經濟獨立之自主，僅能依附男性，諸多傳統女性將男性視爲生命唯一依靠，人生目標以取悅男性爲目的，若無法取得男性寵愛或一旦被棄，其生存價值亦將爲零，如《醒世恒言》卷八〈喬太守亂點鴛鴦譜〉中，原本互相歡愛之男女主角於東窗事發時之處理態度，即可顯現此種地位差異：

> （孫玉郎）又想道：「如今姐夫病好，倘然要來同臥，這事便要決撒，
> 快些回去罷。」到晚上對慧娘說：「你哥哥病已好了，我須住身不得。
> 你可攛掇母親送我回家，換姐姐過來，這事便隱過了，若再住時，
> 事必敗露。」慧娘道：「你要歸家，也是易事，我的終身，卻怎麼處？」
> 玉郎道：「此事我已千思萬想，但你已許人，我已聘婦，沒甚計策挽
> 回，如之奈何？」慧娘道：「君若無計娶我，誓以魂魄相隨，決然無
> 顏更事他人！」說罷，嗚嗚咽咽哭將起來。〔註9〕

孫玉郎雖與劉家女兒慧娘互相意愛並私訂終身、有男女之私，然預知扮裝代嫁至劉家之事將被揭穿，一心只想趕緊遠離危險情境，與劉慧娘「無顏更事他人」之堅決態度，形成強烈對比。劉慧娘對愛情之態度單純而專一，一旦爲情付出，即死心塌地跟隨對方，與孫玉郎之結合雖爲一連串誤會與巧合促成，未經雙方父母同意，甚且做出違背禮法的苟合之事，然劉慧娘堅心與孫玉郎廝守，更表達「誓以魂魄相隨，決然無顏更事他人」之決心，孫玉郎卻只想脫困隱過，罔顧劉慧娘之情。劉慧娘「不事二夫」之貞節觀，透露傳統女性之生存價值取決於男性之事實。「男尊女卑」之社會地位，確立女性須屈從男性，並以男性爲中心之生活模式，不僅須依靠男性經濟支持，感情亦以男性喜好爲依歸，此種兩性相處模式更確定男權社會之尊貴性與不容挑戰之權威性，此亦說明爲何歷經多次政權轉移與社會動盪之危機，傳統制度仍於歷史洪流屹立不搖之因。

　　又如《型世言》李良雨之變性故事可清楚說明男女地位之尊卑。變性前，李良雨同一般男性享有相同之生活自由，包括出外經商，不受空間限制；亦

1985 年）唐代《唐律疏議》卷十四「七出」之例言：「七出者，依令一無子、
二淫佚、三不事舅姑、四口舌、五盜竊、六妒忌、七惡疾。」（北京：中華書
局，1985 年）由《大戴禮記》與《唐律疏議》七出之例得知，女性必須遵守
之禮教規範即爲柔順孝親、不淫不妒、傳宗接代，故女性價值完全取決於對
家庭貢獻之多寡予以決定，無個體自主可言。
〔註9〕馮夢龍編：〈喬太守亂點鴛鴦譜〉，《醒世恒言》（臺北：建宏書局，1995 年），
卷八。

可尋花問柳，不須受傳統禮教貞節之縛，更毋須擔心為他人冠以異樣眼光。然突得怪病、一夕成為女性後，其生活空間隨即因之改變，不僅不得出門，為掩人耳目尚須穿上女裝，舉止行為皆被要求如同女性，平日與之平起平坐之好友，此時亦以男性優越者角色要求李良雨為其侍妾，可見變性、扮裝為女性後之李良雨，其地位明顯下降，雖則李良雨仍為李良雨，然性別已做轉換，待遇自亦不同。此則扮裝故事見證傳統社會男女性別不同之種種不公，男女性別地位於先天即處於不平位置，傳統制度對男性與女性之不同規範，本為確保「男為女綱」之正當性，故約制人類行為，使之不得踰規失矩，藉以保持社會穩定。統治者於教育一再強調女性應有之作為舉止，並嚴禁女性參與公共事務，以防女性破壞傳統體制，此實為對女性之誤解與輕視，此股所謂維護社會安定之制約，造成兩性之間更大之差距與不平，故產生打破性別制約之扮裝行動。

「男尊女卑」性別分立現象，使男女雙方重新省思自我定位，因「卑微」女性亦有欲為己身爭取權利之時；「尊貴」男性亦有欲卸下家族責任感之際，經長期社會潮流演變與性別意識之提高，明清時期男尊女卑之性別地位開始出現動搖跡象，雖有性別之分，然以社會職分而言，無論男女，皆已有人蠢蠢欲動，急欲跨越性別界限，藉由「扮裝」，意欲改變此套男尊女卑之權力系統。由「扮裝」引起之文化解構，亦為男女地位尊卑提出另外可能，重新改寫人類內在價值與定位。透過「扮裝」之實際行動，使扮裝者暫時擺脫固有性別束縛，以更自由、隨性之扮裝性別，達成自我追求目標，跨入為傳統體制所禁制之區域，盡情讓欲望伸展，釋放被壓抑之精神主體，追尋隱藏於表層底下之真自我。

「扮裝」使男女雙性共享實驗機會，然亦須同時接受傳統道德觀之監督。男性扮裝者藉「扮裝」暫時跳脫社會賦予男性之沉重使命，享有比現實生活更為廣闊之空間自由，然當這些男性扮裝者經「扮裝」逞其私欲後，最終仍須遭受法律體制嚴懲；女性扮裝者初嘗男性角色自由之際，仍須小心翼翼、戰戰兢兢掩護真實性別，然受性別限制，即使於職場叱吒風雲、享有崇高地位，於短暫游離性別侷限後，一旦褪下男裝，回復女性身分，即被納入社會機制，最終仍須回歸家庭婚姻，即使內心深處強烈抗拒，終究不敵性別職分與傳統道德觀，勢必回歸傳統女性軌道。此種心理掙扎，許多女性扮裝者皆曾經歷過，這些女性對外須保持男性應有之舉止與形象，對內尚須自我約束，

保有女性溫柔特質與貞節，其活動空間雖已從家庭擴大至男性領域，惜其所受制約並未減少，亦即傳統思想於兩性觀念進步之扮裝文本仍持續存在，並影響作者對女性扮裝者之定位價值，可見受傳統制約影響，生理性別造成之男尊女卑現象仍存於扮裝文本，其中性別權力之消長清晰可見。

第二節　活動空間

　　傳統體制規範之男女活動空間，要言之，即為「男主外，女主內」。所謂內、外區別，不僅為家庭內與家庭外之空間區隔，因此區隔，使男女職分亦有所差異。傳統社會制定分別適用於男性與女性之養成教育模式，舉凡於傳統體制長成之男童、女童，幼時即被區分為兩個不同族群，必須謹守本分，不得踰矩。《禮記・內則》規範兩性不同之養成教育：

> 子能食食，教以右手。能言，男唯女俞。男鞶革，女鞶絲。六年，教之數與方名。七年，男女不同席，不共食。八年，出入門戶及即席飲食，必後長者，始教之讓。九年，教之數日。十年，出就外傅，居宿於外，學書計，衣不帛襦袴，禮帥初，朝夕學幼儀，請肄簡諒。十有三年，學樂，誦詩，舞勺，成童舞象，學射御。二十而冠，始學禮，可以衣裘帛，舞大夏，惇行孝弟，博學不教，內而不出。三十而有室，始理男事，博學無方，孫友視志。四十始仕，方物出謀發慮，道合則服從，不可則去。五十命為大夫，服官政。七十致仕。凡男拜，尚左手。女子十年不出，姆教婉娩聽從，執麻枲，治絲繭，織紝組紃，學女事以共衣服，觀於祭祀，納酒漿籩豆菹醢，禮相助奠。十有五年而笄，二十而嫁。〔註10〕

《禮記》明白規範兩性養成教育內容，孩提七歲時，規範「男女不同席，不共食」之接觸界線，使兩性於啟蒙之際，已清楚意識己身生理性別，並為未來社會職分做準備。男性養成教育以出仕、任官為人生目標，故學樂、誦詩、習禮，人生亦以三十成家立室、四十始仕效國，直至七十致仕歸田為最佳生涯規劃。男性養成教育專注於家庭外之政治表現，全未提及男性於家庭所扮演之丈夫、父親角色，使男性於政治外的其他角色定位呈現空白，「男主外」

〔註10〕戴聖編，王夢鷗註釋：〈內則〉，《禮記今註今譯》（臺北：商務印書館，1971年），卷十二。

三字，正中鵠的說明男性活動空間。女性養成教育則以成為婉約和順、聽從
稱職之家庭主婦為主要目標，自出生至出嫁，無不受傳統禮教規範，為使女
性符合禮教規範之家庭主婦標準，女性於出嫁前即學習織紝組紃，同時必須
觀察祭祀以便助奠，故「出」嫁可謂正式進「入」家庭之必然儀式。

　　明清扮裝文本〈錢秀才錯佔鳳凰儔〉之女主角高家女兒秋芳，正為此種
性別教育養成之傳統女性，作者於文中敘述：

> 渾家金氏，生下男女二人，男名高標，女名秋芳，那秋芳反長似高
> 標二歲，高讚請個積年老教授在家館穀，教著兩個兒女讀書。那秋
> 芳資性聰明，自七歲讀書，至十二歲，書史皆通，寫作皆妙。交十
> 三歲，就不進學堂，只在房中習學女工，描鸞刺鳳。〔註11〕

上述引文指出，女性所受教育為基本書史知識，高秋芳天資穎悟，「書史」得
以「皆通」，然高秋芳於適婚年齡前仍須為將來進入家庭婚姻做準備，學習女
性社會職分，包含女工刺繡、灑掃庭除等女性之事，完成為「相夫、教子」
所學之「職前教育」。此種男女有別之教育觀念、教育內容與教育目的，為長
期傳承之結果，家庭雖由兩性組成，然維繫家庭和諧之責並非由男女雙方共
同承擔，此義務往往落於被要求「柔順卑弱」之女性身上，女性必須藉由順
從公婆、服從丈夫甚至屈從小叔、小姑，方能完成維繫家庭圓滿之女性任務。
故傳統女性不僅於家庭、社會皆無法享有與男性同等之地位，且淪為男性附
庸，正如宮體詩中被物化之女性，無法享有自主權。反觀男性，則完全不受
空間限制，其生命歷程有諸多發揮空間，家庭、學堂、官場、商場，無一非
男性得以恣意發揮之所，女性僅能望之興嘆。男女性別差異除顯現於養成教
育，內外空間規範亦有明文訂之，《禮記》云：

> 禮，始於謹夫婦，為宮室，辨外內。男子居外，女子居內，深宮固
> 門，閽寺守之，男不入，女不出。〔註12〕

《禮記》對男女生活空間規範十分嚴謹，對女性活動空間規範更為嚴密。女
性僅能固守家庭，一生順從謙弱，活動於原生家庭與婚配家庭之間。相較於
已婚女性，未婚女性或許較為幸福，至少保有少女天真，為父母掌上明珠，
然一旦為人妻，即須獨自承擔家庭責任，包括侍奉翁姑、順從丈夫、傳宗接

〔註11〕馮夢龍編：〈錢秀才錯佔鳳凰儔〉，《醒世恒言》（臺北：建宏書局，1995年），
　　　　卷七。

〔註12〕戴聖編，王夢鷗註釋：〈昏義〉，《禮記今註今譯》（臺北：商務印書館，1971
　　　　年），卷十二。

代等。幸者，獲丈夫疼惜、翁姑愛護；不幸者，每日操持家務，淪爲家庭機器，甚且因無法育子而被逐出婆家。女性生活空間長期被侷限於此小小空間，婚前婚後之異，僅是由娘家遷至夫家。此空間移動，無形限制女性之活動與思想，故未嫁女性之活動空間，即爲自身「閨閣」；出嫁女性正如「潑出去的水」，被限制於「夫家」。此種空間規範，不僅廣及一般民女，甚至上至皇后、貴妃，無論階級，皆須受傳統制度嚴密規範，《紅樓夢》〈元妃省親〉一回，說明即使貴爲皇妃之出嫁女性，若欲回到娘家亦須獲得夫家皇室之允，此難得會面機會，使元妃見賈母等人淚流不止，無限思念寄予無言：

> 賈妃垂淚，彼此上前廝見，一手挽賈母，一手挽王夫人，三人滿心皆有許多話，俱說不出，只是嗚咽對泣而已。邢夫人、李、鳳、迎、探、惜等俱在旁垂淚無言。半日，賈妃方忍悲強笑，安慰道：「當日既送我到那不得見人的去處，好容易今日回家，娘兒們這時不說不笑，反倒哭個不了。」〔註13〕

元妃出生豪門世家，未出嫁前，爲賈府掌上明珠，深得賈母與王夫人疼愛，一旦出嫁、進入深宮，如同關於玻璃籠之金絲雀，即便享有金珠玉饌之豪奢生活，仍無法填補思念至親之空虛。女性無權選擇自我之生活空間，出嫁後，必須被迫與自小生活之家庭不相往來，從此以夫家爲活動空間中心；若爲夫家逐出家門，亦僅能委屈苟活、寄身娘家。這些活動空間既非女性所自擇，「進」、「出」權利又掌控於權力相對優勢之男性，於此限制下，自有一些自我意識啓蒙之女性想盡辦法突破活動空間，以爭取爲傳統制度所剝奪之教育、仕進權利，故有「祝英台」、「孟麗君」。傳統制度規範各階級、各族群之活動空間，此空間不僅爲實質空間範圍，更印記族群之特定責任，無形中，亦引導各族群之思想，故此實質活動空間範疇，可謂對人類禁錮之轉化，展現傳統體制之強權力量，與存在各族群間之非容性。

　　男性爲支撐家庭經濟之主要來源者，其活動範圍可自由進出家庭與工作區域，甚且出入聲色場所，其活動空間廣泛，既可於沙場衝鋒陷陣、建立功業，亦可爲朝廷獻策運籌、施展抱負，更可四海爲家，遊山玩水。然女性卻終身無法爲己爭取活動空間，徒具形體，毫無思想。高彥頤〈「空間」與「家」——論明末清初婦女的生活空間〉一文，將傳統男女人格分爲「離心型」與

〔註13〕曹雪芹：〈皇恩重元妃省父母　天倫樂寶玉呈才藻〉，《紅樓夢》（臺北：地球出版社，1990 年），第十八回。

「向心型」二類：

> 婦女的人格取向，與男性的外向伸展擴張的「離心型」相反，屬一
> 種內斂的「向心型」。若以《大學》所述之倫理爲男性的理想人格取
> 向，則「離心」與「向心」之差昭然若揭。所謂「身脩而后家齊，
> 家齊而后國治，國治而后天下平」，雖曰：「自天子以至於庶人壹是，
> 皆以脩身爲本」，實指自男性的天子至庶人，均宜遵此以一身爲本進
> 而向外擴張德行之離心原理，成其以天下爲己任之大業。以持家爲
> 務的婦女，雖云身不可不修，因無國可治，充其量僅能藉相夫教子
> 間接成全平天下的理想。〔註14〕

高彥頎以《大學》詮釋儒家兩性觀念，認爲男女人格發展雖有離心、向心之
異，然正以殊途同歸之路徑，分別由天下與家庭實踐平天下之理想。高彥頎
將「男主外、女主內」之家庭倫理延伸於平天下之政治倫理，然仍無法使女
性由「因無國可治，充其量僅能藉相夫教子間接成全平天下的理想」之困境
自我解脫，女性「無國可治」，即說明女性註定無法於官場施展才華、展現自
我，「充其量僅能相夫教子」，說明女性僅能退居家庭，謹守社會職分。此種
由倫理教條所產生之空間規範，正爲限制女性身體、心靈、思想之嚴密牢籠。
男性生活空間如離心圓，可向外發展、無所限制，並隨己身自由意志進入不
同生活空間，意志與身體同享自由權力。然女性生活空間則如向心圓，向內
無限壓縮，直到無法喘息。

　　閨閣爲女性終其一生安身立命之處，於有限生活空間內，將生活重心擺
於家庭，所牽掛者，僅有父母、丈夫、兒孫。大多女性接受此事實，甘做謹
守本分、恪守教條之賢妻良母，以此禮教規範處世，並視爲理所當然。女性
將存在價值置於家庭，全心做「女主內」之柔順賢妻，將己身幸福依託於男
性，即使男性並未留守家庭，女性亦多無怨無悔，傳統詩歌即有諸多描寫癡
情女性獨守空閨、苦等男性歸來之閨怨詩〔註15〕。這些閨怨詩作之情境，皆

〔註14〕高彥頎：〈「空間」與「家」——論明末清初婦女的生活空間〉，《近代中國婦
　　　　女史研究第三期》（臺北：中央研究院近代史研究所，1995年）。

〔註15〕閨怨詩作書寫爲傳統文學創作之重要主題，歷來閨怨詩作數量龐大，研究之
　　　　單篇論文與專著亦時有所見，已累積一定之學術成就，茲舉數首閨怨詩爲
　　　　例：
　　　　《詩經·王風·君子于役》：
　　　　　「君子于役，不知其期。曷至哉？雞棲於塒。日之夕矣，羊牛下來。君子
　　　　　于役，如之何勿思？君子于役，不日不月。曷其有佸？雞棲於桀。日之夕

設定於有限空間之閨閣景物，而此景象又易引起女性抑鬱之思：獨守良人歸來之空床、用以「為悅己者容」之銅鏡、飄蕩無所依之鞦韆、緜延無盡之春草等，皆為女性寄託無奈、鬱悶之景物。女性依附於男性，其存在價值亦須藉由男性肯定而存在，此正為閨怨詩數量眾多之因。

閨怨詩作數量之多，說明傳統社會對「男主外、女主內」之空間箝制，然因空守閨閣之女性甚多，故亦有諸多描寫女性因丈夫長期在外，不堪空閨寂寞而與其他男性私通之故事產生，如《水滸傳》之潘巧雲、《金瓶梅》之潘金蓮、李瓶兒等，皆為其中典型人物。為防堵女性紅杏出牆，傳統制度對女性規範更加嚴厲，除嚴防男女接觸，貫徹「男女授受不親」之思想，更竭力限制女性實際行動，甚且藉由箝制女性身體，以達控制女性之目的，纏足與貞操帶之產生，即因此種男性心理期待發展而成之社會習俗。女性接受傳統體制之纏足要求，並被灌輸惟有纏足，方可嫁得好夫婿之觀念，自小忍受雙腳發漲、發臭，甚至腐爛、變形之纏足痛苦。女性雖深感纏足痛苦，然受傳統思想洗腦，仍要求女兒遵守纏足規定，故女性於無形中，亦成為戕害自我之幫兇。禮教制度嚴格要求「男主外、女主內」分際，希望藉以杜絕女性出軌引起之社會亂象，並藉由婚姻制度之穩定，形成社會安定之力量，然以外在制度以防堵人性內在需求之方，卻直接妨礙女性自覺之可能，隨時代之進

　矣，羊牛下括。君子于役，苟無飢渴！」

《詩經・召南・草蟲》：

　「喓喓草蟲，趯趯阜螽。未見君子，憂心忡忡。亦既見止，亦既覯止，我心則降。陟彼南山，言采其蕨。未見君子，憂心惙惙。亦既見止，亦既覯止，我心則說。陟彼南山，言采其薇。未見君子，我心傷悲。亦既見止，亦既覯止，我心則夷。」

曹植〈雜詩之七〉：

　「攬衣出中閨。逍遙步兩楹。閒房何寂寞。綠草被階庭。空室自生風。百鳥翩南征。春思安可忘。憂戚與我并。佳人在遠遁。妾身單且煢。歡會難再遇。芝蘭不重榮。人皆棄舊愛。君豈若平生。寄松為女蘿。依水如浮萍。身奉衿帶。朝夕不墮傾。倘終顧恩。永副我中情。」

李白〈玉階怨〉：

　「玉階生白露，夜久侵羅襪。卻下水晶簾，玲瓏望秋月。」

李白〈春思〉：

　「燕草如碧絲，秦桑低綠枝；當君懷歸日，是妾斷腸時。春風不相識，何事入羅帷？」

溫庭筠〈夢江南〉：

　「梳洗罷，獨倚望江樓。過盡千帆皆不是，斜暉脈脈水悠悠，腸斷白蘋洲。」

步，勇於追求自我實現之女性愈來愈多，扮裝文本中之黃崇嘏、蜚娥等女性皆為女性自覺之實踐者，扮裝文本之盛行更助長此波女性自覺之風潮，然於傳統制度強力之防堵下，真正男女平等時代尚未到來。

　　傳統女性享有之空間自由十分狹隘，閨閣之內必須恪遵內訓，不可踰越雷池。唯一可光明正大出遊之機會僅限慶典節日，如上元、中元、中秋佳節等，方可於公眾場合，見三兩婦女結伴同行出遊。除特殊節慶外，女性猶如空氣，於男女同在之生活空間，卻無法感受女性之存在感。晚明張岱《陶庵夢憶‧虎邱中秋夜》曾述及女性於中秋佳節結伴同遊賞月之情景：

> 虎邱八月半，土著流寓、士夫眷屬、女樂聲伎、曲中名妓戲婆、民間少婦好女、崽子孌童及游冶惡少、清客幫閑、傒僮走空之輩，無不鱗集，自生公臺、千人石、鶴澗、劍池、申文定祠下，至試劍石一二山門，皆鋪毯席地坐，登高望之，如雁落平沙，露鋪江上，天暝月上，鼓吹百十處，大吹大擂，十番鐃鈸……，更深人漸散去。〔註16〕

由張岱所敘情景得知明末婦女於中秋節賞月出遊之景況，上至士大夫家眷，下至民婦閨女，皆可自由參加中秋賞月活動，時間由早至晚，直至深更，相較日常生活空間規範，已謂自由，故若遇佳節歡會，女性必把握難得機會出遊。中秋賞月既為全民運動，故女性出遊時，自亦接觸不同外人，除娛樂場合不可或缺之「女樂聲伎、曲中名妓」外，「游冶惡少、清客幫閑、傒僮走空之輩」，亦將出現於此公開場合，故必有不肖登徒子藉機騷擾或勾引女性情形，然此陌生男女得以同處一地之特殊節日，必有年輕男女偶遇，藉機互通款曲。明清扮裝文本《鼓掌絕塵》之韓玉姿與巴陵才子杜萼，即於元宵燈會再度重逢，並訂下私奔之約；《喻世明言》之劉素香亦於上元佳節與張舜美一見鍾情，並主動贈詩示愛，上述事例皆可說明於特殊節日默許與佳節歡樂氣氛之帶動下，更助長青年男女之愛苗，證明人性確有突破限制之向上動力。

　　然當生活恢復常規，一切歸於平靜後，傳統社會仍依循「男主外、女主內」之模式運行，男性為避免女性出遊之後遺症，更加嚴防女性與外界之接觸，藉機限制女性行動。得以與女性自由往來者，即為「三姑六婆」角色，亦因三姑六婆為少數得以自由進出女性內室之身分，故明清扮裝文本可輕易發現不肖男性扮裝者刻意扮裝三姑六婆藉以誘姦婦女之情節。「男主外、女主

〔註16〕張岱：〈虎邱中秋夜〉，《陶庵夢憶》（臺北：漢京書局，2004 年）。

內」之空間制約雖規範女性之活動範圍，然亦因如此嚴密之防，故具有保護女性安全之效，受嚴密閨閣保護，女性可避免登徒子騷擾，若遇男性求婚，可由父母先行審查對方品行，杜絕女性與求婚男性直接接觸而引起無端事故，同時，女性內室非常人所能進入，故女性得以於純淨閨閣自處，甚至從事文學創作，或許爲傳統空間規範惟一對女性所爲之貢獻。

　　然人性欲望與潛能無限，嚴防愈嚴密，愈有人極力突破限制，藉以證實自我能耐，故男性欲進入女性內室，女性則欲進入男性職場，於此欲望驅使下產生扮裝行爲，男女活動空間界線因而鬆動。藉由「扮裝」，男女專屬空間區塊有交集之可能，並透過此交集使空間氣氛充滿未知與冒險。於明清扮裝文本作者有意操弄下，扮裝者於挑戰傳統體制規範禁忌中游走，使整部扮裝文本更具叛逆性質。同時，作者故意設下交集區域，使男女空間區塊有緩和區域，亦使扮裝情節較具實際性與可信度。這些女性藉由「扮裝」產生物理性改變，然於實現夢想後，這些扮裝女性則被安排回歸原有生理性別，並盡應有社會職分以符社會規範，使性別空間達成圓滿之越界與歸正。

　　由空間角度思考女性存在問題得知，傳統禮教將女性生活空間定義爲閨閣與家庭，舉凡一切日常生活活動，皆於此空間完成，即使女性出嫁，其活動空間亦僅是由娘家轉至夫家。除空間移轉外，已婚女性所背負之責與所受限制亦比未婚女性爲多，惟一得以透氣呼吸、移轉心境之時，僅於特殊民俗節慶，方可與外在世界短暫接觸。故有些女性嘗試打破禁忌，實現隱藏於內心深處之渴望，能不受社會批判又能實現願望之快速管道即爲「扮裝」，扮裝者透過「扮裝」實現自我欲望，即使「男主外、女主內」之空間規範依然存在，然卻爲不同性別之扮裝者以「扮裝」模式突破重圍。傳統體制雖已依生理性別限定個體未來生活模式，然人類仍可藉與生俱來之叛逆基因改造自我命運，扮裝者即採「扮裝」方式於現實世界以「不可能」接觸「可能」、以「禁忌」接觸「開放」，藉實際之跨越行動，進入理想世界，並實現「可能」。

第三節　社會階級

　　傳統制度運轉依賴對各族群之個別控制以達成，除以「性別」將個體區分爲男、女兩大族群，並制定「男尊女卑」、「男耕女織」與「男主外、女主內」等基本原則，並以更複雜之「階級」系統，將個體區分爲具上下嚴密

之分的族群，包括以職業劃分之「士、農、工、商」族群或以身分劃分之「官、民、婢、盜」族群等。這些階級系統遠比性別系統複雜，個體必須按照自身之族群標幟，盡該盡之義務，不得踰越本分。不同性質之族群除各自有不同之權利與義務外，彼此之間更具有相互依存或互相對立之連帶關係。然無論此族群之階級為何，所有族群必須嚴守上下尊卑之規範，以符傳統體制之要求。傳統體制不僅詳細規定男女應有之職分區別，對社會階級更有嚴謹規範，這些規範完全依照儒家「君君、臣臣、父父、子子」之「正名」系統運行，避免階級流動並維持社會安定。有些扮裝文本即擅用此種階級對立關係，引出一連串特殊扮裝情節，甚至大膽向社會威權挑戰，打破階級之尊卑問題。

一、階級對立

傳統體制有嚴格之階級尊卑關係，故各階級固守社會崗位，各司其職。正因階級有上下之分，故強勢者常脅迫弱勢者，迫使弱勢者妥協，此正是以階級尊卑之價值觀看待所有自由個體後之不公現象。明清扮裝文本之部分扮裝者看清階級系統所造成之差異，或以此差異之利益關係用以自救，使事情得以圓滿解決；或藉以脅迫弱勢者，以達一己之私利，產生階級系統之負面效應。

明清扮裝文本中，擅用階級尊卑關係用以自救者，當屬解救愛妻型扮裝文本。《二刻拍案驚奇》之汪秀才妾回風因外貌出眾引起強盜覬覦，被強奪至賊寨，汪秀才身為一介書生，以平民階級薄弱之力，面對強權之盜賊集團，若與之正面衝突，絕對毫無勝算，更遑論解救愛妾。汪秀才深知惟有將自我身分提昇為「官」階級，方可抵制由柯陳兄弟所率之「強盜」勢力，故向好友向承勳都司請求支援樓船、哨船、傘蓋、旌旗、冠服之物，將家丁打扮為軍士，自己則扮裝為新任提督，藉以矇混賊首柯陳大，柯陳大見提督打扮之汪秀才心生敬畏，收起平日地頭行徑，與兄弟商議：「這個官府，甚有吾每體面，他既以禮相待，我當以禮待他。而今吾每辦了果盒，帶著羊酒，結束鮮明，一路迎將上去。」〔註17〕汪秀才又刻意與柯陳兄弟套交情，特意治酒相待，柯陳兄弟感激不盡：「我等草澤小人，承蒙恩府不棄，得獻酒食，便為大

〔註17〕 凌濛初編：〈僞漢裔奪妾山中　假將軍還妹江上〉，《二刻拍案驚奇》（臺北：建宏書局，1995 年），卷二十七。

幸。豈敢上叨賜宴？」〔註18〕柯陳兄弟對新任提督厚禮相待，喜出望外，深知自己身爲草澤群莽，竟得高攀官紳，無不奉承巴結。汪秀才見機行事、切入正題，假稱汪秀才已將失妾之事告至官府，要柯陳兄弟至官府對質，柯陳兄弟個個驚得面如土色：「我等豈可輕易見得上司？一到公庭，必然監禁。好歹是死了！」〔註19〕汪秀才利用柯陳兄弟「強盜」身分，篤定柯陳兄弟不敢面對官府，故以新任提督「官吏」身分，先刻意與柯陳兄弟交好，再假意助其脫困，解決奪人妻妾官司，終使柯陳兄弟自願釋放回風，偕妾回風平安離開賊窟。柯陳兄弟雖爲草澤身分，然亦高居賊寨之首，控制岳州一帶江湖勢力，然對官吏階級仍產生尊敬與畏懼，正說明傳統體制對階級尊卑控管之嚴密，柯陳兄弟雖勢力龐大，然所爲乃私商勾當，加以擄人妻妾，罪證確鑿，故面對汪秀才扮裝之新任提督，僅能伏首認罪，要求網開一面，「強盜」遇著「官兵」，亦僅能高舉白旗投降，汪秀才驚險之扮裝之旅，不僅爲己成功贏回愛妾，更爲一次善用階級尊卑以自救之成功實驗。

　　階級區分之本質即爲上下、尊卑、強弱等對立勢力之消長，汪秀才扮裝事例雖令人喝采，然卻有其他不肖扮裝者利用自身階級之優勢欺壓弱勢階級、侵犯他人權益，做出令人不齒之行徑。如《喻世明言》卷三十所敘之五戒禪師身爲佛門中人，理當清修自持、潔身自愛；又貴爲師尊，應有師尊之體，竟不守清規，觸犯色欲，以「師尊」階級向「弟子」道士清一施壓，道士清一又以「父親」身分向「女兒」紅蓮施壓，提出欲紅蓮夜侍五戒之要求，使紅蓮服從父權要求，成爲五戒之洩欲工具，淪爲權力之犧牲品。清一與五戒對紅蓮之傷害，除是男性對女性之宰制外，亦是父權威勢之荼毒，使天眞單純之少女，成爲男性利益交換之贈品。五戒與清一爲各取所需犧牲紅蓮，男性之權勢角力卻無辜牽連弱勢女性，此種強權欺壓弱勢之食物鏈處處可見，女性永遠被置於最底層任人宰制。

　　又如《警世通言》卷二七之假神仙與《醒世恒言》卷十三之孫神通，假扮「神仙」階級，利用凡人對鬼神之無知與崇敬，誘騙「凡人」以達逞色欲之目的。《警世通言》卷二七之假神仙原爲雄雌龜精扮裝而成，雄龜精見魏生長相清秀、生性篤厚又年幼可欺，誆稱自己爲呂洞賓，爲取信魏生，變出諸多

〔註18〕凌濛初編：〈僞漢裔奪妾山中　假將軍還妹江上〉，《二刻拍案驚奇》（臺北：
　　　　建宏書局，1995 年），卷二十七。

〔註19〕凌濛初編：〈僞漢裔奪妾山中　假將軍還妹江上〉，《二刻拍案驚奇》（臺北：
　　　　建宏書局，1995 年），卷二十七。

金玉之器，使魏生深信己真爲呂洞賓下凡。雄龜精又云魏生將來必取科甲且具神仙之質，「有瀛洲之志，眞仙種也」〔註20〕，必須同宿十晝夜吸收仙氣方可成仙，魏生原不樂意，但爲成仙之願，勉爲同意。經十數日，雄龜精又誆稱同宿之事爲何仙姑得知，欲上奏玉帝，爲免事蹟敗露，須向何仙姑賠不是，又向魏生遊說若得何仙姑原諒，或可「得他太陰眞氣，亦能少助」〔註21〕，魏生聽得玉帝怪罪一事，心生畏懼，又聞何仙姑對己成仙有益，欣然接受「呂洞賓」提議，當日三人同宿。時日一久，魏生身體健康大受影響，面容憔悴、有性命之危，然雄雌龜精辯稱：

> 凡人成仙，脫胎換骨，定然先將俗肌消盡，然後重換仙體。此非肉
> 眼知也。〔註22〕

「呂洞賓」與「何仙姑」爲雄雌龜精假扮，然因魏生受成仙之欲迷惑，深信己帶仙緣，故受呂洞賓、何仙姑之助，即使面黃肌瘦、性命垂危，然一聽雄雌龜精辯稱，認爲「俗肌消盡」正爲「重換仙體」所必經之歷程，即使魏父察覺有異，然魏生仍堅持「是兩個仙人來度我的，不是邪魅」〔註23〕，堅信不疑，越陷越深。

《醒世恆言》卷十三之韓夫人亦爲因「仙」、「凡」階級差異，使不肖扮裝者使計得逞的受害者之一。韓夫人原爲宋徽宗後宮妃嬪，然後宮佳麗眾多，韓夫人即使生得國色天香，始終無緣得見皇帝，致使積怨成疾，只得送出宮中養病。某日韓夫人至二郎神廟祝禱，盼得國君垂青，偶見二郎神畫像生得豐神俊雅，明眸皓齒，一時春思暫生，心想若得二郎神般相貌之夫君相守，可遂平生之願。當晚二郎神果來相會，言韓夫人本爲瑤池中人，因凡心未靜，故玉帝將之謫下凡間，待謫期日滿，當回天庭歸位。韓夫人向二郎神透露只願於人間得一似二郎神相貌之良人相守足矣。翌晚，二郎神再度相見，韓夫人自薦枕蓆，兩人歡好，至五更雞曉，二郎神跨上檻窗，倏忽無蹤，一連好幾晚，皆爲如此。後事蹟傳至楊太尉夫婦處，深覺有異，認有妖人作怪，找

〔註20〕 馮夢龍編：〈假神仙大鬧華光廟〉，《警世通言》（臺北：建宏書局，1995年），卷二十七。

〔註21〕 馮夢龍編：〈假神仙大鬧華光廟〉，《警世通言》（臺北：建宏書局，1995年），卷二十七。

〔註22〕 馮夢龍編：〈假神仙大鬧華光廟〉，《警世通言》（臺北：建宏書局，1995年），卷二十七。

〔註23〕 馮夢龍編：〈假神仙大鬧華光廟〉，《警世通言》（臺北：建宏書局，1995年），卷二十七。

王道士作法,然二郎神假稱:

> 我是上界眞仙,只爲與夫人仙緣有分,早晚要度夫人脫胎換骨,白
> 日飛升。叵耐這蠢物!便有千軍萬馬,怎地近得我![註24]

二郎神之語令韓夫人深信與之歡會之二郎神爲眞仙下降,其以手上彈弓擊退
道士之「英勇行徑」,更具非凡神力,使韓夫人對二郎神愈加欽敬。然楊太尉
鍥而不舍、繼續追查,終得知此二郎神究非眞正天兵神將,而由廟官孫神通
假扮,孫神通因聽得韓夫人當日祝禱,故乘機扮裝二郎神模樣,又云神道成
仙之事,使韓夫人誤信孫神通爲二郎神下凡,故受騙獻身。

　　此二則扮裝事例之魏生因心繫科名,又存成仙之望,故爲人利用;韓夫
人因久處深宮,又未得皇帝寵幸,故鬱鬱寡歡,積怨成疾,一見二郎神畫像,
觸動春思,致使奸人有機可乘。此二則扮裝事例說明凡人對神仙階級之崇敬
與嚮往,同時亦說明人類俗世願望:男願取得功名、光耀門楣,女願嫁得良
人、一生無虞。此俗世願望正爲人性弱點,亦爲奸人有機可乘之因。

　　傳統社會受「尊天地、敬鬼神」之敬天思想影響,故對鬼、神等異界靈
物抱持敬畏心態,於人間努力修身爲善,期待他日升天成仙。即使無法達
成成仙目的,亦可爲己累積陰德,此爲全民普遍之敬神心態。加以傳統女性
無法自由出入公共領域,除特殊節慶與爲家人祈福之機會至寺廟上香拜佛
外,女性甚少享有步出家門之機會。這些女性滿心虔誠,爲家人祈福,對他
人隱藏之機心毫無察覺,故易爲不肖者下手之目標。魏生與韓夫人即於此種
情況誤信假神仙與孫神通,以致受騙上當。孫神通與假神仙利用凡人敬神畏
天心態,假扮神明取信女性,致使一干無知女性受騙上當,以「神仙」高
不可攀之身分,取信凡人,使凡人誤認獲得神仙青睞,一心奉獻,正爲孫神
通與假神仙所施伎倆。這些扮裝者利用階級尊卑之優勢,對地位低下者施以
號令,而地位低下者委意順從,致使優勢者得逞,正爲扮裝文本反映之社會
眞相。

二、階級流動

　　傳統制度依對個體分類之族群宰制運作,故各階級雖相互依存然亦同時
對立,無論依職業或依性別、官階、倫理等關係分類,各族群有各族群特殊

〔註24〕馮夢龍編:〈勘皮靴單證二郎神〉,《醒世恒言》(臺北:建宏書局,1995年),
　　　　卷十三。

之自我認同價值與由傳統制度賦予之排他性,以與其他族群區隔。受此價值影響,爲傳統體系強制劃分之個體必須認同自我所屬族群,並符合此族群應有之行爲舉止與活動規範,否則將被視爲違逆族群、反抗權威、大逆不道之異類。然於明清扮裝文本中,此種以社會階級評定個體價值之傳統觀點已逐漸改變,呈現鬆動現象。

〈唐解元一笑姻緣〉之唐伯虎貴爲「江南四才子」之首,才名之盛令許多名媛千金心生愛慕,然唐伯虎於虎邱之會邂逅華太師府婢女秋香,一心掛念,決心潛入華府以近佳人。唐伯虎與秋香一爲「士」,一爲「婢」,然唐伯虎未因秋香身分低微而心生嫌棄,反爲接近秋香,用盡心計進入華太師府一親芳澤。唐伯虎卸下「士」之身分、階級、尊嚴,扮裝成爲與秋香同階級之傭工,只爲與秋香朝夕相處,最後歷經許多波折,有情人終成眷屬。

唐、秋二人身分懸殊,秋香所屬「奴婢」階級於傳統社會屬下層賤民,爲上層階級之使喚對象,甚且成爲權力階級發洩情欲之工具,地位低賤,無法逃脫爲人輕視之宿命。然唐伯虎爲心中摯愛,無視階級尊卑差異,甘冒大不韙罪名,爭取愛人權利,甚至不顧傳統體制規範,挑戰威權、禮教,其勇氣實已突破階級重圍。「婢」居賤民階級,而「士」卻爲「士農工商」之首,兩者社會階級尊卑高下可想而知,然於明清扮裝文本中,作者刻意安排此階級衝突組合,試圖打破階級樊籬,藉由故事主角特殊身分之設定,以看似不可能結合之組合,藉由「身分扮裝」實現「不可能」,使階級界線因之模糊。

歷史真有其人之唐伯虎以其豪放不羈之瀟灑性格,鮮活落實於虛構之文學作品,成爲明清時期勇於挑戰傳統、不畏他人眼光之最佳代言人。唐伯虎追求秋香之行動說明愛情遠超越身分、時空而存在,亦反映明清時期自由戀愛意識之抬頭,具反傳統之前衛思想,強調禮教限制亦無法阻遏個體實踐自由意志之渴望。作者將男、女主角之社會階級定爲差異甚遠之「士大夫」與「賤民」,即欲凸顯於愛情力量確可突破傳統社會階級觀念,其價值遠勝於士子一生追求之功名,故唐伯虎願爲一名婢女拋棄功名、地位,屈居於太師府,成爲沒沒無聞之長工。文學世界之唐伯虎於作者塑造下,化爲勇於追求愛情之情聖,此種看似浪漫之行徑,除打破社會階級之尊卑觀念外,同時亦凸顯明代中後期文人任意風流、放浪形骸之具體形象,真實反映明代中後期之浪漫思想與重視個體自主、人性情欲之精神。

三、階級認同

　　為維護傳統社會正常運行，故統治階級對上下、尊卑、長幼等秩序規定，採嚴格控管態度，為免傳統制度被破壞，統治階級極力維護傳統宗法，以避免階級僭越情形發生，此實為保護自我利益而採取之手段。傳統制度所有制約內容，可謂強權壓迫弱勢、少數挾持多數之階級鬥爭結果。隨時代演進與強大外力如戰爭、改朝換代等因素之介入，傳統制度或有短暫失效之時，然總體而言，階級地位之界限始終十分明顯。然於明清扮裝文本可發現，並非人人皆謹遵界限原則，部分扮裝者嘗試挑戰階級制度，或於階級制度內，作可能之階級游移，如才情類扮裝文本強調才子配佳人之觀念，故有才青年費盡心思，尋找足以匹配自身之另一半；佳人亦做如是想，等待有緣人與己偕老。這些青年男女以自我方式尋找伴侶，而非依父母、媒妁之言，如《平山冷燕》女主角山黛與冷絳雪擇偶條件即為「才學」至上，家世背景、身家資產絕非這些才女佳人考慮之因，此種思想不僅開啟婚姻自主之契機，同時亦打破婚姻制度講求之「門當戶對」階級條件，展現進步之婚姻觀。

　　然作者嘗試階級流動實驗時，亦凸顯階級制度之存在，造成階級認同之矛盾情形，如平如衡、燕白頷兩位皆為極具學識之才子，仗著一身才學欲有所發揮，惜應考時遇上收受賄賂之主考官，平如衡由第一名反被評為排於官宦庸人子弟後之第十一名，平如衡大歎不公，卻又無可奈何。官、民階級之差異，使主考官握有掌握士子功名之生殺大權，毫無身世背景之士子即使擁有過人之才，亦僅能徒呼負負。另外，作者於結局安排又不可免俗使才子皆順利取得功名利祿，以符大眾對才子之期待，故平如衡與燕白頷兩人同時高中，又得以迎娶山黛、冷絳雪兩位嬌妻，名、利、人三收，如此圓滿結局，反映這些失意創作者之心理願望與無法跳脫俗世之名利觀念。

　　儘管扮裝文本故事有各式變化，然才情類扮裝文本故事內容卻極為相仿，不外乎才子具才學，必求一佳人方願婚配；佳人具才貌，必尋一才子方願下嫁，兩方皆具相同婚姻觀，於雙方尋尋覓覓過程中，故事因而展開。故事最後，作者皆安排才子如願高中科舉、功成名就、娶得嬌妻。如出一轍之情節模式，實為科場失意之創作者於現實生活之相反寫照，正因現實生活無法如願取得科舉功名，無身分又無地位，於傳統制度注重門當戶對之婚姻觀影響下，欲娶得才貌雙全之美嬌娘談何容易，故作者選擇於虛構之文學作品寄託真實願望，完成畢生夢想。於自我建構之文學世界得以獲得所希冀之一

切並贏得他人對自我之尊重，同時亦可藉之肯定自我存在意義，然這些俗世願望僅能於虛構世界完成。才情類扮裝文本雖跳脫婚姻制度講求之「門當戶對」階級條件，然盼望高中科舉、光耀門楣之願望，卻又向階級認同，張淑麗〈逆讀明末清初才子佳人小說：從《玉嬌梨》談起〉云：

> 將批判、顛覆的權力視為社會上一部分文化貴族的專利品，所凸顯的就是知識份子由自我優越感與強烈階級觀衍生出的矛盾情結：一方面想要由貧賤書生的才情的肯定以打破上層、下層社會之別，另一方面又藉由這種超越階級的才情製造、鞏固另一文化精英及其權力。〔註25〕

才情類扮裝文本所呈現之婚姻制度與階級差異等現象，可看出作者於現實生活與創作文本來回游離，並藉由創作文本以實踐於現實生活難以達成之夢想。此類扮裝文本作者所呈現之文人情結，正為其生存焦慮之變相表現，他們既對科舉制度、婚姻制度甚至整個傳統體制不滿，然又期待得以於傳統體制中取得自我個人價值，此種心理衝突表現人類既不願屈服於現實，卻又為現實所掌控之矛盾情結。

第四節　外在服飾

　　傳統制度對服飾包含衣裳、頭飾、髮型、鞋履等規範極為嚴謹，顏色、樣式、材質更依階級、身分、職業而有所不同，故「服飾」於傳統文化中，依據不同階級、性別、身分差異，而有不同之象徵意義。

　　服飾透過文化制約，呈現不同風貌，同時亦顯現文化加諸服飾之權限，使服飾具區分民族之功用。以中華民族而言，傳統服飾不僅區分漢族與外族之不同，同時更制定民族內部所有人之服飾樣式，使服飾此套符號制度做為各民族不同文化之見證。追溯《周禮》、《儀禮》等相關服飾規定，其中詳實記錄各階級之服飾儀範，各階級不得僭越分寸，否則即為違反禮制，嚴重者尚須遭受刑罰嚴懲。

　　因階級、身分、性別等元素之差異，不同服飾究竟代表何種文化意義？傳統文化藉由外在服飾此套符號予男、女性別何種制約？人類透過「扮裝」

〔註25〕張淑麗：〈逆讀明末清初才子佳人小說：從《玉嬌梨》談起〉，《女性主義與中國文學》（臺中：東海大學中文系，1997年）。

如何跨越服飾界線？「扮裝」現象帶予服飾文化何種新衝擊？這些疑問皆為值得深入探討之課題，亦為本節論述之重點。

　　傳統制度將服飾依據性別差異，分別制定不同規範，這些規範實為應天地、陰陽、上下、尊卑之道統文化演變而來。男女服飾分為上、下之別，「上」代表「陽」、「天」、「男」；「下」代表「陰」、「地」、「女」，若未依此套服飾規範執行，將產生嚴重後果。《後漢書‧五行志》記載：

> 獻帝建安中，男子之衣好為長躬而下甚短，女子好為長裙而上甚短，
> 時益州從事莫嗣以為服妖，是陽無下而陰無上也。天下未欲平也，
> 後還遂大亂。〔註26〕

《後漢書》認為漢獻帝時期男子上衣長度過長，而下裳甚短，代表男性居於卑位；女子好為長裙而上衣甚短，代表女性不再將男性置於尊位。如此上下失序、陰陽失調之結果，將為導致天下、國家大亂之禍源。不僅服裳有嚴格性別規定，鞋履式樣亦具性別區別〔註27〕。此時之服飾不再僅具備「遮身蔽體」之物質功能，同時亦具備象徵階級尊卑之社會功能，故服飾已與社會、文化有對話之可能，而此對話正透露男女應守之分寸與關係。又如《晉書》記載東晉著名文人干寶對女性穿著男性服飾之批判：

> 惠帝元康中，婦人之飾有五兵佩，又以金銀玳瑁之屬為斧鉞，戈戟
> 以當笄。干寶以為：「男女之別，國之大節，故服物異等，贄幣不同。
> 今婦人而以兵器為飾，此婦人妖之甚者。」於是遂有賈后之事，終
> 亡天下。〔註28〕

東晉惠帝元康時期，因審美觀念改變，使女性於頭飾競相追逐男性威武之美，故「以金銀玳瑁之屬為斧鉞，戈戟以當笄」，然對干寶等遵循傳統服飾制約之學者而言，此種行為正是引發社稷災禍之兆，故賈后以女主干政，最後「終亡天下」。干寶將服飾與政治連結，亦將服飾之文化意義往內深化至政治意義。

　　服飾可代表男女尊卑、上下關係，並具制約身分與階級之文化意義，若

〔註26〕范曄：《後漢書》（臺北：藝文印書館，1976年）。

〔註27〕《晉書‧五行志》記載男女鞋樣之不同：「初作屐者，婦人頭圓，男子頭方。
　　　　圓者順之義，所以別男女也。至太康初，婦人屐乃頭方，與男無別。此賈后
　　　　專妒之徵也。」（臺北：中華書局，1975年），卷二十七，志十七，五行上。

〔註28〕房玄齡等：《晉書》（臺北：中華書局，1975年），卷二十七，志十七，五行
　　　　上。

一般平民不受服飾力量制約，則傳統社會所賦予在上位者之權力亦相對被削弱，故統治者為防堵此股勢力擴展，更強化服飾對人類之制約力量，判定不合服制規定之服飾將為國家、社會之破壞力量，若男女服裝穿著形式不合傳統教條或各朝法律規範，則將被穿鑿附會為國家滅亡之源，此種說法尤以「服妖說」最為盛行。「服妖說」反映傳統統治階級為穩固政治權力之意識型態，凡與傳統價值違背者，一律為傳統體制所不容。「服妖說」主張男女服飾關係國家前途興亡，將純為物質性之服飾轉化成社會文化性，此套思想影響後世文人之價值觀，「服飾」正式披上文化象徵與國家興亡色彩，至明代，此套思想仍持續運作，沈德符《萬曆野獲編》記載當時服飾流行風潮：

> 馬尾裙者，不知所起，獨盛行於成化年間。云來自朝鮮國，其始閣臣萬安服之，繼而六卿張悅輩俱效之……直至弘治初元始去位，亦靦顏甚矣，似此服妖，與雉頭裘、集翠裘何異？〔註29〕

明成化年間士大夫階段流行著馬尾裙，然馬尾裙非源自中國，不符傳統服飾規定，故沈德符批評著馬尾裙風潮為「服妖」，亦為浮華奢侈、敗壞風尚之惡習。由此段記錄可見當時士大夫階段之服飾審美趣味，然此股由閣臣萬安所引動並造成眾臣競相仿效之「奇裝異服」風潮，不僅凸顯「服飾」之審美意義，同時亦牽動隱藏於「服飾」下之權力關係。

人類為具思想之有機生命體，然其自主意識卻為服飾文化意義所侷限，故部分有心之士刻意將自主意識表現於服飾，以為釋放個人魅力之展現，並表現自我特色之審美趣味。其穿著「奇裝異服」之理由或許無關向階級、性別挑戰之勇敢自主，然往往被傳統教條冠以亡家滅國之沈重罪名，如《晉書・五行志》記載：

> 尚書何晏好服婦人之服。傅玄曰：「此妖服也，夫衣裳之制所以安上下、殊內外也……若內外不殊，王制失序，服妖既作，身隨之亡。末嬉冠男子之冠，桀亡天下；何晏服婦人之服，亦亡其家，其咎均也。」〔註30〕

傅玄以傳統「服妖說」角度批判何晏、末嬉之扮裝行為，認為何晏、末嬉亡家滅國之下場乃咎由自取。此種評論結果並非公允，因服飾可用以表現審美

〔註29〕沈德符：〈嗤鄙・大臣異服〉《萬曆野獲編》（臺北：新興書局，1977年），補遺。

〔註30〕房玄齡編：《晉書》（臺北：中華書局，1975年），卷二十七，志十七，五行上。

趣味與展現個人魅力，此時「服飾」之「美觀性」遠大於「文化性」與「物質性」〔註31〕，然評論者卻有心以「文化性」看待服飾，自然取得不同之負面評價。何晏與末嬉亡家滅國之眞正主因並非「扮裝」，而是曹爽、司馬懿集團之政治鬥爭與夏桀荒廢國政所造成，然因其「扮裝」行爲未謹守傳統社會要求個體放棄私我、各司其職、各守本分之運行制度，被保守評論者視爲嚴重破壞儒家「正名」與「本位」原則之脫序行爲。這些扮裝者實現「自我」理想，卻因觸犯傳統社會服飾制約，故論者提出服妖說，使單純之扮裝行爲遭附會爲「服妖」。

　　直至明清時期仍受服妖說影響，明清扮裝文本中，即有作者將外在服飾與國家政治作聯想，並認同穿著不合禮制之服飾者將爲國家帶來災患之說法，如陸人龍於其著作《型世言》中評論：

> 噫！日有此變，而世悉變而女，妖淫陰晦之氣遍宇內矣。昔人謂三
> 代之下皆魑魅，予則曰今日之朝野多妾婦，倘能清夜自恥乎！（翠
> 娛閣主人識）〔註32〕

陸人龍嚴屬批判穿著女性服飾之男性，其觀點正與服妖說相應合。這些扮裝者之扮裝動機或許與國家、社會並無實際密切之關聯，也許僅爲追求外在美觀或僅爲一時好奇而扮裝；或爲追求更舒適之生活享受，將服飾之外在表現視同藝術，呈現風雅生活之審美趣味，然在上位者一再頒布命令禁止踰越服制傳統，服妖論者亦呼應此股政治力量，以單一思考批判這些扮裝者之扮裝行爲，其實早已不符人民期待。生活富裕所造成之服制混亂現象，使處於社會低下階層之走卒亦能穿著高階之士大夫服飾，故外在服飾所代表之各種文化象徵亦隨之產生變化，服制界線已然被跨越。

　　統治階級雖極欲透過服飾以達制約之效果，然商業、手工業高度發展造

〔註31〕服飾用以遮體避寒爲其最早之功能，於原始時期，人類爲禦寒，將獸皮製爲簡單之蔽體衣物，此時服飾只爲物質性存在，並未賦予其文化之符號意義，亦不具其他指涉。服飾之文化性與美觀性則爲人類文化持續發展下所產生之新意義，因人類文明發展，加以因應社會分工之需求，服飾始有性別與身分階層之別，此時服飾因應民族性、社會性之不同，擁有專屬之文化意義，同時，人類天生內在自覺促使個體凸顯個人美感品味，顯示與眾不同之個人特質，服飾製作方式與外在式樣皆朝美觀方向發展，故服飾產生附加價值，因而得有美觀之特殊功能，至此，服飾已兼具物質、文化與美觀等三項性質。

〔註32〕陸人龍：〈西安府夫別妻　郃陽縣男化女〉，《型世言》（北京：中華書局，1993年），第三十七回。

成庶民階級富裕結果，社會規範力量漸趨微薄，加以中央政府禁令無法有效執行，即使一再頒布禁令〔註33〕，仍無法杜絕人民以服飾僭越階層之風氣。服飾除可踰越階級界線，亦可跨越性別鴻溝，晚明時期由於經濟高度發展，人們競相追求外在服飾之華美，統治階級之經濟水準固優於一般百姓，豐渥之經濟條件使其得以穿著華服美裳；中高階層之官紳地主雖無官爵，然生活富紳，為向在上位者靠攏，同樣注重生活排場，追求聲色之欲，為凸顯身分與地位，對服飾更加考究。此股風氣猶如風行草偃，於民間獲得廣泛回響，諸如市井小民、販夫走卒與以色事人之俳優娼妓等，這些平民、賤民階級，只須經濟許可，無不於服飾爭奇鬥豔，積極注重外在服飾之精緻與樣式。這些現象顯現民間經濟力量與審美趣味，人民以富裕之經濟條件，追求高品質之物質水準、享受優渥之生活，於服飾追求美觀與時尚感，即使違反傳統禮儀制度，然為滿足私慾，總有人躍躍欲試。

　　服飾由於具區分性別與限制男女社會職責之作用，故成為傳統禮教所建構之符號象徵，然仍有許多人將服飾做另類詮釋。即使遭服妖論者批判，此股扮裝風潮仍方興未艾，無論社會金字塔頂端之統治階級或富庶之平民階級，皆有踰越社會服飾規範之穿著出現，使服飾與性別不變之互動關係產生錯亂。服飾雖規範性別與身分之範疇，使服飾成為性別、身分等傳統產物之象徵，然轉換服飾象徵，亦等同轉換性別與身分，扮裝者即運用此種邏輯觀念進行扮裝，使原本二元分立之男、女性別於「扮裝」巧妙之偷天換日下，不再依循傳統社會之價值，掀起性別模糊之變化。「扮裝」不僅打破社會價值對男女性別之規範，亦使男女社會職分因服飾之「扮裝」轉換而有另番文化意義。服飾發展至後期，已然遠離保身蔽體之原始功能，呈現多面向之服飾意義，既有「物質」性意義，同時亦包涵「文化」與「美觀」之意義，故扮裝者往往為美觀需求，藉由「扮裝」改變外在形象，以達彰顯身分與崇尚流

〔註33〕《宋史》、《明史》皆曾記錄朝廷頒布民間服飾禁令之事，如《宋史》：「紹興五年，高宗謂輔臣曰：『金翠為婦人服飾，不惟靡貨害物，而侈靡之習，實關風化。已戒中外，及下令不許入宮門，今無一人犯者。尚恐士民之家未能盡革，宜申嚴禁，仍定銷金及採捕金翠罪賞格。』」（《宋史》，臺北：鼎文書局，1982年，卷三一七，志一六○）；《明史》亦記錄云：「（明武宗）正德元年禁商販、僕役、倡優、下賤不許服用貂裘。十六年禁軍民衣紫花罩甲。……（明憲宗）成化十年禁官民婦女不得僭用渾金衣服，寶石首飾。正德元年令軍民婦女不許用銷金衣服、帷幔、寶石首飾、鐲、釧。」（《明史》，臺北：商務印書館，1983年，卷六十七，志四十三）

行之目的，有些扮裝者則透過「扮裝」達到轉換性別所帶來之各式便利以實現自我理想，這些扮裝行為在在顯示服飾已跨越原始遮蔽身體、保暖護身之實用價值，服飾與性別、身分轉化為全新之依存關係，使其社會文化意義亦隨之轉變。

　　於明清此特殊年代裡，服飾用以表尊卑、上下、男女之文化功能已日趨減弱，然社會機制仍須持續運轉，故新舊文化勢力彼此抗衡，並使服飾文化有全新呈現。明清扮裝文本作者利用服飾區別男女性別差異之文化象徵，使「扮裝」不僅只是改換服裝，同時亦改換社會職責。以黃崇嘏為例，其「自服藍袍居郡掾，永拋鸞鏡畫蛾眉」〔註 34〕之自發行為，即藉扮裝凸顯女性之存在價值。黃崇嘏之扮裝事例顯現女性於社會規範體系下，若欲踏出閨閣，惟有透過「扮裝」掩飾生理性別並改變社會職責後，方有實現自我之可能，故服飾或可規範人類行為，然無法限制人性自主之欲望。正因傳統禮教於服飾嚴格限制男女裝束，使服飾成為區別男女性別之重要指標，亦使服飾清楚標示性別之二元對立，使扮裝者透過「扮裝」快速獲得性別越界之便利。服飾雖「限制」男女性別發展，卻也意外證實性別越界之可能，並「助長」男女於性別越界後之自主性。透過對明清扮裝文本服飾之檢視，可更加了解男女性別之差異。

一、**鞋樣**（男性大靴與女性蓮鞋）

　　女性與男性生理特徵不同，服飾樣式亦受生理性別差異影響而有所不同，尤其女性受纏足習俗影響，鞋樣以蓮鞋為主，不似男性穿著大靴，故明清扮裝文本通常刻意描繪女性扮裝男性時，必須穿著大靴以掩飾小腳之扮裝情節，如《二刻拍案驚奇》聞蜚娥為上京替父伸冤，故扮裝男性模樣並穿著大靴：「窄窄靴鞋，套著一雙玉筍」〔註 35〕；《喻世明言》之劉素香為與張舜美私奔，扮裝為男性，將腳上繡花小鞋換成男性大靴，以免為人識破等。

　　女性扮裝者須掩飾小腳穿著大靴，男性扮裝者則須偽裝小腳以免事蹟敗露，如孫玉郎為姐扮新娘代嫁，然男子大腳易為他人識破，故著長裙遮住大腳；桑茂拜老嫗為師，老嫗將桑茂改成女性裝扮：「與桑茂三絡梳頭，包裹中

〔註34〕馮夢龍編：〈李秀卿義結黃貞女〉，《喻世明言》（臺北：三民書局，1998 年），卷二十八。
〔註35〕凌濛初編：〈同窗友認假作真　女秀才移花接木〉，《二刻拍案驚奇》（臺北：建宏書局，1995 年），卷十七。

取出女衫換了，腳頭纏緊，套上一雙窄窄之尖頭鞋兒，看來就像個女子，改名鄭二姐。」〔註36〕李良雨因嫖妓化為女身：「呂達將出銀子來，做件女衫，買個包頭，與些脂粉。呂達道：『男是男扮，女是女扮。』相幫他梳個三柳頭，掠鬢，戴包頭，替他搽粉塗脂，又買了裹腳布，要他纏腳。」〔註 37〕等。無論男扮女裝抑或女扮男裝，生理性別造成社會性別之異，服飾所形成之符號意義深深影響人民之思考模式，性別帶來之差異，使鞋飾扮演性別與身分對話中之重要關鍵。女性蓮鞋與男性大靴形成強烈對比，同時亦區分兩性之差異，由外在鞋樣即可判斷生理性別，此正為服飾文化對人類之宰制行動。

陶宗儀《南村輟耕錄》云：

> 後主宮嬪窅娘纖細善舞，後主作金蓮高六尺，飾以寶物細帶纓絡，
> 蓮中作品色瑞蓮，以帛繞腳，令纖小屈上作新月狀，素襪舞雲中，
> 回旋有凌雲之態。〔註38〕

五代南唐李後主宮嬪窅娘擅舞，纏足以使腳型纖細，舞姿更顯輕盈，起舞時風姿綽約，引起後宮粉黛效仿，傳至民間，形成纏足習俗。陶宗儀記錄窅娘跳舞前以帛繞腳，使腳形呈現新月狀，此種纏足方式與現代芭蕾舞相仿，將腳背彎曲，以拉長腿部線條，呈現修長雙腿與纖細身型，於跳躍時更顯輕盈俐落，呈現亮麗之視覺美感。源於舞蹈需求之纏足，能使舞者身體曲線拉長，以顯修長輕瘦，故逐漸形成五代至宋代之審美觀，對女性美要求窈窕輕瘦，與唐代重視女性豐腴美為截然不同之審美標準。承襲五代之審美觀，宋代對女性更加注重柔美之風，纏足風尚由宮廷延伸至民間。女性纏足後，走路不便，為保身體平衡，女性不可大步走路，只得蓮步輕移，為平衡重心，故纏足女性於走路時必須提起腳跟、挺直脊椎、拉長身體，形成完美體態，更增添女性無限嫵媚。於「女為悅己者容」之自我期許與社會普遍審美觀之心理意識下，女性願為獲得男性青睞而忍受纏足之苦。窅娘纏足之始，雖為應舞蹈需求，然其背後主要動機仍為取悅君王，於後宮競相模仿與上行下效之效應下，纏足於民間造成流行，纏足文化正為造成女性穿著蓮鞋並成為女性服

〔註36〕馮夢龍編：〈劉小官雌雄兄弟〉，《醒世恒言》（臺北：建宏書局，1995 年），卷十。

〔註37〕陸人龍：〈西安府夫別妻　郃陽縣男化女〉，《型世言》（北京：中華書局，1993年），第三十七回。

〔註38〕陶宗儀：《南村輟耕錄》（臺北：建宏書局，1998 年）。

飾意義之重要原因。

以美觀為出發點之纏足，於傳統思想制約下，不僅為歷代共通習俗，更為控制女性行動能力之魔咒。隨纏足風氣愈益盛行，纏足已非女性自發性之行為，反變本加厲，成為女性自小必須纏足之傳統制約，由《鏡花緣·女兒國》中林之洋飽受纏足之苦的過程，即可得知所有女性纏足之苦痛經歷。隨社會對纏足認可度愈來愈高，女性亦須纏足方可符合社會對女性之期待。因女性纏足審美觀之形成，使小腳成為女性之美貌象徵，諸多男性於選擇婚配對象時注重女性是否纏足，女性三寸金蓮之大小甚至成為女性彼此競爭美貌之依據〔註39〕。小腳成為女性美之標準，同時亦關乎女性是否順利得覓婆家，然纏足畢竟不利農業社會之經濟生產，故出身窮苦人家之女性因農事生產需要，無法纏足，亦因而比小腳女性更不易覓得社會地位較高之男性為婚配對象，當社會地位較高、經濟較富裕之人家，以先天優勢擇得符合小腳美之女性做為傳宗接代之對象時，大腳女性僅能許配予「門當戶對」之窮苦人家，失去提昇社會階級之機會，故「纏足」可視為女性社會地位之象徵，其影響層面實包括美觀、生理、心理、思想與階級等要素。

女性纏足習俗不僅使女性重視腳型美觀，亦使金蓮鞋需求大增，故金蓮鞋樣亦連番出奇，蔚為大觀。女性纏足需求由美觀出發，轉而為取悅男性、符合社會標準之社會制約，期間牽涉傳統思想對女性定位價值之演變。就生理層面言，纏足可增添女性柔媚之體態美，凸顯魅力，成為女性於婚姻生活挽留丈夫之手段；就心理層面言，纏足女性體態輕盈柔弱，男性可成為纏足女性之保護者甚至是支配者，滿足男性對女性之控制欲；就思想層面言，纏足符合傳統社會對男性、女性持「男尊女卑」、「男主外女主內」之思想，藉

〔註39〕蘭陵笑笑生《金瓶梅》第五十八回〈潘金蓮打狗傷人　孟玉樓周貧磨鏡〉云：「月娘便問：『這位大姐是誰家的？』董嬌兒道：『娘不知道，他是鄭愛香兒的妹子鄭愛月兒。纔成人還不上半年光景。』月娘道：『可倒好個身段兒！』說畢，看茶吃了。一面放桌兒擺茶，與眾人吃。潘金蓮且只顧揭起他裙子，撮弄他的腳看，說道：『你每這裡邊的樣子，只是恁直尖了。不相俺外邊的樣子趫。俺外邊尖底停勻，你裡邊的後跟子大。』月娘向大妗子道：『偏他恁好百勝，問他怎的？』」（臺北：三民書局，2004年）善妒的潘金蓮不滿西門慶寵愛妓女鄭愛月，但因身為侍妾無發言立場，又恐出言不遜引起西門慶反感，反失去西門慶之眷愛，故將心中怒氣發洩於鄭愛月之小腳，百般挑剔鄭愛月小腳形狀與大小，藉以凸顯自己之小腳美更勝一籌。潘金蓮與鄭愛月之間的爭寵衝突藉由小腳正式揭開序幕，存在於女性彼此之間對美貌、地位之競爭，更顯出小腳於女性審美標準之重大意義。

由纏足使女性行走不便，並進而控制女性活動空間，避免紅杏出牆，使女性終身居於閨閣內室以符合傳統社會之規範。故受男性威權主義影響，加以女性爲博取男性歡心、鞏固家庭地位所做之盲從行爲，使纏足由少數人對美觀之要求成爲傳統女性之必然行爲，實與當時之性別文化有極大關係。

二、頭飾（男性冠弁與女性笄釵）

傳統男性頭飾有巾、幘、冠、弁、冕等形制，女性則以笄、簪、釵爲主。《禮記》云：「昏姻冠笄，所以別男女也。」〔註40〕清楚標明男性與女性藉由不同服飾符號定出男女之別，又云：「男女異長：男子二十，冠而字。父前，子名；君前，臣名。女子許嫁，笄而字。」〔註41〕《通典》亦云：「冠者表成人之容，正尊卑之序。」〔註42〕戴冠之男性即被社會認可爲成人，具獨立、成熟之特質，除獲得成家之資格外，亦爲社會寄託立業立功之期望。於明清扮裝文本中，關於男性頭飾之討論於《聊齋誌異》有一有趣呈現。《聊齊誌異》卷六之顏氏丈夫生爲男性，應有一番大作爲，然因才學不足，科舉考試屢次挫敗，引起顏氏與丈夫之口角摩擦：

> 女訶之曰：「君非丈夫，負此弁耳！使我易髻而冠，青紫直芥視之。」
> 生方懊喪，聞妻言，睒睗而怒曰：「閨中人身不到場屋，便以功名富
> 貴似，汝在廚下汲水炊白粥，若冠加於頂，恐亦猶人耳。」女笑曰：
> 「君勿怒，俟試期，妾請易裝相代，倘落拓如君，當不敢復藐天下
> 士矣。」〔註43〕

顏氏因不滿丈夫科舉功名總一再落空，不禁大聲訶斥「君非丈夫，負此弁耳！」，並自信滿滿曰：「使我易髻而冠，青紫直芥視之」，顏氏之自信凸顯丈夫之無能。兩人於對話提及「弁」與「冠」，「弁」爲男性十五束髮後，爲固定髮型、插於頭髮之髮飾，「冠」爲男子二十成年後所戴之正式高帽，《說文解字》云：「冠，弁冕之總名也。」「弁」與「冠」原爲男性頭飾單品，然因「弁」、「冠」僅限男性使用，故「弁」、「冠」除於實際生活爲男性重要頭飾、具實用意義外，同時亦爲男性宣示成熟之始，爲男性符號象徵。由顏氏與丈

〔註40〕戴聖編，王夢鷗註釋：〈樂記〉，《禮記今註今譯》（臺北：商務印書館，1971年），卷十九。

〔註41〕戴聖編，王夢鷗註釋：〈曲禮上〉，《禮記今註今譯》（臺北：商務印書館，1971年），卷一。

〔註42〕杜佑：〈禮十六〉，《通典》（臺北：商務印書館，1987年），卷五十六。

〔註43〕蒲松齡：〈顏氏〉，《聊齋誌異》（臺北：正展出版社，2004年），卷六。

夫之對話觀察，顏氏斥責丈夫辜負「弁」，其實正是斥責丈夫枉爲男兒身，平白浪費社會賦予男性得以應科舉考試並於官場發揮長才之特權。「弁」與「冠」於此則扮裝文本中超越原始之服飾單品意義，由實用性轉爲社會性，使「服飾會說話」，而服飾所說之話，正爲傳統文化所強調之男女有別。

頭飾依性別差異而有不同形制，即使性別相同，然身分階級之差異亦使頭飾有不同區別，以男性而言，貴族男性戴冠、冕、弁，身分低微之平民男性則僅能戴巾、幘。明清扮裝文本中，平民女性若欲扮裝爲男性，除了穿上大靴、摘下笄、釵之外，尚須戴上平民男性之巾、幘頭飾以轉換性別，如祝英台爲出外求學，故「裹巾束帶，扮作男子模樣」〔註44〕；黃善聰與父親出外販香，父親則「製副道袍淨襪，教女兒穿著，頭上裹箇包巾，粧扮起來。」〔註45〕這些女性爲達某些目的而進行性別扮裝，她們選擇同樣服飾符號做爲轉變性別之媒介，簡單之服飾單品，卻爲女性跨足男性世界之重要關鍵，使性別轉變得以實踐。此外，《弁而釵》這部扮裝文本更直接以服飾符號做爲書名，書名「弁」而「釵」已說明此爲專寫男風之小說，作者善用兩性服飾符號，大膽於書名明示著作內容，似乎也正宣示性別越界之文化意義。

三、**佩件**（男性玉飾與女性耳飾）

男、女之頭飾、服裳、鞋款有十分顯著之性別符號，男性與女性之相關佩件亦有不同區隔。以男性而言，佩件以「玉」爲主，《說文解字》云：

> 玉，石之美，有五德：潤澤以溫，仁之方也；理自外可以知中，義之方也；其聲舒揚專以遠聞，智之方也；不撓而折，勇之方也；銳廉而不忮，潔之方也。〔註46〕

玉之質地溫潤平和，被視爲君子仁德之象徵，成爲華夏文化具顯明特徵的吉祥之物，經儒家闡釋後，玉被賦予五德之義，其影響更延及士大夫階層，故「君子佩玉」成爲男性生活習慣亦成爲勉勵進德之象徵。《禮記‧玉藻》云：

> 古之君子必佩玉，右徵角，左宮羽。趨以采齊，行以肆夏，周還中規，折還中矩，進則揖之，退則揚之，然後玉鏘鳴也。……君子無

〔註44〕馮夢龍編：〈李秀卿義結黃貞女〉，《喻世明言》（臺北：三民書局，1998年），卷二十八。

〔註45〕馮夢龍編：〈李秀卿義結黃貞女〉，《喻世明言》（臺北：三民書局，1998年），卷二十八。

〔註46〕許慎：《說文解字》（臺北：廣文書局，1972年），卷二。

故，玉不去身，君子於玉比德焉。〔註47〕

〈玉藻〉篇談論君子佩玉禮儀與君子之德。君子若佩帶玉飾，行進中，發出鏦錚之音，用以警示舉止行宜，使行走進退禮儀合乎規矩，象徵君子守則持正之德，故佩帶玉飾已為不可或缺之君子禮儀。相較男性，女性飾品佩件較為繁複、多元，除釵、笄、項鍊、鐲環、戒飾外，明清扮裝文本特別提及耳飾。據漢代劉熙《釋名》所記，穿耳之俗並非源自漢族：

穿耳施珠曰璫，此本出於蠻夷所為也。蠻夷婦女輕浮好走，故以此琅璫錘之也，今中國人傚之耳。〔註48〕

穿耳戴飾風俗並非源自漢族，而來自蠻邦，又據《舊五代史》云：「張彥澤破蕃賊於定州界，斬首二千餘級，追襲百餘里，生擒蕃將四人，摘得金耳環二副進呈。」〔註49〕足見當時蠻夷確存穿耳之俗。反觀漢族，受儒家「身體髮膚受之父母，不敢毀傷」之孝道思想影響，上古時期無論男女皆不主張穿耳，女性戴耳飾亦不須穿耳，僅將耳飾如璫、珥等物，以「充耳」〔註50〕方式掛於耳上，成為女性裝扮特色，如東漢末〈孔雀東南飛〉云：「足下躡絲履，頭上玳瑁光。腰若流紈素，耳著明月璫。」〔註51〕魏晉傅玄〈有女篇·豔歌行〉云：「頭安金步搖，耳係明月璫。珠環約素腕，翠羽垂鮮光。」〔註52〕無論女性是否穿耳以便佩戴耳飾，女性若欲呈現面容之美，耳飾為絕不容缺席之裝飾品。

至宋代，由於審美觀發展與手工、商業之進步，故女性於耳飾選擇更顯多樣化，除珥、璫、瑱等充耳型耳飾外，後又發展耳環、耳墜等形制，穿耳亦漸漸流行，直至明清時期，穿耳已成女性普遍流行趨勢。女性因美觀考量自小穿耳以便穿戴各式耳飾，然男性並無穿耳之習，故明清時期「穿耳」與否成為辨別性別之依據。明清扮裝文本中，穿耳情節亦為扮裝橋段之一，如〈喬太守亂點鴛鴦譜〉之孫寡婦為防孫玉郎代姐出嫁被識破，故意以膏藥塗

〔註47〕戴聖編，王夢鷗註釋：〈玉藻〉，《禮記今註今譯》（臺北：商務印書館，1971年），卷十三。

〔註48〕劉熙：〈釋首飾第十五〉《釋名》（北京：中華書局，1985年），卷四。

〔註49〕薛居正：〈晉書少帝紀四〉《舊五代史》（臺北：成文出版社，1971年），卷八十四。

〔註50〕如《說文解字》云：「珥，瑱也。瑱，以玉充耳也。」（臺北：廣文書局，1972年）

〔註51〕沈德潛著，馮保善注譯：《古詩源》（臺北：三民書局，2006年），卷四。

〔註52〕郭茂倩：《樂府詩集》（上海：古籍出版社，1998年），卷二十八。

於孫玉郎耳朵以掩人耳目：

> 到了吉期，孫寡婦把玉郎妝扮起來，果然與女兒無二，連自己也認
> 不出真假。……今日玉郎扮做新人，滿頭珠翠，若耳上沒有環兒，
> 可成模樣麼？他左耳還有個環眼，乃是幼時恐防難養穿過的。那右
> 耳卻沒眼兒，怎生戴得？孫寡婦左思右想，想出一個計策來。你道
> 是甚計策？他教養娘討個小小膏藥，貼在右耳。若問時，只說環眼
> 生著箔瘡，戴不得環子，露出左耳上眼兒掩飾。〔註53〕

孫寡婦巧妙以膏藥遮飾孫玉郎未穿耳之實，輕易躲過可能遇到之危機，亦讓
孫玉郎平安抵達劉家未被識破。黃梅調電影〔註54〕之祝英台爲梁山伯發現穿
耳時，亦趕忙以小時曾於廟會扮觀音，因而穿耳謊言搪塞，這些事例顯見耳
飾所象徵之性別意義。男女服飾裝扮除服飾本身形制不同外，不同性別更須
配合服飾之符號意義，做出合乎身分、地位之容止，以符社會標準。無論這
些扮裝者之扮裝動機爲何，他們皆成功藉由改扮服飾進入另一全新世界。因
傳統制度對服飾之價值制約，服裝與飾品皆具特殊意義，於區別身分、階級、
性別、長幼、尊卑等族群差異時，扮演相當重要之關鍵地位。代表男性符號
之大靴、頭巾、束帶，與代表女性符號之蓮鞋、耳環、珠釵等，皆爲明顯區
別性別差異之象徵物品，故扮裝者若爲己便而須打破性別規範時，最易之方
即爲巧妙利用扮裝以突破服飾所代表之文化象徵意義，藉以打破男主外、女
主內之空間定律。「扮裝」使性別轉換有實際更動之契機，這些扮裝者嘗試藉
由服飾改變以達轉換活動空間之可能，故各盡巧思以服飾掩飾真實生理性
別，由明清扮裝文本與時人筆記記載觀察，突破傳統性別限制確可成功實現。
服飾爲既固定又變動之符號，它可明確限制性別與地位尊卑之差異，維持傳
統體制之穩固，然又無法強力且絕對防堵人類欲突破重圍之欲望與可能，故
服飾符號爲扮裝者利用，由維持傳統體制平穩之力量，轉化爲予固化傳統體
制之一記棒喝。

第五節　自我認同

　　個體自主意識尚未形成之前，基因已決定性別分界，出生一刹那，「弄

〔註53〕馮夢龍編：〈喬太守亂點鴛鴦譜〉，《醒世恒言》（臺北：建宏書局，1995年），
　　　　卷八。
〔註54〕邵氏電影公司出品，凌波、樂蒂主演。

璋」、「弄瓦」即已預告新生嬰兒之未來。於傳統體制下，個體出生之際已接受組織控管，大至身分、性別、階級，小至服飾、時機、場合，皆有嚴格規定。《禮記》分爲〈曲禮〉、〈祭統〉、〈月令〉、〈禮器〉、〈奔喪〉、〈問喪〉、〈內則〉、〈冠義〉、〈昏義〉、〈射義〉等篇章，由篇名即可得知古人於不同場合須表現合乎時宜與身分之行止，以免「失禮越距」，小則貽笑大方，大則違反禮制，影響不容小覷。然當個體自主意識漸趨形成之際，若僅以「禮儀」、「法制」、「教育」等方式約束個體，此力量勢必無法全面防堵個體意識之自由。個體意識驅使個體產生不同行爲，有人執意觸犯禁令、跨越界線，扮裝者即爲其中實踐者之一。於服從與挑戰之間、體制與個體之間，往往存在諸多矛盾與掙扎，此矛盾、掙扎正爲對自我認同之質疑。扮裝者對自我性別、身分之質疑，雖爲自身帶來痛苦，然其意義卻往往伴隨人類自由意識之可貴。清代與狀元莊培因譜出一段同性之愛的伶人方俊官，曾於少小時有一奇特之夢，夢中化爲女性，產生一段性別質疑：

> 俊官自言本儒家子，年十三四時，在鄉塾讀書。忽夢爲笙歌花燭擁入閨闥，自顧則繡裙錦帔，珠翠滿頭；俯視雙足，亦纖纖作彎弓樣，儼然一新婦矣。驚疑錯愕，莫知所爲。然爲人手挾持，不能自主，竟被扶入幃中，與一男子並肩坐；且駭且愧，悸汗而寤。後爲狂且所誘，竟失身歌舞之場，乃悟事皆前定也。餘疆曰：「衛洗馬問樂令夢，樂云是想。汝殆積有是想，乃有是夢。」〔註55〕

方俊官於夢中化爲新婦，不僅身著繡裙錦帔、頭戴珠翠，腳亦爲纖纖小足，其生理特徵、外在服飾全與女性相同。方俊官之心理意識可借用奧地利精神學家佛洛伊德之主張加以說明，佛洛伊德認爲人類意識可分爲「意識」、「前意識」與「潛意識」三部分，「意識」指出於行動者自願，能夠自我察覺之心理活動；「前意識」指行動者暫時忘記，然只要一經回想，即能輕易恢復意識之心理活動；「潛意識」則指行動者不易回想，或某種被刻意壓抑之意識而行動者卻不自覺之心理活動。

　　「意識」往往可於社會生活準則規範下適度發展，然當自我欲望無法得到滿足且又十分強烈時，僅能依靠自我意識控制、壓抑，這些欲望因而形成「潛意識」。當自我意識強時，潛意識得暫時被削弱，然當自我意識薄弱時，這些潛意識將與欲望形成某種情結（complexes），於人類進入睡眠狀態，自我

〔註55〕紀昀：〈如是我聞三〉，《閱微草堂筆記》（臺北：三民書局，2006年）卷九。

意識不再具備強力壓抑潛意識之能力時，將產生各式夢境，這些夢境即為人類對欲求不滿的現實生活之反射，而表現與現實生活相反之夢境。這些夢境為人類內心深層意識之投射，表現人類潛意識中最私我之意欲與內心深處之真實面，此真實面或須隱藏心中，不為人知，然此真正欲望僅是暫時被壓抑，並非永遠消失，「做夢」僅為其中宣洩管道之一。方俊官之夢境正為此種現象之體現，方俊官於己夢中化身為著女裝之新嫁娘，其生理性別雖為男性，然自小即有女性傾向，於夢中身著女裝，顯示日有所思、夜有所夢。方俊官夢境或可解釋為人類對先天生理性別質疑而產生認同困難之現象，方俊官因對自身有部分女性意識期待，故於夢中將所想化為實境，因而內化至潛意識，僅有於夢境，方俊官才得以真實面對自身認同女性之潛在面，於夢中尋求自我實現。

明清時期雖男風鼎盛，然男風並未獲得傳統婚姻制度認同，即便有真正愛情做為強力後盾，同性之愛仍無法尋求婚姻制度得到認可，故同性戀者排斥自身性別而傾向另一種生理性別，於性別認同產生矛盾，故形成所謂「男體女相」或「女體男相」之特殊現象。王驥德雜劇《男王后》之陳子高亦產生性別混淆之自我矛盾，本劇開頭第一折，陳子高即云：

> 俺家身雖男子，貌似婦人，天生成秀色堪餐，畫不就粉花欲滴。……
> 嗳！當初爺娘若生我做個女兒，憑著我幾分才色，說什麼「蛾眉
> 不肯讓人」，也做得「狐媚偏能惑主」……可惜錯做個男兒也呵！
> 〔註56〕

陳子高雖為男性，然其心理意識卻透露對己身「錯做個男兒」之性別反抗。陳子高之生理性別無法讓其滿足現實狀況，認同女性之心理傾向遠甚於男性，故當其以女性裝扮獲得臨川王寵愛並取得更大權力優勢時，陳子高以具此女性特質為榮，更以自身美貌為傲：「你婦人家只是塗抹些臙脂學海棠，若不打扮便只尋常。俺則略施粉黛淡塗黃，但偷晴晃就嬌滴滴勝紅粧。」〔註57〕陳子高高度認同女性裝扮，深恨不身為女性，然其性別抉擇主要建立於性別權力之價值。陳子高認同女性之因並非認為女性比男性更優秀傑出，僅是借助天賦姿色，以獲得更多權力與利益，期盼以自身美色滿足更多控制欲望。

〔註56〕王驥德：《男王后》（臺北：鼎文書局，1972年）。（收錄於《全明雜劇》第六冊）

〔註57〕王驥德：《男王后》（臺北：鼎文書局，1972年）。（收錄於《全明雜劇》第六冊）

無論臨川王或玉華公主，皆因看重陳子高美色，願意釋出權力，臨川王甚至封陳子高爲后，使陳子高沾沾自喜：「只有漢董賢他曾將斷袖嬌卿相，卻也不曾正位椒房。我如今受封冊在嬪妃上，這裙釵職掌千載姓名揚。」〔註58〕陳子高看似爲權力接受之弱勢方，然陳子高卻實際同時掌控臨川王與玉華公主，故誰爲眞正掌權者、誰爲決定遊戲規則之莊家，於此故事恐交錯複雜。取悅掌權者同時亦使自身立於不敗之地，正是使陳子高趨近女性並認同女性社會性別之因。

女性對自我生理性別與社會性別之認同是否趨於一致？於明清扮裝文本出現兩種不同聲音。一般女性對自我性別認同問題大多不甚重視，受傳統教育養成溫順婉約之柔性特質，故其自我意識亦不自覺被壓抑、忽略。然於明清扮裝文本中，才學型女性扮裝者已對女性社會性別產生懷疑並勇於挑戰，黃崇嘏曾以詩明志：

> 一辭拾翠碧江湄，貧守蓬茅但賦詩；自服藍袍居郡掾，永拋鸞鏡畫蛾眉。立身卓爾青松操，挺志堅然白璧姿。幕府若教爲坦腹，願天速變作男兒。〔註59〕

黃崇嘏詩作表現女性拋開束縛之勇敢，其一無反顧之挑戰精神與對自我才識之肯定，顯示黃崇嘏絕非甘居家庭、爲人洗手做羹湯之傳統婦女，「辭拾翠」、「永拋鸞鏡」、「青松操」、「白璧姿」明白昭示黃崇嘏否定自我生理性別、「願天速變作男兒」之社會性別傾向。黃崇嘏之心聲可謂才學型女性扮裝者之共識，她們個個兼具才學，擁有過人膽識，更具凌駕男性之志氣，然受限於生理性別，無法大展身手，僅能透過「扮裝」轉換社會性別，藉以得到外界一致肯定，同時完成自我實現。然她們於扮裝過程又須時刻保持警戒，避免眞實性別爲人所知，同時亦須遵守社會規範之女性守貞制約，此種「守貞」情結於才學型女性扮裝者內心產生掙扎與衝突，甚至對自我扮裝行徑感到困惑與否定，聞蜚娥即是一例：

> 俊卿歸家來，脫了男服，還是個女人。自家想道：「我久與男人作伴，已是不宜。豈可他日捨此同學之人，另尋配偶不成？畢竟止在二人之內了。」雖然杜生更覺可喜，魏兄也自不凡，不知後來還是那個

〔註58〕王驥德：《男王后》（臺北：鼎文書局，1972年）。（收錄於《全明雜劇》第六冊）

〔註59〕馮夢龍編：〈李秀卿義結黃貞女〉，《喻世明言》（臺北：三民書局，1998年），卷二十八。

結果好？姻緣還在那個身上？」心中委決不下。〔註60〕

閩蜚娥此段自我剖白透露三個訊息：一，閩蜚娥深感扮男裝之罪惡感，並認為「久與男人作伴」為「不宜」之事；二，蜚娥認為因常與學堂男性相處，故將來婚配對象僅能於這些學伴尋找，此想法正為「守貞」情結之延伸；三，蜚娥認同女性社會職責，並認為女性應走入婚姻。此三訊息與女性應守之本分與社會職責息息相關，即使蜚娥「將門將種」、「習得一身武藝」、「志氣賽過男子」，仍無法跳脫社會對女性之制約，即使曾經大膽扮裝、挑戰性別禁忌，最後仍選擇回歸常軌、重回定位。黃崇嘏與閩蜚娥所面臨之社會環境與內心交戰正為才學型女性扮裝者之典型寫照，由其心理剖析，顯示女性於自我認同之困難與混淆。

女性作家之性別認同困惑更同時呈現於作家自身與虛構扮裝者之中。《再生緣》作者陳端生身為女性作家，然其作品卻處處流露與男性逞才之膽識，呈現反對男權中心之主張；然反觀《金閨傑》作者侯芝與《筆生花》作者邱心如則於男權中心與女性自我實踐之兩端搖擺，既於虛構之扮裝世界讓女性扮裝者得以進入男性職場，共享男性職權，然一旦真實性別被揭露，卻又讓這些女性扮裝者妥協於傳統體制，褪下扮裝服飾，重新回歸於女性空間之中。即使作者本人認同女性之才不遜於男性，然仍恪守傳統禮教對女性之規範，此確為女性作家於面臨真實世界時之問題，亦顯示女性面臨自我困境時之矛盾。

傳統體制將性別與文化緊密結合，嚴密規範兩性社會職分，使男女於出生後，即依生理性別被規範於社會性別期待下，並依性別族群與階級族群之不同而有不同指向，如低階層初生男嬰被認定為可增加家庭勞動力；高階層初生男嬰被認定為可繼承爵位、家產，然無論為社會任一階層，皆對男嬰可繼承傳宗接代之責而予以祝福，生下男嬰之女性亦因「母以子貴」鞏固其家庭地位；初生女嬰則被認定將增加家庭經濟負擔、無法傳宗接代，更無法鞏固母親家庭地位而不被重視。

兩性性別教育於出生即已開始，同時透過不同性別環境與接觸事物有初步區別。傳統風俗中，男嬰周歲之際舉行「抓周」儀式，抓取任一東西，成人即以此物判斷男嬰未來發展與事業傾向，以現今角度觀之，身心尚屬幼稚

〔註60〕凌濛初編：〈同窗友認假作真　女秀才移花接木〉，《二刻拍案驚奇》（臺北：建宏書局，1995 年），卷十七。

之男嬰所抓物品未必與未來有一定之正相關，然對傳統價值觀而言，男嬰所抓物品與未來卻有指涉關係，故加強其性別教育，以求符合家庭期待與社會規範。男性與女性如何認同自我社會職責並符合社會期待，這課題仰賴後天學習，然此種學習實為被約制之學習模式，故不要求個體有自主表現或創新行為，僅要求於模具內成為另一模型，藉由模擬過程，使社會性別職責得以確保，傳統制度亦得以順利運行。此種行為認同模式，嚴重忽略個體思想自主性，更壓抑個體對性別之先天認知，造成性別認知之扭曲。然扮裝者對此種性別教育提出挑戰，透過服飾與身分轉換，達到性別、身分重新建構、重組之目的，於扮裝歷程裡，扮裝者拋開性別文化，刻意模仿異性之各式外在呈現，包括服飾、動作、語言、神態，使真實性別得以掩飾，呈現大眾所熟悉之社會性別表現。於自我認知混淆→重組→再現之思維整理下，扮裝者藉由扮裝實現自我，即使一路跌跌撞撞，然尋求自我認同、摸索社會定位之精神仍值得肯定。

第六節　婚姻意識

　　傳統婚姻制度中，女性無疑較男性失去更多婚姻自由，包括「出」或「入」皆由父母、長輩與丈夫主導，女性完全無選擇婚配對象與成婚時機之自主權。《禮記・郊特性》記載：

> 天地合而后萬物興焉。夫昏禮，萬世之始也。……壹與之齊，終身不改。故夫死不嫁。……男帥女，女從男，夫婦之義由此始也。婦人，從人者也。幼從父兄，嫁從夫，夫死從子。夫也者，夫也；夫也者，以知帥人者也。〔註61〕

《禮記》明白昭示「男帥女，女從男」之兩性婚姻關係，於傳統禮教規範下，夫妻屬主從關係，而非平等輔助關係，婚姻狀態亦非由雙方自由終止，必須受道德、禮教規範，維持婚姻狀態之持續。若須終止婚姻，亦由男性主觀認定，女性毫無置喙餘地。女性一旦步入婚姻，即形同牢籠囚鳥，不得自由表達自我意識，甚至喪失身體自主權，於傳統制度與男性期望下完成「賢妻」、「良母」之社會角色，並時時戒慎，避免被男性以「七出」令牌強迫逐

〔註61〕戴聖編，王夢鷗註釋：〈郊特性〉，《禮記今註今譯》（臺北：商務印書館，1971年），卷十一。

出家門。

　　由於男女尊卑界限控管十分嚴密，男女性別之分立與因性別而受之規範、權利、義務，已成傳統婚姻文化之基本架構，婚姻制度即依此性別分立，運行歷千古不變。「男主外、女主內」之職責區分使女性受限於家庭婚姻，同時亦使婚姻成為女性一生經營之課題。當父母選定婚配對象後，女性即進入婚姻之未知世界，從天真爛漫之少女轉變為人妻、人媳，於此角色轉化過程中，女性歷經摸索、挫折、恐懼，方能成功獲得婚配家庭之認同，即使已熟知為人妻、為人媳之本分，亦不代表恪盡職責之女性即能幸福快樂過一生。

　　為求一世安穩，諸多女性忍辱負重，盡力扮演「相夫教子」之「賢妻良母」角色，於男性離家之際，尚須承擔守貞護家之責與獨守空閨之寂。成婚後之女性，其娘家幾乎不能過問女兒種種，完全由婆家決定女性去留，若能與婆家翁姑相處融洽並留下子嗣，其家庭地位將較為穩固，若與翁姑失和或未能留下子嗣，則女性之家庭地位亦將岌岌可危。長篇敘事詩〈孔雀東南飛〉之劉蘭芝故事即為顯著之例，「十三能織素，十四學裁衣，十五彈箜篌，十六誦詩書」〔註62〕的劉蘭芝嫁入焦家，謹守本分，仍遭婆家刁難責備，動輒得咎，蘭芝云：「雞鳴入機織，夜夜不得息，三日斷五疋，大人故嫌遲。非為織作遲，君家婦難為。」劉蘭芝不禁發出「女行無偏斜，何意致不厚？」〔註63〕的悲憤之問，即使劉蘭芝與焦仲卿夫妻感情甚篤，亦難逃休離遣家之命。劉蘭芝所遇正為無數傳統女性一生之寫照，婚姻關係之成立不僅為「夫」、「妻」關係之確立，同時更為家族問題，為人妻亦為人媳者，凡事必須面面俱到，於傳統大家庭之家庭結構中，與公婆同住所衍生之婆媳問題，成為每位尚未「媳婦熬成婆」之女性們所必須面對之角色問題。

　　婆媳關係為伴隨婚姻制度而產生之人倫關係，夫妻關係更為婚姻關係之主軸，故夫妻相處之道成為傳統制度強調之教化重點。「出嫁從夫」之傳統準則，影響每位女性之價值判斷，即使是模範夫妻亦難免接受「男尊女卑」、「男主女從」之兩性關係。梁鴻、孟光為歷史著名模範夫妻，兩人相敬如賓、「舉案齊眉」的相處之道，至今仍為夫妻典範，梁、孟二人彼此敬重，然二人新婚之初，亦曾因孟光注重外在服飾裝扮而發生齟齬：

〔註62〕沈德潛著，馮保善注譯：《古詩源》（臺北：三民書局，2006年），卷四。
〔註63〕沈德潛著，馮保善注譯：《古詩源》（臺北：三民書局，2006年），卷四。

> 及嫁,始以裝飾入門。七日而鴻不答。妻乃跪床下請曰:「竊聞夫子
> 高義,簡斥數婦,妾亦僶寒數夫矣。今而見擇,敢不請罪。」鴻
> 曰:「吾欲裘褐之人,可與俱隱深山者爾。今乃衣綺縞,傅粉墨,豈
> 鴻所願哉?」〔註64〕

孟光遵從禮俗,於新婚進門時穿著鮮豔衣飾以彰顯新嫁娘之喜氣,然梁鴻卻惡其注重打扮而不願與之同房,孟光得知後立即改換樸素布衣,終取得梁鴻歡心。孟光遵從禮俗並未犯錯,亦未踰越女性職分,期待精心打扮能獲丈夫喜愛,然並未獲得預期效果,期待心理落空之孟光為維繫婚姻,不惜跪床下請,表現柔順態度。反觀梁鴻,具有超乎常人之高潔志行,仍不免男性主義作祟,以己個人偏好,要求妻子與之同價值觀;為固守個人原則,忽略女性柔情與自主意識。孟光雖終獲梁鴻接納,然兩人「相敬如賓」的相處之道,卻是孟光委曲求全後,方得到之結果。於梁鴻、孟光身上,充分顯現「男主女從」之家庭價值觀,其相處之道完全符合傳統標準,然以今日觀之,卻是無數女性犧牲自我換來之結果,模範夫妻尚且如此,普羅大眾夫妻地位男尊女卑、夫貴妻賤,可想而知。

無論婆媳問題或夫妻關係失衡,傳統婚姻最大詬病來自婚姻制度本身之不健全,良好婚姻之維持須由諸多主觀、客觀條件之相互配合方可完成。就婚姻對象而言,雙方須有穩定感情基礎,欣賞對方優點並包容彼此缺點,於諸多歧異之價值觀天秤中,須取得雙方認可之平衡點,此婚姻方能無所遺憾。反觀傳統婚姻制度,當青年男女一旦到達適婚年齡,父母即依「門當戶對」標準挑選兒女婚配對象,無論雙方個性、才德是否匹配,合好八字後,男女雙方即被安排走入父母設定之婚姻制度中。此種婚姻自會發生諸多問題,如彼此毫無感情基礎之夫妻如何相處、女性如何承受傳家接代壓力、如何面臨丈夫再娶之窘況、如何與眾多妻妾共處、甚至爭鬥等,種種問題皆將威脅夫妻之平衡關係,同時亦為家庭與婚姻制度之隱憂。明清扮裝文本所呈現之根本問題在於對婚姻制度之整體反省,這些反省不僅代表作者進步之婚姻意識,更反映青年男女對婚姻與家庭之重視。

明清兩朝,少數男性知識份子鼓吹個體自主並重視女性教育,加以女性自覺思想之啓發,婚姻制度之省思始成為明清扮裝文本注意之焦點,自主婚

〔註64〕 范曄:〈逸民列傳·梁鴻傳〉,《後漢書》(臺北:鼎文書局,1979年),卷八十三,列傳第七十三。

姻觀念逐漸影響大眾，並形成一股力量，造成廣大迴響，同時亦促成明末清初時期才子佳人小說之大量盛行，明清扮裝文本可說爲此股力量之推波助瀾者。明清扮裝文本出現鼓吹女性婚姻自主或勇於追求自由戀愛之情節，不僅爲扮裝文本文學技巧之展現，更爲表現青年男女對婚姻制度之期待與改革，這些進步意識包括對婚姻制度之反思、擇偶意識之自主、擇偶對象之新標準等。不過，明清扮裝文本雖提出進步之婚姻意識，然傳統教育影響日久，故文本所提婚姻觀難免留有傳統遺毒，諸如二女共事一夫、對烈女之崇敬等。

　　明清扮裝文本雖仍有傳統遺毒，然瑕不掩瑜，其中可發現婚姻觀念之轉變與革新。《玉嬌梨》第十四回敘蘇友白與盧夢梨兩人各自表述對「婚姻」之看法：

> 盧夢梨道：「仁兄青年高才，美如冠玉，自多擲果之人，必有東床之選，何尚求鳳未遂，而隻身四海也？」蘇友白道：「不瞞盧兄說，小弟若肯苟圖富貴，則室中有婦久矣。只是小弟從來有一痴想，人生五倫，小弟不幸父母雙亡，又鮮兄弟，君臣朋友閒遇合尚不可知，若是夫婦之間，不得一有才有德的絕色佳人，終身相對，則雖玉堂金馬，終不快心。誠飄零一身，今猶如故。」盧夢梨道：「蘇兄深情，足令天下有才女子皆爲感泣。」因嘆一口氣道：「蘇兄擇婦之難如此。不知絕色佳人，或制於父母，或誤於媒妁，不能一當風流才婿而飲恨深閨者不少。」〔註65〕

盧夢梨爲諸多青年男女發出之歎，正是青年男女受限父母之命或媒妁之言，僅能勉強接受未來婚配對象之無奈與遺憾。盧夢梨最後以男裝身分假託爲妹作媒、實則爲己說親之勇敢表現，充分表達青年男女勇於追求所愛，視「愛」爲婚姻先備條件之膽識。不僅盧夢梨具此心思，無數青年男女前仆後繼爲尋理想伴侶而勇於違背禮法，盧夢梨如此，劉素香、靜觀、蜚娥、韓玉姿又何嘗不是，她們面對婚姻大事，引動選擇婚配對象之自由意識，挑戰「男女非有行媒，不相知名」〔註66〕之禮教傳統，個體意識之突破象徵婚姻自主意識之抬頭，青年男女不再盲目順從父母之命，亦不再憑媒人舌燦蓮花而無知嫁娶，愛情種子取代人倫孝道，於青年男女心中悄悄紮根、萌芽。

〔註65〕荻岸散人：〈盧小姐後園贈金〉，《玉嬌梨》（瀋陽：春風文藝出版社，1985年），第十四回。

〔註66〕戴聖編，王夢鷗註釋：〈曲禮〉，《禮記今註今譯》（臺北：商務印書館，1971年），卷一。

　　傳統婚姻講究「門當戶對」,「門當戶對」指門第、經濟、社會地位之均等,而非教育程度、價值觀與興趣嗜好等相配。於強大傳統勢力介入下,女性柔順謙卑之社會人格特質成為維繫婚姻之重要關鍵,諸多女性委屈求全以保婚姻存在。然此種只重「門當戶對」觀念之強迫婚姻,於明清扮裝文本中接受挑戰,青年男女開始審慎考慮未來,仔細挑選生命伴侶,絕不盲從父母之命,他們替自身幸福爭取權利,掌握婚姻對象之自主權,門第非其考慮前提,繼以代之者,為對才、情、貌、德等要素之重視。

　　明清扮裝文本陸續提出全新擇偶標準,包括對才、情、貌、德之重視,並注意雙方個性和諧度問題。明清扮裝文本中,青年男女之戀愛基礎大多建立於第一眼之視覺印象,故男性與女性外在面貌成為彼此相識之契機。如唐伯虎偶然瞥見秋香:「眉目秀豔,體態綽約,舒頭船外,注視解元,掩口而笑」〔註67〕,因而不惜降格,甘為華太師府長工以接近美人;劉素香「見生容貌皎潔,儀度閒雅,愈覺動情。遂令侍女金花者,通達情款,生亦會意。」〔註68〕種下兩人私奔後緣。青年男女一面之緣,牽引兩人之姻緣路,私訂終身儼然成為青年男女逃離傳統禮法、得以雙宿雙飛之最快捷徑,這些勇敢行徑無疑為傳統婚姻制度壓抑下之反彈,「男女授受不親」教條杜絕青年男女接觸機會,一旦牢籠之鳥飛出,後果將一發不可收拾,人欲需求將因之潰堤,再堅固之牢籠亦無法禁錮這些青年男女之奔放熱情。

　　「貌」的存在雖為青年男女相識之契機,然並非唯一先決條件,完美擇偶標準尚須其他條件配合,《玉嬌梨》之盧夢梨傾心蘇友白之因,正因蘇友白才、貌兩全,盧夢梨云:「昨樓頭偶見仁兄翩翩吉士,未免動摽梅之思。小弟探知其情,故感遇仁兄,謀為自媒之計。」〔註69〕盧夢梨心儀蘇友白,又不好自薦媒約,故假意為妹作媒。盧夢梨對蘇友白才學之景仰正為才女擇偶之標準條件,唯有才子方可得配佳人,此種才女情結於蘇小妹身上亦可得到印證。蘇小妹聰明無雙,又為大學士蘇軾之妹,上門求親者不可指數,但無一入蘇小妹眼,惟獨對秦觀另眼相待:

〔註67〕　馮夢龍編:〈唐解元一笑姻緣〉,《警世通言》(臺北:建宏書局,1995年),卷二十六。

〔註68〕　馮夢龍編:〈張舜美燈宵得麗女〉,《警世通言》(臺北:建宏書局,1995年),卷二十三。

〔註69〕　荻岸散人編:〈盧小姐後園贈金〉,《玉嬌梨》(瀋陽:春風文藝出版社,1985年),第十四回。

相府求親一事，將小妹才名播滿了京城。以後聞得相府事不諧，慕名來求者，不計其數。老泉都教呈上文字，把與女孩兒自閱。也有一筆塗倒的，也有點不上兩三句的。就中惟有一卷，文字做得好。看他卷面寫有姓名，叫做秦觀。小妹批四句云：「今日聰明秀才，他年風流學士。可惜二蘇同時，不然橫行一世。」這批語明說秦觀的文才，在大蘇小蘇之間，除卻二蘇，沒人及得。老泉看了，已知女兒選中了此人。〔註70〕

蘇小妹全然不在意「門當戶對」之門第差距，即使宰相王安石之子王雱以詩求親，蘇小妹亦毫不客氣給予「秀氣洩盡，華而不實，恐非久長之器」批評，反傾心青年才子秦觀，充分凸顯才女對「才」之重視，故將「才」置為擇偶之先備要件，展現與傳統婚姻觀完全不同之標準。於〈蘇小妹三難新郎〉故事中，蘇老泉無疑是疼愛女兒的可愛老者，將女兒幸福交由女兒自主選擇，蘇老泉散發與傳統威權父親角色完全不同之魅力，具鮮明之人格特質，亦為此則故事相當特殊之角色設計。

　　明清扮裝文本強調婚姻自主，此自主意識對婚配對象設定諸多限制，此限制於《玉嬌梨》中再度被強調，男主角蘇友白清楚宣示其欲尋求之婚姻對象必定才、德、貌俱全，如此方為理想伴侶：

若是夫妻之間，不得一有才有德的絕色佳人終身相對，則雖玉堂金馬，終不快心……若非淑女，小弟可以無求；若果淑女，那有淑女而生妒心者。玉人既許同心，豈可強分妻妾，倘異日書生僥倖得嬪二女，若不一情，有如皎日。〔註71〕

蘇友白冀求才、德、貌兼具之伴侶，女子有「才」有「貌」已屬不易，蘇友白尚以高標準要求女性須有不起妒心之「德」，如此方為得與己相配之「淑女」。此番言論要求理想女性應以寬容心態接納男性續娶小妾，妻妾更不可因爭寵使家庭失和，此種言論顯示明清扮裝文本雖有進步婚姻主張，然尚存有男主角金榜題名、坐擁妻妾，大享齊人之福之傳統思想。蘇友白之言僅是男性合理擁有三妻四妾之藉口，明清扮裝文本雖已對傳統婚姻提出反思，然仍謹固少數保守性別觀念，呈現理想與現實、傳統與民主之融合與矛盾。

〔註70〕馮夢龍編：〈蘇小妹三難新郎〉，《醒世恒言》（臺北：建宏書局，1995 年），卷十一。

〔註71〕荻岸散人編：〈盧小姐後園贈金〉，《玉嬌梨》（瀋陽：春風文藝出版社，1985 年），第十四回。

　　上述婚姻意識產生於婚姻關係建立前，於婚姻關係建立後，女性仍舊依存丈夫，「出嫁從夫」為每位出嫁女性之行為準則，丈夫死後，女性尚須「從一而終」，終其一生不得改嫁、變節，固守維繫夫家家族名聲之貞節牌坊，成為守寡習俗之犧牲者。無數女性為守寡斷送一生幸福，卻又甘於守寡，延續守貞情結，直至終老，「貞節」為每位女性固守之堡壘。丈夫死後，須為丈夫守住清白，這些女性之守寡行為究竟是為家庭、丈夫犧牲之偉大情操，抑或只是受傳統禮教操控之傀儡行動，恐怕這群守寡女性亦無法認清。明清扮裝文本《無聲戲》中，尤瑞郎為感念陳季芳恩德，遵從陳季芳遺願，甘心為陳季芳守寡，其自主性之守寡行為，可謂對陳季芳報恩之表現，亦可視為對傳統禮教之實踐。尤瑞郎雖未受他人脅迫而守寡，然此種作為與傳統禮教一味要求女性為丈夫守寡、保住貞節之強迫行為相似，呈現妨礙個體自主之傳統意識。明代中期後，產生對守寡習俗之反動聲音，《三言》、《二拍》之編作者凌濛初提出大膽想法，批評對男女性別不公之傳統婚姻觀：

> 天下事有好些不平的所在。假如男子死了，女子再嫁，便道是失了節，玷了名，污了身子，是個行不得的事，萬口訾議。及至男子家喪了妻子，卻又憑他續絃再娶，置妾買婢，做出若干的勾當，把死的丟在腦後，不提起了，並沒有人道他薄幸負心，做一場說話。就是身前房室之中，女人少有外情，便是老大的醜事，人世羞言；及至男人家撇了妻子，貪淫好色，宿娼養妓，無所不為，總有議論不是的，不為十分大害。所以女子愈加可憐，男子愈加放肆。〔註72〕

凌濛初句句鞭辟入裡，對傳統婚姻觀之認識頗為公允。男性於婚姻關係居主導地位，故以其思惟選擇對己有利之模式，將妻子視為依屬品，生前要求妻子守貞，限制妻子身體自主，使女性活動空間退居於閨閣內室；為家族繁衍興盛，要求妻子必須為家族延續香火；為滿足男性情欲，女性對男性置妾買婢，甚至流戀風月場合、尋花問柳之種種行徑採取包容態度、不可生妒，女性除受男性主導外，尚須與眾多侍妾展開你爭我奪之地位鬥爭，無論立場為妻或妾，女性皆無法逃脫此場捍衛家庭地位之災難。丈夫死後，傳統禮教要求女性守貞不得改嫁，亦不得返回娘家，必須終身為夫家奉獻，直至老死。凌濛初看透婚姻制度之不公，並對婚姻制度提出反思與批判，代替女性對傳

〔註72〕凌濛初編：〈滿少卿飢附飽颺　焦文姬生仇死報〉，《二刻拍案驚奇》（臺北：建宏書局，1995年），卷十一。

統婚姻制度發出不平之鳴，其進步之見解實應受到肯定。

　　作者於嘗試反抗傳統禮教之時，尚須提出面對衝突時的解決之道，故自明代中後期直到清初，「情」與「理」之對立、衝突、妥協、調合等議題，始終爲諸多有志之士熱烈討論。明清扮裝文本注重人性本質，強調適性發展而不刻意壓抑，故設計一連串扮裝故事，透過「扮裝」以揚現自我價值與滿足欲望目的。然明清扮裝文本之立基並非爲通盤推翻傳統體制，而是對此股維持社會秩序力量之省思，故扮裝文本作者即使對傳統體制種種面向有諸多批判，然此批判皆爲改革傳統體制而起，並非採全然推翻之否定態度。這些省思以人類先天情欲爲主軸，重視性別差異、階級差距與婚姻制度等現象，企圖以「情理調和」之方式，解決所有違背傳統禮教之衝突，甚至「藉力使力」，運用傳統禮教之力量使這些衝突合理化，進而達到圓滿結果。如孫玉郎與劉慧娘最後由通達情理之喬太守，以其優越之階級力量，逕判劉慧娘歸孫玉郎，使兩人正式結合。若非喬太守出面協調、斷案，孫玉郎與劉慧娘勢必無法終成眷屬、劉慧娘並將名節敗壞、孫玉郎被處以誘姦良家婦女之罪、兒女親家變成世仇冤家，後果不堪設想。然於象徵威權勢力之喬太守介入後，兒女情欲造成與傳統禮教之衝突，立即化爲烏有，此正爲「情理調合」之漂亮出擊。另外唐伯虎化名華安，最後攜華太師府婢秋香私奔，華太師得知華安即爲屈於府中爲僕之唐伯虎後，云：

> 「他此舉雖似情痴，然封還衣飾，一無所取，乃禮義之人，不枉名士風流也。」學士回家，把這段新聞向夫人說了。夫人亦駭然。於是厚具妝奩，約值千金，差當家老姆姆押送唐解元家。從此兩家遂爲親戚，往來不絕。〔註73〕

華太師對唐伯虎不僅毫無苛責，對其攜婢私奔、不告而別之事，亦未加嚴詞譴責，反讚揚唐伯虎「似情痴」、「乃禮義之人，不枉名士風流」。華太師並爲秋香厚置妝奩，唐、華二家關係愈發緊密，往來熱絡。華太師對唐伯虎之諒解，正是「情」、「理」衝突時之寬容態度，因此故事最後由地位如同秋香之父的華太師以其「父權」主動解套，爲秋香準備嫁粧，使秋香終得以名正言順成爲唐伯虎夫人。若非華太師爲唐伯虎解套，唐伯虎仍將困於傳統禮教之網絡中，無法脫身。作者安排傳統制度爲扮裝文本解套，又必須兼顧人類情

〔註73〕馮夢龍編：〈唐解元一笑姻緣〉，《警世通言》（臺北：建宏書局，1995年），卷二十六。

性得以自由發揮之目的，此爲扮裝文本中十分特殊之文化思考。

　　明清扮裝文本揭露傳統社會諸多不符民主精神之陋習，包括性別尊卑之不公、男女空間之僵化與婚姻制度之盲從等，這些皆爲存於傳統制度已久之社會現象。由於時日已久，使身居傳統制度下之人民早已習慣此種價值觀念，將之奉爲圭臬，故於悠久歷史變動中，即使政治改朝換代頻繁，傳統制度仍如銅牆鐵壁，始終屹立不搖。然人類思考之自由並非強權勢力所能控制，故於明清時期，於諸多文學家與思想家提倡下，個體自由思想逐漸成形，人類開始重視自我需求與情欲發展，亦開始省思傳統制度之陋失。民主精神之啓迪，開啓明清時期特殊之時代風貌，扮裝文本作者更從中汲取寫作靈感，批判傳統制度之黑暗面，更提出諸多具建設性之進步主張，將此主張訴諸於扮裝文本中。透過明清扮裝文本作者之藝術構思，更可看清傳統體制之本質，於性別、身分、團體、個體、婚姻、愛情等方面之失衡與壓抑。明清扮裝文本作者以文學立場觀察，將現實生活作文學轉化，不僅滿足自我創作欲望，同時亦以鮮明之扮裝人物凸顯傳統社會於性別、身分、階級、服飾、婚姻等關係之文化象徵。

第五章　明清扮裝文本之性別現象

　　明清社會之傳統元素於西力東漸與知識份子之自覺運動啓發下，產生迥異於過去之變化，此種變化包括對個體自主之重視與帶動社會階層之群體意識，並造成明清社會劇烈變動。社會之變動連帶影響處於此種環境下之個體行爲，有些個體極力捍衛傳統，排除社會不安定因素，以更高壓之手段加以平亂，有些個體則乘此變動推動革新，爲社會注入嶄新創新因子，以期社會改變。於如此急速之社會變遷下，男女社會性別角色亦隨之產生新變化，甚至與傳統社會角色行爲產生衝突。

　　此種性別角色之變遷與人們面對此種新性別現象之反應，形成明清扮裝文本中特殊之性別現象。這些性別現象包括社會角色錯置，如悍婦、女英雄、女才子、儒夫、男寵等新社會角色造成性別定位之扭曲，亦造成傳統體制之小小出軌。以女性定位而言，明清扮裝文本之女性扮裝者藉由「扮裝」呈現不同於傳統女性角色之面向，然作者卻又要求女性扮裝者符合傳統體制規範，此兩種不同之社會傾向雖然矛盾，然卻爲女性邁向獨立自主之重要過渡；以男性定位而言，懼內儒夫之出現顯示「男尊女卑」、「夫主妻從」觀念之鬆動，直接影響家庭秩序上下之分。而男寵之盛行，影響傳統妓業之存在，更直接衝擊社會對男性社會角色之期待，男性模仿女性特質之社會現象，亦間接造成同性戀之盛行，並衝擊家庭組織，影響女性之家庭地位。此種錯置之性別現象造成傳統體制之鬆動，於性別錯置之扮裝人物身上，更牽扯家庭親情、男女愛戀甚至同性愛戀之情感糾葛，明清扮裝文本之多樣貌呈現種種特殊性別現象，提供男女定位之省思與檢討。

第一節　性別錯置——扭曲之社會角色

自古以來，要求女性貞順之社會規範從未改變，大多女性於此種社會角色養成教育成長，成為「賢妻良母」、完成人生使命。然外於環境之變遷，促使女性角色開始有新轉變：為捍衛家庭地位，女性必須武裝自己，以增加與外敵對抗之實力；為證明自我能力足以與男性一較高低，女性努力爭取自我實現之機會，此皆為女性角色轉變之結果。男性則被要求成為一家之主，負擔家庭經濟收入與繼承家庭事業等任務。男性雖享有較多之權力自由，然受社會體制規範，無任何個體享有完全自由，即使貴為皇帝亦無法倖免於社會體制外，許多天下至尊，僅能藉由微服出巡，享受片刻自由，故男性之社會束縛並不因男性身分而有所減輕，同樣必須受傳統體制之控管。無論男性或女性，身為社會體制之一分子，皆有應盡之義務，若跳脫其應盡義務且未符合社會期待時，即為性別錯置之開始。

一、妒　婦

傳統禮教「男主外、女主內」為男女空間分際之指標，家庭婚姻關係亦清楚規定「夫主妻從」之尊卑關係。女性謹守三從四德為萬古不破之真理，若為施展自身才華甚至發表危害男性地位之言論，那麼將被視為不祥之事，輕則傷己，重則危及家庭或國家〔註1〕。《漢書‧谷永、杜鄴傳》云：

> 內寵大盛，女不遵道，嫉妒專上，妨繼嗣與？古之王者廢王事之中，失夫婦之紀，妻妾得意，謁行於內，勢行於外，至覆傾國家，或亂陰陽。〔註2〕

家庭為組成國家之基本單位，「齊家」、「治國」、「平天下」為君子修道之進程，

〔註1〕《漢書‧外戚傳》卷九十七下云：「夫日者眾陽之宗，天光之貴，王者之象，人君之位也。夫以陰而侵陽，虧其正體，為非下陵上，妻乘夫，踐踰貴之變與？」（臺北：世界書局，1978年）《漢書‧谷永杜鄴傳》卷八十五又云：「昔鄭伯隨姜氏之欲，終有叔段篡國之禍；周襄王內迫惠后之難，而遭居鄭之危。漢興，呂太后權私親屬，又外孫為孝惠后，為時繼嗣不明，凡事多晻，晝昏冬雷之變，不可勝載。」（臺北：世界書局，1978年）上述史載歷數后妃之亂，認為后妃專權導致天下產生異象，用以警告後世切勿讓后妃干政，以免擾亂朝綱。此種言論將天下之亂完全歸於女性，未對政治、皇權、國勢等外於因素加以剖析，無疑為對女性不公之指責。

〔註2〕班固著，楊家駱主編：〈谷永、杜鄴傳〉，《漢書》（臺北：鼎文書局，1979年），卷八十五。

惟有家齊，方可實現國治天下平之理想，故「正夫婦之綱」爲歷來穩定社會秩序之重大力量，若失夫婦之紀，國家將面臨傾覆之重大危機，故傳統體制極力防堵「妻妾得意，謁行於內，勢行於外」之可能，將女性教育爲「相夫教子」、「傳宗接代」之泥塑人，凡爲不合「溫婉柔順」模型之女性，將慘遭社會輿論攻擊。

　　女性出嫁之後，其對家庭貢獻之判斷依據，以其是否延續夫家香火任務爲主，此傳宗接代之責，端賴生下男嬰方算完成，故「母以子貴」爲奠定女性家庭地位之重要指標。然爲家族香火薪傳著想，男性將娶小妾視爲理所當然，如此一來，女性於家庭所遇威脅，除了夫妻問題、婆媳問題之外，最大威脅往往來自其他女性，並成爲女性彼此殘害之最嚴重危機。面臨此種威脅，僅有極少數女性自我意識抬頭，努力保護自我家庭地位，並捍衛自我權益，對女性家庭存在價值僅是爲夫家傳宗接代之傳統觀念提出反動，以各種積極手段反對丈夫蓄妾，如《藝文類聚》引《妒記》記載謝安妻劉夫人妙語：

> 謝太傅劉夫人，不令公有別房。公既深好聲樂，後遂頗欲立妓妾。
> 兄子外甥等微達此旨，共問訊劉夫人，因方便稱〈關雎〉、〈螽斯〉
> 有不忌之德。夫人知以諷己，乃問誰撰此詩？答曰：「周公。」夫人
> 曰：「周公爲男子相爲爾，若使爲周姥撰詩，當無此也。」〔註3〕

謝安身居權貴高位，深受朝野敬重，即使坐擁三妻四妾亦毫不爲過，然正室劉夫人明知丈夫欲立妓妾，亦通曉外甥故意提出〈關雎〉、〈螽斯〉兩則詩旨之用意，卻能反將一軍，以幽默且客觀之方式對撰作者之性別提出不同看法，巧妙表達反對丈夫蓄妾之堅定信念。劉夫人之巧言不僅盡顯智慧，同時亦成功阻止丈夫蓄妾之念頭，扭轉男性挾其父權與三從四德禁條威脅己身之劣勢，更加鞏固自我家庭地位，劉夫人成功使謝安與說客知難爲退，堪稱一次女性之勝利。

　　又如隋文帝獨孤皇后爲歷史著名之賢后，不僅見識卓越，同時才德兼具，爲輔佐隋文帝楊堅建立霸業之得力助手，據《隋書》記載：

> 高祖與后相得，誓無異生之子。后初亦柔順恭孝，不失婦道。……
> 然性尤妒忌，後宮莫敢進御。尉遲迥女孫有美色，先於宮中。上於

〔註 3〕歐陽詢主編：《藝文類聚》（臺北：中文出版社，1980 年），卷三十五，人部十九。

仁壽宮見而悅之，故得幸。后伺上聽朝，陰殺之。〔註4〕

獨孤皇后對楊隋皇朝具莫大貢獻，故隋文帝對獨孤皇后敬畏非常，不敢多蓄侍妾。獨孤皇后對楊隋皇朝之宦臣亦持同樣標準，若得知臣下之妾生子者，即不再重用。獨孤皇后要求男性與女性同樣專一，此種選才標準亦顯現於選太子之決策，故最後廢太子楊勇，改立表面不好女色之楊廣〔註5〕，正為其貫徹忠貞專一信念之實踐。獨孤皇后「性妒忌」，隋文帝偶幸尉遲迥之孫女，隔日此女即為獨孤皇后賜死，隋文帝得知後大歎：「吾貴為天子，而不得自由！」由於獨孤皇后兇悍性格與大力反對蓄妾之態度，使楊隋皇朝文武百官不敢明目張膽蓄妾，其為避免其他女性與之爭寵之手段雖過於兇殘，卻可謂一夫一妻主張之先鋒者。

至唐代，由於受胡人文化與社會思潮開放之影響，加以武后登基，故女性地位逐漸提高，女性亦獲得前所未有之尊重與展現才華之機會，然整體而言，女性之家庭地位仍居弱勢，男性納妾蓄妓風氣仍盛，有些女性僅能被動接受丈夫或婆家之安排，面對丈夫迎娶小妾之事實，然少數女性卻願干犯被休危險，亦要勇敢向丈夫甚至皇帝提出拒絕主張，寧死不屈，據唐人張鷟所撰《朝野僉載》記載：

> 初，兵部尚書任環敕賜宮女二人，皆國色。妻妒，爛二女頭髮禿盡。太宗聞之，令上官齎金壺瓶酒賜之，云：「飲之立死。環三品，合置姬媵。爾後不妒，不須飲之；若妒，即飲之。」柳氏拜敕訖，曰：「妾與環結髮夫妻，俱出微賤，更相輔翼，遂至榮官。環今多內嬖，誠不如死。」飲盡而臥，然實非酖也。至半夜睡醒，帝謂環曰：「其性如此，朕亦當畏之。」因詔二女，令別宅安置。〔註6〕

兵部尚書任環貴為朝廷命官，官階三品，多置二門侍妾可謂天經地義之事，且此二妾為皇帝欽賜，斷無拒絕之理。然其夫人柳氏乃為個性剛烈之女性，寧拚一死，定要阻止二女進門，其性如此，連唐太宗亦畏懼三分。柳氏態度堅定，侃侃陳述自身對家庭之貢獻：「與環結髮夫妻，俱出微賤，更相輔翼，

〔註4〕 魏徵主編：〈后妃列傳第一〉，《隋書》（臺北：中華書局，1975年），卷三十六。

〔註5〕 晉王楊廣深知母后獨孤皇后反對蓄妾，故投其所好，表面不近女色，暗地陷害太子楊勇，使楊勇於帝后面前失去寵愛，更因此錯失太子寶座，楊廣如願成為太子，成為後來之隋煬帝。

〔註6〕 張鷟：《朝野僉載》（臺北：藝文印書館，1966年），卷三。

遂至榮官」，任環之所以得位居高位，實為有己於背後默默支持、兩人胼手胝足打拼之成果，故有榮共享、足以當之。如今任環功成名就，卻欲別置侍妾，置糟糠妻不顧，柳氏勇敢捍衛自身權利，面對至尊皇帝，同樣展現大無畏精神，於性命與丈夫寵愛之間，寧願選擇犧牲性命亦要獨占丈夫。分析柳氏之心理意識，她深知女性依附於男性之下，惟有獨得丈夫關愛，方可擁有幸福，若為其他女性介入，則家庭之完整性將為破壞，不僅夫妻情無法延續，所生子女亦須面對競爭攻防之家族紛爭，無法脫身，故柳氏所表現之剛烈行為實為困獸之鬥，惟有做足玉石俱焚之準備，方能握有些許勝算，幸而唐太宗非真欲置之死地，賜其毒酒僅為試探，然此試探，亦真試出柳氏為捍衛正室地位之必死決心。即使柳氏之主張仍受限傳統婚姻制度，僅能消極鞏固地位，無法真正對傳統婚姻制度提出批判與改革，然柳氏勇於為己奪得一席之地，代表普天下受一夫多妻制所苦之女性發聲，確為值得喝采之事。

　　明清扮裝文本之妒婦形象首推《聊齋誌異》之江城，此則故事之江城被塑造成善妒且經常虐打丈夫之悍婦。「不堪撻楚」之丈夫於家中無法獲得妻子溫柔慰藉，為滿足男權欲望，故暗中尋花問柳。江城清楚丈夫習性，故每當丈夫有此念頭，即毫不留情鞭笞丈夫，甚至施虐。此則扮裝文本中，江城扮裝之因即為將於酒肆與名妓調情之丈夫逮回家，蒲松齡將此過程描寫得相當生動緊湊：

> （名妓）芳蘭陰把生手，以指書掌作「宿」字。生於此時，欲去不忍，欲留不敢，心亂如絲，不可言喻。而傾頭耳語，醉態益狂，榻上臙脂虎，亦並忘之。少選，聽更漏已動，肆中酒客愈稀；惟遙座一美少年，對燭獨酌，有小僮捧巾侍焉。眾竊議其高雅，無何，少年飲罷，出門去。僮反身入，向生曰：「主人相候一語。」眾則茫然，惟生顏色慘變，不遑告別，匆匆便去。蓋少年乃江城，僮即其家婢也。生從至家，伏受鞭撲。從此益禁錮嚴，弔慶皆絕。〔註7〕

蒲松齡將江城形塑為悍婦，其「悍」狀並非於大街高聲嚷嚷之潑婦，而是當男主角酒酣耳熱、意亂情迷之際，不發一言、突然現身，給予一記當頭棒喝，所收嚇阻之效更甚於直接斥罵，十分震撼人心。江城代表之女性形象有別傳統溫柔賢良之女性，不僅掌握家中大權，同時亦顛覆男尊女卑之不變定律，使原為一家之主之丈夫連於外宿妓皆受妻子嚴密監控，更因偷情事發，慘遭

〔註7〕蒲松齡：〈江城〉，《聊齋誌異》（臺北：正展出版社，2004年），卷六。

笞刑虐待。江城施予丈夫之懲罰，不僅是皮肉痛苦，江城更下令將丈夫「禁錮之，弔慶皆絕」，將丈夫軟禁於家、不准外出。江城對丈夫「弔慶皆絕」之懲罰，實則意指由女性主控男性之活動空間，將男性活動空間大幅縮小，「男主外、女主內」之性別空間規範於此則扮裝故事中被澈底顛覆，而此顛覆之主控權即握於女性。蒲松齡表現不同於傳統保守之性別觀，雖有些矯枉過正，然此則扮裝故事除對女性形象塑造有不同於以往之新意，更對傳統性別意識有正面擊破之革新意義。

　　《聊齋誌異》如同江城一般之凶悍妒婦形象，另有〈馬介甫〉之尹氏〔註8〕、〈邵九娘〉之金氏〔註9〕等。妒婦所表現之強悍形象，實為人格壓抑之扭曲表現，為鞏固地位不擇手段，甚至以殘暴之方式傷害他人、打擊異己，此種行徑實不可取。此種扭曲之人格特質，可謂傳統婚姻形態造成之後果，男性身為一家之主，又身兼繼嗣家族香火之任務，為保子嗣得以開枝散葉，蓄妾成為婚姻允許之行為，然男性一旦將注意力放於其他女性身上，元配遭受冷落，產生淒涼心態，傳統柔順型妻子僅能自怨自艾、顧影自憐，即使丈夫於外拈花惹草、眠花宿柳，然女性仍受傳統道德控制，持續進行自我約束；然自主性強之妻子未必被動等待丈夫或外來女性支配，反而先聲奪人、先下手為強。此種女性具高度防備心理，因家庭環境備受威脅，產生嫉妒心態與報復心理，為維護正室尊嚴與地位，必須對外來女性採取防備與攻擊手段，故對外來女性施以報復性懲戒行為以捍衛權益，又對丈夫施以高壓手段，包括虐打與禁錮，限制男性活動範圍，剝奪男性權力，使己大權於握。此種女性因嫉妒而產生之捍衛心理，使她們由「妒婦」轉為「悍婦」，滿腔怨恨之嫉妒心加以急於報復之心理，使她們產生畸型變態之迫害行為，為「妒婦」可恨又可悲之女性寫照。

　　「妒婦」形象顛覆傳統價值觀，其行為違背三從四德規範與七出戒律，

〔註8〕　《聊齋誌異·馬介甫》云：「楊萬石，大名諸生也，生平有「季常之懼」。妻尹氏，奇悍，少迕之，輒以鞭撻從事。……婦微有聞，益羞怒，遍撻奴婢。呼妾，妾創劇不能起。婦以為偽，就榻搒之，崩注墮胎。」（臺北：正展出版社，2004年）

〔註9〕　《聊齋誌異·邵九娘》云：「柴廷賓，太平人。妻金氏，不育，又奇妒。柴百金買妾，金暴遇之，經歲而死。柴忿出，獨宿數月，不踐閨闥。……得林氏之養女。……但履跟稍有摺痕，則以鐵杖擊雙彎；髮少亂，則批兩頰。林不堪其虐，自經死。柴悲慘心目，頗致怨懟。妻怒曰：『我代汝教娘子，有何罪過？』」（臺北：正展出版社，2004年）

於明清扮裝文本所揭示之兩性關係中，擔任與男性權力互相角力之主要戰將，使兩性關係逐漸改變，甚至朝相反方向發展。正如江城，善妒、殘暴、不事翁姑、違逆丈夫，不僅未具賢妻容忍氣度，甚且凶悍至令丈夫聞其聲已嚇得兩腿發顫。江城行為已然觸犯七出之例，不符傳統體制要求之女性舉止。江城扮裝尾隨丈夫防止其偷腥出軌之嫉妒行為，對照丈夫得知江城真實身分時之畏縮恐懼，代表「男女主從」之性別關係已逐漸變質。此種「妒婦」形象於女性扮裝者亦十分罕見，大多女性扮裝者最後仍被安排回歸家庭與婚姻，然江城雖身處婚姻關係，卻堅持保有自我意識，捍衛女性權益，不容他人任意侵犯，她任性、跋扈，卻專一於夫，並要求丈夫對等獻出婚姻忠誠，表現強悍之自我主張。

二、女英雄

明清扮裝文本中之女英雄最突出之作為，即為於戰場或與殺父仇人近身接觸以伺機報仇之膽識。以花木蘭故事而言，花木蘭出於對父親盡孝之初衷，毅然代父從軍，於以男性為主之戰場，花木蘭極力隱藏生理性別，不僅保全己身貞節，更為年邁老父與幼弟性命著想，若被發現頂替從軍，欺君之罪將使全家性命不保，花木蘭雙肩背負家族使命更兼強大壓力。花木蘭最後安全返家，不僅代表花木蘭之勝利，亦代表女性從軍之勝利。花木蘭代父從軍之事蹟深植民間，歷來有關搬演花木蘭之戲劇數量頗豐，除表揚花木蘭代父從軍之孝道，更彰顯花木蘭從軍生涯之艱苦，將花木蘭塑造為孝勇雙全之女英雄，刻意描摹花木蘭於戰場之表現，其殺敵氣勢，勇如雄梟，一路奮勇抗敵，即使面對敵人突擊之危，花木蘭仍臨危不亂，展現過人膽識，使花木蘭女英雄形象更顯突出。

謝小娥與商三官則為成功之女性復仇形象代表。謝小娥報仇事蹟展現其不同於閨閣女性之沈著冷靜：當盜賊各持器械、遇人即殺之當下，謝小娥並未高聲尖叫、兩腿發軟，反而趕緊掩蔽，尋求脫身之計；當父親、夫婿被殺後，謝小娥不慌亂失措、悲傷畏懼，反而冷靜探訪殺父仇人之蹤跡；當決定深入賊窟之時，謝小娥並未衝動直搗賊窟，反而四處交好，尋求奧援。謝小娥連遭家庭巨變、痛失親人，卻能不失理智，從容不迫、伺機而動，謝小娥展現七尺男兒亦無法比擬之膽識與智慧，展現女性於柔弱外之另一風貌。

　　蒲松齡筆下之商三官為替父伸冤，展現壯烈精神，其英勇事蹟，使商三官具鮮活生命，不同傳統女性之靜態表現。商三官復仇動機起於公權力失效。商三官父親因酒醉失言，得罪邑豪，結果慘遭毆打致死，二位兄長提出訴訟，然嚴重之殺人事件卻遲遲未見官府善後，此時商三官已然看清官場黑暗現實，公權力無法有效伸張，導致殺人兇手至今仍逍遙法外，徒留受害家屬抱屍痛哭。商三官此時已有清楚認知：「人被殺而不理，時事可知矣。天將為汝兄弟專生一閻羅包老耶？」〔註10〕商三官突破閨閣之見，既然公權力蕩然無存，又何須將伸冤希望寄託於官官相護之公權空殼？商三官提出與兩位兄長截然不同之見解，與其被動等待官府判決，寧願放棄遙遙無期訴訟，以自我方式為父親報仇伸冤，以慰父親九泉之靈，故商三官走上復仇之路，可謂為被壓迫後之強力反撲。商三官於報仇過程展現高度危機處理能力，為投敵所好，扮裝為優伶以便接近仇人，然商三官從未學習唱戲，故於宴席唱戲助興之時，僅能勉強唱些兒女俚謠，運用巧妙交際手腕，殷勤向邑豪勸酒，使邑豪意亂情迷，不僅未大聲喝斥驅逐，反而留下商三官侍寢。邑豪誤認商三官為孌童，故意留下商三官，居心不良，更百般以言語挑逗商三官，然商三官沉著以對，盡心服侍邑豪，為其舖床、脫鞋，故意誘引邑豪，使其放下戒心，斥退僕人，與之獨處。商三官以退為進，與邑豪周旋，看似予邑豪機會，卻又能藉機推脫，不讓其越雷池一步，她百般忍辱，只為等待邑豪無人護身之機會，終於為父成功報仇。商三官最後選擇自縊，不願為倖存之家人帶來殺身之禍。

　　商三官與謝小娥皆為替家人報仇之女英雄，為報仇，她們被迫由閨閣走入危機四伏之現實社會。按傳統體制，當家族陷入危險之際，男性應挺身而出保護家人，此為「男主外」之另一層文化意義，亦為男性應負擔之義務。然身為謝小娥保護者之父親與丈夫皆於遭盜賊襲擊時喪生，謝小娥頓失依靠，惟有自力救濟方可報仇；商三官父親被毆致死，兩位兄長雖身為一家之主，然面對公權力不張之事實，卻束手無策，對比商三官處事明快、論理精確之特質，更加凸顯男性之懦弱無能。兩位女英雄決定自行動用私法為親人報仇，同時伸張社會公義，女英雄以男裝代替女裝，以頭巾代替珠翠首飾，以煙沙風塵代替胭脂水粉，以刀刃代替繡花針，家庭巨變徹底改變女英雄一生。商三官與謝小娥之復仇行動慷慨而剛烈，蒲松齡更將商三官視為「女豫

〔註10〕蒲松齡：〈商三官〉，《聊齋誌異》（臺北：正展出版社，2004年），卷三。

讓」，商三官與謝小娥之勇氣對比秦舞陽刺秦王時臨事而懼〔註11〕，更加凸顯女英雄之非凡。謝小娥、商三官、花木蘭人物塑造之成功，代表作者對女英雄之期待，他們認可女性潛能只要適時引導，其潛力與爆發力將不容忽視，此爲花木蘭、商三官、謝小娥等女英雄有別於傳統女性之特質，亦爲其得以感動人心、爲人稱頌之因。

三、女才子

「女子無才便是德」之傳統觀念，造成歷來對女性才學教育之忽視。傳統女性教育著重「賢妻良母」之養成，故教育內容注重品格教育與家庭職責，至於經義、詩文等學習則非女性所須。於注重品格教育與家庭職責前提下，女性須學習柔順謙從之處世態度，同時致力孝順翁姑、勤事家務。「三從四德」是爲女性專設之婦道準則，從父、從夫、從子之三從原則，與著重婦功、婦德之四德教育，使女性必須具備主持家務能力，對內負責灑掃庭除等家務，對外展現包容、溫順、不妒之人格特質，所謂「出得了廳堂、入得了廚房」，女性必須內持家務、外保柔順，其他與「賢妻良母」養成教育無關之知識則被摒除於女性教育外。

《毛詩正義》云：「婦無公事，休其蠶織！」〔註12〕短短二句卻如金箍咒限制女性參與政治、公共事務之權利，所有「公領域」事務皆非「婦道人家」所應過問之事，故女性地位低落，無主動發表言論權利，缺少自我主張，並禁止涉足社會、政治等事務。女性社會職責既以家務爲主，故學習詩書等知識爲奢侈夢想，《溫氏母訓》云：「婦女只許粗識柴米魚肉數百字，多識字，無益而有損也。」〔註13〕〈閨媛典〉亦云：「詩詞歌詠，斷乎不可。」〔註14〕

〔註11〕 司馬遷《史記·刺客列傳》記載：「（荊軻）遂至秦，持千金之資幣物，厚遺秦王寵臣中庶子蒙嘉。嘉爲先言於秦王曰：『燕王誠振怖大王之威，不敢舉兵以逆軍吏，願舉國爲內臣，比諸侯之列，給貢職如郡縣，而得奉守先王之宗廟。恐懼不敢自陳，謹斬樊於期之頭，與獻燕督亢之地圖，函封，燕王拜送于庭，使使以聞大王，唯大王命之。』秦王聞之，大喜，乃朝服，設九賓，見燕使者咸陽宮。荊軻奉樊於期頭函，而秦舞陽奉地圖柙，以次進。至陛，秦舞陽色變振恐，群臣怪之。」（臺北：藝文印書館，1976年，卷八十六，列傳二十六）

〔註12〕 高亨注：〈大雅·瞻卬〉，《詩經今注》（臺北：漢京書局，1984年）。

〔註13〕 溫以介：《溫氏母訓》（北京：中華書局，1985年）。

〔註14〕 陳夢雷等編：〈閨媛典〉，《古今圖書集成》（臺北：學生書局，1989年），卷三。

於男權主義中心之教育體制下，男性教育著重「內聖外王」養成，「禮、樂、射、御、書、數」等六藝教育，與「四書」、「五經」等學理教育，皆爲男性教育之重點，女性則被限制求知權利，即使身爲女性，亦同樣倡此理論，形成循環反應。學習經書義理或爲詩詞文藝，絕非女性事務，「女子無才便是德」之教育理念，影響傳統女性之學習權利，此種主張使女性遠離書籍，即使學習《禮記》、《論語》、《孝經》等經籍，亦僅爲教導女性相關之學，男性賴以仕進之詩文等藝文內容，則非女性所能學習。

然有少數有幸女性得以經父親授讀或延師請益，於詩詞等藝文活動中立身，如東漢蔡琰、東晉謝道韞；宋代李清照、朱淑眞；清代葉氏三姐妹、陶貞懷、賀雙卿、吳藻等，這些傑出女性之文學創作已於文學史佔有一席之地，然這些得以「舞文弄墨」之女性僅佔極少數，大多女性仍無法享有與男性同等之教育權。明清時期，反撲理學之哲學思潮已然崛起，於李贄、徐渭、袁枚、陳文述等人之鼓吹下，明清時期之女性有更多學習機會，除家學式教育與延師請益之方式外，女性亦開始走出閨閣尋訪名師，增加詩詞文學造詣、獲得名師指點。這些女性形成文學團體，平日切磋詩詞、互動唱和，使滿腹才華終有展現之園地，亦使被壓抑之心靈，得以於認同自我之女性團體中暫時抒壓。少部分有遠識之男性逐漸重視此股女性知識力量，並給予高度肯定，如李贄云：

> 故謂人有男女則可，謂見有男女豈可乎？謂見有長短則可，謂男子
> 之見盡長，女人之見盡短，又豈可乎？〔註15〕

李贄同意男女具生理性別之異，然絕不認同男性見識全高於女性，彰明女性之言確有可採之處，「婦人之言」並非盡爲柴、米、油、鹽、醬、醋、茶等家庭瑣事，若能給予女性對等之教育機會，將使更多女性潛能被激發，其表現未必不及男性。另外王集敬妻劉氏《女範捷錄》亦云：

> 男子有德便爲才，斯言猶可；女子無才便爲德，此語誠非：蓋不知
> 才德之經與邪正之辨也。〔註16〕

陳宏謀《教女遺規・序》云：

〔註15〕 李贄：〈答以女人學道爲見短書〉，《焚書》（臺北：漢京書局，1984 年），卷二。

〔註16〕 劉氏：《女範捷錄》（臺北：萬卷樓圖書，2003 年）。（收錄於《華夏女子庭訓》）

天下無不可教之人，亦無可以不教之人，而豈獨遺於女子也？〔註17〕
劉氏與陳宏謀等人提倡女性教育，極力反對「女子無才便是德」之迂腐觀點，
在這些人士提倡下，女性果真未負期待，表現優異，明清時期才女數量高居
歷朝之冠，此種豐碩成果不僅證明上述思想家之過人見解，同時亦證明女性
才學之成就。

明清才學型扮裝文本呼應此股才女風潮，創造許多深具個人特色之女才
子，如閨蜚娥、孟麗君、黃崇嘏、冷絳雪、山黛、顏氏等。這些女才子與傳
統女性形象有截然不同之主體意識，此種意識主宰這些女性之實際行為，使
這些女才子突破「女子無才便是德」之傳統魔咒，於男性世界中開闢自我新
天地。這些女才子形象並非千篇一律，於其身上可見才女形象之多元性：如
黃崇嘏與婁逞於官場馳騁一時，補償女性無法進入公共領域之宿願；又如閨
蜚娥身為將門之後，當父親遭受構陷，閨蜚娥事先佈好人事安排，化解家族
危機。救父回京途中，閨蜚娥以精湛射箭技藝擊退歹人，更顯藝高人膽大。
閨蜚娥所展現者不僅為才學，更為過人膽識，使才女形象有新轉變，而非僅
於考場競技而已。

山黛與冷絳雪則又代表另一批才女形象。前述黃崇嘏、婁逞與閨蜚娥等
人皆須仰賴扮裝以達與男性競藝或保護家族之目的，然山黛與冷絳雪則直接
以才女形象示人，於家庭男權中心支持下，山黛與冷絳雪皆得到良好家庭教
育，亦獲得與男性同等教育內容之機會。其顯才方法突破依靠扮裝之制式，
吟詩作詞只為興趣，不須扮裝逞才，不須為進入男性職場扮裝，更不須躲躲
藏藏、掩飾真實性別，她們活得更加自在，以女性身分逞才而毋須顧慮。山
黛與冷絳雪代表女性性別意識提昇，她們實現自我，不受男性控制，並可享
有自我空間，盡情發揮詩詞。女性生理軀殼不再為生命羈絆，反而為揚現女
性價值之最好證明。

女才子於性別意識提昇後，展現之「才」並非只停留於外顯之「才學」、
「才華」等表面行為，同時亦表現於「才識」、「膽識」等深度層面。具主體
意識之女才子，其行為舉止不同於社會主流認同之女性形象，反而展現獨
立、自主之現代精神。於作者有意創作下，女性才學得以藉由文字彰顯，對
傳統社會改革而言，無疑為一項進步，於扮裝文本作者努力下，明清扮裝文
本中出現一群以「才」傲人之新女性。《平山冷燕》男主角燕白頷於領略冷絳

〔註17〕陳宏謀：《教女遺規》（臺北：德志出版社，1961年）。（收錄於《五種遺規》）

雪文才後，不禁感慨：「天地既以山川秀氣盡付美人，卻又生我輩男子何用？」〔註18〕皇帝亦稱讚山黛：「如此閨秀自爲山川靈氣所鍾，人間凡女豈可同日而語！」〔註19〕此種讚歎反映作者對女才子之肯定，同時亦表現作者對理想女性之藍圖。

　　上述妒婦、女英雄、女才子等不同於傳統要求之女性形象，代表性別規範逐漸鬆動，同時亦予固化之性別價值帶來新省思。明清扮裝文本作者突破「男尊女卑」、「夫爲妻綱」之制式思考，嘗試以交換性別與身分之扮裝書寫表達自我意見，使兩性之對等關係得以被重新考量。

第二節　男風盛行──金錢與色欲之娛樂產物

　　傳統男性之社會地位遠比女性爲高，故享有豐富社會資源，男性負責公共事務，女性則致力家務，兩性分工，各有職責。男性因享有自由公共空間，故可恣意進出茶館、酒樓甚至娼館等娛樂場所，娼妓存在意義即爲滿足男性欲望。然明代中後期男風盛行，逐漸取代娼妓地位，甚至直接威脅娼妓存在〔註20〕，此爲明代特殊之社會現象。這些造成男風習尚之男寵、小官、相公〔註21〕，以其柔弱嬌媚之色相服事其他男性，成爲特定男性權貴族群之玩物，性別錯置之現象亦於其身上顯現。男風盛行自有其社會背景與歷史淵源，因各式因素交錯，使男風題材成爲扮裝文本熱門題材之一，由明代《龍陽逸史》、《弁而釵》、《宜春香質》，至清代《品花寶鑑》，男風題材反映性別

〔註18〕　天花藏主人編：〈才情思占勝巧扮青衣　筆墨已輸心忸怩白面〉，《平山冷燕》（臺北：三民書局，1998年），第十六回。

〔註19〕　天花藏主人編：〈太平世才星降瑞　聖明朝白燕呈祥〉，《平山冷燕》（臺北：三民書局，1998年），第一回。

〔註20〕　明代著名男風小說《龍陽逸史》第八回云：「從此一日一日，小官當道，人上十個裡，到有九個好了男風。連那三十多歲生男育女的，過不得活，重新亦做起此道來，竟把個娼妓人家都弄得斷根絕命。後來那些娼妓坐不過了冷板凳，一齊創起個議論，把各家媽兒出名，寫了一個連名手本，向各鄉官家講訴其情。」（臺北：臺灣大英百科出版社，1994年）此段文字敘述明清時期男風鼎盛之社會現況，其盛行之況，妓院亦無法抵擋此股風潮，故僅能尋求官府協助保住飯碗。

〔註21〕　所謂「相公」即指男妓，清代相公大多來自蘇州、常州、揚州、鎮江等江浙地區的貧苦家庭，自小即被賣至堂子裡，學習唱戲等各種技藝與應對進退之待客方法，待養成十三、四歲時即下海接客，成爲搖錢樹。「相公堂子」即爲聚集相公之妓院，提供男客至此「玩相公」。

扭曲與同性之間弱肉強食現象。

　　自春秋、戰國時代始，男風即已存在〔註 22〕，不因道德禁忌或宗教限制而有所隱晦。魏晉南北朝時，男風日漸盛行，這些男寵之身位地位與優妓相同，皆以色事人，故同樣面臨色衰失寵之後慮，自十三、四歲開始操業，十八、九歲因男性性徵已較明顯，故聲音變粗、肌膚不再細嫩、體格亦日漸魁梧，不似女性之柔媚纖細，故男寵全盛期比起娼妓更加短暫。清人張際亮《金臺殘淚記》卷三記載有關嘉慶、道光年間相公年齡組成狀況云：

> （相公）今皆蘇、揚、安慶產，八九歲，其師貲父母，券其歲月，挾至京師，教以清歌，飾以豔服，奔塵侑酒，如營市利焉。券歲未滿，豪客為折卷拆廬，則曰「出師」，昂其數至二三千金不等，蓋盡於成童之年矣，此後弱冠，無過問者。〔註23〕

男風扮裝文本《龍陽逸史》第五回云：

> 大凡做小官之，年紀於十五六歲，正為行運時，到十八九歲，看看時運退將下來，須要打點個回頭日子。如今眼前有一等，年過了二十五六，還要喬裝未冠，見了那買貨之來千態萬狀，興妖作怪，……，後來那些小官，見為一日一日，越多將出來，便分做三等。把那十四五歲初蓄髮之，做了上等；十六七歲髮披肩之，做了中等；十八九歲攏起髮之，做了下等。〔註24〕

相公大多為出身蘇、揚等地之貧苦人家，自小被賣至相公堂子，由師父教以執業技巧，至十幾歲即下海執業，這些相公男寵居於社會低下階層，為環境所逼，出賣色相為其換取存活之法。相公操業生涯因受外在樣貌限制，由十二、三歲至二十歲短暫青春歲月裡，為求脫身，相公無不卯足全力，盼以天生外貌優勢博得達官貴客恩寵，幸運者，有貴客為之贖身出師，毋須每日操業賣笑，然大多相公卻永遠屈居相公堂子，直至年華老去為人所棄。

　　男寵之職業生涯長短既取決於色相，故千方百計於容貌、體態、才藝、媚態等方面下苦功，此亦為其長期保有客人恩寵、吸引男客之主要誘因。男

〔註22〕 春秋、戰國時期已有男風記錄，如衛靈公寵幸宋朝與彌子瑕，劉向《說苑》並記靈公與彌子瑕同啖一桃之事，衛靈公並云：「愛我者忘其口，啖寡人。」認為彌子瑕分桃於己，實為愛的表現。

〔註23〕 張際亮：《金臺殘淚記》（北京：中國戲劇出版社，1988 年）。（收錄於《清代燕都梨園史料》）

〔註24〕 醉竹居士編：〈行馬扁便宜村漢子　判難姦斷送老扒頭〉，《龍陽逸史》（臺北：大英百科，1994 年），第五回。（收錄於《思無邪匯寶》）

寵提供娛樂與身體，淪爲另一群男性之玩物，與恩客之關係建立於金錢與色欲，兩者之間惟有利益之互相索求，無情感之對等關係，一旦任一方失去原有優勢，兩者關係隨即切斷，無須對另一方負責，更毋須盡道德責任。兩者「供需」現象，端賴供與求是否平衡，毫無感情基礎，男寵一旦色衰自然爲人所棄，喪失恩客金援，亦無法見容於營利性質之相公堂子。於金錢、色欲交錯之利害關係，無論擁有多少流金歲月，男寵終將衰老，其人生高點實爲靠外在皮相所堆砌之假象。

由於明清時期明令禁止官員狎妓，爲兼顧娛樂與情慾，又須避開法令規範，明代出現「小唱」〔註25〕，清代坊間亦出現相公堂子此種以男寵、男妓、男優爲商品之專業機構，從而間接造成男風之盛行。男風形成與執政者態度有極大關係，明代頒令禁止官員狎妓本爲遏止豪奢風氣與保持官員清廉之良政，然政令規範之強制性無法禁止人性情慾之流動，故男風替代狎妓，成爲時勢所趨之衍生品。士大夫階級以男風爲尚，流行所趨，舉國皆狂，士大夫階級正爲此股男風之重要推手。上行下效結果，使男權極欲控制之人性欲望往意料外之方向發展，禁止狎妓之法令下，又產生另一股更強大之男風力量，此亦說明人性絕對無法單靠法令或禮制規範加以強制約束，謝肇淛《五雜組》云：

> 今天下言男色者，動以閩、廣爲口實，然從吳越至燕雲，未有不知此好者也。……今京師有小唱，專供縉紳酒席。蓋官妓既革，不得不用之耳。其初皆浙之寧、紹人，近日則半屬臨清矣，故有南北小唱之分。然隨群逐隊，鮮有佳者，間一有之，則風流諸縉紳，莫不盡力邀致，舉國若狂矣。〔註26〕

小唱起初於閩、廣一帶風行，口耳相傳後，造成「舉國若狂」之空前景象。各個男寵爲確保生意興隆，無不於外貌、服飾上爭奇鬥豔、精益求精，久之，

〔註25〕「小唱」爲明代禁止官吏狎妓後，應運而生之新職業。小唱內多畜歌童、孌童，以供男客至此娛樂取歡，可謂清代「相公堂子」之濫觴。明人沈德符《萬曆野獲編》卷二十四「小唱」一條云：「京師自宣德顧佐疏後，嚴禁官妓，縉紳無以爲娛，於是小唱盛行，至今日幾如西晉太康矣。此輩狡獪解人意，每遇會客，酒鎗十百計盡以付之，席散納完無一遺漏……其豔而慧者，類爲要津所據，斷袖分桃之際，齎以酒貲仕牒，即充功曹，加納候選，突而弁兮，旋拜丞簿而辭所歡矣。」（臺北：新興書局，1977年）
〔註26〕謝肇淛：《五雜組》（臺北：新興書局，1975年），卷八，人部四。（收錄於《筆記小說大觀》叢書第八編）

男寵們以其特殊韻味凌駕女性，官紳階級對男風趨之若鶩，此種現象充分反應晚明士大夫追求自由、重視個體享樂之生活觀。士大夫階級追求男風，引領社會風潮，男風盛行之結果使男寵競爭愈顯激烈，發展至後期，各地相公堂子數量快速增加，以色事人之男寵已無法滿足尋芳客需求，男寵更須發展琴、棋、書、畫、曲等之專長，惟有具備足夠之詩文書畫造詣，方能與名士交流，除確保客源，更能藉由名士烘托自我身價。這些相公兼具傳統良家婦女所欠缺之嬌媚，其風姿亦非普通妓女所能媲比，故以其特有風韻奪得男性寵愛。夕陽西下，相公堂子燈紅酒綠之豪奢生活正揭開序幕，宴會上或行酒令；或猜酒拳，酒酣耳熱又有絲竹伴樂，增添許多歡愉氣氛，加以相公隨侍於旁，呢噥耳語，恩客砸下重金，一幕幕男風景象於相公堂子天天上演。

　　由於男風鼎盛，相公彼此競爭促使相公階級化，年紀為攸關相公階級最重要之分級因素，若欲站上相公階級之最高點，仰賴外貌是否出眾，各相公堂子為招攬生意，各出名目以吸引客人上門，當紅相公成為相公堂子之活招牌，為捧紅相公，並定期舉辦相公品花選美競賽，並設立狀元、榜眼、探花之花榜，此亦為相公爭取榮耀加身之重要依據。清光緒九年歲次癸末舉辦相公花榜，當時擔任評判之藝蘭生於其所著《評花新譜》中，寫下對這些頂尖相公之品評：

　　（狀元）孟金喜，字如秋，年十三，隸春臺部。風流蘊藉，宜喜宜嗔。登場以濃豔勝，演蕩婦尤神肖，眄睞生姿，足令觀者心醉。……賦豔詞人贊曰：「一笑生媚，其神於眸。天香國色，群芳之尤。嗔喜善變，顧影寡儔。馳聲菊部，客爭纏頭。」

　　（榜眼）王桂官，字楞仙，年十三，隸四喜部。明眸皓齒，絕世丰神，一時有看殺衛玠之目，軒爽無昵就態。……賦豔詞人贊曰：「如月之皎，如水之澂。梅花面目，冷凝於冰。兀傲自喜，憑客愛憎。玉也待沽，美詎徒稱。」

　　（探花）江雙喜，字儷雲，麗質天生，不假修飾，性格嬌膩，酬酢間有飛鳥依人之致。……賦豔詞人贊曰：「白亦無敵，允矣寧馨。譬諸璞玉，雕琢未經。選花以色，何目不青。聊將持贈，一點犀靈。」〔註27〕

〔註27〕藝蘭生：《評花新譜》（北京：中國戲劇出版社，1988年）。（收錄於《清代燕都梨園史料》）

得到花魁榜前三名之相公——孟金喜以濃豔勝，國色天香；王桂官絕世豐神、冷凝於冰；江雙喜不假修飾，性格嬌膩。三人各具特色，各有擅場，無怪乎恩客爭相一擲千金以博「美人」一笑。有獎項加持，生意自然源源不絕，紅牌相公因之擁有更多外援為後盾，享有選擇恩客之自主權，即便恩客捧大把銀子，仍可能遭拒。這些站於金字塔頂端之恩客，財富、地位之優勢皆高於相公，若無法獲得預期回應，則可能因此惱羞成怒，露出醜惡本質。相公與恩客背後之權力消長，正透露兩者之微妙關係，恩客為擁有權勢之既得利益者，靠優渥金錢優勢，獨專相公之身體自主權；相公則仰賴恩客之金錢奧援於社會上立足、累積財富。相公自身對恩客之喜怒愛憎又與金錢產生矛盾衝突，若遇不合己意之恩客，普通相公僅能屈從權勢或金錢，於自主權與未來生活保障間一再投降，然紅牌相公則能偶爾享受權力滋味，斷然拒絕，使恩客與相公之主從關係，短暫受到挑戰。相公與恩客彼此有所需求，雙方角力就此開始，至相公堂子消費之恩客，有相公需要之「金錢」；相公擁有恩客所需之「美色」，兩者各懷心計、有所企求，誰消誰長，則須比較彼此「索求」程度與手段。男性之競技場由官場延伸至相公堂子，雖為同性，兩者之尊卑關係仍然存在，相公與恩客彼此鬥智，角力之勝負一時未可定論，然色衰之男寵永遠為此場競技最後之失敗者。

　　涉足相公堂子者並非全為同性戀者，其動機或為避免觸犯法律；或為新奇嘗鮮，兩者關係建立於雙方互有索求之金錢與性關係，與有感情牽扯之同性愛戀本質有異，若將上相公堂子者皆視為同性戀，則此種結論實有謬誤，清人藝蘭生於《側帽餘譚》云：

> 漁隱鄉疑招飲小史者皆具斷袖癖，入都後始知為村學究見解，不盡其然。〔註28〕

藝蘭生以其自身經驗說明招飲小史者並非皆有斷袖癖，然明清時期男風盛行，則為不爭之社會實況。明清扮裝文本中，男風類扮裝文本以明代《龍陽逸史》、《弁而釵》、《宜春香質》與清代《品花寶鑑》最具代表性。《龍陽逸史》二十回故事中，詳實反映明末小官風尚之全貌，上至士大夫，下至一般百姓，成為此股全民運動之推動者。男風遍及大江南北，已然形成職業團體，各地相公堂子如雨後春筍出現，其他與相公有關之相關行業亦應運而生，如專門

〔註28〕藝蘭生：《側帽餘譚》（北京：中國戲劇出版社，1988 年）。（收錄於《清代燕都梨園史料》）

買賣相公之兌現商號、至各地物色相公之探子等，充分顯現明末相公盛行之實況。由於男風盛行，沉迷男色者甚至影響正常婚姻生活，《龍陽逸史》第四回敘述：

> 聽說黃州有個秀士，姓寶名樓，家伙可有上萬，只爲未丟書本，亦好之爲小官。那個妻子喚做范麗娘，原爲教坊司裏一個粉頭跟他從良之。此范麗娘見丈夫好此一道，免不得爲有些不快活。〔註29〕

秀士寶樓家有嬌妻、家財萬貫仍不滿足，整日沉迷男色無法自拔，妻子范麗娘屢勸不聽，心裡總不痛快，然寶樓以自殘要脅，逼得范麗娘只得勉爲同意，不再阻止寶樓尋男風爲樂。范麗娘身爲正室，自有捍衛婚姻之危機感，無奈夫爲妻綱，幾番家庭爭執，范麗娘選擇讓步，接受丈夫狎男寵之要求。男風爲明清時期特殊之社會現象，提供男性之娛樂需求，然男寵盛行之結果，不僅影響娼妓同業之生計，同時更以第三者之姿態成功進軍婚姻範疇攻城掠地，更說明男風無所不在。

由於男風盛行，《龍陽逸史》、《宜春香質》等書內容以男風爲主調，記錄男風之形形色色。其他非以男風爲主題之扮裝文本於故事之鋪敘中，亦出現男風情節或男風意識。於扮裝文本中，因扮裝使男女性別易換，產生許多以女爲男或以男爲女現象，與扮裝者接觸之異性因不知其眞實生理性別，因而陰錯陽差與之同寢，產生許多波折。其中隱露男風意識如《拍案驚奇》卷三四之聞人生初見扮裝爲和尚之靜觀，不知靜觀爲女，一見扮相俊俏之靜觀，心中忖度道：

> 這和尚倒來惹騷，恁般一個標緻的，想是師父也不饒他，倒是慣家了，我便兜他來男風一度也使得，如何肉在口邊不吃？〔註30〕

身著僧衣之靜觀其外在服飾符號使之輕易跨越性別界線，卻造成聞人生誤會。故就聞人生之認知，靜觀實爲其欲男風一度之對象，其內心獨白顯示對男風之嚮往，顯見聞人生對同性性行爲並不排斥，認爲靜觀自送上門，機不可失，欲藉此番巧遇成其好事。聞人生並認爲靜觀雖爲出家之眾，然長相標緻必爲男風行家，其看法反映一般大眾對和尚、尼姑之疑惑，佛門清淨之地本應摒除一切私欲，然明代講求個體自主與解放，影響所及，無法靜心修行

〔註29〕醉江居士編：〈設奇謀勾入風流隊　撒華筵驚奔快活場〉，《龍陽逸史》（臺北：大英百科，1994 年），第四回。（收錄於《思無邪匯寶》）

〔註30〕凌濛初編：〈聞人生野戰翠浮庵　靜觀尼晝錦黃沙術〉，《拍案驚奇》（臺北：建宏書局，1995 年），卷三十四。

之和尚、尼姑藉宣揚佛法或爲眾祈福之機會偷歡，此種情況不在少數，故聞人生以世俗價值看待靜觀，誤認靜觀與其師父必大搞男風、有所曖昧，亦順勢引起聞人生對靜觀之覬覦。聞人生「我便兜他來男風一度也使得」之態度，顯示明代社會男風盛行之程度。又如《二刻拍案驚奇》卷十七敘聞蜚娥、魏撰之、杜子中三人對話：

> 杜子中見聞俊卿意思又好，豐姿又妙，常對他道：「我與兄兩人，可惜多做了男子。我若爲女，必當嫁兄；兄若爲女，我必當娶兄。」魏撰之聽得，便取笑道：「而今世界盛行男色，久已顛倒陰陽，那見得兩男便嫁娶不得？」〔註31〕

魏撰之取笑杜子中何必執著男女兩性之婚姻制度，既然男風盛行已久，何不與「聞俊卿」兩人來個男男婚配？魏撰之之言論反映明代男風盛行造成陰陽顛倒、性別錯置之現象，其對杜子中之語雖爲玩笑，然亦代表明代文人對男風之認同，魏撰之認爲「那見得兩男便嫁娶不得」之言，其背後實有深刻之文化內涵。男風於明代盛行已久，直至清代仍繼續崇尚男風，至清末猶存，即便男風盛行一時，男寵亦僅是充作男性強勢族群之玩物，提供娛樂需求，他們與尋芳客之間僅是消費者與被消費者之關係，對男寵而言，得到他人平等對待與適度尊重實爲遙不可及之夢想，男寵身分使其無法擺脫低下階層之社會地位，金錢遊戲之競逐，使紅牌相公亦須虛情假意、逢迎奉承，人生青春歲月即於皮相笑容與內心無限苦楚中消逝，成爲被遺棄之邊緣族群。

第三節　同性愛戀——錯軌之人類愛欲

　　明代中葉由於官員狎妓禁令之政治措施，加以娛樂事業興盛與社會審美思潮之影響，造成男風鼎盛景況，此景況使傳統妓業式微，亦對兩性婚姻制度造成衝擊。男風盛行，使社會對同性之曖昧行爲多採認可之包容態度，故由金錢、色欲、權力所堆砌之男風，於明代盛行不衰。男風造成之同性愛現象多著重雙方對彼此肉體貪念與金錢渴望，然同性亦有超脫肉體之精神戀愛，因彼此情意連繫，產生互相依戀之情感需求，雙方關係之連結，仰賴彼此之情感索求，性關係僅是兩人情投意合、任由情欲擴張而產生之行爲，並

〔註31〕 凌濛初編：〈同窗友認假作眞　女秀才移花接木〉，《二刻拍案驚奇》（臺北：建宏書局，1995 年），卷十七。

非維繫兩人之權力關係，故即使無性存在，仍不影響雙方情愛。

　　正因此種同性愛戀並非奠基於色欲，故同性之精神戀愛成為被強調之重點，與發生於相公堂子裡之男風具截然不同之本質精神。男風與男同性戀最大之差異在於男風之形成實為社會文化所建構，影響男風之因素多為外在顯著因素，其中尤以階級、傳統價值影響最大；而男同性戀則多由於同性戀者自發性之情欲，以此為立基，不受階級、地位、金錢、權力等關係影響。同性戀者因情觸動同性愛戀產生，使關係回復愛情本質，絕非金錢、利益所能左右。明代中葉之同性情節多為男風，為強勢者向弱勢者索求身體、弱勢者向強勢者索求權力以求自保之不對等關係。然同性戀關係對等，即使兩者身分、階級有尊卑高低之分，然身分、階級僅為個體之社會區分，並非同性戀者選擇伴侶之要件。

　　目前學界對「同性戀」之定義與其形成原因尚無定論，無論由遺傳學、環境學、社會學、性取向等領域切入，「同性戀」始終為複雜、深奧且持續存在之名詞。「同性戀」之定義隨國情、文化、時空而有所不同，然可確定者為「男風」與「同性戀」絕非等號，好男風者並非全為同性戀者，同性戀者亦非全好男風；所謂「相公」、「像姑」、「變童」與男客之同性性行為，亦非全發生於同性戀者身上。國內外學者嘗試由基因、環境等因素分析同性戀形成之因，然眾說紛紜，研究成果至今尚無法完全涵蓋同性戀形成之因，即使同性戀者本身亦無法確切說明自己為何具同性愛戀之性取向，然同性戀存在之事實卻為不容忽視之社會現象。

　　同性戀中有一種為特定環境造成之「境遇性同性戀」〔註32〕，此種同性戀通常發生於同性強烈聚集之特殊環境，於缺乏性取向對象之選擇下，僅能

〔註32〕李銀河《同性戀亞文化》：「可對同性戀者作此樣的一種重要分類。即把他們分為氣質性的同性戀者與境遇性的同性戀者兩大類。前者為指雖有異性戀機會卻仍傾向於同性戀的人；後者為因異性戀機會缺乏而以同性戀作替代的人。造成境遇性同性戀的為所謂『單性環境』，一般為指那些與異性完全隔絕的小環境，其中最典型的有監獄、軍隊、精神病院、男子寄宿學校與女子寄宿學校、男修道院與女修道院等。除此外，還指一些於特殊行業的單性工作環境中工作生活的人群，如長期於海輪上工作的水手；一度不允許男女同台演出的梨園界演藝人員；曾經基本上由單性從事並食宿於一起的餐飲業職工等。於此種單性環境中，異性往往不能或不易得到，或說同性更容易得到，於是，人們的性目標轉向同性。東西方的和尚、教士群體屬於典型的單性環境，為易於滋生境遇性同性戀的環境。」（北京：中國友誼出版社，2002年）

被動選擇同性以為情感依託之輔體，從而產生特殊情感，此種同性戀於特殊
環境隨機發生，沈德符《萬曆野獲編》之記載可見一斑：

> 宇內男色有出於不得已者數家。按院之身辭閨閣，闤閾之律禁姦通，
> 塾師之客覊館舍，皆係託物比興，見景生情，理勢所不免。又罪囚
> 久繫狴犴，稍給朝夕者，必求一人作偶。亦有同類為之講好，送入
> 監房，與偕臥起。其有他淫者，致相毆訐告，提牢官亦有分剖曲直。
> 嘗見西署郎吏談之甚詳，然不知方獄中亦有此風否？又西北戍卒，
> 貧無夜合之資，每於隊伍中自相配合。〔註33〕

監獄、軍隊等地以性別做為區隔，同一性別方可共處一地，禁止異性進入，
成為「單性環境」。監獄因罪犯之生理性別將安置場所區分為男監與女監；軍
隊惟有男性，禁止女性踏足。另如寺院、塾校等地，亦為惟有單一性別之特
殊空間。寺院、塾校、戲班、監獄、軍隊此種特殊空間將同性族群安置於內，
企圖以空間與性別之樊籬限制個體行動，並嚴禁異性進入，以免擾亂清修、
破壞隔離、消減戰士壯志。此種特殊空間限制特殊族群之個體自主，然卻抵
擋不住人類情欲外流，當傳統體制無法遏止情欲自然需求與流動時，此種特
殊族群自然跨越禁忌鴻溝，尋求與其有同樣需求者，於是同性相吸，衍生同
性戀現象，使寺廟、監獄、軍隊成為容易發生同性戀之特殊場合，此亦為「境
遇性同性戀」發生之因。

除沈德符所言監獄、軍隊等特殊空間易發生同性戀外，於嚴禁異性進入
之後宮內苑亦時有同性戀情傳出。傳統制度以男性為主權擁有者，於以男權
為中心之最高思想指導原則下，女性於男權世界往往為無聲音之弱勢者，於
皇宮內苑更為如此。為「替皇帝分憂解勞」與「延續皇帝血脈」，天下美女為
皇帝一人之寵，後宮佳麗不可勝數，未列入妃嬪名冊之低下層宮女更如恒河
沙數、無法計算。皇帝集天下權力於一身，坐擁佳麗僅為滿足一己性欲，滿
足私欲後，新鮮感不再，後宮女性即被棄之如敝屣。對皇帝而言，天下佳麗
取之不盡，然對後宮女性而言，皇帝卻為其一生之依靠，有些女性為爭奪皇
帝之寵，無所不用其極，歷史往往每見女性檯面上之你爭我奪。廝殺之聲、
構陷之局，透過文字呈現，成為後宮女性人生命運之寫照，然深藏於後宮女
性之心理意識與情感歸依卻往往被忽略。有些女性不願捲入皇宮內苑權力爭

〔註33〕沈德符：〈風俗・男色之靡〉，《萬曆野獲編》（臺北：新興書局，1977年），卷
二十四。

奪、妃嬪爭寵之戲碼，只求平順保命，然內心澎湃之情感需求，使其爲寄託心靈，反而與朝夕相處之其他女性建立好感、成爲知己，甚至過著如異性夫妻般之生活，成爲「境遇性同性戀」者。

傳統女性於舉行婚禮後不再隸屬娘家，必須離開娘家，至夫家展開人生新里程，實踐「賢妻良母」之社會職務。然於清末廣東省順德縣境與福建省惠安縣境卻盛行另一種特殊婚姻模式——「不落家」。「不落家」女性於婚後三天即返回娘家居住，期間除過年過節外，不得居於夫家，直至懷孕生子方回夫家久住，此種婚姻制度稱爲「不落家」。然此種婚姻制度不符人性需求，若「不落家」女性與丈夫感情深厚，此種「不落家」習俗將嚴重剝奪夫妻相處時間，妨害婚姻幸福，若女性不孕，更永久無法與丈夫相聚。另一方面，「不落家」婚姻制度由父母親包辦，有些女性礙於父母之強勢命令，只得被迫與男性舉行婚禮，故婚後想盡辦法留於娘家，不與婚配男性同住〔註 34〕。有些女性對婚姻反抗意識更加強烈，爲昭示不婚決心，她們將頭髮梳成已婚婦女髮髻，藉以昭告世人從此守貞不嫁之意志，世稱「自梳女」〔註 35〕。自梳女互相依存，形成特殊之女性團體聯盟，同時亦容易形成「境遇性同性戀」者。〔註 36〕

〔註 34〕 有些女性爲免懷孕生子後須回夫家久住，故刻意於新婚夜穿上由相知姐妹準備之無縫嫁衣，同時服用禁尿藥物，以免如廁時受男性侵犯。爲防男性近身，女性尚須隨身帶利器，危急之際可作防身用，甚至不惜自殺要脅，藉此躲避懷孕機會，以免與男性同住。

〔註 35〕 廣東珠江三角洲地區之未婚女子大多將長髮梳成長辮披於背後，出嫁後，則由女性長輩梳成髻，盤於腦後。然「自梳女」爲表達不婚意願，故選定良辰吉日，由相知姐妹「梳起」，形成髻狀，即爲「自梳女」。廣東順德縣境內出現「自梳女」社會現象，除與不符人性之婚姻制度有關外，亦與當地經濟發達有相當大之關係。清代中期，西風東漸，女性漸於閨房、家庭大步跨出追求自我的第一步，爲改善家境或追求經濟獨立，這些女性大多出外工作，尤其富庶之珠江三角洲地區，提供女性相當多之工作機會，故提供此區女性無憂之經濟條件，方得以「自梳」自食其力，不須依附男性。然限於傳統對女性之社會要求與教育程度之侷限，這些女性大多以幫傭或廚娘工作爲主，由於幫傭保母有「乾媽」之稱，故這些女性又被稱爲「順德媽祖」。「自梳女」與「不落家」於清末盛行於福建、廣東沿海地區，於近年引起媒體注意，陸昭環小說《雙鐲》改編爲電影，敍述惠安女面對婚姻狀況與自身情感之歸向；張之亮執導之電影《自梳》則敍述自梳女與其他女性間之曖昧情誼。

〔註 36〕 按習俗，「自梳女」不得死於娘家，若身亡，父母亦不得爲之收屍舉喪，故「自梳女」們相互照應，以畢生積蓄與其他「自梳女」合力購置房舍，稱爲「姑婆屋」，在此共同生活，互相照應，若遇「自梳女」不幸身亡，此群姐妹即爲

　　「自梳女」與「不落家」婚姻模式之產生，皆與傳統婚姻制度截然不同。這些女性選擇此種生活方式，原因可歸於傳統婚姻制度對女性之禁錮。婚姻為人生大事，更為決定女性一生幸福之重大關鍵，一旦出嫁，頓失娘家後援，縱有大量嫁粧作陪，卻形同孑然一身。新嫁娘至陌生環境，內心恐慌可想而知，若婚配之男性非值得託付一生之良人；或遇公婆無理之刁難虐待，則女性命運將陷入失望痛苦深淵。故有自我意識之女性想辦法自救，逃離可能萬劫不復之黑洞，最根本之法即為「避婚」、「逃婚」或「不婚」，加以女性彼此口耳相傳婚姻制度之黑暗，故適婚少女們不婚風氣扶搖直上。由於自梳女與不落家之女性大多具經濟能力，故步出家庭後，自成一女性團體共同生活，這些女性處境相似、具共同理念，彼此體念外出工作之辛勞、慰藉心靈之點滴，於此種革命情感下，極有可能發展同性情愫，若彼此情投意合，更有可能過著同寢同臥之夫婦生活，當地稱為「契相知」。自梳女間之同性戀情反映女性對婚姻制度之恐懼與彼此之相知相惜，其情感傾向早已超越肉體需求，反映人類對自我情感之忠實與重視，此種忠於自我、強調自主意識之潮流已非傳統婚姻制度所能限制。

　　明清社會之開放使兩性觀念較其他朝代多元，清代士大夫狎優伶、變童者蔚為風氣〔註 37〕，有些甚至產生同性情愫，發展成穩定之感情關係，如畢沅與李桂官、莊培因與方俊官之同性戀情，於當時甚為轟動。畢沅與莊培因皆為當朝狀元，李桂官與方俊官更被冠以「狀元夫人」〔註 38〕稱號。同性戀

殮喪。「自梳女」們因彼此依存，故易產生特殊情感，「自梳女」並發展另一種同性依存關係，稱為「契相知」或「金蘭契」，「自梳女」依自由意願選擇另一名「自梳女」，同拜天地，如夫妻般生活，並終身不得離棄，猶如「境遇性同性戀」關係。

〔註37〕 清代士大夫狎優伶、變童之風並不遜於明代，許多文人甚至公開自敘或寫詩讚揚，如鄭燮《板橋自序》云：「余好色，尤喜餘桃口齒，椒風弄兒之戲。」（臺北：九思出版社，1997 年）

〔註38〕 畢沅為乾隆二十五年庚辰科狀元，莊培因為乾隆十九年甲戌科狀元。趙翼《簷曝雜記》中曾敘及方俊官與李桂官二人得到狀元夫人稱號之事：「京師梨園中有色藝者，士大夫往往與相狎。庚午、辛未間，慶成班有方俊官者，頗韶靚，為吾鄉莊本淳舍人所昵，本淳旋得大魁，後寶與班有李俊官者，亦波峭可喜，畢秋帆舍人狎之，亦得修撰。故方、李皆有狀元夫人之目。」（上海：古籍出版社，2002 年）由趙翼記載得知，莊、方與畢、李關係早已超越恩客與優伶之世俗關係。莊、方二人互相敬慕，莊培因死後，方俊官為之服喪整一年，兩人同性愛已超越金錢利害關係，故莊培因死後，方俊官仍愛之如於世間。而畢、李二人之同性愛更可見證人性光輝，畢沅未騰達之際，李桂官早已慧

扮裝文本《品花寶鑑》更以畢沅與李桂官故事爲原型，舖寫男性情誼。由金錢交易建立之男風習俗，使同性戀得以獲得更多發展之環境與機會，進而衍生超越傳統價值觀之同性戀。同性戀爲明清傳統社會禁錮下之情欲出口，亦爲人類尋求自我解放與感情至上之實踐，小說文本既爲反映社會思潮之文學載體，故於明清扮裝文本中，與傳統兩性關係迥異之兩性互動關係較其他朝代明顯爲多，出現同性戀情節之比例亦爲歷朝之冠。

　　明清扮裝文本之扮裝情節於古典小說發展史中，可謂創新題材，因扮裝造成性別混淆之結果，同時牽涉「同性戀」之相關議題，此種議題確有深入探討之必要。以明清扮裝文本《無聲戲》第六回〈男孟母教合三遷〉而言，內容包含男女社會職分、性別侷限、自我認同與婚姻關係等議題，許季芳與尤瑞郎之同性情誼更爲文本重點。尤瑞郎身受許季芳大恩，感激之餘，竟然自宮以示對許季芳專情無二，許季芳獲知後，更加疼愛尤瑞郎。然閹割事發，許季芳爲此事被衙門屈打至死，臨終交代尤瑞郎爲之守節並代爲撫養幼子，尤瑞郎謹守對許季芳承諾，不僅終身守節，同時獨自負起撫養許季芳幼子之責，矢志不移。許季芳對尤瑞郎之情因色而起，尤瑞郎對許季芳則因恩生愛，兩人好感立基雖然不同，然經時間萃煉，兩人滋長眞正愛苗，加以共同經歷閹割事件產生之患難心理，使兩人關係更爲緊密，尤瑞郎自宮守節、知恩圖報、信守承諾，顯見對許季芳用情之深。

　　許、尤二人雖爲同性戀，然兩人彼此對應關係與異性戀夫妻毫無差異，尤瑞郎自宮後更以女性自居，終日門檻不出，只於繡房紡績刺繡。許、尤二人生理性別雖爲同性，然社會性別遵守一男一女之分工原則，並未打破傳統夫妻倫理觀〔註39〕，固守「男主外、女主內」之社會分際，然可貴者爲兩人

眼識英雄、另眼相待，尤其李桂官爲當紅優伶，摒棄垂手可得之權勢富貴，只鍾愛畢沅一人，更屬難能可貴，故畢沅中狀元後，對李桂官不離不棄，想見兩人關係之非凡。

〔註39〕此則故事以同性愛戀爲主，許季芳甚且提出「婦人七可厭」觀點：「婦人家有七可厭……塗脂抹粉，以假爲眞，一可厭也；纏腳鑽耳，矯揉造作，二可厭也；乳峰突起，贅若懸瘤，三可厭也；繫若瓠瓜，四可厭也；兒纏女縛，不得自主，五可厭也；月經來後，濡席沾裳，六可厭也；生育之餘，茫無畔岸，七可厭也。怎如美男的姿色，有一分就是一分，有十分就是十分，全無一毫假借，從頭到腳，一味自然，任我東南西北，帶了隨身，既少嫌疑，又無掛礙，做一對潔淨夫妻，何等不妙？」（上海：古籍出版社，1981年）許季芳由男性立場批評女性令人厭惡之處，認爲女性外在裝飾凸顯矯揉造作之僞態，譏諷女性撫育幼兒之胸部「贅若懸瘤」，甚且認爲謹守「養兒育女」社會職責

感情歷經諸多試煉與阻礙，仍不離不棄、相知相守：許季芳爲籌措聘禮，典當住屋、變賣祖產；尤瑞郎爲消除許季芳心中煩憂，舉刀自殘；衙門刑求，許季芳以身護尤，導致傷重致死等，許季芳與尤瑞郎爲彼此所做之犧牲，成就兩人眞情，此則扮裝文本著重精神層面之同性愛，與建立於肉慾之男風金錢交易完全不同，故此則扮裝故事更具其存在價值。

　　明清扮裝文本之同性戀故事除李漁《無聲戲》第六回外，清末出版之《品花寶鑑》更集男同性戀大成。清代相公堂子林立，各家相公競爭激烈，爲求生存，許多優伶成爲兼職相公，爲應付各行各業之恩客，相公或優伶無不精通各樣才藝，若能獲得士子垂青，聲譽一漲，身價自然非凡，故欲藉助士子成爲頂尖紅牌，琴、棋、書、畫等技能必須樣樣精通。《品花寶鑑》即以此爲文本創作背景，以清代畢沅、李桂官同性愛戀本事進行敷寫。李桂官身爲紅牌乾旦，不僅色藝出眾，其唱功、身段亦遠高於普通伶人之上，更難得爲慧眼獨具，方可識出眞英雄畢沅。畢沅準備進士科考期間，李桂官義務資助旅費與食費，每當舞散歌闌，不辭辛勞「來伴書幃琢句工」，終於助其高中狀元。李桂官對畢沅之愛不受窮酸書生身分影響，無私奉獻、不計回報，對畢沅之付出，爲超越性別、無計身分、跨越禁區之表現，此種同性愛戀之傾心感受與異性戀相同，正爲作者陳森於《品花寶鑑》中極力標榜之精神。

　　《品花寶鑑》將故事背景設定於梨園戲班，此處爲提供男性娛樂之場所，男性可拋去一切世間俗擾，追求肉體享受、尋求心靈安慰，尋芳客各自帶著不同動機至此提供男風的棲身之所。因此處環境特殊，惟有單一性別，故成爲同性愛戀發生之溫床。《品花寶鑑》之主角分別爲田春航與蘇蕙芳，蘇蕙芳爲盛極一時之乾旦，每日追求者不計其數，然有財有勢之尋芳客始終未能獲取芳心。蘇蕙芳一遇田春航，深受其文才吸引，紅牌乾旦遇到落拓書生之反差組合，意外展開一段同性愛戀。當時田春航僅爲前程未明之窮酸舉

之女性無自主權，認爲女性誠令人生厭。許季芳對女性之輕視態度，反映傳統男性對「男尊女卑」觀念之根深蒂固。然許季芳闡述之厭女理論，其思想內涵仍有諸多傳統因素，並於許季芳身上產生極大矛盾。許季芳厭女七大理由包括女性重視外在服飾之虛矯行爲、纏腳之造作與缺乏自主性等，然種種厭女理由卻同樣出現於自宮後之尤瑞郎身上，包括改著女性服飾、模仿女性金蓮模樣，不亦爲許季芳所言「以假爲眞」之矯揉行爲？尤瑞郎於繡房專工針黹、「出門不得」，不亦爲許季芳厭女七大理由之一？由許季芳所提厭女七大理由得知許季芳於正妻亡後不再續弦之因，並見女性身處傳統社會動輒得咎，出處進退可謂難矣。

人,至京師趕赴進士科考,卻因風花雪月之事,將所資花費殆盡,於三餐不繼窘況下,仍堅持上園聽戲,偶然機會遇見韻華多姿之蘇蕙芳,深受吸引,每日堅守戲園大門,只為見伊人一面,久之,蘇蕙芳終受感動,不僅每日相守,更出資濟助田春航參加會試,於佳人愛意陪伴下,田春航一舉得魁、高中狀元。蘇蕙芳知遇之交、相惜之情,田春航感佩於心,中魁後,不負當日嚙臂盟,此段同性戀情終有圓滿結果。《品花寶鑑》凸顯男同性戀者之存在與其隱藏於內心之情欲。於相公堂子逢場作戲之相公或於舞臺搬演人生百態之優伶,亦有愛人之能力與被愛之權利。《品花寶鑑》主張同性戀之真摯並不亞於異性戀,另一對主角梅子玉與杜琴言兩人雖未見幾次面,然每次會面皆引起兩人心中無限漣漪,當梅子玉思念杜琴言成疾時,杜琴言亦隨之心痛不已,兩人之間雖無愛到不計生死之激情,然若有似無之情愫卻於兩人心中熱烈交流。

於金錢、權力交錯之相公堂子或梨園戲班,無論為相公或優伶,人人皆有「暮去朝來顏色故,門前冷落車馬稀」之危機感,這些相公、優伶幾乎皆有不堪回首之童年舊事,因家境貧寒被雙親送進註定成為男性玩物之聲色場所,生長過程之扭曲與養成教育之艱辛,在在逼使此群社會弱勢群體承認惟有出賣美色與尊嚴,方有改變現實環境之可能。這些相公、優伶每日醉生夢死,過著生張熟魏之生活,或許於失望中亦抱有一絲希望,期待有人真心救己脫離苦海、為己贖身,故有氣節之相公、優伶絕不輕易妥協,他們以高標準挑選理想人物,一旦此人出現,即傾全心對待,期盼獲得被愛之幸福。故於以肉欲為主之聲色場所出現如田春航與梅子玉般之高士時,紅牌伶人蘇蕙芳與杜琴言立刻墜入愛河。

隨社會思潮改變與男風時尚之推波助瀾,明清時期之扮裝成為某些特定族群之審美趣味,「男體女相」〔註40〕更為文人世界附庸風雅之體現。維護傳統禮教之程朱理學學者,與以李贄、徐渭為首之前衛團體,兩股勢力各自提出觀點彼此攻防,於此種複雜氛圍下,啟蒙明清文學、思想,揚現個體自主價值,為僵化之性別形象注入新活力。於此種特殊時代背景下,明清時期對顛覆傳統性別之扮裝行為,比其他朝代持更開放包容之態度,反觀當今社會,對同性戀傾向者採不支持甚或排斥、厭惡態度者大有人在。此種思想衝突實

〔註40〕「男體女相」指生理性別為男性,然其外顯行為或性格傾向於社會價值建構下之女性形象,此種現象稱為「男體女相」。

為時、空差異所造成，因缺乏與同性戀者接觸之機會，故產生疑惑、不解甚至扭曲，因而造成大眾對同性戀之負面觀感。近幾年來，於人權團體呼籲與社會兩性觀念開放之影響下，使大眾對同性戀者持相對認同之態度，於特定國家亦承認同性戀婚姻之合法性〔註41〕，此種對同性戀所抱持之不同觀點，正可看出文化價值觀之建構、解構與再建構之微妙過程。

第四節　情之導向──人性之情感呈現

　　明清扮裝文本有不少文本牽涉「情」之觀點，故「情」之主題於扮裝文本中實為極重要之環節。隨扮裝故事之時代演變、作者主題思想之設定等自變項差異，文本內容中之「情」亦隨之成為他變項，使「情」之內涵表達有複雜之面向。作者對「情」之態度影響扮裝文本情節發展，使文本呈現不同審美趣味，而各時期審美趣味不同，亦影響作者創作動機，故創作主體之立場影響當代審美思潮，審美思潮亦同樣影響創作主體，使創作文體呈現不同面貌，「情」之內涵與導向亦隨之產生變化。明清時期之先進思想家強調個體自主、肯定人性情慾與注重個體慾望等主張，於此時代氛圍下，人性之「情」勢必與傳統思想強調之「理」產生衝突，故於明清時期有關「情」之敘事文本中，可發現「情」與「理」各種對立、衝突、妥協、調合等複雜互動關係。由明清扮裝文本內容加以分析，可發現作者對「情」之表達、態度與審美趣味之不同。「情」除包含男女感情外，亦包括家庭倫理之親情。此兩種情感為人類先天所具之自然情感，然同時又接受後天教育或道德觀念之影響而予以削弱或增強，充滿複雜性與可究性。

　　「情」為人類與生俱來之天性，人人皆有喜怒哀樂情緒，絕對無法完全超然世外、不動於心，若外界強制力量一再壓抑此自然本性，則將造成難以預料之結果。傳統社會為極度講究尊卑秩序之社會機制，為維護社會機制之穩定運轉，統治者運用儒家、法家等學說，宣導對己有利之言論，加強社會秩序之安定，並藉此鞏固帝位。宋、明兩朝，由統治者所推行之社會規範更

〔註41〕冰島於 2010 年 6 月 27 日通過「同性戀婚姻法」，同日，全球首位出櫃女總理尤漢娜・西格達朵提爾（Johanna Sigurdardottir）即與其記者兼編劇的女伴尤妮娜・雷歐絲提爾（Jonina Leosdottir）正式完婚。其餘承認同性婚姻合法之國家與地區另有荷蘭、比利時、美國麻州、加州、西班牙、加拿大、南非、挪威、瑞典和葡萄牙等。

發揮至極致，包括對個體行為之準則、生活模式之價值與個體情感之表達等，皆有十分明確之限制，然規範之「理」愈多，被壓抑之「情」亦隨之增強。明清扮裝文本反映此股潛藏於人類內心深層之情感本性，其中男女之情最為特出。於「男女授受不親」明訓下，男女接觸被視為禁忌，這些青年男女為衛道之士嚴密「保護」，家族權威者亦祭出傳統禮教令牌執行男女之防，然當洪水累積至超出堤岸之防堵能力時，必將大肆潰堤，形成無可挽救之橫流，正如傳統禮教一再限制男女感情，自然引起人性深處之反抗。為自由表達人類真實情感，明清扮裝文本出現許多以男女情事為故事主軸之文本，此種現象強調明清兩朝男女自由戀愛意識之抬頭，亦象徵人類對自我情感之覺醒。於扮裝文本中出現之男女情感主題，包括真情型之男女戀愛故事或肉欲型之男女縱欲、變態故事，這些不同之故事類型，凸顯男女情感與情欲之複雜性。

骨肉親情為明清扮裝文本另一情感主題，親情為人類固有情感之一，嬰兒一離母體即嚎啕大哭，當無法滿足最基本之飽足欲望時，再無知之嬰兒亦知尋找母親之存在，惟有依偎於母親懷抱，方能感受真正安全。人類於自立之前，必須依賴父母之養育與教誨，成年後方能脫離父母親成為真正個體，故父母與子女之感情牽絆實難由外力加以分割。此天生本性於儒家倫理教條之強化下，成為穩定社會秩序之重要力量，所謂「齊家」、「治國」、「平天下」之進程，正說明儒家之道德政治觀。儒家以「君臣」、「父子」、「夫婦」同列三綱，儒家思想加強父母與子女之情感，並訂出「長幼有序」、「夫妻有別」之道德規範。明清扮裝文本即有不少反映家庭親子關係的扮裝之例，無論男性或女性扮裝者，皆有此傾向。明清扮裝文本所涉及的「情」之範疇大致包括男女之情、倫理之情等，於傳統禮教觀念籠罩下，男性與女性不自覺逐漸喪失情感自主之能力，壓抑自我情感，盡力符合社會規範之性別形象，卻忘卻身為人類之情感天性。然人類本有之「情」非外在強制規範所能完全扼抑，故「本我」、「自我」與「超我」所呈現之不同面向，正為人類情感之多面鏡子，包含性欲、情感、道德等。

一、性欲需求——本我之欲望

人類之欲望需求存在於每個獨立個體，此種欲望需要被滿足，故人類用盡方法滿足自身欲望，此為天生本能，亦為人類尋求快樂之動機。然有些欲

望於禮教刻意之壓抑下，成為不可明說之禁忌，人類為符合社會期待，一方面壓抑欲望，一方面又無法完全忽略本我之需求，故產生矛盾衝突心態，人類對自身性欲需求之態度即為如此。於道學家要求下，性欲問題不可被公然談論，即使僅是心中閃過一絲肉欲需求，亦將受禮教之良心懲罰。故「性欲」雖為人類天生本能，然於傳統思想包裝下，卻遭受忽略與禁制。為鞏固男女之防，衛道者三申五令，「非禮勿視」、「非禮勿動」，言語、思想與動作皆須謹守禮節，壓抑個體奔放情思，極力禁止男女私下接觸，並以婚姻制度為維持社會秩序之基礎力量。女性貞節更為被強調之道德操守，女性必須遵守婦道，嚴禁婚姻外之性行為，若觸犯淫行，將成為眾矢之的，甚至處死。丈夫遠行或死後，亦須守住貞節，以維夫家家族名譽。傳統制度對人類性欲渴求採取強制壓抑態度，宋代程朱理學盛行，對男女之防更加嚴謹，明代亦承襲宋代貞節觀念，使性問題無法被合理正視。

　　「飲食、男女」為人類欲望之兩大需求，傳統思想雖嘗試壓抑此種人欲發展，然無論採何種高壓控制，此種內藏於人性之欲望絕不可能消失。明代中後期出現注重人欲與個體自主之主張，人性情慾開始突破傳統禮教之封鎖，先進之士倡導個人本位主義，此股潮流使長久以來被壓抑之人性於提倡個體自由之口號下甦醒，然此股提倡個體自由之思想卻被無限上綱，李贄、袁宏道等人所提倡之「童心」與「真情」被當成享受物質之口號精神，成為卑下者縱欲之藉口，故明代中後期後，另一種與傳統力量對抗之縱欲主義興起，使社會充滿奢華、享樂風氣，不僅於物質極端享受，對人類性欲亦極度開放。影響所及，明代中後期出現諸多性描寫之情色小說，甚至以描寫性場面為主，如《繡榻野史》、《肉蒲團》、《燈草和尚》等豔情小說，正可說明此社會現象。此股以敘述「性」為主之色情文本思潮，呈現反社會、反傳統的肉慾之情，其數量之龐大，迫使統治階級必須頻下禁令，以遏阻此股色情風潮持續蔓延。由種種禁書事件得知，明清時期人性欲望需求已得到前衛者之重視，使個體欲望不再受團體社會制約之全面控管，人類欲望問題逐漸浮現檯面。然若一味強調，無其他外在力量加以適當引導，則將造成人性向下沉淪之後果，明代豔情小說大量出現，正為對禮教反制後所形成之失控結果。

　　無論男性或女性，肉體方面皆有欲望需求，然由於傳統價值觀對男女性別採取之差異態度，使男女表現之性欲態度明顯不同。男性擁有婚姻之主導權，對所婚配之對象具選擇權利，其性欲需求表達往往直接而主動；反觀女

性，於以父、夫為一切行事標準之處事原則下，女性無發聲權利，故女性對性欲需求往往取決於男性之主動與否，對性欲必須採取被動、壓抑之態度，否則易被傳統社會安上「不守婦道」、「招蜂引蝶」等罪名。人類對性之本能被封閉於傳統體制設立之「男女之防」教條下，女性於婚姻之前必須保有潔白之身，不可發生私相媾合之事，婚後更須注意己身言行，嚴禁與丈夫外之男性接觸，防堵婚姻關係外之性行為，以免破壞傳統體制。為更強化婚姻制度之穩定，違反此禮制者，將被處以嚴厲懲罰，透過威權力量，使人類情性於威權恫嚇下予以控制。然過度以強權壓抑人類情欲本能之結果，可能產生近乎變態之異常行為，如恣意沈淪肉欲享受，或為違法脅迫他人以滿足其肉欲需求等。明清扮裝文本亦反映此種偏差之人類欲望行為，如卑劣之男性扮裝者以女裝示人，使女性於不設防情況下引狼入室，這些男性扮裝者藉由卑鄙手段誘拐女性甚至姦淫女性，做出許多令人髮指之下流行為。雖然性欲為人類與生俱來之欲望，然若全然不顧道德倫理，將人類高尚品德拋諸於外，則此種先天欲望將成為人性沉淪之推手。

又如〈赫大卿遺恨鴛鴦絛〉扮裝文本中，非空庵中之女尼為佛門中人，自須堅守自身清白，潛心靜修，使尼姑庵成為俗世淨地，然這些女尼修養未成，雖長處尼姑庵，卻六根未淨，保有凡人情欲，當遇上赫大卿時，雙方一拍即合，於尼姑庵大行淫樂之事，女尼輪番與赫大卿翻雲覆雨，沈溺性欲之結果，使赫大卿落得精盡人亡之下場。另外〈明悟禪師趕五戒〉之五戒禪師為受人景仰之高僧，亦無法壓抑性本能，與紅蓮發生淫亂情事。人類本有追求肉欲之本能，若太過壓抑未加適當引導，則肉體欲望一再堆積，將發生難以挽回之後果。尼姑庵與寺廟本為清修之所，為保持此地清淨，多設於僻靜之處，免受塵世俗人打擾，然卻因此項特質，反使諸多藏污納垢之事得到最佳掩護。作者以尼姑庵、寺廟做為人性恣意縱欲之場所，正利用此種嚴重反差，諷刺明末當時人欲橫流之社會景況。

性欲需求使人類放下禮教、追求肉體快樂，此為「本我」之自體滿足，亦為傳統禮教無法完全防堵之人類自主。赫大卿因性欲需求而與眾女尼淫亂，五戒禪師因性欲需求而違反色戒，於滿足肉體需求後，他們與淫亂對象即完全切割，並未涉及感情、承諾、婚姻等範疇，其淫亂行為可謂獸性之發洩。然於明清扮裝文本中，另有一種特殊情況為由性欲需求所啟動，並連結男女情愛之扮裝事例，如靜觀女尼一見聞人生俊俏模樣即春心蕩樣、神思未

定，聞人生見靜觀長相標緻即欲心四起，即使靜觀表示仍為處女身，然聞人生欲火高漲，並未憐香惜玉，只求洩欲遂願。靜觀與聞人生之結識起於偶然，兩人並無感情基礎，甚至於不知彼此姓名之情況下已行雲雨。劉素香與張舜美之情形亦為如此，兩人於上元佳節偶會，劉素香見張舜美儀表即心生愛慕，主動薦蓆雲雨，最後決定私奔。劉素香與張舜美之結合，建立於彼此對外貌、肉體之吸引，靜觀與聞人生之結合亦循同樣模式，此兩對青年男女於「陌生人」階段即先有夫妻之實，其結合未經傳統婚姻模式認可，故於偷嘗禁果後，私奔為兩人唯一選擇。〈喬太守亂譜鴛鴦譜〉中，孫玉郎與劉慧娘之結合雖摻雜倫理動機，然孫玉郎為姐代嫁，使劉慧娘誤認孫玉郎為女兒身，與之同榻共眠，並於孫玉郎百般挑逗下，與孫玉郎發生性關係，此仍為性欲需求啟動之結果。

　　上述三對青年男女之結合，並非於父母之命、媒妁之言的傳統禮教下完成，其感情基礎來自彼此肉體之吸引，雖非發於精神層面，然由男女自由追求婚配對象之角度而言，上述扮裝故事與只重性欲發洩之扮裝文本有本質之不同。傳統禮教強調「男女之防」，故青年男女無私下往來之機會，然人性之生理需求與對情愛之渴望，導致萌生跨越禮俗鴻溝之意念，當此意念真實付出行動時，即為禮俗遭受挑戰之時。此種打破禮俗之現象亦可謂因傳統禮俗不合人性需求而導致之結果，故青年男女一旦有機會與異性接觸，受好奇心與情欲本能驅使，女性暫時遺忘應有之矜持，男性亦暫時拋開傳統規範，脫離禮教束縛後，這群青年恣意奔放情思，順著情欲本能反應，尋找另一半。然分析其結合歷程，其情感表現建立於生理需求基礎，與尋求真愛、企求心靈相知之情感態度仍有極大差異。

　　這些與異性私奔之女性雖違反傳統教條規範，做出有違「婦道」之行，馮夢龍卻提出與傳統價值觀不同之看法：

> 夫奔者，以情奔也，奔為情，則貞為非情矣……妾而抱婦之志焉，婦之可也，娼而行妾之事焉，妾之可也。彼以情許人，吾因以情許之。彼以真情殉人，吾不得復以雜情疑之。此君子樂與人為善之意。〔註42〕

馮夢龍對「情」賦予崇高地位與價值，認為劉素香、靜觀之私奔行為為人性真實情感之感召，此種私奔行為不僅不應被懲罰，甚至應該被表揚。馮夢龍

〔註42〕馮夢龍：〈情貞類〉，《情史類略》（臺北：天一書局，1985年），卷一。

並認爲即使身分卑微、人盡可夫之娼妓，若爲情而自願行妾之事，即應被視爲「妾」，以「妾」之身分對待。馮夢龍之主張十分前衛，甚至巧妙提出傳統禮教奉行之孔孟思想〔註43〕爲所崇尚之眞情做辯護，藉以說明劉素香等扮裝女性私奔行爲之合理性。

　　性欲雖爲人類天生本能，但若男女雙方之性行爲純粹爲「性」而「性」，不帶任何感情與人類價值，作者對此種建構於肉體需求之性行爲採取嚴厲之譴責態度，爲凸顯色欲敗德，作者刻意描繪性場景，詳細敘寫出軌、偷情或淫亂情節，逞欲者於享受極度性歡愉後，緊接著即須爲過度性放縱接受極致懲罰，此種道德觀，爲作者於面對性禁忌情欲題材時所採取之書寫態度。馮夢龍於《醒世恒言》卷十五〈赫大卿遺恨鴛鴦縧〉中云：

> 論來好色與好淫不同，假如古詩云：「一笑傾人城，再笑傾人國。豈
> 不顧傾城與傾國，佳人難再得！」此謂之好色。若爲不擇美惡，以
> 多爲勝，如俗語所云：「石灰布袋，到處留跡。」其色何於？然可謂
> 之好淫而已。〔註44〕

馮夢龍清楚揭示人類雖有性本能，然此本能並非專以縱欲好淫「不擇美惡，以多爲勝」，而追求佳人之基礎，可謂美感之「好色」表現。馮夢龍對「好色」與「好淫」態度，反映傳統體制對跨越性禁忌之道德標準，若未帶一絲人性眞情之縱欲行爲必須受嚴厲處置，違背社會秩度之縱欲者必須爲敗壞民風、毀害道德之行爲付出慘重代價。明代中後期個體解放聲浪盛行，放浪之士以解放爲由，不顧任何道德拘束，徜徉於橫肆之欲海中，性觀念開放於此時展露無遺，大量出現之色情作品可視爲此股思潮之反映，然另有一群知識份子於看似完全解放之風潮中，對傳統制度進行有效改革。於縱欲型扮裝文本中，作者揭示眞實社會，省思人類欲望與禮法之互動關係，試圖找出進一步對話之空間，故於扮裝文本中，作者藉由「扮裝」呈現情理之衝突，然亦以合乎傳統社會之禮法加以制衡，對只重肉體欲望而忽略人類眞情之縱欲者給予痛擊，赫大卿因縱欲過度死於非命、桑茂與孫神通皆因淫行受法律制裁處死，作者對「好色」與「好淫」清楚分明之書寫態度，凸顯強調人類眞情之重要性與可貴。

〔註43〕《孟子‧公孫丑上》云：「取諸人以爲善，爲與人爲善者也。故君子莫大乎與人爲善。」（臺北：商務印書館，1976 年）
〔註44〕馮夢龍編：〈赫大卿遺恨鴛鴦縧〉，《醒世恒言》（臺北：建宏書局，1995 年），卷十五。

二、情感歸屬──自我之融合

傳統社會之獨立個體皆須受團體公約規範與道德制約限制，隨外在客觀環境轉變與人類原生思考力之因素，啓蒙思想逐漸發芽，並於社會逐漸形成一股勢力。人類開始重視個體自主，尋求自我存在意義，並試圖突破傳統體制，以求自我滿足，此股思潮藉由先進思想家鼓吹帶動，於廣大民間造成一股熱烈迴響。明代袁宏道對女性情感自主抱持開明態度，他認爲傳統女性受禮教壓抑常身不由己，不利正常人格發展，於其作品中，常常主張與傳統思想相異之觀點，其〈秋胡行〉詩歌中，秋胡妻遭遠行返家之丈夫調情嘲弄，最後跳河自盡，秋胡妻自盡爲對丈夫失望所做出之極端反應，袁宏道認爲此爲「死情，不死節」之表現，將「情」與「節」放於同一天平做比較，更將「情」之重要性置於「節」之上，提倡人類情感重於傳統要求，此爲十分進步之思想，馮夢龍繼之，亦同樣強調「情」之可貴：

> 天地若無情，不生一切物。一切物無情，不能環相生。生生而不滅，
> 由情不滅故。四大皆空設，惟情不虛假。〔註45〕

馮夢龍強調「情」之重要，甚至將「情」視爲天地萬物根本，爲至高無上之超越本體，於傳統社會強調以團體、國家、帝王爲上之價值系統，馮夢龍大膽提出此項主張，確爲一項創舉。傳統婚姻制度以傳宗接代、繼承家族香火爲目的，婚姻結合完全摒除「情」之存在性，只須符合「門當戶對」、「八字相合」等標準，即可上門提親，擇日完成婚姻大事。此件婚姻「大事」著重雙方家世、背景、財產、八字、聘禮、儀式等末節，眞正準備成家立業、進入下一人生階段之男女當事人僅是此「大事」之配角甚至局外人而已，只等婚期一到，上廳拜堂，即可完成此件婚姻「大事」。正因傳統家庭婚姻觀之認知，使青年男女精神層次之純愛並未受重視，許多男女更盲目聽從長輩安排接受婚姻，並將之視爲理所當然。

明代中後期許多思想家、文學家提倡個體自主，啓蒙許多青年男女省思「獨立個體」之意義，不再一味遵循傳統社會行動模式，開始追求教育權利、婚姻自主、經濟獨立等眞實行動，並啓發文學創作者之創作靈感，故於明清扮裝文本中，女性扮裝者爲追求心中感情寄託，主動挑選婚姻對象、大膽挑戰傳統婚姻制度，蜚娥、盧夢梨皆爲此股思潮影響之實踐者。

受傳統婚姻制度限制，即將婚配成爲終身伴侶之未婚男女，未必與另一

〔註45〕馮夢龍：《情史類略·序》（臺北：天一書局，1985年）。

半於婚前有實際相處、相互了解之機會。婚姻模式之維繫仰賴傳統體制之規範，於雙方毫無感情基礎之前提下，硬生湊合無數夫妻，此種婚姻制度扼殺無數青年男女可貴真情，使人性純潔感情刻意遭受忽略與打壓。然人人皆有情感需求，使少數青年男女勇於突破現實，努力實踐情感理想，如唐伯虎偶遇秋香，立時為秋香迷人笑容吸引，自此展開一段才子配佳人之浪漫故事。身為士子階級之唐伯虎為追求秋香，做出種種放棄尊嚴、放棄身分之舉動，此種癡情令人動容。唐伯虎為獲得佳人之艱苦試煉，象徵愛情絕非輕易垂手可得，男性必須具備堅定信念、十足之誠意方可打動佳人芳心。此純粹之愛情並未摻雜階級、身分等傳統要素，唐伯虎以其自身才華，展現個體自我價值，終於獲得佳人認可，顯現愛情之偉大力量早已突破階級、身分等限制。

　　女性扮裝者於情感方面亦展現相當大膽之積極表現，反映女性對婚姻自主權之自覺與重視，如《玉嬌梨》之盧夢梨為追求才子蘇友白，因而扮裝為男性，謊稱兄長欲為舍妹盧夢梨求親，此種大膽行徑，充分表達女性為追求所愛，不顧禮法束縛、拋去女性矜持、勇於追求所愛之執著。同時，作者並藉由主角之口表達進步之愛情觀，男主角蘇友白云：

> 有才無色，算不得佳人；有色無才，算不得佳人；即有才有色，而
> 與我蘇友白無一段脈脈相關之情，亦算不得我蘇友白的佳人，……
> 若不遇絕色佳人，情願終身不娶。〔註46〕

作者認為男女理想結合對象必須才、貌雙全，同時尚須兩情相悅。受「女子無才便是德」傳統觀念影響，「才」較「貌」難得，縱有一才貌兼備之佳人，亦不見得才子與佳人即能產生「脈脈之情」，故「情」更較「才」難得，使「情」為擇偶三條件最重要者。作者認為雙方必有情之相屬，方可為彼此生命唯一尋覓之對象，此種論點可謂明末清初時期青年男女對心中理想愛情與婚姻之嚮往。蘇友白云：「禮制其常耳，豈為真正才子佳人而設？」〔註47〕作者藉由男主角大膽說出不屑為禮教所縛之感情觀，並提出不同於傳統婚姻制度之擇偶標準，強調婚姻不能只以家族為唯一考量。此類以青年男女戀愛為主題之扮裝文本強調擇偶應注重雙方「才、貌」是否相稱，更注重彼此「情」之吸引力。於才情類之扮裝文本中，男女主角極力展現才學，對「情」之共識態

〔註46〕荻岸散人編：〈窮秀才辭婚富貴女〉，《玉嬌梨》（瀋陽：春風文藝出版社，1985年），第五回。

〔註47〕荻岸散人編：〈盧小姐後園贈金〉，《玉嬌梨》（瀋陽：春風文藝出版社，1985年），第十四回。

度，與雙方爲追求「情」所做之冒險旅程，更爲作者極欲凸顯之主題。才情類扮裝文本強調婚姻由男女雙方共同建構，男性不僅可主動尋找理想伴侶，女性更可擁有擇偶權，不再被動接受父母、媒婆之指揮。此種擇偶態度與標準，說明人類對自身價值之尊重與肯定，故不願委屈自身以符家族期望，亦因肯定自身價值而不願輕易委託終身。他們勇敢追求所愛、不顧傳統束縛之自由浪漫思想，獲得當時諸多青年男女之熱情呼應，有些少女爲書中之情節深深著迷，假想理想伴侶之完美形象，陷入不可自拔之深情中，嚴重者甚至爲書中人物殉情、香消玉殞〔註48〕。此種偏差現象雖爲作者始料未及，然此股追求浪漫愛情之偉大精神，使這些青年男女堅守對「情」之信念，即使追求愛情之路有重重險阻，仍無法阻撓他們衝破傳統禮教樊籬、跨越婚姻制度限制之殉道理想。

　　歐陽脩〈玉樓春〉云：「人生自是有情癡，此恨不關風與月。」〔註49〕元好問〈摸魚兒〉亦云：「問世間、情是何物？直教生死相許。」〔註50〕歐陽脩與元好問詞作貼切說明人類情感出於天生，爲追求理想愛情不惜一切，甚至奉獻生命，此種愛情雖未必如願長久，然眞情難得，值得終身追求。透過才子與佳人對理想伴侶追求之眞切，描繪一個個形象鮮明、純眞熱情之青年兒女，於才子佳人互相尋覓之分合中，揚顯「情」之至上價值。扮裝文本作者見人性對愛情之渴望，以神聖、正面之態度肯定此種人類情感需求，將「情」之眞諦置於倫理道德、社會禮教之上，實爲對人性情感最直接之歌頌。

　　然作者於高舉愛情自由、婚姻自主之旗幟時，又不免將自由戀愛之婚戀模式導向傳統體制，故才子必高中科舉，佳人必心胸寬容共事一夫，合乎傳統體制之俗世願望。正如佛洛依德所言，人格包含「本我」、「自我」與「超我」，「自我」必須控制「本我」情欲，又須合乎社會道德建構之「超我」標準，於「本我」與「超我」之間尋求平衡，正如才情小說作者試圖於「情」與「理」間爲扮裝者找到平衡，一方面以禮約束「本我」，同時又兼備「自我」

〔註48〕明清時期通俗文學盛行，其內容常引起心有戚戚焉者的情感共鳴，做出各種不可思議的舉動，當時即有許多少女因感動於湯顯祖所寫的《牡丹亭》劇本而哀惋過度，最後抑鬱而死，湯顯祖得知後，爲此位少女寫〈哭婁江女子詩二首〉悼念：「何自爲情死？悲傷自有神。一時文字業，天下有心人！」由此可見，愛情的力量的確讓人著迷，同時亦再一次證明於傳統婚姻制度的壓抑下，浪漫生命被無情扼殺之過程。

〔註49〕唐圭璋編：《全宋詞》（臺北：世界書局，1984年），第一冊。

〔註50〕夏承燾、張璋編選：《金元明清詞選》（北京：人民文學出版社，1983年）。

之展現，呈現情理合一之理想境界，臻於情理調和之最終目標。就文藝創作美學而言，才情小說之情節模式流於公式化，然就創作文本與客觀現實之結合，與扮裝者面臨之社會窘境而言，才情小說之傳統結局既可滿足作者之俗世願望，又可兼顧人性情感需求，於「情」與「理」、「本我」與「超我」之融合下，扮裝者呈現自我情理調合之中庸表現。這些追求眞愛之扮裝者發揮人類自然純眞本性，向傳統禮教挑戰，主張賦予人類自由追求愛情之權力。他們鼓吹自由婚配，強調「情」之崇高，然並未全然推翻傳統婚姻觀，爲作者考慮情感需求與現實客觀環境後所做選擇，雖無法撼動傳統婚姻制度，然強調「有情人」終成眷屬之理想目標，正爲人類至情之表現。

三、順從守貞──超我之道德

　　人類情感之道德層面來自社會團體制裁力量之形成，傳統制度注重階級區分，被區分之群族必須共同遵守團體制約，並於此制約之控管下恪守職責，完成個體任務。經文明發展、環境變遷與思潮演變等種種因素，社會道德觀念形成，並影響團體社會之所有個體。傳統社會藉由此種道德觀進行團體制約，使個體符合團體標準，並進而內化爲個體之道德觀，維持傳統社會正常運作。

　　傳統男性與女性各有一套須遵守之道德秩序，女性職分強調家庭職責，女性愛家之道德情感，表現對父兄之順從與對丈夫之忠貞。社會對女性之道德期待由《明史‧烈女傳》所收女性之道德標準得見，《明史‧烈女傳》將所收女性分成八類：「貞女、孝女、烈女、孝婦、義婦、節婦、烈婦、義姑」。無論女性是否有婚姻關係，必須具備「貞、孝、烈、義、節」等品德，方有資格爲正史記錄，可見傳統社會對女性極度要求婦德之價值觀。三從四德之規範並非全然錯誤，其對傳統男女外內分工之社會模式起相當重要之穩定作用，然問題起於「順從守貞」之觀念，使女性成爲男性之附屬品，抹煞女性對自身處境之幸福選擇權。傳統社會單方面要求女性必須遵守「從父、從夫、從子」之道德規範，對女性實施強勢規範，使女性於傳統制約下，失去爲己爭取權益之聲音，無情之傳統制度，使女性於「順從守貞」之口號下，僅能於貞節牌坊尋求自身之生存意義。

　　受「順從守貞」道德觀念影響，有些女性忍受家暴，維護家庭關係；有些女性獨守空閨，靜待丈夫歸來；有些女性於丈夫死後守寡不再改嫁；有些

女性爲保護貞節不受歹人凌辱，選擇投井、上吊而亡，這些行徑皆爲女性爲「順從守貞」之高度道德指標所做之生命抉擇。女性爲彰顯身爲女性之道德價值，宣誓效忠家庭（包含娘家與婆家），將家庭需求置於自身生命之上，若家庭需要奉獻犧牲，女性必須摒棄自我理想，爲家庭無悔付出。從歷史經驗得知，三餐無以爲繼之貧困家庭，往往將女兒賣予他人做童養媳、小妾，甚或推入火坑、賣身爲娼；若親老多病，亦由未出嫁女兒或過門媳婦貼身照顧生活起居；若家中缺乏生產經濟能力，亦由母親、姐姐外出幫傭打雜以貼補家計，此種現象皆可見女性以家庭爲重之道德觀。

明清扮裝文本亦反映相同道德邏輯，女性扮裝者無論出於何種動機扮裝，皆爲男性作家塑造爲守貞女性，即使扮裝過程轟轟烈烈，嘗試活出自我之女性扮裝者，最終仍須受傳統道德觀念束縛，回歸女性應有之行爲傳統，如《醒世恒言》之劉方爲家庭生計必須改扮男裝、拋頭露面兜售商品，然劉方堅守節操，即使與外界男性接觸機會甚多，然從未跨越雷池，故於其女扮男裝之眞實身分揭露後，不然未受道德制裁，反而贏得他人尊敬，作者透過其夫婿劉奇之口云：

> 原來賢弟用此一段苦心，成全大事。況我與你同榻數年，不露一毫圭角，眞乃節孝兼全，女中丈夫，可敬可羨！〔註51〕

劉方即使曾與男性有近身接觸，然能潔身自愛，故作者認爲劉方爲節孝兼全之女性，特別表揚劉方於道德方面之傑出表現。又如《聊齋誌異》之商三官爲父報仇後自縊身亡，歹人心生惡念，欲玷污其身，此時突生靈異之事，歹人忽腦如物擊，口血暴注，頃刻已死。作者蒲松齡安排此餘事，即爲刻意凸顯商三官之貞烈。明清扮裝文本於道德之情感呈現，雖亦呈現「順從守貞」之趨向，然其中呈現之傳統觀念並非一味盲從傳統道德教條，其道德觀符合人性情感面，如花木蘭、謝小娥、蜚娥等人之扮裝皆由親情角度出發，並非僅是拘泥忠君愛國思想或要求女性順從守貞之傳統觀念。這些扮裝事蹟表現人類可貴摯情，其扮裝事蹟對比滿口仁義道德者之虛僞，呈現人性倫理情感。

綜觀明清時期之扮裝文本，可發覺此時期之情感內涵包括許多面向，表現錯綜複雜之脈絡。於時代民主思潮與個體自主之倡導下，人類除注重教化

〔註51〕馮夢龍編：〈劉小官雌雄兄弟〉，《醒世恒言》（臺北：建宏書局，1995年），卷十。

倫理外，亦逐漸肯定人類天生欲望與個體差異，使人類情感表現不同之趨向，或由物質感情出發，表現天生性慾，以滿足個體生理需求；或由傳統教化出發，表達對親恩之回饋；或注重個體自主，表達追求摯愛之積極精神。

　　於理學之禁制下，社會思潮朝兩極化發展，一派謹守理學教條，保守而嚴肅，另一派則鼓吹開放創新，與傳統理學思想抗衡。受此種開放思潮鼓舞，人類思想更加活絡，故有愈來愈多之女性尋求婚姻自主，社會亦增添許多男女私奔或偷情之情事。明清才情類扮裝小說之興起，使扮裝文本於「情」之取向有長足之進步，才子與佳人盼求才、貌、情兼備之理想對象，此完美對象於現實生活或許不易尋求，然人類卻可經由扮裝文本暫時滿足塵世欲望。才子與佳人之結合模式雖流於制式，然此類才情小說表現相同情感導向，並蔚為風潮，由其受歡迎程度足證社會群體具相同之情感需求。

　　本節談論之「情」，包涵性欲、情感與道德三面向，由性別區隔角度分析，可以發現「情」為先天本有，故無論扮裝者為男為女，內心深處皆有「情」之存在，然於道德層面與情感層面之表現，則幾乎發生於女性扮裝者身上，此種現象說明傳統女性於道德與情感方面較男性受更多壓抑，故僅能藉由「扮裝」以為實踐內心欲望之法，此亦為明清扮裝文本於道德、情感方面之表現，較少見到男性扮裝者之因。明清扮裝文本真實反映人類情感之不同面向，使人類得以發掘深層自我，並達自我實現，個體方可真正享有自由解放之可能。

第六章　明清扮裝文本之文藝美學

　　通俗文本做爲源起於民間之文學創作，其主要特色即在反映社會、呈現人生歷程之各種經驗。明清扮裝文本作者以群眾立基，從事創作，自日常生活大量取材，因而獲得普羅大眾之共鳴。從本書第三章、第四章之探討，清楚發現明清扮裝文本之扮裝現象，反映相當程度之文化特徵，此文化特徵經由傳統體系建立，對了解傳統體系之深層文化及尋思傳統文化之未來，具十分重要之參考價值。明清扮裝文本爲審視時代文化之明鏡，亦爲深具藝術價值之文學載體，作者於此載體所運用之各式文學技巧，形成扮裝文本特有之文藝美學。爲使扮裝文本情節曲折引人，作者運用錯認、衝突、巧合等藝術手法；爲使扮裝人物形象鮮明生動，作者注重人物外貌體態、肢體動作、語言對話等細節，精心塑造人物形象，使其性格更爲凸出，亦使扮裝人物更爲具體；同時隨著故事情節之開展，作者尚須注意人性眞實面向、人物心理狀態、事件環境書寫及各色人物之悲歡離合等問題，這些皆須仰賴作者之藝術構思與文學造詣方可做完整之呈現。作者於創作構思投注大量心力，使扮裝文本呈現獨特之文藝美學，故本章擬由文學本位立場檢視明清扮裝文本，就人物形象塑造、鋪敘技巧運用與虛實視角轉換等文學技巧進行探討，以見扮裝文本之文藝美學。

第一節　人物形象書寫

　　明清扮裝文本爲特定歷史時空背景下之文學產物，其中書寫之人物堪稱作者之話語實踐代言者，代替作者言其心理活動、俗世願望或現實批判。作

者視這些人物爲自身創作意識之具體呈現，其人物形象書寫成功與否，攸關扮裝文本之精神本質。故作者須使形塑之各色人物於文本中善盡人物本位，方可成功演繹整部作品，對出場人物外顯與內藏之個人特質，藉由各式文學技巧做全面反映，使扮裝文本得以完美呈現。「人各有其聲、人各有其語」做爲人物形塑之最高準則，故作者對扮裝人物之藝術構思，必須兼顧生活環境與教育程度等種種客觀條件，生於富貴豪門與貧賤蓬門之角色必有不同之人生閱歷；飽讀詩書之文士與目不識丁之白丁其言談內容亦必有差異，這些人物生存空間與生命質素不同，故皆爲作者於形塑人物時所須注意之寫作表述。隨家庭變故、空間轉移或身分地位改變等外在客觀環境之流動，人物形塑自亦呈現變化性與多元化之傾向，作者爲使人物形象更爲鮮明突出，在角色形塑時，通常特爲著重其中某一特質，使角色具無可取代之特殊性，若此角色成爲此一特質之代表人物，作者對人物之形塑無疑是相當成功的〔註1〕。如剛毅堅忍之商三官、機智多才之孟麗君、潑辣善妒之江城、率性求愛之唐伯虎等，堪稱扮裝人物之典型代表。

這些扮裝人物或脫胎於史實或歷朝文人筆記雜文，於注入作者豐富之藝術構思能量後，其面貌較史實更具生命力；有些則爲作者有意之創造，作者經多年生活觀察累積，自日常生活汲取藝術素材，即使書寫人物僅爲一介市井小民，然經作者刻意形塑後，其藝術本質呈現極爲可觀之審美價值，如小販之女黃善聰、武夫之女聞蜚娥，兩人並無顯赫家世背景，然皆於作者之藝術表述中，展現獨特風貌。爲營造成功而獨特之扮裝人物，作者勢必設定鮮明之人物性格，使讀者體現「如見其人、如聞其聲、如歷其境」般之眞實，將作者之創作動機與思想內涵，透過扮裝人物代言演繹。爲使扮裝人物於藝術想像與眞實現境達到平衡、合理狀態，作者尚須幻化己身爲扮裝人物，深入角色特質，模擬角色之語言用詞、肢體動作，以符角色之身分地位。靜態書寫著重扮裝人物之外型及容貌；動態書寫著重扮裝人物之表情神態、肢體動作，二者搭配合宜，方可使讀者於虛構文本與客觀現實產生共鳴，亦使書寫與閱讀產生連結。

明清扮裝文本中，扮裝者爲達某些目的，隱藏眞實身分進行扮裝，這些

〔註1〕 傳統古典小說有諸多成功角色塑造之例，這些人物具有形象鮮明之特質，如賈寶玉之多情浪漫、林黛玉之柔弱心狹、王熙鳳之潑辣精明、孔明之足智多謀、孫悟空之機靈直率與潘金蓮之水性淫蕩等，皆爲成功之角色塑造，成爲典型人物之代表。

扮裝人物具共同之冒險特徵，除冒違背傳統制度之險，又冒身分被揭、面對懲罰之險。除此之外，這些扮裝人物尚具何種人格特質？作者運用何種文學技巧呈現其個別特質？皆為本節即欲解決之問題，故本節將從作者形塑之扮裝人物，以其外表、動作、性格等角度為觀察視角，探討作者運用之文學技巧，以求對扮裝人物形象書寫有具體之呈現。

一、直敘說明

　　作者形塑扮裝人物時，為加快故事節奏，省略不必要之說明，通常採用直敘說明之寫作筆法，直接切入主題，迅速交待扮裝人物之外貌或家世背景。此種寫法既不影響故事主軸之進行，亦不拖慢故事進行節奏，更可縮減枝微末節之贅敘，以達簡潔文字之目的。此種敘述模式於明清扮裝文本十分常見，主因明清扮裝文本大都為短篇結構，作者往往受限於篇幅，故於形塑扮裝人物時，通常以最簡潔之直敘手法安排人物出場，以便開展劇情，並使讀者快速對扮裝人物產生記憶印象，以利讀者與文本產生連結，完成閱讀效果。如《聊齋誌異》中，敘述高蕃及其母初見成人後之江城，皆對江城之美留下深刻印象：

> 一日，生於隘巷中見一女郎，豔美絕俗。從以小鬟，僅六、七歲，不敢傾顧，但斜睨之。……（母）見女明眸秀齒，居然娟好，心大愛悅。〔註2〕

作者形塑江城，僅用「豔美絕俗」、「明眸秀齒」、「居然娟好」十二字，文字簡潔，輕快明瞭，對江城之美並未費力渲染，然同樣達到表現江城之美的寫作效果。讀者亦於作者簡潔之寫作表述中，立即接收此種書寫模式之表達訊號，建構對扮裝人物之自我想像，故直敘說明之寫作筆法對作者、讀者、文本三者之間的訊息傳遞最為快速。又如《平山冷燕》第十六回敘平如衡見侍兒打扮的山黛：

> 早望見亭子上許多侍妾圍繞著一個十五六歲女子，花枝般的，據了一張書案坐在裡面。……平如衡聽見說不是小姐，忙抬頭起來一看，只見那女子生得花嬌柳媚猶如仙子一般，暗想道：「這樣標致，那有不是小姐之理？只是穿著青衣，打扮如侍兒模樣……」〔註3〕

〔註2〕蒲松齡：〈顏氏〉，《聊齋誌異》（臺北：正展出版社，2004年），卷六。
〔註3〕天花藏主人編：《平山冷燕》（臺北：三民書局，1998年），第十六回。

《平山冷燕》為才情類扮裝文本，此類文本之書寫主題，設定才子與佳人為配，故作者特意強調佳人才、貌兼具，於女主角出場時，刻意著墨面容之美，安排佳人山黛出場時，只做侍兒樸素裝扮之山黛，於外在服飾之掩藏下，仍無法遮掩其動人之美，依舊嬌媚標緻。作者藉平如衡之口、眼、心敘述其出色外貌，令人感受如親見佳人之震撼。侍兒裝扮之山黛已成功擄獲平如衡之視線，若做小姐裝扮，其美貌更引人無限遐思。讀者藉由文本獲知山黛形象之美，正是作者於人物形象書寫成功之證。

　　直敘說明筆法除可描摹扮裝人物之外在容貌外，尚可運用於交待扮裝人物之身家背景或說明其人格特質，如蒲松齡對才女顏氏之敘述：

> 時村中顏氏有孤女，名士裔也，少慧，父在時嘗教之讀，一過輒記不忘。十數歲，學父吟詠，父曰：「吾家有女學士，惜不弁耳。」鍾愛之，期擇貴婿。……讀其文，瞵然駭異。或排闥入而迫之，一揖便亡去。客睹丰采，又共傾慕。由此名大噪，世家爭願贄焉。〔註4〕

蒲松齡以簡鍊文字交待顏氏出身名士家庭，自小受父學薰陶，夙慧聰穎，強記不忘，父親更以「女學士」讚譽之。「惜不弁耳」一句，說明父親對顏氏未得身為男兒之惋惜，然此句背後實亦充滿父親以女兒為榮之無限驕傲與滿足。扮裝前之顏氏已嶄露頭角，扮裝後之顏氏更享有充分馳騁才能之自由，作者為進一步凸顯顏氏之才，特別敘及他人爭睹拜會顏氏、世家爭相招贄之情節，以加強讀者對顏氏之才的印象。作者蒲松齡藉顏父之口，直接敘述顏氏才學之高，同時亦藉他人對顏氏之熱烈反應，加以烘托，短短數行，女學士顏氏之風貌躍然紙上，令人心生嚮往。

　　「直敘說明」筆法直接且快速，於扮裝人物初出場之際，可用以直敘扮裝人物之外型和容貌，以使讀者立刻建立對扮裝人物之初步輪廓，同時亦得說明扮裝人物之身家背景及其人格特質，此種書寫模式採正面描述，作者不須刻意營造周邊環境，亦毋須太多巧語贅詞，即可收人物形象書寫之效。為使直敘筆法具更多敘事表現，作者採用直敘筆法時，除可由作者於行文中直接說明，亦可藉由第三者視角觀察。由他人之口、眼敘述扮裝人物，可使作者論點更形客觀，同時更可藉此說明第三者對扮裝人物之觀感，釐清人物彼此之關係，除可表述人物形象外，亦有利故事之開展。直敘說明之筆法雖淺顯易懂，但若全然以此種筆法形塑人物，則恐有使人物形象流於平面、單向

〔註4〕蒲松齡：〈顏氏〉，《聊齋誌異》（臺北：正展出版社，2004年），卷六。

之失，既無法引起讀者之閱讀動機，亦無法使讀者對扮裝人物產生情感共鳴，故作者通常另以「藉物比興」、「烘雲托月」等藝術手法輔助，使扮裝人物有多元呈現，以符讀者之閱讀期待，並對扮裝人物有更深層之閱讀理解。

二、藉物比興

　　明清扮裝文本作者以「直敘說明」筆法，快速描繪扮裝人物之容貌與體態，雖可收簡潔之效，然缺乏藝術美感，故作者考慮敘事表述與藝術美感兩者之平衡，於形塑扮裝人物外型時，運用客觀事物之具體形象譬喻，或藉由客觀事物之象徵意義，以使扮裝人物與此事物產生相同意義之連結，造成物相之轉化，使讀者建立對扮裝人物的鮮明印象，此種描寫筆法即為「藉物比興」。

　　「藉物比興」技巧著重「譬喻」與「聯想」，故讀者必須具備相當之文字解讀能力。主體（扮裝人物）和客體（比興事物）之間的互動連結，須由讀者據自我想像加以完成，故此項文學技巧雖由作者設計，然最後完成者卻是讀者。明清扮裝文本運用「藉物比興」手法，間接說明扮裝人物外在樣貌或內在品格，內在品格為抽象之人物特質，無法透過眼睛具體描繪，若作者未能適切以具體譬喻傳達扮裝人物之全貌，讀者僅能就文本敘述與自我想像，建構心中理想形象，揣摩隱藏於文本中之扮裝人物，此時自然容易產生失真之閱讀斷層，作者之創作意識亦隨之產生扭化，故為使讀者於閱讀實踐過程更清楚了解作者營造之人物角色，作者藉用「比興」文學技巧，以具體客觀事物之比擬，使讀者對角色特質有更深化之認識。

　　「藉物比興」之「比」，可使讀者由作者比擬之物象，產生對描繪主體之具體印象，亦更能準確了解作者所表達之程度〔註5〕，使讀者正確建構扮裝人物，消除對扮裝人物之陌生感，與扮裝人物產生連結，快速進入作者創作之文學世界。如《拍案驚奇》敘靜觀之出色外貌：

　　　　體態輕盈，豐姿旖旎。白似梨花帶雨，嬌如桃瓣隨風。緩步輕移，
　　　　裙拖下露兩竿新筍；含羞欲語，領緣上帶一點朱櫻。直饒封涉不生

〔註5〕 事物之「大、小、高、矮、遠、近」乃相對性概念，而非絕對性定值，故易
　　　　依據各人認知與想像之差異而產生誤判。若作者書寫人物形象，僅以相對概
　　　　念敘寫，就閱讀效果而言，此種筆法無法於讀者心中產生具體視覺印象，然
　　　　若能以讀者所知之「喻依」進行比興，即使「大」、「小」仍為相對概念，然
　　　　有「喻依」做為對照組，讀者立即能夠了解大小之程度。

　　心，便是魯男須動念。〔註6〕

《醒風流》第九回敘男子見馮閨英美貌後之失神模樣：

　　兩人（程慕安、石秀甫）飛也似挨擠上去，見夫人出了轎，然後見
　　小姐出轎，果然生得標緻。兩人看著了。但見：

　　渾身素縞，疑是嫦娥降世，一抹淺裝，好如仙子臨凡。神色驚人，
　　光華駭目。欲認作花，而牡丹芍藥終含紅豔之差；將稱爲鳥，而舞
　　鳳飛鸞未免紛靡之麗。何如此，脂無粉而亭亭弱質，彷彿雪製梅蕊，
　　不娘不娜而瑟瑟愁顏，依稀露濕蘭花。步步白蓮，輕盈可愛，纖纖
　　玉筍，柔潤堪憐。眉嬝嬝而舉體蹁躚，佛子難禁魄散，淚淋淋而週
　　身斌媚，呆郎也要魂消。

　　程慕安白瞪著眼，呆呆立著，竟看出了神。〔註7〕

程慕安見馮閨英外貌出眾、美若天仙，對馮閨英一見鍾情。馮閨英一顰一笑，
無不牽引程慕安之思緒，讀者藉程慕安之眼，得知馮閨英貌美，如同嫦娥降
世、仙子臨凡。若比之爲花，則牡丹芍藥亦無法說明其高雅之美，若比之爲
鳥，即使舞鳳飛鸞亦無法襯托其素淨之質。作者連用數個譬喻，藉用自然萬
物之植物、禽鳥分別敘寫馮閨英之容貌、氣質、神韻，使馮閨英之美憬然浮
現於讀者面前。此種借彼喻此之言語敘述使馮閨英之美由抽象轉爲具體，作
者雖未對馮閨英五官進行細部描繪，然藉由各式譬喻與程慕安見馮閨英之反
應，已使讀者對馮閨英之美心領神會，這正是作者運用「藉物比興」技巧所
達成之閱讀效果。

　　「藉物比興」之「興」爲聯想，此項美學表現必須移用客觀事物之象徵
意義置換，故作者所選取之聯想事物必須具備某種特定意義〔註8〕，此特定意
義尚須獲得大眾認同，方可使讀者從作者留下之線索成功進行聯想，「藉物

〔註6〕 凌濛初編：〈聞人生野戰翠浮庵　靜觀尼晝錦黃沙衖〉，《拍案驚奇》（臺北：
　　　　建宏書局，1995 年），卷三十四。
〔註7〕 鶴市道人編：〈眞梅幹公堂不認　假潘安荒塚受辱〉，《醒風流》（遼寧：春風
　　　　文藝出版社，1994 年），第九回。
〔註8〕 此特定意義爲聯想事物之必備要件，如「秋」字於傳統文化多連帶「蕭條」、
　　　　「淒涼」、「孤寂」等象徵意義，若用以影射人物情緒，亦多與負面情緒相連
　　　　結；「梅」因獨自綻放於百花凋殘之冬天，形成一片傲雪寒梅、古勁高潔之景，
　　　　故多用以指稱君子高尚之節，帶有「高傲」、「脫俗」、「非凡」之意義等，故
　　　　特定意義須具明顯之文化象徵，否則難以成功表現。

比興」之美學價值亦才能成立。朱光潛《文藝心理學》曾敘及「興」的聯想作用：

> 聯想是一種最普遍的作用，通常分為兩種。一種是類似聯想，如看到菊花想起向日葵，因它們都是花，都是黃色，在性質上有類似點。一種是接近聯想，如看到菊花想起中山公園，又想起陶淵明的詩，因我在中山公園裡看過菊花，在陶淵明的詩裏也常遇到提起菊花的句子，兩種對象雖不同，而在經驗上卻曾相接近。這兩種聯想有時混在一起，如看到菊花想起陶淵明，一方面是一種接近聯想，因陶淵明常做菊花詩；一方面也是一種類似聯想，因菊花有高人、節士的氣概，和陶淵明的性格很類似。〔註9〕

朱光潛認為「聯想」分為兩種，一為「類似聯想」，一為「接近聯想」，此兩種聯想手法於明清扮裝文本中，皆為作者靈活運用。扮裝文本作者利用特定物象之文化意義，使讀者於閱讀扮裝文本時產生連結作用，進而達成敘述與想像同化之目的。《品花寶鑑》作者將主角命名為梅子玉，即採用「類似聯想」筆法，此書第一回云：

> 人在大千隊裡，時時醉月評花。真乃說不盡的繁華，描不盡的情態。一時聞聞見見，怪怪奇奇，事不出於理之所無，人盡入於情之所有。遂以游戲之筆，摹寫游戲之人。而游戲之中最難得者，幾個用情守禮之君子，與幾個潔身自好的優伶，……這都是上等人物。

〔註10〕

作者刻意將主角命名為梅子玉，「梅」、「玉」二字皆有象徵君子不與俗同流之特質，符合「用情守禮之君子」形容。梅子玉出身書香世家，父親貴為翰林院侍讀學士，梅子玉毫無貴族子弟息氣，潔身自好、待人以禮，兼外貌過人，內外皆美，乃難得一見之真君子。杜琴言雖為梨院優伶，然一身傲骨使之出淤泥而不染，面對富豪王孫之重金利誘及威勢強逼，杜琴言一向蔑視不屑，然梅子玉翩翩君子風度，深深吸引杜琴言，使一向高傲自負之杜琴言終於情歸梅子玉。由此可見，梅子玉之君子特質，乃為其與杜琴言譜出同性愛戀之重要關鍵，亦為梅子玉與其他好男風者之最大差異，故「梅」既是姓名符號亦為人格特質之表徵，故作者刻意以「梅」象人，以「梅」寄託理想，將姓

〔註 9〕朱光潛：《文藝心理學》（臺北：開明書店，1999 年）。
〔註 10〕陳森：《品花寶鑑》（北京：華夏出版社，1995 年），第一回。

名符號與人格特質連結，使二者產生「類似聯想」。「梅」爲名、「君子」爲實，讀者由作者命名之用心，已可聯想梅子玉爲「用情守禮之君子」，經作者巧思安排，讀者於聯想過程，解讀人物形象之聯想線索，不僅可藉以欣賞作者刻劃人物之文藝美感，亦可細細品味作者之創作意涵。

另如《玉嬌梨》第十三回敘盧夢梨扮裝出場：

> 蘇友白叫小喜開了，往外一看，原來這後門外是個僻地，四邊榆柳成蔭，倒也甚是幽雅。雖有兩棵榴花，卻不十分茂盛。蘇友白遂步出門外來看，只見緊隔壁也是一座花園，也有一個後門，與此相近。正看時，只見隔壁花園門開，走出一個少年，只好十五六歲，頭戴一頂弱冠，身穿一領紫衣，生得唇紅齒白，目秀眉清，猶如嬌女一般。正是：
>
> > 柳煙桃露剪春衣，疑謫人間是也非。
> > 花魄已銷焉敢妒，月魂如動定相依；
> > 弱教看去多應死，秀許餐時自不飢。
> > 豈獨兒郎輸色笑，閨中紅粉失芳菲。
>
> 蘇友白驀然看見，又驚又喜道：「天下如何有這等美貌少年，古稱潘貌，想當過如此。」〔註11〕

蘇友白將男性裝扮之盧夢梨比之潘安再世，顯現盧夢梨氣質非凡，外貌出眾，更令讀者對女性裝扮之盧夢梨，懷抱無限美好之想像空間。這種「接近聯想」的文學技巧，其微妙處正是取決於讀者自身之想像及領略。作者對扮裝人物進行文字論述，期盼以文字傳達創作理念；讀者透過作者之敘述，以自身文學素養與審美情感，建構文本體系，若讀者無法解思作者賦予文本中之文學提示，可能因此錯過欣賞文本之機會，甚至解讀錯誤。然讀者若能以此文學提示，臻於「文字」與「聯想」二者之同化，即使各人建構之人物形象不一，然讀者已由自我聯想之過程，獲得想像滿足。

三、烘雲托月

「烘雲托月」爲文學創作常用技巧之一，意指作者不由正面直接描寫主體，而由側面下筆，先渲染客體之人、事、物，藉以烘托主體，使主體更形凸出，此種文學技巧即爲「烘雲托月」。「烘雲托月」本爲繪畫技巧，以側面

〔註11〕荻岸散人：《玉嬌梨》（瀋陽：春風文藝出版社，1985年），第十三回。

渲染方式，烘托主體月亮之朦朧美，後金聖歎將之運用於文學評論，《西廂記》評點云：

> 夫亦嘗觀於烘雲托月之法乎？欲畫月也，月不可畫。因而畫雲，畫雲者意不在於雲也。意不在於雲者。意因在於月也。〔註12〕

「烘雲托月」技巧並不直接敘明主體，反而藉由外在客體加以烘托、映襯，旁敲側擊以帶出主體特質，此種手法運用於明清扮裝文本，顯見作者凸顯扮裝人物之用心。如才學類扮裝文本以女子才學為高，故為標榜才女之學，作者刻意塑造一對比人物，以此對比人物做為對照組陪襯才女，發揮「烘雲托月」之效。作者於形塑才女時，通常預設「先設環境」，藉由他人對才女之評論、觀感，以凸顯才女特出他人之才學，如《平山冷燕》作者形塑才女山黛，先敘其於十歲幼齡即以〈白燕詩〉令滿朝文武拜絕，再敘當朝天子對其才學之傾慕，並賜玉如意一只，賦予自由擇婚之權。由滿朝文武對山黛之讚與天子對山黛之聖恩，作者已成功形塑「先設環境」，使才女山黛形象深植讀者心中。為進一步凸顯才女之學，作者此時再藉用「烘雲托月」手法，以他人才學與才女相較，再度加強主體人物特質之強度，如《平山冷燕》第十一回，作者藉宋信襯托山黛才學之高：

> 事有湊巧，正說不完，忽見一個家人，抱著一個四五歲的小學生，從外入來。眾問何人，張寅答道：「是小舍弟。」宋信道：「好個清秀學生。」忙叫抱到面前頑耍。忽見他手中拿著一把扇子，上面畫著一株梧桐樹，飄下一葉。落款是「新秋梧桐一葉落圖」。宋信看見，觸想起山黛做的「梧桐一葉落」的詩，便弄乖說道：「三兄要小弟即席做詩，雖亦文人美事，但小弟才遲，又不喜為人縛束。今見小令弟扇上圖畫甚佳，不覺情動。待小弟妄題一首請教，何如？」張寅聽了，連聲道：「妙，妙，妙！」遂叫左右取出筆硯送上。宋信拈筆，欣然一揮而就。燕、平二人見他落筆敏捷，已先驚訝；及接到手一看，見詞意蘊藉，更加歡賞；再讀到結句：「正如衰盛際，先有一人愁。」不覺彼此相視，向宋信稱讚道：「宋兄高才如此，小弟輩甘拜下風矣。」宋信聽了，喜得抓耳撓腮，滿心奇癢，只是哈哈大笑。〔註13〕

〔註12〕 王實甫著，金聖歎批點，張建一校注：《第六才子書西廂記》（臺北：三民書局，1999年），卷四。

〔註13〕 天花藏主人編：《平山冷燕》（臺北：三民書局，1998年），第十一回。

宋信剽竊山黛之詩已非正人君子所爲，又誆稱己作以博燕、平等人之讚賞，更爲君子不齒，之後又一付沾沾自喜、自以爲是模樣，讀之令人發噱。作者刻意安排此一橋段，雖未直接言明山黛詩學造詣，然由宋信得詩後之所作所爲，已可見山黛詩學高才。作者高明之處尚不只如此，除以宋信庸俗小人形象襯托山黛外，作者再藉燕、平二位才子之口讚賞山黛之詩，更可見山黛詩學造詣。作者連用二次「烘雲托月」法，表面以宋信爲主體敘寫，渲染宋信之俗、憨、愚，卻處處襯托山黛之雅、聰、慧，再藉燕、平之口，層層推高山黛之才，可謂獨具匠心。《平山冷燕》另一位女主角冷絳雪亦爲冰雪聰明之才女，其學識與山黛不相上下，獲御賜「女學士」之名。山黛與冷絳雪雖無進京應考之實際行動，然所獲殊榮卻爲一般青年學子難以望其項背。這些女子表現傑出，跳脫閨閣框架，突破「女子無才便是德」之迂腐傳統觀。她們絕非爲傳統教條模型化之無知女子，不僅盡情展現己身才學，更壓倒一幫自詡才士之俗子。

爲突顯這些才女，明清扮裝文本作者運用「烘雲托月」法形塑主體人物，使主體人物特質更具強度及深度，不僅突顯主體人物，同時亦使扮裝文本之次要人物更形活化，而非僅爲「道具」或「布景」功能。「烘雲托月」法「意不在於雲者，意因在於月也」，作者藉次要人物之層層鋪敘，由側面形塑主體人物，對主體或次要人物形象書寫表現正反相襯之文藝美學，同時，於次要人物呼應下，得以推動故事情節之開展，使情節愈加波瀾起伏、引人入勝。

四、借題發揮

爲凸顯主體人物之獨特才能或個性特質，故作者爲主體人物量身訂作特殊橋段，藉此橋段以突出、加強其人物特色，此即爲「借題發揮」。明清扮裝文本作者刻意於文本中設計一至數個事件，使扮裝人物處於種種複雜之客觀環境，藉扮裝人物與客觀環境之互動關係、處事態度及具體行動，可了解扮裝人物眞實性格。作者採用「借題發揮」藝術筆法，藉由特殊事件，揭示扮裝人物之隱藏性格、不爲人知之秘密及性格轉變之衝突點，故這些特殊事件之安排，對作者營造扮裝人物個人特質，具關鍵性樞紐作用，同時亦因這些事件，使扮裝人物個人特質得以強化並有較全面之展現。

「借題發揮」此項文學技巧具相當難度，無法僅藉短短數行描繪人物特

色，作者不採直接描述，而於扮裝文本故事進行中，安插數項事件，藉由扮裝人物遇到生活挫折或突遭意外時之處事態度，凸顯人物特質，故作者竭力設計環節，，其藝術構思與上述人物形象書寫技巧相較，確實具有明顯難度。於此項技巧中，作者所「借」之「題」，皆爲凸顯扮裝人物特質而存在，其閱讀效果相當突出，符合群體閱體期待。

如《二刻拍案驚奇》之聞蜚娥因出身武將世家，自小習武弄藝，善於騎射。作者爲顯現蜚娥與傳統紡織績紃女子之差異，故於故事情節安排二次「借題發揮」，凸顯其精湛箭術，一是爲己求媒時，二是遇賊人偷襲時：

> 俊卿（蜚娥化名）道：「我借這業畜，卜我一件心事則個。」扯開弓，搭上箭，口裡輕輕道：「不要誤我。」颼的一響，箭到處，那邊烏鴉墜地。這邊望去看見，情知中箭了，急急下樓來，仍舊改了男妝，要到學中看那枝箭的下落。且說杜子中在齋前閒步，聽得鴉鳴正急，忽然撲的一響，掉下地來。走去看時，鴉頭上中了一箭，貫睛而死。子中拔了箭出來道：「誰有此神手？恰恰貫著他頭腦！」〔註14〕

> ……行了幾日，將過鄭州，曠野之中，一枝響箭擦著官轎射來。小姐曉得有歹人來了，吩咐轎上：「你們只管前走，我在此對付他。」眞是忙家不會，會家不忙，扯出囊弓，扣上弦，搭上箭。只見百步外，一騎馬飛也似的跑來，小姐挈開弓，喊聲道：「著！」那邊人不防備的，早中了一箭，倒撞下馬，在地下掙扎。小姐疾鞭著坐馬，趕上前轎，高聲道：「賊人已了當了，放心前去。」一路的人多稱讚小舍人好箭，個個忌憚，子中轎中得意，自不必說。〔註15〕

蜚娥箭術已達百步穿楊之化境，爲己射箭求媒，一箭貫穿烏鴉頭部，並正中眼睛，箭術之精準，實非常人能及，無怪乎杜子中爲之震撼。另外作者爲再度強化蜚娥箭術之高，故意鋪敘第二次「借題發揮」。蜚娥爲父伸冤回程途中，突遇賊人偷襲，遇危不亂，單槍匹馬迎敵，並以箭術退敵，展現過人勇氣之非凡箭術，讀者於作者對蜚娥之形象書寫中，可以想見蜚娥之馬上英姿，威

〔註14〕凌濛初編：〈同窗友認假作眞　女秀才移花接木〉，《二刻拍案驚奇》（臺北：建宏書局，1995年），卷十七。

〔註15〕凌濛初編：〈同窗友認假作眞　女秀才移花接木〉，《二刻拍案驚奇》（臺北：建宏書局，1995年），卷十七。

風凜凜、英氣逼人。這些作者爲凸顯蜚娥箭術之連串考驗儀式，正是作者「借題發揮」筆法之美學實踐。

又如《聊齋誌異》作者蒲松齡形塑顏氏之才，亦運用「借題發揮」藝術手法。顏氏爲有夫之婦，其夫婿爲一豐儀秀美之美男子，有夫如此，夫復何求？顏氏本應滿足於此家庭現狀，依傳統禮教體制，竭力相夫教子、侍奉公婆，安穩過活。然顏氏見夫婿空有俊逸外表，卻無實質才華，屢次科舉落第，故一時反唇相譏，更誇下海口，改扮男裝，與夫兄弟相稱一同應考。顏氏果真應驗其言，於下屆科舉考試一舉試中順天府第四，而其夫婿卻仍名落孫山。

蒲松齡爲標榜顏氏才學，特意借顏氏與丈夫辯述之「題」加以發揮。顏氏與丈夫之一番言論，突顯顏氏之極度自信與過人膽量；高中科舉後，得授官桐城令，因政績卓越，擢升御史，由顏氏官途之順遂，可見顏氏不僅爲一飽讀詩書之才女，更是兼具政治才能及統治能力之奇女子。蒲松齡賦予顏氏之女性形象不僅與普通女子大不相同，更與其他女性扮裝者有不同面向。

〈顏氏〉此則故事不僅讚揚女子有才，同時亦涵括其他文化意識。這則扮裝事例審視有才／無才、男／女、夫／妻之間之多元交錯觀念，在有才／無才之對立意識中，直接反擊「女子無才便是德」及「男性優於女性」之典型普遍邏輯。顏氏自小「一過輒記不忘」，聰穎伶俐，嫁予丈夫後，見丈夫屢試不第，自有所輕視，雖不至鄙棄，然言談之中，總不經意表露對己之自豪：「君非丈夫，負此弁耳！使我易髻而冠，青紫直芥視之！」〔註16〕此言一出，引起丈夫惱羞成怒：「閨中人，身不到場屋，便以功名富貴似汝在廚下汲水炊白粥；若冠加於頂，恐亦猶人耳！」〔註17〕顏氏言論已違逆禮教要求婦人柔順、在家從夫之賢良溫婉規範，一時之心直口快，卻嚴重刺傷丈夫之男性自尊，也使丈夫以言反激，一觸即發之家庭危機即將引爆。幸而顏氏機智，立即好言安撫丈夫，並要求扮裝應試，以證己言不假。顏氏此舉不僅給予丈夫台階，同時也爲自己爭取自我實踐機會。這則扮裝事例，不僅見識顏氏才學卓犖、機智敏捷，同時也發現一位極欲自我實踐之妻子，如何獲得丈夫認同之努力，故蒲松齡於故事末評論：「翁姑受封於新婦，可謂奇矣。然侍御而夫人也者，何時無之？但夫人而侍御者少耳。天下冠儒冠、稱丈夫者，皆愧死

〔註16〕蒲松齡：〈顏氏〉，《聊齋誌異》（臺北：正展出版社，2004年），卷六。
〔註17〕蒲松齡：〈顏氏〉，《聊齋誌異》（臺北：正展出版社，2004年），卷六。

矣！」〔註18〕蒲松齡肯定女子有才，故於文本中對顏氏之才正向回應，給予高度評價。

　　另一位《聊齋誌異》中之奇女子即為江城。江城具美麗出色之外表，然性格剽悍、善於妒忌，故其丈夫對之又懼又愛，懼的是其性格，卻又愛其之美。「美麗」與「兇悍」，看似正、反兩種極端特質，卻同時集於一位女子身上，作者刻意反排，已使江城這位女性角色，充滿迷人且詭異之特性。為凸顯江城之剽悍，作者「借」江城茶館抓姦之「題」，具體表述江城性格。故事中之江城得知丈夫和妓女有所來往，即「摘耳提歸以鍼刺兩股」，此為江城之善妒；當丈夫出軌偷情，江城扮裝男子，直搗賊窟抓姦，此為江城之膽識；丈夫偷情事洩後，被江城鞭笞數十，此為江城之兇悍。此位性格偏激之女子，已令人望而生畏、聞之卻步，若成相伴一生之配偶，將為男性無止境之惡夢，無怪乎江城丈夫一再出軌，企盼暫時遠離江城之掌控，卻屢次事洩，遭江城嚴厲懲戒，甚至凌虐之地步。兩人敵我模式一再重覆，婚姻關係幾近破裂。然江城善妒，已犯「七出」之律，何以一家之尊如此畏懼江城，又不採自保方式將江城休離，其原因即在江城儷人之美。江城丈夫曾言：

　　　天下事顧多不解我之畏，畏其美也。乃有美不及內人，而畏與僕等
　　　者，惑不滋甚哉。〔註19〕

江城之剽悍令丈夫生畏，然其美貌卻又為丈夫心之所繫，江城與其丈夫之「怨偶」組合，正是「一個願打，一個願挨」之真實體現。作者蒲松齡刻意形塑悍婦江城，以江城作為反諷中心，故事主題以「女尊男卑」／「女強男弱」串連，表達對「男尊女卑」觀念之反動，對兩性關係重新提出審視。清謝肇淛《五雜組》云：「古今妒婦充棟，不勝書也。」〔註20〕故明清扮裝文本出現如江城之悍婦實非偶然，此顛覆男女兩性權力關係之女性形象，反映明清社會之部分縮影，夫與妻、男與女之雙向權力關係並非永恆不變，當女性被壓抑幾千年之權力欲望及自主情感被挑起時，其反撲力量或許為男性始料未及。〈江城〉此則故事，借江城馴夫之題，放大女性自主權益，其手段或許殘暴無情，但卻成功提出男女權力失衡的警訊，無論「男尊女卑」或「女尊男卑」，皆非互動良好之兩性關係，惟有兩性和平相處，人類方可擁有更廣闊、

〔註18〕蒲松齡：〈顏氏〉，《聊齋誌異》（臺北：正展出版社，2004年），卷六。
〔註19〕蒲松齡：〈江城〉，《聊齋誌異》（臺北：正展出版社，2004年），卷六。
〔註20〕謝肇淛：《五雜組》（臺北：新興書局，1975年），卷八，人部四。（收錄於《筆記小說大觀》叢書第八編）

更愉悅之生存空間。

第二節　心理意識書寫

　　傳統古典小說以敘事爲主要書寫形態，交待人物及情節，形成敘事小品，經時、空演變，文學技巧日益進化，作者亦漸重視人物形象塑造及細節描繪，使文學作品臻於細緻，加強渲染力及藝術性。後起作者更注意到各色人物動作、語言、性格之差異，使文學人物具獨特魅力，明清時期更有諸多典型人物出現，並進而帶動整部作品之成功，於明清作者群體努力下，終於形成小說發展之高峰。

　　受此文學遺產傳承，明清扮裝文本作者於形塑扮裝人物時，對人物外顯之肢體動作與語言表述亦多所著墨。然人類特質本有外顯及內藏之差異，內藏心理意識無法單靠肉眼正確判斷，人類爲掩識自身心理意識，甚至往往故意呈現與眞正意識互異之肢體動作。尤以明清扮裝文本而言，扮裝者爲某些特殊個人需求隱藏眞實身分，爲避免身分曝光，往往採取隱藏性別方式，進行扮裝，更須表現不同於眞實性別之動作姿態與價值判斷，故扮裝者之心理意識爲全面理解扮裝者之重要指標。透過閱讀扮裝文本中扮裝人物之心理意識，可使閱讀者更加了解扮裝人物之扮裝動機，惟有試圖理解這些扮裝人物之心理意識，方能完整認識扮裝人物多元化之角色面向，同時也更貼近創作者之創作意識，融入文學作品。

　　心理意識爲抽象、未可見之心理活動，若非仔細觀察，不易理解，故作者爲將扮裝人物眞正想法傳達予閱讀者，使閱讀者進入文本世界中之論述中心，故將扮裝人物各式心理反應，如對愛情之憧憬、對禮教之不滿、對情欲之渴望或對懲罰之害怕等，藉由各式文學技巧加以細膩呈現，使扮裝人物被壓抑或須刻意隱藏之心理意識，爲閱讀者發掘。作者尙可藉由扮裝人物心中深層意識，表達自我之內心主張，藉虛構扮裝人物之掩護，使作者忘卻外在事物束縛，盡情發揮自我想像力，傾出內心眞正情感，故扮裝人物心理意識實透露諸多作者預留之隱藏線索。

　　抽象之心理意識無法以具體、量化之書寫方式呈現，故明清扮裝文本作者若欲表現抽象之人物心理意識，並顧及小說情節之連貫性，實須高超之文學技巧，方得成功展現作品之文藝美感，本節研究即就明清扮裝文本作者如何呈現扮裝人物心理意識之書寫形式進行檢視：

一、內心獨白自陳

　　心理意識爲隱藏於內心底蘊之情緒活動，若主體刻意隱藏心理意識，面無表情、不作表態，則旁人將無法得知其外顯態度與心理意識是否一致。然扮裝文本既爲敘事文學，並由「人」來擔任敘說情節演進之代言者，自有諸多心理活動之展現，故作者爲呈現扮裝者無形、抽象之心理意識，必須藉由文字書寫。於情節逐層推進中，作者安排由扮裝者自陳心中想法，「自陳」並非由口中發出聲音，而是扮裝者以默想方式將心理意識陳於閱讀者面前。透過此種方式，作者可以游移於虛構藝術世界，自由變化角色，替文本任一角色陳述想法、情緒及感受。

　　作者藉由扮裝者內心獨白自陳，將心中想法直接攤於讀者眼前，使讀者藉文本閱讀活動，直接進入扮裝者之心理意識，了解其喜、怒、哀、樂、焦慮與緊張等心理活動。作者以文字呈現抽象之心理意識，使讀者了解扮裝者想法，搭建以文字溝通讀者與扮裝者之同理橋樑，此正是作者用以營造故事氣氛之文學技巧之一，使讀者掉入作者安排之閱讀情境。

　　陳端生《再生緣》敘孟麗君因劉家逼婚，故化名酈君玉，扮裝爲男，以保貞節，機遇所至，有緣入朝爲官。爲官後之孟麗君屢建奇功，深受朝廷上下推崇。發掘自己政治長才之孟麗君，於官場尋獲自我，不願回復女裝，走入「孟麗君」的世界，故幾次面臨身分暴露之危險，孟麗君總能化險爲夷，成功隱瞞。然因母親染病，於親情呼喚、天性驅使下，終究承認實爲孟麗君，與母相認。此事實輾轉傳至皇甫少華耳中，孟麗君推知皇甫少華必乘己入闈之際，向聖上奏明實情，屆時女子身分必遭揭露，故早已深謀遠慮，預留後路，其自我獨白云：

> 且說酈相自初六日入闈，暗想：「母病初痊，蘇母必往探母親，定洩眞情。蘇母必向忠孝王實說，看忠孝王前日奏赦劉捷不與我相商，乃是淺見之輩，倘乘我入闈，私奏改裝，我又不知，及揭榜面君之時，我豈不當殿失臉？連朝廷誤用女流；梁相錯拔會元，誤招女婿，俱皆失臉，此事深爲可慮！」眉頭一皺，計上心來：「啊！有了，如此如此，寧可使他沒趣，不可使我自己失臉，又可儆戒他下次作事小心。」主意已定，遂一心考核，選取眞好。〔註21〕

〔註21〕陳端生：〈忠孝王上表認妻　梁丞相發怒助婿〉，《再生緣》（臺南：漢風出版社，1993 年），第六十二回。

孟麗君於為官歷程中女性意識覺醒，她不願甘於「閨閣嬌女」身分，亦不同於黃崇嘏、孟嫗等「政治才女」，最後受婚姻束縛，孟麗君展現由「守貞逃婚」至「實踐為官」之意識覺醒，此段內心獨白強調孟麗君不願回復女裝之堅定，更透露孟麗君扮男裝動機已由被動轉為主動，故幾番得以表明女身之機會，孟麗君皆故意錯過，甚且百般否認己為女身。此外，此番獨白更顯出孟麗君之大勇大慧，即使身分將被揭穿，孟麗君仍然從容不迫，並擬定應對計策，不僅保住扮裝身分，更使揭發者啞口無言，深覺理屈〔註22〕。作者此段獨白設計，使讀者以全知角度得知孟麗君刻意維持男裝，並極力維護真實身分之用心，既不影響行文，又可藉扮裝者自我表白，得以使讀者更貼近扮裝者內心，與扮裝者一同進入扮裝之冒險歷程。

二、肢體語言表現

　　人類情緒反應可由外在肢體動作予以強化表達，為發洩內心澎湃情緒，若僅於心中發想，將無法充分表達各式情感，若藉肢體動作輔助，將更能避免扮裝心理意識「失真」之情況，諸如氣憤難忍之時，或重擊桌、牆，或與他人產生肢體衝突；悲傷至極時，或大哭喊天，或久跪地上，無法言語等，此類行為皆為人類發洩內心情緒時，自然外顯之肢體動作，由此肢體動作，得以了解人類多變、抽象之心理意識。明清扮裝文本作者通常藉人物表情或肢體動作，透露些許訊息，藉由這些外部訊息，更得以使讀者了解扮裝者心中內部訊息，故作者描繪扮裝者情緒活動時，可藉由扮裝者之肢體動作，呈現不易為他人察覺之心理活動。同時，為使外部訊息得以正確傳達內部訊息，故作者更須培養敏銳之生活觀察力，方不致傳達錯誤之外部訊息，影響閱讀者對內在訊息之判斷。

　　作者為強化人物個性特質，對扮裝人物之相貌、體態予以靜態敘寫，然動態之肢體動作，同為作者形塑扮裝人物之重要特點。閱讀者可由作者賦予扮裝人物之肢體動作，於扮裝人物一舉手、一投足間，體現扮裝人物性格或

〔註22〕皇甫少華揭露孟麗君女性身分，並指證歷歷，孟麗君極力駁斥，辯稱自己承認為孟麗君，乃因同情臥病孟母思女之情，故假意承認，以解孟母思女之苦，並以師尊身分，指責皇甫少華父子指己為女，實為大逆不道、「誑聖欺師」之事。面對皇甫少華之質疑，孟麗君斂容以對，辯論合情合理，終使皇甫少華收回指控，並因「錯認」一事，當面向孟麗君請罪。孟麗君此番辯駁，成功化解危機，將劣境化為優勢，更使皇甫少華不敢輕舉妄動，為自己爭取更多扮裝為男之自由空間。

當時情緒反應。透過作者對扮裝者表情或神態之書寫，讀者可抓住扮裝者抽象之心理意識，以對文本進行閱讀和理解，故作者於書寫扮裝者之表情、神態時，必須精準拿捏人類受外在客觀條件影響時，所呈現之表情、神態，此時愈顯作者駕馭文字之重要，否則即使書寫扮裝者當時之表情、神態與動作，亦難以傳遞扮裝者之心理活動，甚至產生使讀者解讀錯誤之反效果。明清扮裝文本作者將扮裝者之內在心理意識置換為外在肢體行為時，特意注重細節描繪，由扮裝者「無意」之肢體動作，扮裝者之心理意識即清晰可見，如《再生緣》孟麗君治癒太后歷程：

> 次早再入宮，跪在牀前，用心診脈，適遇太后蘇醒，在慢帳內暗地看他。明堂不知，只管用心察脈，眼神形態便露出女人氣概。〔註23〕

> ……帝笑曰：「你等亦是學力不到，今只罰你們每人敬酈兵部一大杯酒。」眾太醫謝曰：「臣等願罰。」八名太醫歡喜，每人各敬一大杯酒。酈明堂酒量極大，從未醉過，今八個太醫，各人勸酒一杯又一碗，亦覺有六七分醉意，勉強支持，猶如楊柳搖風，身體搖動，面上綻出桃花，穿著簇新的紫羅金袍，越加嬌豔。成宗乘著酒興對明堂曰：「酈卿前為太后診脈，太后疑卿是女扮男裝，及朕說卿已娶梁相之女為妻，太后方信是男，今觀卿微醉，更加秀麗，雖裙釵中亦不及卿容貌，無怪太后錯認為女。」明堂正色奏曰：「臣年輕驟居顯職，外人必疑心，今又當殿戲說女流，外人益疑臣官職從趨媚得來。且君臣有如父子，加之戲言，所謂君不君，臣不臣，臣怎能代陛下理政？願陛下今後慎言，切不可與臣子戲謔！方不有褻至尊，引臣子藐視聖駕。臣愚昧，不避斧鉞之誅，願陛下修身慎言，國家幸甚！臣等幸甚！」成宗聞言，自覺慚愧。〔註24〕

此段敘孟麗君於治病前後過程所外顯之不同動作姿態。治病時，神情專注，因而忽略保持男性應有之體態，致使太后察覺破綻；孟麗君展露醫術，成功治癒太后，使群醫甘拜下風，更受封兵部尚書之榮寵，此時春風得意，不免忘我，酒後差點露餡現形；「面上綻出桃花」、「越加嬌豔」之孟麗君，自負得

〔註23〕陳端生：〈酈明堂握陞尚書　康若山蔭封忠憲〉，《再生緣》（臺南：漢風出版社，1993年），第三十四回。

〔註24〕陳端生：〈酈明堂握陞尚書　康若山蔭封忠憲〉，《再生緣》（臺南：漢風出版社，1993年），第三十四回。

意，卻引來皇帝失言挑逗，此時孟麗君立即正色，並屬言指正皇帝缺失，以君臣之禮諫皇帝守矩，使皇帝深悟言語之失。孟麗君所爲，實反映其內在心理意識之變化，此段敘述，可以看出孟麗君醫者仁心、自負才華、敢言直諫之性格，作者成功透在外在肢體語言，揭示孟麗君心理意識。孟麗君不僅擁有獨立自主之個體生命，更有超凡之智慧，因而屢次於皇甫少華、皇帝等人之「逼供」下，全身而退。孟麗君拋棄女性身分，堅持以男身活出自我，她才華洋溢，連中三元、直驅翰林；又學識淵博，精通醫術、折服太醫。作者所敘種種行爲，呈現孟麗君不同於閨閣之女性形象，於作者筆下，孟麗君已非「出嫁從夫」之傳統女性，一方面謹身自愛，與男性保持距離，另一方面恣意馳騁，展現政治才能，在作者刻意採「一收一放」之行爲書寫下，讀者的確見識女性另一番風貌。

三、客觀事物投射

　　明清扮裝文本之扮裝人物由作者設定，惟有作者方能以全知角度了解扮裝人物之心理意識及行事動機，故閱讀者若欲理解扮裝人物，則須仰賴作者於書中透露之線索。作者得於行文中，直接表述扮裝人物心理意識，亦得藉由外在客觀事物呈現扮裝人物之內心世界。這些客觀事物通常與扮裝人物生活環境相關，諸如花草樹木、鳥蝶魚蟲、窗樓鏡梳等，皆可爲扮裝人物投射心理意識之媒介，用以寄託情感、表達內心，指涉扮裝人物之內心意識及喜、怒、哀、樂等情感。客觀事物雖超然不變，然扮裝人物之主觀意識，卻足以造成對客觀事物觀感之差異〔註25〕，如見一對雙飛燕，戀愛中人可能洋溢幸福笑容，對愛情充滿企盼與嚮往〔註26〕，然對獨守空閨之少婦而言，卻是一

〔註25〕德國心理學家佛洛伊德提出「自由聯想」理論，「自由聯想」指主體心理意識受外在事物影響，產生各種如苦悶、憂愁、快樂、歡愉等心理活動，此心理活動主要因主體見某些客觀事物或外在景色而引起聯想，即稱之爲「自由聯想」。因此主體因眼前事物，而使隱藏在前意識和潛意識的回憶再度湧現，並使原有情緒波動，造成心情轉折，這些歷程正如中國文藝傳統所稱之「睹物思人」、「觸景傷情」，並進而引起「物故人非」的心理感觸。這種「自由聯想」之文學技巧被廣泛應用於文學作品中，如古典詩歌有「傷春」、「悲秋」主題，即是承接此種文學傳統。主體可藉外在事物、景色表現內心喜、怒、哀、樂之不同情緒，讀者正可藉此得知主體之眞正心理意識。

〔註26〕如南朝梁簡文帝蕭綱〈詠蛺蝶〉：「復此從鳳蝶，雙雙花上飛；寄語相知者，同心終莫違。」蕭綱見花上飛舞之雙蝶，欣羨蝶兒成雙，因而有此詠歎，盼天下有心人，得以共聚相守。蕭綱此詩表現對愛情之正向肯定，並鼓勵愛情

幅不忍目睹之畫面〔註27〕。故扮裝人物對客觀事物之觀感反應，得以成為一窺扮裝人物性格及心理意識之視角，如吳藻《喬影》云：

> 我謝絮才生長閨門，性耽書史；自慚巾幗，不愛鉛華。敢誇紫石鐫文，卻喜黃衫說劍。若論襟懷可放，何殊絕雲表之飛鵬；無奈身世不諧，竟似閉樊籠之病鶴。咳！這也是束縛形骸，只索自悲自嘆罷了。但是，仔細想來：幻化由天，主持在我！因此日前描成小影一幅，改作男兒衣履，名為「飲酒讀騷圖」。敢云絕代之佳人，竊詡風流之名士·今日易換閨裝，偶到書齋玩閱一番，借消憤懣。〔註28〕

謝絮才空有比擬男兒之壯志，卻為性別「束縛形骸」，僅能「自悲自歎」，故扮為男裝描成小影一幅，借酒顧影自憐：「咳！一派荒唐！真是癡人說夢。知我者，尚憐標格清狂，不知我者，反謂生涯怪誕。怎知我一種牢騷憤懣之情，是從性天中帶來的喲！」〔註29〕謝絮才之心底悲歡，道出無數有才女子無處施展之憤懣，為抒解心中煩悶，謝絮才扮為男裝，為己描影，命曰「飲酒讀騷圖」，藉由屈原典故，表述己身報國之志。謝絮才受限性別，同屈原般懷才不遇，故描影一幅以供抒悶，屈原作為不遇士人之象徵，成為謝絮才之代言人，並開啟全盤置換之作用，謝絮才所繪「飲酒讀騷圖」畫作正是用以投射心理意識之客觀事物，藉由閨房扮裝、描影一幅、飲酒讀騷等進程，完成表露心理意識之行為儀式，這些進程，即仰賴此幅畫作作為銜接關鍵，並徹底揭示謝絮才之心理意識。

　　扮裝人物之心理反應或為有意識之情緒變化，抑或為扮裝人物自身亦未預知之反應，當見某事物或人物，即聯想過往曾有之經驗，此經驗記憶或許潛伏心中多時，當見到有所關聯之事物時，腦中記憶全部浮現，而此記憶可能牽動內心深層之情緒起伏，帶來莫名震撼。這些震撼造成種種抽象心境，不僅凸顯扮裝人物之心情感受，也使讀者進入角色心理世界。上述心理意識

中人堅持所愛，不為動搖，「蝶」是引起詩人聯想之媒介，更是象徵愛情關係中的兩方，詩人將心理意識投射於「蝶」，故有藉蝶詠情之作。

〔註27〕如李白〈長干行〉：「八月蝴蝶來，雙飛西園草。感此傷妾心，坐愁紅顏老。」李白此詩以「擬代」手法，化身閨中少婦，藉「蝶」訴盡少婦與夫長別之愁苦。雙飛西園草的蝴蝶無心入園，卻引起有心少婦內心深處之悲苦。少婦之境遇，形成與「雙飛蝶」強烈之反差，從少婦對「蝶」之情感反應，透露少婦對丈夫之殷切思念與脈脈深情。

〔註28〕吳藻：《喬影》（現藏國家圖書館，未註出版項）。

〔註29〕吳藻：《喬影》（現藏國家圖書館，未註出版項）。

表達手法，無論是內心獨白或事物投射，皆須透過作者文字傳遞及讀者閱讀理解，方可呈現扮裝人物深層心理想法。這些作者藉以表現扮裝人物心理意識之文學手法，於作者書寫敘述中，常同時運用、不可分割，因個體外顯之言談、行動、態度等，必與其內在心理意識相關，這些心理意識受外在客觀條件影響，產生喜、怒、哀、樂等情緒，也因之成為作者捕捉人物心理意識之具體表述。為呈現角色完整面貌，作者運用「內心獨白」、「肢體表現」、「事物投射」等方法，將角色內藏情緒、想法等心理活動完整呈現，以更全面傳遞角色風貌予讀者。

作者於形塑扮裝人物時，須注意人物性格之一致性與合理性，故作者須深入觀察現實生活中之各色人物，留意環境事件，隨時汲取寫作素材及靈感，方可成功形塑扮裝人物。故作者寫扮裝歷程，須以現實生活為基礎，將之轉換為扮裝文本中設定之假設情境，同時也須轉換作家身分為扮裝人物，方使閱讀者對虛構扮裝文本產生認同感，具真實性。作者必須設想這些扮裝人物之真實生活，設計扮裝人物扮裝時之客觀條件、設定扮裝人物之特質與想法，這些無疑皆為考驗作者生活觀察力之難項，故作者生活經驗愈豐富，所得文學素材資料亦愈多，正因作者觀察敏銳，方可創造各具特色之扮裝人物，如寫花木蘭，作者即須將把己身真實性別化為女性，藉由扮裝完成替父從軍之孝願，花木蘭於扮裝歷程遇到之焦慮、擔憂，作者必須感同身受，彷彿歷經同樣心理折磨；又如寫孫玉郎扮裝代姐作嫁之情景，必須想像自己正是孫玉郎隱藏真實身分，於穿上女裝時，當下的緊張與未知，皆為作者必須試圖想像、模擬之創作歷程，扮裝文本作者雖未以某一真實人物為全然之模擬藍本，然由於作者刻劃之成功，使文學世界之扮裝人物彷彿活現於閱讀者面前，使閱讀者隨扮裝人物之扮裝歷程，做一趟冒險之旅。

為更凸顯扮裝人物特色，作者運用比、興手法寫人物外型；以聯想手法寫人物心理意識，同時刻意設計特殊事件藉題發揮，敘寫人物才學與個性，強化人物主要特質，以強調扮裝人物形象。作者賦予扮裝人物源源不絕之生命，即使明清扮裝文本以「扮裝」為共同素材，然扮裝人物各具風貌，形象分明。人物形象塑造，實攸關整部文本所呈現之思想內涵，故作者從不同角度書寫扮裝人物，使扮裝人物之個人特色有多方呈現，此是一項頗具難度之藝術成就。

綜上所論，創作者運用各式文學技巧，以使扮裝人物更加形象化、具體

化、典型化，藉由事件之安排或對話之進行，建構扮裝人物之動作、神態、情緒等特質。閱讀者於作者之藝術構思與文字運用中，發揮自我想像力，於靜態之扮裝文本想見扮裝人物，如見其人、如聞其聲，於閱讀過程，閱讀者隨作者安排之扮裝人物的喜、悲反應，完成文學情感交流之目的。

第三節　鋪敘技巧運用

　　一部成功之敘事文本，取決於人物形象、故事情節與遣詞造句等要素，其中故事情節架構更為其中重要決定關鍵。明清扮裝文本為敘述扮裝歷程之敘事文體，故為「扮裝」所設計之情節橋段，自是每位作者極力鋪敘之重點，然扮裝人物扮裝動機各異，即便同以「扮裝」做為主題，扮裝文本於故事發展走向亦呈現不同風貌。故作者為凸顯全書中心主旨，須據此設計不同環節，串接完整故事。然若僅以直線交待情節，則情節懸疑性不足，無法引發讀者好奇心，故明清扮裝文本作者為情節鋪敘之需要，特意於扮裝情節營造曲折迂迴之戲劇效果，竭力鋪敘事件發生歷程與主角人物出場、相遇等情節，所運用技巧包括衝突、錯認、巧合、伏筆等，以加強扮裝文本情節之戲劇張力，提昇其藝術性。

一、衝　突

　　明清扮裝文本作者為增加情節豐富性，刻意於故事發展進行中，安插數次「衝突」，以使劇情急轉直下。「衝突」指對情節走勢造成影響之事件或人物。為凸顯「扮裝」行動給予傳統制度之衝擊，故作者刻意安排「衝突」，以強化扮裝過程之驚險。這些衝突事件可能造成扮裝人物情事不順、俗願不成或被迫面對進退兩難困境之抉擇，造成這些衝突事件之啟端者，多為主宰婚配對象之父母、聲勢威赫之權貴或詭計多詐之小人，這些啟端者通常對主角造成一定威脅，同時亦影響扮裝人物仕進、婚事等方面之發展，故衝突啟端者於明清扮裝文本人物配置關係中，多數居於反派立場，以凸顯主角之正面性格。這些衝突事件及衝突啟端者使扮裝過程愈形複雜及困難，然卻是使故事愈顯曲折引人之重要立基。

　　「衝突」可減緩劇情進行步調、增加故事複雜性、造成緊張驚奇效果，故在不妨礙故事主軸發展之前提下，作者為增加故事可看性，使劇情發展不致趨於單調，於故事進行中，安排數個衝突點，看似減緩劇情節奏，卻能達

到引人入勝之效果。如《平山冷燕》第十七回,四位才子佳人彼此試煉才學,卻陰錯陽差,未得與心儀對象見面:

> 山小姐道:「那生見了小妹『一曲雙成如不如』之句,忽然忘了情,拍案大叫道:『我平如衡,今日遇一勁敵矣!』小妹聽見,就問他,先生姓錢,爲何說平如衡?』他著驚,忙忙遮飾。不知爲何?莫非此生就是平如衡,不然天下那有許多才子?」……冷絳雪道:「賤妾也有一件事可疑」。山小姐道:「何事?」冷絳雪道:「那趙生見賤妾題的『須知不是並頭蓮』之句,默默良久。忽歎了一聲,低低吟誦道:『天只生人情便了,情長情短有誰憐?』賤妾聽了,忙問道:『此何人所吟?』他答道:『非吟也,偶有所思耳。』賤妾記得前日小姐和閣下書生正是此二語。莫非這趙生正是閣下書生?」……冷絳雪道:「天下事怎這等不湊巧?方才若是小姐在東,賤妾在西,豈不兩下對面,真假可以立辨。不意顛顛倒倒,豈非造化弄人?」〔註30〕

平如衡與燕白頷兩人分別與冷絳雪、山黛各有一面佳緣,彼此傾慕,然當時並未得知對方身分,此次兩人不辭千里參加考才會面,若與冷、山二人順利成對會面,即可再續前緣,造就兩對佳偶,然此種直線型情節鋪敘過於簡單無趣,無法凸顯「好事多磨」之緊張、趣味性,故作者刻意安排「衝突」,使四人錯失會面良機。冷絳雪云:「天下事怎這等不湊巧!方才若是小姐在東,賤妾在西,豈不兩下對面,真假可以立辨。不意顛顛倒倒,豈非造化弄人?」冷絳雪之歎,正是讀者之歎,也是作者成功鋪敘情節之展現。

有時作者刻意於所有阻礙解決、情節將進入尾聲,讀者誤以爲故事已至收尾,放鬆閱讀心境後,又於此刻安排一次衝突事件,使順勢之情節瞬間轉成逆勢,讓故事出現高潮起伏之效果。此關鍵性衝突點通常被安排於故事結尾前,大大震撼讀者之閱讀心境,看似美好之結局,此時又生波瀾。讀者隨「衝突」出現而收緊心境,在鬆、緊交錯運用下,讀者深爲故事發展吸引,正是作者於此時安排衝突點之作用。

如〈喬太守亂點鴛鴦譜〉中的孫玉郎和劉慧娘未經父母同意,生米已成熟飯,女方私下委身於男方,故雙方父母無奈下,只得勉爲同意婚事,成就良緣。然半路殺出程咬金,劉慧娘原先許配之婆家不甘未過門媳婦失身於他

〔註30〕 天花藏主人編:〈他考我求他家人代筆　自說謊先自口裡招誣〉,《平山冷燕》（臺北:三民書局,1998年）,第十七回。

人，堅持提出告訴，使一段兩情相悅、互許終身之美好姻緣至此又生波折。作者有意安排，使美好姻緣橫生阻攔，使情節增加許多爆點，並使故事難度增加。而這衝突的發生，實則爲解決問題埋下伏筆，惟有劉慧娘婆家擔任衝突啓端者，最後方能引出喬太守，爲這難解之家務事尋出解決之道。

二、錯　認

明清扮裝文本作者於結構講究環節相扣，緊湊分明。爲使劇情新奇別緻，明清扮裝文本作者追求意料之外的驚奇，故安排「錯認」橋段，令閱讀者感到新穎奇特。所謂「錯認」是作者爲強化劇情張力，故於文本安排甲被誤認爲乙之情節，因而引起各種曲折及衝突。作者於使用「錯認」鋪敘技巧時，故意不點破，並模糊發生之時間點，使扮裝故事於作者刻意安排下展開，故作者爲使「錯認」合情合理，情節布局必須刻意安排伏筆，並以隱密方式繼續進行，使所有與扮裝事件相關之人物皆因錯認，發生一連串脫離原始軌道之事。於未被識破之前，錯認永遠是個謎。

「錯認」之運用，使劇情於看似順遂之情況下突生枝節，而使情節走向愈爲曲折，亦令閱讀者於閱讀歷程中，因知曉主角因錯認而使原本看似完美之結局，總是好事多磨而心生同情，因而被劇情吸引，引起美感經驗。「錯認」可增加情節廣度，劇情鋪敘之線索愈多，文本敘寫愈困難，這些美學技巧皆考驗作者之書寫能力。

於明清扮裝文本中，「錯認」之產生，或因線索錯誤而造成無意之錯認；然有時「錯認」之發生，卻是有意使他人「錯認」，以獲不當利益，以《玉嬌梨》爲例，前者如蘇友白錯認吳翰林之女吳無豔爲白紅玉，因吳無豔姿色平庸，未符蘇友白理想對象標準，故蘇友白拒絕婚事；後者則是張軌如冒用蘇友白詩，使白父錯認張軌如爲有才學子，興起將白紅玉許配予張軌如之意。兩次「錯認」使蘇友白及白紅玉於陰錯陽差之情況，錯失良緣。

《玉嬌梨》中之蘇友白與白紅玉（化名吳無嬌）原爲才、貌匹配之一對璧人，蘇友白題詩寺壁，適逢吳無嬌之舅父吳翰林眼見，吳翰林賞識蘇友白之才，欲爲外甥女吳無嬌說親，本爲一段現成良緣，然蘇友白對婚配對象卻有極高之要求。蘇友白認爲「有才無色，算不得佳人；有色無才，算不得佳人；即有才有色，而與我蘇友白無一段脈脈相關之情，亦算不得我蘇友白的佳人，若不遇絕色佳人，情願終身不娶！」因而於對生命另一半抱持

「才、色、情」三者兼具之高度要求下，蘇友白潛至吳家後園外，欲窺吳無嬌樣貌：

> 只見一個侍兒立在窗邊，叫道：「小姐快來看這一雙燕子，倒舞得有趣。」說不了，果見一位小姐半遮半掩走到窗邊，問道：「燕子在那裡？」一邊說，那燕子見有人來，早飛過東邊柳中去了。那侍兒忙用手指道：「這不是？」那小姐忙忙探了半截身子在窗外，來看那燕子飛來飛去不定。這小姐早被蘇友白看過盡情。但見：滿頭珠翠，遍體綾蘿，意態端莊。雖則是閨中之秀，面龐平正，絕然無迥出之姿。眼眼眉眉，悄不見嬌羞作態。脂脂粉粉，大都是膏沐爲容。總是一施，東西異面；誰知二女，鳩鵲同巢。原來這一位小姐是無豔，不是無嬌。蘇友白那裡知道，只認做一個。來見時精神踴躍，見了後情興索然。心下暗想道：「早是有主意，來偷看一看，若竟信了張媒婆之言，這一生之事怎了。」〔註31〕

蘇友白之張媒婆口中，得知吳無嬌爲才貌兼備之佳人，因而對吳無嬌充滿期待，若得佳人爲配，實爲終生之幸，爲證媒婆所言不假，蘇友白潛至吳家花園，欲窺佳人芳容，然兩人失之交臂，未得見面，蘇友白更「錯認」吳翰林之女吳無豔爲吳無嬌，其樣貌平正，並非絕世佳人，故蘇友白極度失望，佯辭向吳無嬌之舅吳翰林辭親，因而錯過一樁好姻緣。

此類小說本以才子佳人戀愛爲故事主題，其故事結構大致相同，結局必以大團圓收局，無甚新意，然足供閱讀者津津樂道者，則是才子與佳人彼此「測試」之過程，惟有通過才、貌、情三項考驗，方得婚配之書寫儀式，成爲明清才情類小說之共同基性，亦是作者彼此之共同語言。此類小說於才子佳人彼此測試過程之鋪敘，正是此類小說文學價值所在。故作者刻意製造許多突發事件，使才子佳人婚事屢生波折。此段由作者刻意安排之「錯認」，使蘇友白拒絕與吳無嬌（實爲白紅玉）之婚事，作者於此故意留下斷尾，使蘇、白婚約看似毫無希望，然作者卻又安排另一件契機，重拾蘇、白二人婚緣。蘇友白由寺中和尚口中得知白家小姐才貌並佳，實爲己心中理想伴侶之現實投射，因之欲藉詩表志。看以才子佳人終得誤會冰釋、順利婚配之際，此時，又殺出程咬金，王文卿和張軌如將蘇友白詩掉包，故意冒名，以求白

〔註31〕荻岸散人編：〈吳翰林花下遇才人〉，《玉嬌梨》（瀋陽：春風文藝出版社，1985年），第四回。

家姻緣：

> 王文卿道：「只消將這兩首詩留起一首與我，將一首寫了你的名字，
> 卻把昨日兄做的轉寫了蘇蓮仙名字，先暗暗送與董老官，與他約通
> 了，叫他只回白老不在家，一概收詩。然後約了蘇蓮仙當面各自寫
> 了同送去。董老官回他不在，自然收下，卻暗暗換了送進去。等裡
> 面與他一個掃興，他別處人，自然沒趣去了。那時卻等小弟寫了那
> 一首送去，卻不是與兄平分天下了。」張軌如聽了，滿心歡喜，……
> 就將蘇友白的頭一首詩用上好花箋細細寫了，卻落自家名字。轉將
> 自家的詩叫王文卿寫了，作蘇友白的，卻不曉得蘇友白的名字，只
> 寫個蘇蓮仙。〔註32〕

「冒名遞詩」為作者安排之另一項「錯認」。此「錯認」橋段敘張軌如與王文
卿本為無學之徒，知白家小姐貌美，故意將蘇友白所做二詩調包，其一以
王文卿之名代之，其一以張軌如之名代之，另串通白家門房，以行使詭計。
白父正愁無人與女相匹，適得此二詩，一時歡喜，未及細察，錯認張軌如為
蘇友白，真才子蘇友白反被拒於門外，平添許多波折。在這則故事中，蘇、
白二人因兩次錯認身分，使婚事一波三折，此兩次「錯認」使故事情節「由
順轉逆」，為掌控整部文本情節發展之關鍵，若無此「錯認」橋段，則故事
將流於平淡無奇，因之在推動劇情發展之要素中，「錯認」實佔有舉足輕重之
地位。

　　短篇扮裝文本作者與才情類扮裝文本作者呈現一致之審美趨向，同樣使
用「錯認」鋪敘手法，以使劇情產生「變形」作用，強化劇情結構，增加故
事曲折。如《拍案驚奇》之蜚娥才貌兼具，雖為一介女流，然高瞻遠矚，為
家庭前途著想，扮裝至學堂就學。求學期間，蜚娥暗暗留意學堂士子，思量
得以婚配之對象。學堂同窗中，蜚娥與杜子中、魏撰最為相知，常於心中忖
度，擇一嫁之。魏撰之長蜚娥兩歲，杜子中則與蜚娥年紀相仿，相貌亦勝魏
撰之幾分，為蜚娥屬意之人，然杜、魏二人皆為難得之青年才俊，令蜚娥左
右為難，遂借箭為媒，將箭射往學堂處，誰先撿拾此箭，即與誰結夫妻之緣。
撿拾蜚娥飛箭者，恰為杜子中，正符蜚娥心意。圓滿姻緣即將渠成，誰知適
杜子中家中有事，急忙拋下手中箭，此箭卻被魏撰之接走，魏撰之仔細端詳

〔註32〕荻岸散人編：〈暗更名才子遺珠〉，《玉嬌梨》（瀋陽：春風文藝出版社，1985
　　　年），第七回。

箭上所刻「蜚娥記」三字，尋思誰爲蜚娥之際，此時蜚娥正在尋箭，見箭於魏撰之手上，「錯認」魏撰之即爲拾箭之人，當時扮男裝之蜚娥佯稱箭上刻名爲其親姐，魏撰之喜出望外，立即取出羊脂玉鬧妝，做爲婚配信物。此椿「拾箭錯認」風波，使杜子中喪失到手良緣，劇情急轉直下，眼見一段良緣在「錯認」、「誤會」、「不知」之情況下，暗自劃下句點，幸而作者設計連串衝突事件，使蜚娥與杜子中爲救蜚父一同結伴而行，獲得獨處機會，方得眞相大白，許配杜子中。

又如〈喬太守亂點鴛鴦譜〉之孫家與劉家，孫家爲免女兒委屈，故讓兒子孫玉郎扮成女裝代嫁以探虛實，然劉家不知其中原委，將孫玉郎「錯認」爲新嫁兒媳婦。正因此番「錯認」，使一對青春男女偷嘗雲雨、私訂終身。此番「錯認」而促成之兒女情事並因此鬧上官府，所幸主審喬太守通達人情世理，以圓滿方式解決這場「錯認」鬧劇，並順利成就三對姻緣，此文本名爲「亂」點鴛鴦譜，卻是「巧」點鴛鴦譜。於此則扮裝文本中，「錯認」造成一連串情節變化，孫玉郎與劉慧娘兩人因「錯認」，始有相處機會，並進而成就姻緣，然卻也同時引來官司是非，故「錯認」可使劇情走向正面，招致善果；卻亦可能惹禍上身，帶來惡果，至於劇情發展爲何？端賴作者價值判斷取捨。

「錯認」手法於明清扮裝文本之運用形式十分多變，錯認人物後所產生之連續危機與轉機，往往使故事更具趣味性。作者成功運用「錯認」手法，每當扮裝將被揭穿、錯認將被點破之關鍵時刻，讀者亦隨之獲得相當刺激之感官感受。「錯認」於扮裝文本之作用，可使情節速度變緩，造成曲折效果，成爲劇情變形之轉捩點，同時亦可發揮承接作用，以爲不同事件之連接點，使情節發展跌宕曲折，提高文本於情節發展之廣度。

明清扮裝文本作者通過世間離合與傳統觀察，敍寫扮裝人物之愛情、自我實現與滿足欲望等主題，劇情極盡鋪敍，崇尚新巧。作者善用「錯認」文學技巧，使人物互動產生錯位，形成全新人際關係，並由此「錯認」新塑之人際關係出發，設定特定情境，使他人於新角色定位產生混淆，進而引起一連串婚姻、關係之糾葛。「錯認」雖造成人物關係之錯位，然絕不可影響劇情，造成斷層，若作者只爲追新求奇，而安排與主線無關之「錯認」，此舉可謂畫蛇添足，破壞結構美感。故爲合理安插「錯認」橋段，明清扮裝文本作者無不重視角色互動、情節扣合、邏輯推理等細節，獨具匠心之「錯認」設計，

實大大提昇文藝美感。

三、巧　合

「巧合」通常是爲解決某一事件危機或安排人物出場時，所運用之文學技巧。「巧合」與「衝突」、「錯認」等鋪敘技巧最大不同，在於「衝突」、「錯認」可延緩劇情發展，刻意使目的完成時間延後；而「巧合」則用以加快情節發展節奏，使節奏簡潔明快。使用「衝突」、「錯認」等技巧雖可提高文本可看性，然若一味使用，運用失當，將造成「歹戲拖棚」、情節重覆冗長之反效果，故若適當運用「巧合」手法，將使文本節奏加快，加強情節張力，使閱讀者感受文本不同之面貌。

明清扮裝人物中，有些扮裝目的並無與他人過度連結之必要，其扮裝是爲完成自我實現，著重自體成長，故作者不須安排巧合情節使與他人相遇；有些扮裝文本強調與他人之互動連結，尤以牽涉愛情主題時，如何安排男女雙方會面，成爲出場鋪敘重點。有些涉及愛情之扮裝文本並未設計雙方巧合相遇橋段，而以合理自然之方式，使男女雙方會面，如蜚娥扮裝至書院讀書，自將遇到一幫學子，故作者並未對蜚娥與杜子中兩人初次會面做特殊設計，兩人相遇歷程合乎常理。然若作者能於男女雙方首次見面之際，特別設計巧合場景使兩人相遇，此種巧遇安排較之合理相遇，自然更令閱讀者覺得新鮮奇巧。

這些運用「巧合」手法之作者，於安排人物出場時，爲加強人物關係之連結，刻意安排特殊場景、時間，以使人物巧遇，展開情節論述。如《二刻拍案驚奇》卷三，因權次卿於市集「巧合」獲得徐家訂親之紫金鈿盒，否則亦無法與徐家小姐續良緣。權翰林對古物愛不釋手，有收藏之癖，某日經市集偶得鈿盒，此鈿盒看似平凡無奇，且僅餘盒蓋，保存不全，過眼者皆不中意，偏偏爲權翰林看中，此已寓含一段「巧合」；襯於包裝紙內的姻緣字條本不易爲人發現，連賣貨的老兒都未察覺，卻「巧合」爲權翰林發現，連串「巧合」，留下尋姻線索：

> 翰林叫權忠拿了，又在市上去買了好幾件文房古物。回到下處來，
> 放在一張水磨天然几上，逐件細看，多覺買得得意。落後看到那紙
> 麓兒，扯開蓋，取出紙包來。開了紙包，又細看那鈿盒，金色燦
> 爛，果是件好東西。顛倒相來，到底只是一個蓋。想道：「這半扇落

在那裡？且把來藏著，或者湊巧有遇著的時節，也未可知。」隨取原包的紙兒包他。只見紙破處，裡頭露出一些些紅的出來。翰林把外邊紙兒揭開來看，裡頭卻襯著一張紅字紙。翰林取出，定睛一看，道：「元來如此！」你道寫的甚麼？上寫道：「大時雍坊住人徐門白氏，有女徐丹桂，年方二歲。有兄白大，子曰留哥，亦係同年生。緣氏夫徐方，原籍蘇州，恐他年隔別無憑，有紫金鈿盒，各分一半，執此相尋為照。」後寫著年月，下面著個押字。翰林看了道：「元來是人家婚姻照驗之物，是個要緊的，如何卻將來遺下？又被人賣了！」〔註33〕

作者為鋪敘徐丹桂出場，又安排一次與權翰林相遇之「巧合」：

是時正是七月七日，權翰林身居客邸，孤形吊影，想著牛女銀河之事，好生無聊，乃詠宋人汪彥章〈秋閨〉詞，改其末句一字云：高柳蟬嘶，採菱歌斷秋風起。晚雲如髻，湖上山橫翠。簾捲西樓，過雨涼生袂。天如水，畫樓十二，少個人同倚。」（詞寄〈點絳唇〉）權翰林高聲歌詠，趁步走出靜室外來。新月之下，只見一個素衣的女子，走入庵中。翰林急忙尾在背後，在黑影中閃著身子，看那女子。〔註34〕

權翰林偶得鈿盒，得知訂親女子名為徐丹桂，然未得見面。按傳統習俗，女子有七月七日至寺廟祈求良緣之俗，故作者刻意於此日，安排徐丹桂至廟求願，卻無意中，「巧合」為權翰林所見。此次「巧合」會面，再以先前「巧合」偶得鈿盒之事，使權翰林深信「那信物卻落在我手中，卻又在此相遇，有如此湊巧之事。或者倒是我的姻緣，也未可知。」〔註35〕故冒名頂替，終娶得美嬌娘徐丹桂為妻。正如作者所言：「而今說一段因緣，隔著萬千里路，也只為一件物事，湊合成了，深為奇巧。有詩為證：『溫嶠曾輸玉鏡台，圓成鈿合更奇哉。可知宿世紅絲繫，自有媒人月下來。』」〔註36〕作者提出姻緣天定觀

〔註33〕凌濛初編：〈權學士權認遠鄉姑　白孺人白嫁親生女〉，《二刻拍案驚奇》（臺北：建宏書局，1995年），卷三。

〔註34〕凌濛初編：〈權學士權認遠鄉姑　白孺人白嫁親生女〉，《二刻拍案驚奇》（臺北：建宏書局，1995年），卷三。

〔註35〕凌濛初編：〈權學士權認遠鄉姑　白孺人白嫁親生女〉，《二刻拍案驚奇》（臺北：建宏書局，1995年），卷三。

〔註36〕凌濛初編：〈權學士權認遠鄉姑　白孺人白嫁親生女〉，《二刻拍案驚奇》（臺北：建宏書局，1995年），卷三。

點，即使男女分居兩地，素無瓜葛，只要緣分未斷，一件物事即可爲成就姻緣之「巧」。作者以此觀點，強化「巧合」之「巧」趣，並賦予「巧合」之合理性，避免矯揉造作之失。

　　藉由「巧合」之出現，使扮裝文本故事情節出現「柳暗花明又一村」之效果，使問題獲得解決，出現轉機，故於情節安排數次巧合，往往得以塑造意想不到之效果。「巧合」之運用，必經作者事先精心設計，方可使「巧合」出現時機合情合理，否則容易流於造作，影響劇情之流暢。「巧合」雖可獲得意外之喜劇效果，然使用次數不宜過多，若只是一味藉由「巧合」解決所有問題，恐使所有困難事件降化爲隨時可爲「巧合」解決之小事件，「巧合」即失去原有之「巧」趣，淪爲作者想不出解決問題時，所使用之投機手法，故須小心謹慎處理「巧合」環節，以免弄「巧」成「拙」。

四、伏　筆

　　「伏筆」爲作者爲情節後續發展，所暗中埋下之線索，此線索具牽動扮裝人物命運、使扮裝人物得以解決問題或暗示劇情走向之作用。「伏筆」可以引起閱讀者「欲知後事如何，請看下回分曉」之好奇心理，連繫文本與閱讀者之互動。作者藉「伏筆」挑起閱讀者之好奇心，當「伏筆」線索解開後，又能滿足閱讀者之閱讀期待，因而運用「伏筆」技巧，可使閱讀者之閱讀心境緊繃，專注於文本，強化作者所欲達成之閱讀效果。

　　作者營造伏筆之懸疑氣氛時，可使用「對話」達成目的。於故事鋪敘過程中，由一方對另一方提出質疑或警告，以營造懸疑效果。如商三官父親遭土豪亂捶致死，無處伸冤，商三官對世道失望失餘，已蒙私報父仇之志：

> 兄弟謀留父屍，張再訟之本。三官曰：「人被殺而不理，時事可知矣。天將爲汝兄弟專生一閻羅包老耶？骨骸暴露，於心何忍矣。」二兄服言，乃葬父。葬已，三官夜遁，不知所往。母慚作，惟恐婿家知，不敢告族黨，但囑二子冥冥偵察之。幾半年，杳不可尋。〔註37〕

商三官兄長對父親官司尚留一絲希望，然商三官眼見纏訟多時，得昭冤雪之期遙遙無望，既求助無門，何不自報父仇，故其報仇之志，已暗伏於與兄之對話，此段對話，成爲日後商三官復仇行動之「伏筆」。作者於此段又故意留下「幾半年，杳不可尋」之「伏筆」，令閱讀者產生急欲得知後事之閱讀期待，

〔註37〕蒲松齡：〈商三官〉，《聊齋誌異》（臺北：正展出版社，2004年），卷三。

營造商三官失蹤之懸疑氣氛，並藉此「伏筆」與下次事件產生連結，展開劇情之高點。

「伏筆」此種表現手法尚可藉由外在客觀環境，以建構故事詭異氣氛，使外在環境召喚符合劇情情境之氣氛，讓情節內容更為誘人，引導閱讀者進入作者所虛構之懸疑世界，如敘商三官自縊一段：

> 移時，聞廳事中格格有聲，一僕往覘之，見室內冥黑，寂不聞聲。
> 行將旋踵，忽有響聲甚厲，如懸重物而斷其索。亟問之，並無應者。
> 呼眾排闥入，則主人身首兩斷；玉自剄死，繩絕墮地上，梁間頸際，
> 殘綆儼然。眾大駭，傳告內閨，群集莫解。〔註38〕

作者安排商三官報仇後自縊，然不直接敘明，反利用「聽覺」，安排懸疑場景，徒增疑惑。由僕人「寂不聞聲。行將旋踵，忽有響聲甚厲」，立刻「亟問之」之行為反映，凸顯人類對疑惑尋解之共相性，僕人之反映，實亦閱讀群眾之反映，故作者於「寂不聞聲」之客觀環境，以「響聲甚厲」作為「伏筆」，預告商三官之死訊。作者建構懸疑世界之所有客觀環境與場景，使之成為劇情發展之「伏筆」，暗示故事結局，此種「伏筆」模式，可使故事情節繼續舖述，而不影響故事節奏，故成為明清扮裝文本使用之文學技巧。

「伏筆」之使用，可藉人物之間之「對話」或「客觀環境」建構加以完成，作者亦可同時利用兩者，刻意安排「關鍵人物」出現，使之暗示後敘情節之發展，並成為解決問題之重要契機。如《二刻拍案驚奇》中，聞蜚娥尋箭之際，正巧見魏撰之手中持箭，使蜚娥誤以為終身伴侶應為魏撰之，故訂下如意玉鬧妝之婚妁，錯失與意中人杜子中結姻之機會。眼見彼此匹配之才子佳人，卻因「錯認」而斷送良緣，為解決此項問題，故作者刻意安排景小姐出現，讓蜚娥使出「移花接木」之計，將景小姐配予魏撰中。如此，魏撰之配景小姐，蜚娥配杜子中，恰成二對佳偶。蜚娥「移花接木」妙計，令人有「喬太守」再世之感。故「景小姐」即是作者特意安排，用以解決蜚娥「錯認」魏撰中、定下婚約之「伏筆」人物，若非景小姐，魏撰中恐無成人之美舉動。

無論是「對話伏筆」、「客觀環境伏筆」或「人物伏筆」，於「暗示」與「揭曉」之書寫歷程中，兩者連結必須十分巧妙，不可過於明顯以致「破梗」，使閱讀者早已得知後續情節發展，失去閱讀動機；反之，亦不可過於疏離，導

〔註38〕蒲松齡：〈商三官〉，《聊齋誌異》（臺北：正展出版社，2004年），卷三。

致兩者無法做合理連結，破壞情節之連貫性。故作者僅能稍微透露故事發展之蛛絲馬跡，兼顧劇情發展與營造神秘效果，以成功留下「伏筆」。作者預留之「伏筆」線索，若能不著痕跡，自然呈現，且於最後解答時使閱讀者恍然大悟，憶起閱讀經驗，則此「伏筆」手法無疑是成功的文藝美學呈現。

　　明清扮裝文本以「扮裝」爲主題，隨時代演進與個體自覺思想影響，扮裝人物關注焦點已由保護家庭延伸至提昇自我。不同之扮裝主題，形成扮裝文本之多樣發展，亦使作者更爲注重美學技巧展現。明清扮裝文本作家群體於情節設計愈形豐富多變，文筆亦趨於細膩有致，同時注意扮裝情節之鋪敘技巧。這些技巧包括使情節更加曲折引人之「衝突」、「錯認」、「伏筆」，同時亦有加快情節發展之「巧合」，所有技巧看似對立，實則相輔相成，藉這些文學技巧之交互並用，使發生於扮裝文本之各式事件，傳達更爲豐富之展示模式，體現各式奇特之扮裝經歷，對扮裝文本之藝術性，具大幅加分之效果，亦使明清扮裝文本之藝術美學得到肯定。故成功之作者皆須具備相當高超之文字敘述能力，使閱讀者於文字傳遞中，重建作者所欲移植之世界，作者運用各式鋪敘技巧，表現扮裝人物之人格特質，爲情節營造懸疑、好奇、浪漫、危險等各式氛圍與情境，並爲情節增添變化元素，使閱讀者得以感受扮裝文本中之文學美感。

第四節　對比虛實掩映

　　由於時空環境侷限，作者無法全面體驗真實經驗後再行創作，故作者以自我人生體驗爲創作基礎，再加以吸收其他創作素材，歷經他人經驗提供、作者自我經驗轉化與文學藝術想像力等，方以完成文學作品。尤以明清扮裝文本而言，其故事情節往往複雜而多變，爲強調敘事事件之多變性與一致性，作者必須加入諸多創作元素，融鑄自我生活經驗，加以藝術改造，承載這些元素之明清扮裝文本，方有藝術價值。這些結合作者生活經驗與藝術想像之作品，充滿真真假假、虛虛實實之各種事件，這些事件皆爲作者凸顯思想主題所設計之書寫客體。爲營造敘事文本之生活氛圍與想像空間，作者運用對比虛實交錯之筆法，以「扮裝」爲題材，「扮」即爲「假扮」，故扮裝文本具先天「虛假」之特質，隱藏於「虛假」扮裝行爲背後，鎔鑄對真實生活不滿之內心情緒，故明清扮裝文本即在「虛」、「實」對比之交互激盪下產生。作

者為凸顯扮裝文本此項特殊本質，運用虛實相間、對比掩映之藝術手法，以使明清扮裝文本之審美價值，得以揚現於閱讀者面前。

　　明清扮裝文本為凸顯扮裝人物之存在價值，必須安排其他人物以烘托主角。凡是故事之完整度、情節之發展性，皆須仰賴文本中其他次要人物以共同完成。為襯托主角之特殊性，須仰賴配角之烘托；為陪襯正面人物，須有反面人物做為對比，這些次要人物不因非擔任主角要職，而喪失其價值。於明清扮裝文本中，作者為凸顯扮裝人物之獨特人格，或藉以表明自我之價值觀，往往於同一則扮裝故事中，安排兩位完全迥異之人物進行對比，如〈錢秀才錯佔鳳凰儔〉中之錢青與表兄顏俊。此則扮裝故事中，錢青表兄顏俊貌醜又無才學，然眼界甚高，思求一絕色佳人匹配。適高家選婿，顏俊心慕佳人欲往求親，然恐高家看不上眼，故一時計生，商請錢青冒名頂替，代己求親。作者對兩人之形象書寫，明顯可見兩人之差異：

> 卻說蘇州府吳江縣平望地方，有一秀士，姓錢名青，字萬選。此人飽讀詩書，廣知今古，更兼一表人才。也有〈西江月〉為證：「出落唇紅齒白，生成眼秀眉清。風流不在著衣新。俊俏行中首領。　下筆千言立就，揮毫四坐皆驚。青錢萬選好聲名。一見人人起敬。」……那錢青因家貧未娶，顏俊是富家之子，如何一十八歲還沒老婆？其中有個緣故。那顏俊有個好高之病，立誓要揀個絕美的女子，方與締姻，所以急切不能成就。況且顏俊自己又生得十分醜陋。怎見得？亦有〈西江月〉為證：「面黑渾如鍋底，眼圓卻似銅鈴。痘疤密擺泡頭釘。黃髮鬖鬆兩鬢。　牙齒真金鍍就，身軀頑鐵敲成。楂開五指鼓錘能，枉了名呼『顏俊』。」那顏俊雖則醜陋，最好妝扮，穿紅著綠，低聲強笑，自以為美。更兼他腹中全無滴墨，紙上難成片語，偏好攀今掉古，賣弄才學。〔註39〕

作者刻意塑造錢青與顏俊兩位主角，就家境、才學、樣貌而言，兩人實有天壤之別。錢青貌秀、才高而家貧；顏俊貌惡、才低而家富，作者刻意將顏俊取名顏「俊」，以反諷顏俊貌惡且兼無才，取名為「俊」，實為枉然，頗有詼諧、譏刺之意，以顏俊之名對比顏俊之行，讀之令人發噱。作者為凸顯錢青非僅有貌、有才，更兼有德，故設計娶親過程，錢青謹守君子之禮，洞房花

〔註39〕馮夢龍編：〈錢秀才錯佔鳳凰儔〉，《醒世恒言》（臺北：建宏書局，1995年），卷七。

燭夜亦未越軌，完成表兄之交託；然顏俊卻以小人之心度君子之腹，咬定錢秀才必已侵犯高小姐，一怒之下，揮拳洩憤，鬧上官府，此事方眞相大白。作者貫徹才子配佳人之愛情傳統，故最後高小姐判歸錢青，顏俊可謂「賠了夫人又折兵」。作者於故事結局安排亦刻意凸顯善惡對比，錢青以誠待人，並未強佔他人便宜，不僅迎歸佳人，並得高家老爺經濟援助，全力攻讀，最終一舉成名；然一幫如顏俊、尤辰等小人，則分別得應有之懲戒，顯見「善有善報、惡有惡報」之道德觀，爲支配作者結局安排之準則。

又如〈姐妹易嫁〉中之張家姐妹，姐姐嫌貧愛富，堅決不嫁「牧牛兒」，故由妹妹扮裝爲姐，替姐出嫁。然故事最後妹妹誥封解元夫人，一心貪慕富貴之姐姐，卻淪與青燈爲伴：

> 其姊適里中富兒，意氣頗自高。夫蕩惰，家漸陵夷，空舍無煙火。聞妹爲孝廉婦，彌增愧怍，姊妹輒避路而行。又無何，良人卒，家落。
>
> 頃之，公又擢進士。女聞，刻骨自恨，遂忿然廢身爲尼。〔註40〕

這則〈姐妹易嫁〉扮裝故事，作者以姐、妹二人做爲「對比」，姐姐貪財求富，獲知婚配牧牛毛家，怨懟之意，常現於辭色；妹妹卻孝順有德，迎娶之日，姐姐猶哭鬧不願出嫁，眼見事態緊急，妹妹毅然決然代姐出嫁，並語氣慷慨的說：「父母教兒往也，即乞丐不敢辭！且何以見毛家郎便終身餓莩死乎？」〔註41〕姐妹二人對金錢價值觀不同，妹妹陳慨之言「對比」姐姐嫌貧之行，兩人高下，立可判出。故作者刻意安排姐妹截然不同之際遇，妹妹雖嫁牧牛兒，然夫妻諧偶，牧牛兒得中科舉，官居高位；姐姐如願嫁鄉里富戶爲妻，然夫放蕩懶惰，不事生產，終耗盡家財，一無所有。同爲父母養育，姐妹二人卻呈現不同之道德價值，作者以此視角突顯姐妹二人之差異，透過結局差異之書寫模式，呈現故事之反差性，故事暗含道德勸說，亦寄寓作者之創作意識。

作者精心設計姐妹迥異之人生際遇，以交待對人物之價值判斷，爲營造故事構成之氣氛，作者並藉外在環境變化，以凸顯人物前後之改變與環境改變後之客觀事實。以此環境對比，展開故事。故作者在故事中安排一段小插曲，藉牧牛兒發跡先後之不同態度，凸顯對始亂終棄者之懲戒：

> 居無何，公補博士弟子，應秋闈試。道經王舍人莊，店主人先一夕

〔註40〕蒲松齡：〈姐妹易嫁〉，《聊齋誌異》（臺北：正展出版社，2004 年），卷四。
〔註41〕蒲松齡：〈姐妹易嫁〉，《聊齋誌異》（臺北：正展出版社，2004 年），卷四。

夢神曰:「旦夕當有毛解元來,後且脫汝於厄。」以故晨起,專伺察
東來客,及得公,甚喜;備具殊豐善,不索直,特以夢兆厚自託。
公亦頗自負,私以細君髮鬖鬖,慮爲顯者笑,富貴後念當易之。已
而曉榜既揭,竟落孫山,咨嗟褰步,懊惋喪志。心報舊主人,不敢
復由王舍,以他道歸。後三年,再赴試,店主人延候如初。公曰:「爾
言初不驗,殊慚祗奉。」主人曰:「秀才以陰欲易妻,故被冥司黜落,
豈妖夢不足以踐?」公愕而問故。蓋別後復夢而云。公聞之,惕然
悔懼,木立若偶。主人謂:「秀才宜自愛,終當作解首。」未幾,果
舉賢書第一人。夫人髮亦尋長,雲鬟委綠,轉更增媚。〔註42〕

毛家牧牛兒家素寒貧,因之遭張家姐姐嫌棄,幸妹妹至孝、有識,未加鄙
視,並願下嫁。夫婦二人雅敦逑好,彼此敬重,牧牛兒亦對妹妹「益以知己
德女」。然牧牛兒應科舉試中途,得客棧主人夢兆當中解元,因之得意忘形,
嫌棄妹妹髮量稀少,將來恐爲顯者笑,反思富貴後,當娶他女易之。牧牛兒
所想,雖係虛構往後之事,然心中有興,已屬不該,枉顧妹妹初始下嫁之用
心,故作者刻意安排牧牛兒接受落第之懲戒,帶有「警世」意味,直至牧牛
兒二次應試,得知夢中原委,幡然悔改,才得以高中解元。作者於此則扮裝
故事中,以「對比」手法建構姐妹性格差異、結局立場,並以牧牛兒發跡前
後之心態做虛實對比,自始至終,貫徹「善惡終有報」之創作原則。

綜上所論,一部優秀文學作品,端視創作者是否具備高深之文學涵養,
得以將意念完全呈現,同時亦視創作者是否得以細膩觀察周遭人、事、物,
將所見所聞,運用文字,濃縮人世喜、怒、哀、樂於文學作品中,使創作者、
文本與閱讀者間有暢通交流管道,彼此情緒得以流通,引起共鳴。明清扮裝
文本爲敘事文體,作者須注意情節布局、人物性格,與相關人物於此扮裝事
件之關連與定位,所敘事件小至個體經歷,大至敘寫家族興衰史,甚或審視
社會、政治之變遷與人情世態之呈現等。爲交待這些事件,作者必須注重各
個環節以使情節發展合理化,穿梭於事件間之各樣人物,其面貌神態、肢體
動作與心理意識等,皆爲作者必須注意之細節。於明清扮裝文本中,「事件」
與「人物」爲最重要之文學組成要件,成爲貫串扮裝文本之元素。既以扮裝
爲主題,必須強調「扮裝」發生與歷程;此扮裝行爲尚須藉扮裝者之具體實
踐方可完成,因之如何完整交代扮裝事件、凸顯人物特質並表達作者創作理

〔註42〕蒲松齡:〈姐妹易嫁〉,《聊齋誌異》(臺北:正展出版社,2004年),卷四。

念，實需仰賴作者之文學涵養和技巧。

　　明清扮裝文本作者善於以「譬喻」描繪扮裝者容貌神態；以「聯想」引出扮裝者心理意識，或以「直陳」交待扮裝者性格。以多元化文學技巧凸顯人物面目，使同樣進行扮裝行為之扮裝者，具無法彼此取代之自我特質。明清扮裝文本作者亦注重情節布局之完整性，以「開始」→「發展」→「結束」三階段，交代扮裝事件歷程。於「開始」時，扮裝者有各式不同扮裝動機，有為求學、有為求偶亦有為求自我實踐者；於「發展」歷程中，扮裝者遭遇不同特殊經驗，使情節發展愈發吸引讀者；最後「結束」安排扮裝者重新回歸現實生活之真實面，符合傳統之人生安排。

　　於「扮裝」事件之舖述，作者運用多元技巧以營造不同氣氛，如「衝突」造成過程阻礙，使扮裝過程隱含諸多風險；「錯認」造成角色互換，形成諸多矛盾，然同時亦形成諸多趣味效果；「巧合」使衝突事件獲得巧妙解決，並使看似不合理之安排，於「巧合」技巧運用下，得以合理化解釋；「伏筆」製造緊張效果，於看似已結束之事件中，隱藏線索，並連接下一事件，使故事情節得以持續延展。這些舖述技巧之使用，使相同題材之扮裝文本具不同風味，增添閱讀之新奇性，展現扮裝文本之文藝美學。

　　明清扮裝文本為創作者藉以吐露心中塊壘之最佳媒介，這些創作者或因仕途失意，或因對傳統體制失望，或因故意凸顯人性黑暗面，或因單純為傳「奇」而編寫「扮裝」文本。藉由明清扮裝文本，可重新審視傳統體系對「性別」、「尊卑」、「階級」之權力秩序，亦可欣賞文本構成之美學藝術。這些扮裝文本雖取材於平凡日常生活，然運用豐富語言文字，創造屬於自我之藝術價值，並構成明清扮裝文本之文藝美學脈絡。

第七章　明清扮裝文本之美學精神

　　於群眾閱讀習慣影響創作內容之商業思考下，通俗文學作者爲迎合讀者之審美價值，刻意創造多變情節，競相逐奇追新。明清扮裝文本立基於通俗文化，又處於此股文學思潮中，當不可忽視此股由讀者帶領之審美思潮，故推出「扮裝」情節，以符群眾閱讀期待。「扮裝」題材之興起，使傳統古典小說注入創意因子，宣告「扮裝」題材成爲小說主題史上另一里程碑。

　　於時代潮流推動下，「扮裝」已非全然爲「傷風敗俗」之損德行爲，它突破傳統體制強加於男女之性別規範、階級秩序，以嶄新面貌由文學本位出發，改變普羅大眾對「扮裝」抱持之文化懷疑態度，使群眾喜愛扮裝文本，進而形成一股文學風潮。明清扮裝文本得以受空前歡迎，並廣泛流行，象徵「扮裝」主題已獲閱讀族群認同，展現其獨特之藝術魅力。當此審美趣味流行後，社會對「扮裝」造成之性別鬆動現象已較前代開放，然認同扮裝文本中之扮裝行爲，並非等同全盤認可現實社會中之扮裝行爲，於「文學虛境」與「社會實境」之間仍存在文化距離與道德鴻溝，然明清扮裝文本之流傳，說明社會對「扮裝」之接受已漸攀高，雖則性別差異依然存在，然已無法純就「尊、卑」、「上、下」、「剛、柔」等二分觀念決定性別未來，存在於兩性間之性別流動或游移空間，代表性別觀念之進步與包容。

　　明清扮裝文本獲得時代認同度之程度，可藉由扮裝文本之大量湧現、扮裝戲劇之持續敷演與觀眾之熱烈反應等情形獲知。此時期具扮裝情節之文本明顯較前朝爲多，此種現象顯示小說或戲曲作者認同「扮裝」所造成之戲劇效果，爲使劇情有更多變化，因而於故事內容添入「扮裝」情節，以使小說及戲曲更爲豐富精彩。不少文本以「扮裝」做爲貫串故事之橋段，甚至以「扮

裝」爲主軸、敷演故事，亦有部分文本爲迎合當時文學潮流及大眾審美情趣，刻意加入扮裝情節，即使此扮裝橋段對故事敷演毫無影響。此種文學審美觀之形成自有其社會、文化背景，閱讀者認同扮裝文本，造成閱讀風潮；爲呼應廣大讀者之審美需求，作者加入扮裝情節，於閱讀者、創作者、文本三者之間，彼此牽連，形成特殊之欣賞美學網絡，也成爲明清扮裝文本美學之展現。

第一節　追奇競新──審美思潮之主體精神

　　一個時代之審美思潮，往往爲影響此時期群體思惟之重要關鍵，使人類展現迎合此審美思潮之行爲。歷經時空演換後，新的審美思潮又被人類以新的思惟模式帶動，進而掀起另一波審美革命。不同時代於外緣背景與內緣文化交互作用之差異影響下，呈現無法彼此取代之時代特質，此正是明清時期展現與前朝不同時代特色與審美價值之關鍵。以此角度思考，可以想見何以明清時期是自唐宋文化以來，第二次興起之文化高峰。明清時期之文化思想複雜多變，具多面向，不僅文化內部本質改變，同時融入外來文化之新異思想，使此時期之文化有別於傳統，並造就明清時期「任意好奇」之時代風潮。明代中後期後，社會普遍出現追求「奇」之審美心理，無論是對奇人奇事或特殊奇特之文藝作品，皆表現一致之審美趨向。

　　此股審美趨向使明清文學作品展現作者鮮明之個人特質，使文學作品呈現各具性格之特色，尤以敘事文學而言，更是充滿「追奇競新」之因子，如新奇、超現實之神怪小說《西遊記》、《鏡花緣》；或專記奇人異事、花妖狐怪之《聊齋誌異》等作品，堪稱將此股追求「任意好奇」之精神發揮至極之文學展現。「任意好奇」之創作趨向並非獨爲敘述神怪妖魅、奇異冒險或特意搜奇之敘事文本所有，以反映現實生活、揭示人情世態爲主之世情小說，亦同樣以「任意好奇」爲創作精神，此股競尚求奇之創作心態，可由明代湯顯祖《合奇・序》獲得印證：

> 予謂文章之妙不在步趨形似之間。自然靈氣，恍惚而來，不思而至。
> 怪怪奇奇，莫可名狀。非物尋常得以合之。蘇子瞻畫枯株竹石，絕
> 異古今畫格。乃愈奇妙。若以畫格程之，幾不入格。米家山水人物，
> 不多用意，略施數筆，形像宛然。正使有意爲之，亦復不佳。……

凡天地間奇偉靈異高朗古宕之氣，猶及見於斯編。神矣化矣。〔註1〕
湯顯祖強調文學藝術作品必須具備新奇、特殊、不刻意模倣他人之特點，並
舉蘇軾及米家父子之畫爲喻，認爲這些名家成爲名家之因，即因「畫格奇妙、
不多用意」。自然靈氣「怪怪奇奇，莫可名狀」，若能把握自然靈氣「怪奇」
之精神，文學藝術作品即能充滿天地「奇偉靈異、高朗古宕」之靈氣，臻至
「神矣化矣」之境界。湯顯祖對文學藝術作品之審美觀，正說明當時以「奇」
爲尚之審美風潮。

　　明清小說作者於取捨創作題材時，以「奇」爲創作標準，甚至以「奇」
字入書，表達作者之創作意涵，如抱甕老人將自編話本小說命名爲《今古奇
觀》等。明清扮裝文本亦不例外，凌濛初將己作話本小說命名爲《拍案驚奇》、
《二刻拍案驚奇》，其《二刻拍案驚奇·小引》曰：

　　　　偶戲取古今所聞一二奇局可紀者，演而成說，聊舒胸中磊塊。非曰
　　　　行之可遠，姑以遊戲爲快意耳。同儕過從者索閱一篇竟，必拍案曰：
　　　　「奇哉所聞乎！」〔註2〕

「偶戲取古今所聞一二奇局可紀者」說明凌濛初編作《拍案》系列之著作旨
趣，創作者由現實生活轉化而來之文學藝術，逐漸發展爲「新奇」之審美標
準，使明清社會普遍存在「追奇競新」之審美觀，此類注重「新奇」之小說
於閱讀市場之需求量大增，凌濛初於《拍案驚奇》後，持續推出《二刻拍案
驚奇》以回應大眾需求，馮夢龍《喻世明言》、《醒世恒言》、《警世通言》三
部作品雖未以「奇」字命名，然亦符合此股追求新奇之審美風潮，因而大受
歡迎，並成爲明代短篇小說之代表，於文學史佔有一席之地。

　　明清時期爲新舊文化相互衝突卻亦逐步融合之非凡時代。此股特殊文化
氛圍孕育專屬於此時期追求人性自由之解放精神，無論是普羅大眾抑或士大
夫階層，皆展現異於其他時期之審美態度，「奇」正是貫串明清兩代最重要之
審美精神。無論是何種形式之文學體裁，若能突破過往作品之窠臼，求新求
變，必可引起讀者之注意，正如「扮裝」爲刻意改變身分或性別之奇特行爲，
此項特色正足以吸引讀者閱讀目光。無論是現實生活或文學作品，「扮裝」皆
呈現特殊且奇幻之效果，由對奇聞軼事之追求、藝術之推陳出新與戲劇演出
之實際效果等研究視角出發，將可一探「奇」於明清扮裝文本之藝術作用。

〔註1〕湯顯祖：《湯顯祖詩文集》（上海：古籍出版社，1982年）。
〔註2〕凌濛初編：〈小引〉，《二刻拍案驚奇》（臺北：建宏書局，1995年）。

一、奇聞軼事之追求

明清時期通俗文學盛行，各種通俗文學以迥異之表演形式融入普羅大眾之日常生活。由文學演進歷程經驗獲知，大眾化之通俗文學開展後，必然由「凡」之常態趨向於「奇」之模式，此條軌跡之演進現象可從文人筆記、札記之選材內容與市民階層之娛樂趣味中窺見端倪。

當時文人筆記、札記所敘多為日常所見所聞之現實事物，若有與平昔慣性思考出入之聽聞，文人必因其特殊性記上一筆，故若欲搜羅此時期之奇聞軼事，文人筆記確有保存時聞之高度價值。於明清文人筆記中，除周遭日常事物之記載外，更有不少有關扮裝事蹟或傳聞之記錄，如焦竑《焦氏筆乘》記載〈我朝兩木蘭〉之事、李詡《戒庵老人漫筆》卷五〈男子變女〉記載隆慶年間某男子因變性而改扮女裝之事等等，另如謝肇淛《五雜組》、徐應秋《玉芝堂談薈》皆有男女扮裝之傳聞記錄。這些筆記雜言內容多為文人日常所聞與感事雜言記錄，僅為個人之私藏，不須對閱讀市場負責，亦無須譁眾取寵，文人當可暢所欲言毋須拘忌，故明清文人筆記選材內容以搜羅奇聞軼事為尚，正真實呈現明清時期追求奇聞軼事之審美趣味。

明代中後期由於商業高度發展，原居於平民階級末層之商人階級普遍抬頭，甚至成為平民階級之實際領導者，擁有最具影響性之群眾力量。隨明清通俗文學之高度發展，閱聽市場產生大量閱聽群眾，此群通俗文學閱聽者即以商賈階級為主流。商賈階級為經濟繁榮之重要因素，較之農、工階層享有更豐富之經濟利益，故明清通俗文學於經濟實力雄厚之商賈階級支持下蓬勃發展，商賈勢力亦成為影響明清通俗文學發展之重要角色。此種現象反映於明清通俗文本，作者甚且將商賈階級化身為主角，進行書寫。〔註3〕

由於商賈階級商業交易範圍縱橫南北，見識當較一般市民廣博，尋常娛樂已無法滿足商賈階級之嚐鮮需求，商賈階級於是開始於日常生活找尋刺激元素，極力滿足耳目聲色之生理需求。從現實面考量，創作者為抓住此群主

〔註3〕 明代中後期商賈勢力崛起，於提供娛樂演出的茶坊酒館中，商賈階級成為消費主力。由於經濟實力雄厚，商賈階級依靠「捐官」藉機結交統治階級，加強自身勢力，成為名符其實之「有錢、有勢」者。為反映此股社會寫實現況，明代中後期出現諸多以商賈階級為主角之文學作品，如《金瓶梅》以描寫西門慶家族興衰與其妻妾生活為主題；短篇小說〈蔣興哥重會珍珠衫〉、〈李秀卿義結黃貞女〉、〈劉小官雌雄兄弟〉、〈十五貫戲言成巧禍〉、〈賣油郎獨佔花魁〉等，亦以商賈階級為主角，反映當時商賈勢力崛起之社會現象。

力消費者之心理，必須尋求全新的創作素材，否則易遭喜新厭舊之閱讀群眾淘汰，失去經濟來源；從創作面思考，通俗文學必須自體更新、翻出奇意，否則將淹沒於詩、詞等文學主流中。故為因應廣大閱聽市場之趨奇心態，部分本無扮裝情節之小說故事本源，於明清時期「崇怪趨奇」之閱聽心態與文人「作意好奇」之時代潮流中，後出之改寫文本增添扮裝情節〔註4〕，以符大眾審美趣味。

　　無論是文人或閱聽群體皆不約而同展現對「奇」之追逐趨向，於此股追求「奇」之審美趨勢下，更助長「扮裝」情節大量出現。無論是文學作品或大眾日常生活，追求異於平常或平常不易見之事物，正凸顯「奇」為明清扮裝文本藝術內涵之特殊性。此股趨勢影響所及，許多文人如謝肇淛、徐應秋等，大量於其筆記記載當時之奇聞軼事及扮裝傳聞記實，正是此股追求「追奇競新」趨勢之最佳見證。

　　明清扮裝文本之「奇」奠基於日常生活，主角為普通人類，非仙非怪；場景設定於尋常環境，非未可知之仙界、陰界。從現實主義出發，不依靠怪力亂神，亦不刻意造作，明清扮裝文本呈現平凡中之奇特、奇特中之平凡。「奇」與「凡」性質各異，因彼此之差異、矛盾、衝突而產生之火花與其引發之效應，自然格外引人注意，故於大眾趨奇心理影響下，諸如「扮裝」此

〔註 4〕 有關扮裝情節之文本本源與後出改寫文本兩者之故事流變研究，可參見譚正璧《三言二拍資料》。（上海：古籍出版社，1980 年）譚書考證《古今小說》卷二十三〈張舜美元宵得麗女〉故事本源於男女主角私奔一段，原文作「一鼓已深，天色陰晦，忽見女子，攜一繡囊，躡足而來。」本源僅記載男女主角相約夜半無人時私奔，女主角於匆忙之中，儘攜一繡囊躡足與男主角相會，作者對女主角之衣飾、外貌並無任何細節描繪。然於改寫之扮裝文本《喻世明言》卷二十三〈張舜美元宵得麗女〉中，則清楚記載女主角劉素香「粧做一箇男兒打扮」，甚至須穿著男性大鞋以掩飾女子裹小腳之細節皆設想周到，其描述細膩可見一斑。又如《醒世恒言》卷十五〈赫大卿遺恨鴛鴦絛〉的故事本源《涇林雜記》中，記載赫大卿停留寺中，與淫尼們歡樂縱欲終以病故。然於後出的改寫扮裝文本《醒世恒言》卷十五〈赫大卿遺恨鴛鴦絛〉中，對此段有較多著墨。寺中尼姑為求與赫大卿保有長時間之肉體歡樂，於是將赫大卿「剃去頭髮，再作尼姑粧束，使赫監生返家不得。」於改寫文本中，赫大卿本為性自主之男性，在半自願半強迫之情況下被改扮為尼姑，雖能終遂與尼姑們淫樂之私願，然亦替自己帶來毀滅性結果。上述兩例之故事本源皆無扮裝情節，然後起之改寫文本卻皆增添扮裝情節，使故事鋪敘愈趨多變，也愈迎合讀者求新好奇之審美心態，於文學藝術呈現方面增添數分趣味。

類特殊軼聞或小說情節，自亦成爲大眾矚目焦點，於明清時期形成文學創作之一股新風潮。

二、藝術之推陳出新

就文學性質而言，小說屬於敘事體裁，其特性十分適合須舖述情節、講究結構之扮裝故事。扮裝故事因情節特殊，符合明清時期大眾「好奇」之審美趣味，因而於小說盛行之明清時期大量出現，並深受大眾喜愛。這些閱讀者對扮裝文本之欣賞，可由扮裝文本自身與社會外緣兩方面體現：

（一）文學內緣──情節之奇

隨社會變遷與進化，閱聽群眾於明清時期大幅增多，傳統文學作品已無法滿足這群消費主力，爲迎合此消費族群之審美趣味，明清扮裝文本作者於文本加入扮裝情節，展現不同於過往題材之新創意。然而加入扮裝情節後之文本是否即可全然獲得閱聽消費者之共鳴，將爲考驗作者是否具備吸引群眾之創作實力與作品是否得以延續文學壽命之重要關鍵。明清扮裝文本之扮裝情節不外乎「男變女」、「女變男」或「甲變乙」模式，然不同作者之創作構思將使扮裝情節變化多端。於作者之藝術構思中，有些扮裝者爲方便逃難而扮裝，有些則爲滿足性慾、自我實現、追求愛情等不同動機而扮裝，動機不同，故事之情節走向自亦不同，使「扮裝」這個單純動作，呈現不同之文化內涵，同時亦展現作者對「奇」之創造與讀者對「奇」之追求的雙重心態。

扮裝文本於情節方面所營造之「奇」，多運用不同事件與迥異之人物形象呈現多種風貌。故扮裝文本雖同以「扮裝」情節做爲故事舖敘橋段，然其思想內涵卻相當多樣化。扮裝文本作者對「奇」之有意識創造，使文本自體本質持續進步，而非將舊有文學遺產照單全收。扮裝文本所呈現的情節之奇，正爲明清時期敘事文本藝術技巧成熟之結果，故明清敘事文本情節多具曲折離奇、變化多端之特色，此亦爲作者所特意追尋之藝術效果，此種「追奇求新」之敘事特色，即是明清敘事文本之共同趨勢。明清扮裝文本既爲此股潮流之文學產物，自亦對每一事件之佈局、情節連繫、人物互動關係及出場安排等項目做審慎處理，方可使故事進行流暢而無礙，自然而不矯作。

一部扮裝文本之成功，取決於創作者本身藝術涵養之高低，必須使扮裝文本每一個環節緊緊相扣，內容更不可流於俗套，顯示扮裝文本創作者對情節之美學要求。創作者之創作意識除依據自我美學要求與思考邏輯外，尚須

兼顧市場需求，故扮裝文本於情節刻意追求曲折離奇，可謂是為迎合大眾閱讀心理所發展出之特點。明清扮裝文本對藝術之追求，成功獲得大眾支持，顯現藝術技巧之純熟，同時亦反映明清「厭俗好奇」之社會心理。此股「追奇競新」之風潮由作者及讀者同時帶領，從文學藝術作品角度觀看，惟有「言人所未言」、重視原始藝術構思而非一味模仿他人之藝術作品方有藝術價值。僅可惜後繼者為凸顯故事情節之奇，一味運用「扮裝」手法，反而造成「千篇一律」之效果，不僅無法為作品加分，反而嚴重傷害作品之藝術價值。張岱云：

> 傳奇至今日，怪幻極矣，生甫登場，即思易姓，旦方出色，便要改妝，兼以非想非因，無頭無緒，只求鬧熱，不問根由，但要出奇，不顧文理。〔註5〕

張岱批評當時戲曲情節千篇一律，只重「出奇制勝」，卻全然忽略增添易姓、扮裝情節後之故事完整性；僅知譁眾取寵，卻不顧作品之藝術性，因而提出批評，以為警訊。這些易姓和扮裝情節原為一新觀眾耳目、增加劇情高低起伏所安排，然大批作者趨之若鶩，只知一窩蜂模仿此類情節，使「新奇」情節頓時失去「新奇」之創作本質。硬套上扮裝和易姓情節之作品，雖反映當時追求新奇之時代風潮，然若忽略作品藝術要求，其價值自是低微。張岱之批評一針見血，直接點明後期扮裝文本因刻意模仿易姓、扮裝情節所造成之負面效果。張岱對當時作者只知盲目追求「易姓」、「改妝」流行之批評，更見證扮裝情節被大量運用於敘事文本之時代風潮，反映作者創作心態與通俗大眾審美觀二者之間之交錯作用。

（二）社會外緣──日常之奇

　　「柴、米、油、鹽、醬、醋、茶」這些日常瑣事為人類每日所見所聞，成為正常之生活模式，並且一再重覆。正因如此，故人類往往並未留意這些瑣事對人類生活發生之影響，因而忽略這些瑣事亦是人類生活運作之重要元素。正如「水」為人類日常生活所需，有水時，不覺水之重要，然一旦缺水，面臨死亡之威脅，始驚覺水之重要性與必然性。於文學作品產生過程中，創作者正是第一個注重「水」的存在性之重要人物，於大眾對水之需求尚渾然不知時，創作家早已了解水之重要，並吸收水中養份，將之化為精采之文學

〔註5〕張岱：〈答袁籜庵〉，《琅嬛文集》（上海：國學研究社，1935年），卷三。

作品。故文學作品必須根基於人類日常生活，透過創作者之雙眼、雙手，使後知後覺之讀者進入文學世界，察覺日常生活重要元素與事件，並進而反思自我眞實景況。

　　明清扮裝文本作者以其敏銳感官觀察日常萬物，於作品中反映社會眞實情況，並充分運用虛構、想像技巧，使現實生活轉化、濃縮爲文本中之人、事、物，如對婚姻制度之觀察、性別差異之省思、人類情欲之觸發、個體精神之提倡等，皆源自現實生活引動之感興。明清扮裝文本既根基於日常現實生活，故易於引起大眾共鳴，同時亦因此種共同生命情感，使扮裝文本大爲流行，形成一股新興文學力量。文學作品之誕生，取決於作者對藝術構思之能力，明清扮裝文本之寫作題材雖取材自日常生活，然並未因此平淡無奇，反而透過這些作者之藝術構思，加入新奇元素，既不平淡，亦不流於誇張，「日常生活之奇」，正是明清扮裝文本所展現之美學主張。李豐楙云：

> 幻奇派藝術方法的幻擬性、奇異性和寄託性，決定幻奇派小說作品
> 必然以表現理想、抒發激情爲主，因而其描寫內容也常常是天庭、
> 地府等非人間所實有的幻想天地。然而，無論其描寫內容如何超越
> 現實，但在實質上仍然是現實生活的曲折反映……離開了現實生活
> 的基礎，這種浪漫主義也就沒有任何積極意義了。〔註6〕

李豐楙點出小說具反映現實生活之特徵，正如「幻奇派」神怪小說描繪虛幻不眞實之異想世界，然其主要精神內涵仍須與現實生活結合，方具存在之積極意義。神怪小說尚須如此，遑論以眞實世間爲主之扮裝文本。因此扮裝文本之審美判斷雖以「奇」爲優先，然所謂「奇」並非強調譁眾取寵，亦非刻意捏造、矯揉造作，而是人類於現實生活中自然流露之天性。儘管明清扮裝文本之人物與情節多屬虛構，然其精神內涵卻與現實生活息息相關，故扮裝文本作者於創作過程必須以自身生活體驗爲主體，貼近大眾普羅生活，方可創作出眞正奠基於日常生活中之優秀作品，若只是關在象牙塔中從事創作，不僅無法引起大眾共鳴，更失去感動人心之眞實力量。

　　由明清扮裝文本呈現之主題進行觀察，可以發現人類現實生活之需求，包括對俗世欲望之追尋、婚姻自主之企盼、求學、任官甚或馳聘沙場機會之爭取等，這些礙於現實條件而無法達成之目的，都可藉由「扮裝」實踐，將

〔註6〕李豐楙：〈先秦變化神話的結構性意義——一個常與非常觀點的考察〉，《中國小說學通論》（安徽：合肥安徽教育出版社，1995年）。

「不能」轉爲「可能」，尤以女性而言，「扮裝」使她們獲得自我實踐之機會，故明清扮裝文本爲反對傳統禮教而提出之改革聲浪，成爲女性冀望改變現實之最大救贖。

　　明清扮裝文本致力於藝術構思，尤以情節而言，更是充分體現對「奇」之領悟。然扮裝文本並不刻意以奇特事蹟做爲譁衆取巧之手段，從日常生活經驗中之奇人異事取材，並以此作爲創作訴求及表現人情世態之重點，方是其價值所在。明清扮裝文本作者凌濛初於《拍案驚奇·序》云：

> 語有之：「少所見，多所怪。」今之人但知耳目之外牛鬼蛇神之爲奇，而不知耳目之內日用起居，其爲譎詭幻怪非可以常理測者固多也。……因取古今來雜碎事可新聽睹、佐談諧者，演而暢之，得若干卷。〔註7〕

睡鄉居士於《二刻拍案驚奇·序》亦云：

> 今小說之行世者無慮百種，然而失眞之病，起於好奇。知奇之爲奇，而不知無奇之所以爲奇。捨目前可紀之事，而馳驚於不論不議之鄉，如畫家之不圖犬馬而圖鬼魅者，曰：「吾以駭聽而止耳。」夫劉越石清嘯吹笳，尚能使群胡流涕，解圍而去，今舉物態人情，恣其點染，而不能使人欲歌欲泣其間。此其奇與非奇，固不待智者而後知之也。〔註8〕

凌濛初與睡鄉居士認爲所有新奇之事本隱於人類週遭生活，若以冷靜客觀角度視之，必可察覺其中奧妙之處，故小說文本不可僅因好奇而失眞，而須於人類實際生活發掘其特殊之處，同時，亦不應爲迎合情節之變化，而忽略眞正人情。凌濛初又云：

> 今世愈造愈幻，假託寓言，明明看破無論，即眞實一事，翻弄作子虛烏有。總之，人情所不近，人理所必無，世法既自不通，鬼謀亦所不料，兼以照管不來，動犯駁議，演者手忙腳亂，觀者眼暗頭昏，大可笑也。〔註9〕

凌濛初批評當時劇場文化爲求招攬生意，故意藉由各種花招以求觀者之青睞，但這些稀奇古怪之情節僅能滿足觀衆暫時之好奇、消遣心理，無法成爲

〔註7〕　凌濛初編：《拍案驚奇》（臺北：建宏書局，1995年）。
〔註8〕　凌濛初編：《二刻拍案驚奇》（臺北：建宏書局，1995年）。
〔註9〕　凌濛初編：《譚曲雜箚》（北京：中國戲劇出版社，1959年）。

票房長期保證，故凌濛初批評此種投機心態，提出「人情所不近，人理所必無」之論點，強調若創作作品欲避免扭捏造作之弊端，勢必符合人情之自然發展，以免成為一齣「大可笑」之鬧劇。因此無論情節如何曲折離奇、天馬行空，皆不可罔顧人類真實情性與實際生活，以人類實際生活做為觀察生命之體現，正是明清扮裝文本之創作精神。

　　文學作品之可貴在於作者自身想像力與創造力，若一味依人類真實生活進行書寫，則與史書何異之有？故明清扮裝文本所重之「奇」，奠基於布帛菽粟，卻又能幻化世情百態。明清扮裝文本作者以細膩之文學觀察，探求人性之價值，並進而呈現與周遭生活環境對應之虛構世界。於此前提之下，扮裝文本作者對傳統禮教不公之處表達抗議，更藉由扮裝者之扮裝行為，重新檢視性別差異所引發之問題，如對傳統婚姻制度之省思、對傳統制度之不滿及對縱慾好色者之懲戒等，這些皆為扮裝文本作者觀察人類實際生活後，所欲表達之創作內涵。明清扮裝文本作者體認唯有從人類日常生活為起點，方能貼近人類真正之心聲，挖掘最原始之慾求，故明清扮裝文本藝術層面呈現之「奇」，絕不因奠基於日常生活，而淪為了無新意、毫無價值之文字紙本。

三、戲劇演出之實際效果

　　明清時期戲曲演出盛行，傳奇以活潑多變之演出形式取代雜劇〔註 10〕，於當時形成一股風靡熱潮。戲曲與傳統雅文學——詩、詞之本質具極大之差異，戲曲強調通俗易懂，更可符合一般大眾之審美趨向。上至達官貴族，下至販夫走卒皆深受戲曲吸引，即因戲曲之語言習慣與演出內容等因素，得以迅速抓住大眾消費特性，達到「雅俗共賞」之娛樂效果。也因戲曲之普遍性，其在閱聽市場之佔有率遠較詩、詞為大，由戲曲所造成之風潮及此風潮帶來之影響，亦可探見明清時期所顯現之「奇」之審美觀。戲曲將文本搬上舞臺演出，堪稱文本之「代言人」與「活動者」，故作者、文本、讀者、演員與觀眾間之微妙關係，形成一幅複雜之審美網絡，戲曲演出之成功與否往往成為文本是否得以流行之重要關鍵，上述消費關係，亦可看出明清社會風尚之趨

〔註 10〕元雜劇僅能由一人獨唱，但明傳奇卻可多人演唱，就舞台演出效果而言，傳奇較雜劇更能提供觀眾多元選擇，使觀眾得以欣賞更多舞臺演員精湛之歌唱表演與出色之戲劇演出，故元雜劇市場逐漸縮小，終為明傳奇所取代。明傳奇取代元雜劇，實為市場機制控管下之結果，大眾審美需求成為市場取向之指標，並進而成為劇作家創作劇本之重要關鍵。

向，並進一步成爲了解明清社會之重要資料。

由於戲曲具強大之感染力，故吸引許多文人投入戲曲創作，亦因戲曲提供文人更自主之創作空間，故許多仕途不得意之文人爲己身找到人生之新舞臺，遂將滿腹心聲寄託於戲曲。這些劇作家需兼顧藝術性與演出之實際效果，化身爲劇中人物，模擬其人其聲其口，以「擬眞」心態創作劇本，方可使劇本具合理性及眞實性，貼近人類眞正生活，故劇作家對劇本創作無不竭盡心力。且戲曲演出大多肩負票房責任，若劇本無法引起閱聽群衆之共鳴，其票房必受影響，對這些仕途不順之劇作家而言，不僅嘔心瀝血所成之作品無法見世，其經濟來源更將出現嚴重危機，故劇作家於文人自尊與經濟支出之雙重壓力下，尚須兼顧劇本之文學藝術與演出效果，明清時期審美思潮具鮮明之市民性、世俗性，故作者爲創作精湛且賣座之劇本，必須貼近人民生活，了解市井大衆之審美趣味，方可達成目標。

明清時期戲曲盛行，加以扮裝內容之「奇」廣受消費市場歡迎，使扮裝故事中之典型人物如祝英臺、花木蘭等，爲大衆所知曉。扮裝文本之魅力須憑藉作者之書面文字加以呈現，而戲曲演出藉由演員之說、演、唱，將扮裝文本世界立體化、具象化，並以視覺、聽覺雙重媒介傳達予觀衆，大幅提高扮裝文本之普及率，故平面之扮裝文本以具體方式落實於舞臺演出時，其散發之獨特魅力——「奇」，則明顯具鮮明之美學特質。然戲劇演出成功與否，須結合各項因素共同到位配合，並非僅取決於劇本一項，能將劇作家心血完整詮釋，並於舞臺完美演出之諸位演員，即爲最重要關鍵之一。戲劇演員採現場演出，將最眞實之表演狀況呈現於觀衆面前，因此即使演出同一戲碼，每次演出皆是唯一、無法重來之表演，故演員無不全力以赴，期使戲劇獲得大衆肯定，只要愈受觀衆歡迎，票房愈賣座，對走唱過活之戲班而言，亦代表著未來經濟生活之保障，因此考量經濟因素，這些演員必相當重視每次於觀衆眼前演出之機會。當戲劇演出之際，亦是舞臺演員與臺下看倌直接面對之時刻，故戲曲比任何形式之文學體裁更貼近閱聽群衆，演員可由臺下看倌觀看戲劇之反應，判斷群衆欣賞與否之訊息，獲得立即之回饋。

明清時期之舞臺演員多由男性擔任，爲演出需要，男性尚須權充女性角色，扮裝爲戲劇中之女性。演員於舞臺上進行性別變裝，從事「反串」，此種顛覆性別之特殊演出，帶給欣賞戲劇之閱聽大衆全新之視覺感受。男性演員爲傳達女性角色話語，必須模擬女性之體態、神情、動作等細節，對演員而

言，無疑是高難度之自我挑戰，為顧及演出效果，反串女性之男性演員無不絞盡腦汁、細心揣摩女性聲態，臺上之媚姿，比起真正女性猶有過之，因而贏得許多觀眾之熱烈迴響及喜愛。陸容《菽園雜記》云：

> 其扮演傳奇，無一事無婦人，無一事不哭，令人聞之，易生悽慘……
>
> 其贗為婦人者名妝旦，柔聲緩步，作夾拜態，無不逼真。〔註11〕

這些男伶生動之戲劇搬演，使新奇扮裝情節得以打動人心，諸多扮相柔美、體態嬌媚之男伶更是票房保證，其演出之轟動，使觀眾口碑一傳十、十傳百，更使扮裝文本大為盛行，故戲曲實為扮裝情節推波助瀾之重要因素。閱聽大眾觀眾為競相爭睹這些男伶之舞臺風采，形成一股追逐男伶之奇特現象。觀眾既為新奇故事劇情所吸引，亦為男扮女裝之男伶所震懾，臣服於其特殊舞臺魅力下。觀眾著迷戲劇，競相追求扮相柔美之男伶，形成明清社會「追奇好新」之風潮，此股風潮亦帶動男伶、相公、小唱等特殊行業之興盛，不僅捧紅諸多著名男伶，民間甚至舉辦男伶選美大會，票選「花魁」，大眾對男伶風靡之程度，甚至凌駕於名妓花魁之上。這項因演出實際需要，由男演員扮裝為女性角色之權宜之計，為明清社會開啟追逐男伶之奇特風氣，成為大眾特殊之欣賞美學。

「扮裝」於日常生活並非為一普遍現象，故群眾對扮裝文本之虛構世界抱存好奇及探索之心態，扮裝文本作者於文本中所建構之社會雖取材於日常生活，然與真實世界並非全然重疊，經作者之再創造後，形成一虛構之「真實世界」，再經戲曲演員詮釋，以更通俗、更普遍之方式深入群眾。戲曲演員之舞臺演繹，將文字符號轉化為真人實境表演，形成奇特之藝術魅力，此股魅力深深吸引普羅大眾，滿足群體閱聽期待，此種審美情趣之精神，即為對「奇」之欣賞與追求，包括扮裝故事之「奇」、演出實況之「奇」、男伶詮釋女性扮裝者之「奇」，男伶詮釋男性扮裝者扮裝為女性之「奇」等等，群眾沈迷此股多元風潮，直接表現率性自然之享樂風格，使扮裝文本於明清時期大肆盛行，也使戲曲藝術大放異采，實可歸功於此股「追新求奇」之欣賞風潮。

從文學演變脈絡得知，作品必須不斷推陳出新，方可出「奇」致勝，甚至成為當代時代文學，如漢賦、唐詩、宋詞、元曲及明清小說戲劇皆是如此。然而形成文學思潮後，繼之學步者眾多，雖可助長文學思潮之聲勢，然繼之

〔註11〕陸容：《菽園雜記》（臺北：廣文書局，1970年），卷十。

者若一味追隨前人腳步，並未注入個人生命情懷及新奇創新因素，則此股文學思潮之生命必漸趨衰敗，終爲時代淘汰。小說發展至明清時期實已臻於高峰，如何推陳出新，爲小說創作者須共同面對之課題。明清消費群眾明顯偏愛新奇、趣味之創作題材，於此種文學環境下，文人憑藉「作意好奇」之創作意識，不約而同推出「扮裝」情節，顯現對「奇」之欣賞。藉由扮裝行爲，營造不同於常態之特殊氛圍，使扮裝者自由游走於扮裝界限之對立間，並藉扮裝身分之便，滿足人類於現實生活無法達成之願望，故扮裝者扮演完成作者與讀者願望之實踐者，帶領讀者進入認知經驗外之領域，並使作者於此領域重新面對現實之匱乏，完成生命冒險。

第二節　陰柔爲美——男性內化之陰柔特質

　　明清扮裝文本敘述扮裝者跨越性別、階級界限，進而完成自我願望之過程。扮裝者於扮裝過程中，必先否定原始的「我」，藉由「扮裝」儀式，創造第二個「我」。原始的「我」破滅之因，源於扮裝者對自我性別及身分之缺乏認同，因而趨向於第二個「我」，因而扮裝者以第二個「我」的身分，悠遊於扮裝世界中。扮裝者第二個「我」的形象，是依扮裝者之意願創作而成，因而由其外在形象，可以窺見扮裝者之內在特質。扮裝者之外在形象由作者所塑造，作者對扮裝者形象之設定，自有其創作理念，並反映明清時期之審美觀。明清扮裝文本形塑之男性扮裝者，普遍具女性特質，此特質尤其表現於外貌、體態上，此時對男性之審美取向，明顯與以往著重男性陽剛表現截然不同，此種現象與男寵文化與明清社會現象具極大關聯。

　　男寵文化興於春秋戰國之際，此時男男關係大都立於雙方地位不平等之基礎，如君與臣、主與僕，明清時期更出現商業關係，產生金錢經濟之糾葛，弱勢者爲己身安危，迫於情勢，屈從於強勢者，甚或爲榮華富貴而曲意依附強勢者。此種男男關係並非建立於感情及人格之平等，這些男寵「以色事人」，爲保持色相以維關係，故於外在追求姣好面貌及婀娜體態，於內在則朝傳統社會之弱勢女性看齊。柔婉之女性化特質，正是這些男寵所追求之目標。

　　這些男寵雖爲男性，然因職業與情勢所限，並未享有社會賦予男性之特權，反被箝制於傳統體制，否定自身具備之男性特徵，從而向女性化靠攏。

此種男性趨於女性化特質之特殊風氣，於明清時期更加鮮明。當時男性樂於做女性裝扮，甚且形成一股社會風潮，主要推力實因明清商業發達，娛樂事業亦快速竄升發展，唱曲、戲劇更為其中發展最為興盛之行業。由於舞臺演出之需要，若劇本出現女性角色時，則由男伶著女性服裝扮演。為將女性神態表現入木三分，男伶於舞臺下時著女裝練習，以便上臺表現更加出色、自然，並博得纏頭。著女裝、裝女態之男演員，無形帶動審美風氣，亦提高社會大眾對男性趨向女性化之接受度。蜀西樵也《燕臺花事錄》敘男伶陸春燕云：「妝束上場，宛如好女。腰肢嬝娜，體態輕盈，只合以香扇墜目之。」〔註12〕同書署名高陽酒徒所著〈懷諸郎絕句〉云：「盈盈十四妙年華，一縷春煙隔絳紗。如此嬌憨誰得似，前身合是女兒花。」〔註13〕上述兩人將男伶直比女性，並以傾慕口吻敘寫女性化男伶之嬌憨態，真實反映明清社會對男性之審美標準由陽剛轉為纖柔之變化。

由梨園史料保存記錄觀察，明清社會的確以更開放之態度接受男性趨於女性化之風氣，甚至大力擁護、歌頌，形成以男性「陰柔為美」之論述中心。此種文化氛圍擴及扮裝文本，於明清扮裝文本中，男性扮裝者為扮成女性，自然必須力求逼真以取信他人，故於服飾、粧容、表情及舉止等方面，皆刻意模仿女性，以便達成目的。作者做如此安排，自是為考量男性扮裝者於扮裝女性後之種種行為之合理性，必須符合人情事理，方可加強扮裝文本之真實性。試想若桑茂、赫大卿等男性於扮裝女性後，仍是滿臉鬍渣、說話粗氣、動作魯莽，怎可瞞過良家婦女、順利進入內室？故由扮裝文本內容反推，為使過程合理化，故作者於設計此類男性扮裝者之形象時，必使其具女性化特質，方可使文本故事順利推進。然作者對未扮裝成女性的男性亦以女性特有陰性特質形容，則反映當時明清社會之審美思潮。此種女性化特質出現於男性身上，顯現衝突之美感，「男女二分」之界線，於明清社會之時尚風潮帶動下，已不再成為唯一教條，甚至產生調和作用，男女共性集於男性一身，產生男性以具女性特質為美之趨向。扮裝文本普遍認同男性扮裝者以擁有女性特質為美之審美趨向，如明代扮裝文本〈喬太守亂點鴛鴦譜〉中，作者藉女主角劉慧娘之口描述扮成女裝之孫玉郎之美：

〔註12〕 蜀西樵也：《燕臺花事錄》（北京：中國戲劇出版社，1988 年）。（收錄於《清代燕都梨園史料》）
〔註13〕 蜀西樵也：《燕臺花事錄》（北京：中國戲劇出版社，1988 年）。（收錄於《清代燕都梨園史料》）

一向張六嫂說他標致，我還未信，不想話不虛傳。僅可惜哥哥沒福受用，今夜教他孤眠獨宿，若我丈夫像得他這樣美貌，便稱我的生平了。〔註14〕

劉慧娘初見孫玉郎，即爲其美貌所惑，其內心獨白顯見劉慧娘全然未懷疑孫玉郎實爲男兒身，故孫玉郎之面貌及體型必定具備女性特質，方可瞞過劉慧娘及劉家上下。劉慧娘見扮爲女裝之孫玉郎心生讚歎，雖不知孫玉郎之眞實性別，然乍見此「女」，即聯想及「丈夫」，其中關聯，絕非偶然，劉慧娘之聯想，正隱含明清社會以男性擁有女性美爲尚之審美價值，故劉慧娘一見「標致大嫂」，則興「美貌丈夫」之願，顯見孫玉郎受「標致」、「美貌」之名，絕非特例，而是反映當時社會審美風尚之一端。

明代男性扮裝者著重於外在形貌女性化，然至清代，扮裝文本更注重扮裝者外型之表述，並將男性趨於女性化之審美觀發揮至極，以女性陰柔美爲男性之審美價值，並使用大量篇幅，鋪敍男性扮裝者之女性特質，顯示清代社會承繼明代社會對男性之審美觀，並加以進一步發展，李漁〈男孟母教合三遷〉所敍尤瑞郎，正是女形美男子代表：

那時節城外有個開米店的老兒，叫做尤侍寰，年紀六十多歲，一妻一妾都亡過了，止有妾生一子，名喚瑞郎，生得眉如新月，眼似秋波，口若櫻桃，腰同細柳，竟是一個絕色婦人。別的丰姿都還形容得出，獨有那種肌膚，白到個盡頭的去處，竟沒有一件東西比他。

雪有其白而無其膩，粉有其膩而無其光。〔註15〕

李漁先敍尤瑞郎之面容：「眉如新月，眼似秋波，口若櫻桃」；再敍其體態：「腰同細柳」；最後言及肌膚：「雪有其白而無其膩，粉有其膩而無其光」。層層推進形塑，皆爲鋪敍尤瑞郎之美如一「絕色婦人」。李漁之敍，將尤瑞郎之「美」示現於讀者面前，於李漁之話語構成中，尤瑞郎不僅容貌出色，同時皮膚光滑細緻、雪白透光，可謂麗質天生，即使上等美女見之，必也遜色甚多。尤瑞郎之「美」，眾人垂涎，引起一場浩劫，使許季芳爲之受難死亡，豈非「紅顏禍水」之翻版？尤瑞郎雖爲男性，然其外在形貌與其內在思惟皆同女子，其女性化程度已較明代男性扮裝者爲深，趨於女性化之特徵更加明顯。

〔註14〕馮夢龍編：〈喬太守亂點鴛鴦譜〉，《醒世恒言》（臺北：建宏書局，1995年），卷八。

〔註15〕李漁：〈男孟母教合三遷〉，《無聲戲》（北京：中華書局，1991年），卷六。

　　《紅樓夢》此書雖未以扮裝為主軸，然作者形塑男性，尤其是正面男性時，亦多所標榜其女性化特質，賈寶玉正是其中典型，《紅樓夢》第三回敘述寶玉：

> 面如中秋之月，色如春曉之花。鬢若刀裁，眉如墨畫，鼻如懸膽，眼如秋波。若怒時而似笑，即瞋視而有情……面如傅粉，唇如施脂。轉盼多情，語言若笑。天然一段風韻，全在眉梢；平生萬種情思，悉堆眼角。〔註16〕

曹雪芹以「春曉之花」狀男子，此種比喻與男剛女柔之刻板印象完全相反。曹雪芹刻意著墨賈寶玉之女性特質，以「面如傅粉，唇如施脂」之女性裝扮，套用於寶玉身上，再加以「轉盼多情，語言若笑」，更賦予寶玉擁有誘人之韻，令人增添無限遐思。曹雪芹更運用「藉言」技巧，敘劉姥姥無意闖進寶玉臥房，驚歎道：「這是那個小姐的繡房？這樣精緻！」〔註17〕劉姥姥之言，愈發顯見賈寶玉之女兒氣息。賈寶玉做為《紅樓夢》正面形象之男性代表，其陰柔特質顯現曹雪芹營造正面男性形象之價值判斷。曹雪芹賦予正面男性人物「女性化」之特質，反之，負面男性人物則具顯著之雄性特徵〔註18〕。此種「女兒崇拜」情結〔註19〕實為清代美型男之內化特質，除外在形貌擬真女性，

〔註16〕 曹雪芹：〈託內兄如海薦西賓　接外孫賈母惜孤女〉，《紅樓夢》（臺北：地球出版社，1990 年），第三回。

〔註17〕 曹雪芹：〈賈寶玉品茶櫳翠庵　劉姥姥醉臥怡紅院〉，《紅樓夢》（臺北：地球出版社，1990 年），第四十一回。

〔註18〕 《紅樓夢》之負面男性人物大多具顯著之雄性特徵，如虐死迎春的孫紹祖，第七十九回云：「如今孫家只有一人在京，現襲指揮之職。此人名喚孫紹祖，生得相貌魁梧，體格健壯，弓馬嫻熟。」（臺北：地球出版社，1990 年）此等人物卻是虐妻、好色、好賭、酗酒之惡徒，最終虐死無辜之迎春，此變態行徑，醜陋不堪，實為人神所共憤。然此種負面形象於小說人物形塑而言，確有其存在價值，曹雪芹刻意營造此種負面男性形象，其作用正為以其「醜」反襯正面男性人物之「美」，以凸顯曹雪芹、秦鐘等美型男之美學意義。

〔註19〕 《紅樓夢》之女性情結處處可見，如第二回中，冷子興引賈寶玉言曰：「女兒是水做的骨肉，男人是泥做的骨肉。我見了女兒便清爽，見了男子便覺濁臭逼人。」（臺北：地球出版社，1990 年）賈雨村引甄家寶玉言曰：「這『女兒』兩個字，極尊貴極清淨的；比那瑞獸珍禽，奇花異草更覺稀罕尊貴呢。你們這種濁口臭舌，萬萬不可唐突了這兩個字；要緊，要緊。但凡要說的時節，必用淨水香茶漱了口方可；設若失錯，便要鑿牙穿眼的。」（臺北：地球出版社，1990 年）作者特藉冷子興、賈雨村之口，標榜「女兒」理論，強調女子尊貴與潔淨，故《紅樓夢》女性才情遠出男性之上，即便是賈寶玉，亦望塵莫及，作者的「女兒崇拜」，不僅展現於女性身上，更使正面男性人物亦朝「女

即便神韻、舉止亦具女性化傾向。賈寶玉集清代男性美標準於一身，亦是清代小說眾多美型男中之指標人物。《紅樓夢》美型男形象真實反映當時之審美價值，並同步反映當時之欣賞美學。

扮裝文本發展至清代末期，女性陰柔特質更是完全內化於男性，除形貌、衣飾、神韻、舉止擬真女性，即使思想，亦向女性柔順、卑下之社會特質看齊。清末專以描寫男同性戀為主之扮裝文本《品花寶鑑》，其中不乏此種男性人物。這些男性人物外貌同樣以女性陰柔美為尚，如第一回敘寫梅子玉：

> 生得貌如良玉，質比精金，寶貴如明珠在胎，光彩如華月升岫……
>
> 不佩羅囊而自麗，不敷香粉而自華。〔註20〕

第十三回，田春航讚美蘇蕙芳：

> 玉軟香溫，花濃雪豔，是為寶色！環肥燕瘦，肉膩骨香，是為寶體！
>
> 明眸善睞，巧笑工顰，是為寶容！千嬌側聚，百媚橫生，是為寶態！
>
> 憨啼吸露，嬌語瞋花，是為寶情！珠鈿刻翠，金珮飛霞，是為寶妝！
>
> 再益以清歌妙舞，檀板金尊，宛轉並生，輕盈欲墜，則又謂之寶
>
> 藝、寶人！〔註21〕

《品花寶鑑》對這些男性人物之描繪在在顯示這些男性人物外顯之女性特質。然而《品花寶鑑》為後期之扮裝文本，作品所流露之欣賞趣味與明代《三言》、《二拍》等扮裝文本已有不同，《品花寶鑑》更著墨於男性間之情愫與其內化之女性思想。如梅子玉與相公伶官杜琴言互生愛慕、兩情相悅，然梅子玉礙於對傳統體制之敬畏與面對父母威權時之示弱，強自壓抑心中愛念與杜琴言保持距離，然長期扭曲之感情負荷，使梅子玉無法承受，因此久病不起。梅子玉對不見容於婚姻體制之同性愛採懦弱膽怯之態度，畏懼被社會價值排擠，刻意壓抑情感，對所愛無法付出爭取行動，僅能一味謹守教化規條，這些處事態度反映負面之女性特質，即使清代社會普遍承認「女性特質」為男性「美」之表徵，然清末時代風潮過度追求「女性美」，使此種「美」成為病態追尋，故梅子玉不如賈寶玉積極熱情、鮮明生動，反而表現極度陰柔之病態「美」，兩者形象雖共趨於陰柔，然其美學表現有程度之差異。

性化」發展。

〔註20〕陳森：〈史南湘制譜選名花　梅子玉聞香驚絕豔〉，《品花寶鑑》（北京：華夏出版社，1995年），第一回。

〔註21〕陳森：〈兩心巧印巨眼深情　一味歪纏淫魔色鬼〉，《品花寶鑑》（北京：華夏出版社，1995年），第十三回。

　　明清扮裝文本之男性人物其共同特徵即為表現女性陰柔之美，然比較明清兩朝之美型男後發現，明代美型男標準大多以玉樹臨風、風流瀟灑、有名士風範、具女性柔美之態為尚；然至清代，作者不僅刻意形塑美型男長相如女子，同時亦刻意將社會賦予女性之人格特質內化於美型男身上，這些美型男大多心思細膩、行止從容、溫柔體貼、愛好美麗事物，或者模仿女性，做女性裝扮，甚至與同性之間產生曖昧情愫。作者視這些貌似女子之男性為「美」之化身，以女性柔性美為「美」型男判斷之先行標準，故作者介紹男性出場時，即以此項特質為品評依據，以符對「美」之價值觀。作者為確切摹寫「美」型男風貌，避免使創作者及閱讀者間產生閱讀誤差，故多運用譬喻形容男性抽象之「美」，如「豔奪明霞」、「柔情如水」〔註22〕、「素腰如柳」、「海棠初開」〔註23〕等。由明清扮裝文本對美型男之敘述得知，這些人物多有柔媚之形象與狀似美婦之容貌，女性化程度愈高，社會對之欣賞程度亦愈高，若美型男之身分為伶人、相公，他們擁有世人公認之「美」，將可藉此優勢獲得夢想事物，成為獲得權勢之最大利器。

　　明清時期對男性之審美觀普遍抱持「柔性美」之態度，此種欣賞價值與漢唐時期崇尚高大壯碩、豪放雄邁之男性形象大相逕庭，然即使明清時期欣賞具女性柔美特質之美型男，仍有少數作家對此現象不以為然，如吳敬梓於《儒林外史》一書中，藉季葦蕭之口，進行對「美型男」之批判：

　　我最惱人稱讚美男子，動不動說像個女人，這最可笑。如果要像女
　人，不如去看女人了。天下原另有一種男美，只是人不知道。〔註24〕
季葦蕭此語本欲捉弄好男風之杜慎卿而言，然此語卻隱含吳敬梓對明清美型男風潮之批評，然社會積習已久，欲以微薄之力對抗龐大社會之風氣，誠為良難之事。吳敬梓雖未標榜欲藉此書「力挽狂瀾」、扭轉大眾對男性美之病態趣味，然以小說美學而言，吳敬梓並未跟隨此種風潮，成為此股美型男風潮之另類，《儒林外史》之小說地位亦未受影響，可見美型男並非作品是否成功之唯一依據。吳敬梓提出此種觀點，並付諸行動，其動機可嘉，僅可惜曲高

〔註22〕陳森：〈史南湘制譜選名花　梅子玉聞香驚絕豔〉，《品花寶鑑》（北京：華夏出版社，1995年），第一回。

〔註23〕陳森：〈史南湘制譜選名花　梅子玉聞香驚絕豔〉，《品花寶鑑》（北京：華夏出版社，1995年），第一回。

〔註24〕吳敬梓：〈愛少俊訪友神樂觀　逞風流高會莫愁湖〉，《儒林外史》（上海：古籍出版社，1992年），第三十回。

和寡，難以引起讀者之共鳴，大眾仍競相追逐美型男，成為明清時期之特殊現象。

第三節　假中求眞──虛實互生之審美趣味

明清扮裝文本以「扮裝」為主題，無論身分扮裝抑或性別扮裝，扮裝者皆須隱藏眞實身分與性別，以完成自我願望，於此情況下，扮裝者不停穿梭「眞實」與「假扮」之界限，變換自我身分，故扮裝文本雖為通俗文學之一支，卻能表現文學本體之「奇」，曲折之故事內容反而凸顯人類追求自我、突破桎梏之訴求主題。「扮裝」雖是「假」扮行為，然其精神內涵卻極度推崇「眞」，呈現「假」中求「眞」之欣賞趣味，此種看似對立，卻又同時存在之美學表現，正是扮裝文本最為特殊之處，正如宋代嚴羽《滄浪詩話》所言：

> 詩者，吟詠情性也。盛唐諸人惟在興趣，羚羊掛角，無跡可求。故
> 其妙處透徹玲瓏，不可湊泊，如空中之音、相中之色、水中之月、
> 境中之象，言有盡而意無窮。〔註25〕

嚴羽此段話雖為讚揚唐詩自然意趣之美，然若用以闡述明清扮裝文本之高妙之處，亦無不可。扮裝文本作者對扮裝者眞假身分與虛實性別之間之轉換必須有合理之安排，如此方可使扮裝情節得以自然之扮演整部扮裝文本之關鍵樞鈕而不覺得突兀，亦使扮裝情節眞實可行；倘若安排不當，甚或漏洞百出，則扮裝情節亦將徒增累贅，無法引起讀者自然之共鳴。故扮裝文本追求「假中求眞」，即為使扮裝情節合理化，「無跡可求」，其眞正之欣賞態度即為「眞」，形成扮裝文本特殊之欣賞美學。

明清扮裝文本以「眞」為欣賞趣味之一，實與明清時期之學術思潮有關。明代中後期，出現一批注重個體自由、強調人性情欲之思想家，這些思想家所提倡之主張，代表對傳統思想之反動。於傳統思想之教育下，人類完全以儒家教化為行為準則，儒家教化強調「長幼尊卑」、「性別階級」，個人行為皆須符合傳統社會之標準，凡不合傳統社會要求者，將面臨排山倒海而來之輿論壓力。然於此高壓控制之社會機制下，徐渭、李贄、袁宏道等有識之士提出反動，以表達對高壓思想之不滿。李贄提倡「童心」，強調人類最初之本心，未受外在環境、名利、身分所污染；袁宏道提倡「眞情」，使人類先天

〔註25〕嚴羽：〈詩辨第五〉，《滄浪詩話》（臺北：河洛圖書出版社，1979 年）。

俱來之天性得以發揮。他們大力強調眞我、本我，無論是個體行爲舉止，抑或文學作品之創作，皆強調抒發自我眞性情，強調「眞」自由，李贄〈童心說〉言：

> 夫既以聞見道理爲心矣，則所言者皆聞見道理之言，非童心自出之言也。言雖工，於我何與？豈非以假人言假言，而事假事文假文乎？蓋其人既假，則無所不假矣。由是而以假言與假人言，則假人喜；以假事與假人道，則假人喜；以假文與假人談，則假人喜。無所不假，則無所不喜，滿場是假，矮人何辯也？〔註26〕

李贄強調由聞見道理出發之「心」，並非人類天性自然之眞心──「童心」，故違背人類自然童心之一切皆爲「假」，包括假事、假文、假言、假人，若人都爲「假」，不僅「欺人」，更是「自欺」。人類一生若受虛假包圍，臉戴面具行事，豈非人類之悲哀？故李贄與袁宏道倡個體自主、崇尚自由，此先進思想對明代人民之啓蒙具重大之時代意義。受此學術思潮影響所及，明代中後期開始，個人本位主義高漲，人類崇尚率性而爲、任意而行，想法自主，勇於向社會、傳統、教條挑戰，種種一切只爲展現自我天性，明代袁宏道言：

> 大抵物眞則貴，眞則我面不能同君面，而況古人之面貌乎？〔註27〕

又云：

> 物之傳者必以質，文之不傳，非曰不工，質不至也。樹之不實，非無花葉也，人之不澤，非無膚髮也，文章亦爾。行世者必眞，悅俗者必媚，眞久必見，媚久必厭，自然之理也。故今之人所刻畫而求肖者，古人皆厭離而思去之，古之爲文者，刊華而求質，敝精神而學之，唯恐眞之不極也。〔註28〕

袁宏道強調「物眞則貴」，作者若非以眞性情、眞自我所創作之作品，此作品僅具「爲賦新詞強說愁」之矯揉作態，毫無價值。故袁宏道強調作家應注重主體意識，於自由創作中，書寫個人之喜怒哀樂與對當時社會之觀察發想，並藉喜怒哀樂之眞聲，回歸個體自主之生命價值。袁宏道從個體自主角度出發，強調「眞」之重要性，並以之爲創作之基本準則，將「眞」之審美趣味

〔註26〕李贄：〈童心說〉，《焚書》（臺北：漢京書局，1984年），卷三。
〔註27〕袁宏道：〈與丘長孺〉，《袁中郎尺牘》（臺北：清流出版社，1976年）。（收錄於《袁中郎全集》）
〔註28〕袁宏道：〈行素園存稿引〉，《袁中郎文鈔》（臺北：清流出版社，1976年）。（收錄於《袁中郎全集》）

實踐於文學創作中，惟有說眞聲、行眞事，出自「眞」之文學作品，方有藝術價值。

明代末期以袁宏道「性靈說」爲基礎，逐漸發展出直抒性靈之審美標準，於李贄與袁宏道等有識之士之引導下，開啓明代之人文主義氣息。影響所及，清代文學作品亦強調以「眞」爲上，許多文學作品皆爲作者歷經生活磨難、嘗盡人生苦痛後之心血結晶，如納蘭性德《飲水詞》、曹雪芹《紅樓夢》等。這批文人不僅提出主張，更以個人生命體驗實踐自我，勇敢批判社會之假人假事假言。他們無拘無束發揮眞性情，不顧社會道德，無論傳統規範，展現不同之生命面貌，也獲得不同之命運結局。納蘭性德、曹雪芹等人以自身親歷寫文學，正是此股「尚眞」思潮之實踐者。即使「本我」與傳統價值觀之「社會我」有所衝突，他們所代表之精神不僅是表達對社會體制之抗議，亦是肯定人類之天生欲望，以使文學作品更富生命力。此股「尚眞」之審美內涵正引導明清兩朝思想自主之潮流。

明清審美思潮強調「尚眞」精神，故扮裝文本立基於人類眞實生活，周遭日常事物即爲故事進行之眞實環境，作者藉由發生於人類日常生活之奇人奇事，呈現人類最眞實之情感。扮裝文本作者擅長運用「假中求眞」、「以眞入假」筆法，使「扮裝」合理化，藉扮裝文本主題，凸顯自我訴求，將人類眞實情感化爲文字，向世人傳達，展現眞假融合之美學表現。

一、文學實境之模擬——眞假共存

明代中後期後，許多知識份子體現對人性之認知，藉各式文學體裁表達自我眞實情感。這些情感源自知識份子於現實社會中遭受困境之人生體會。他們體認社會之現實與傳統禮教之固化，故主張打破傳統，強調抒發性靈，於「情眞而後造語」之文學反射作用下，這些作家將自我眞實情感藉由自由發揮之文學作品表達，這些作品內藏作家之眞實生命，故表達文人眞性靈之作品，可謂作家眞實生命之再創造，即便這些文學作品爲作家虛構，卻可完整呈現作者之眞實，使文學作品「假」中有眞，「眞」中有假，呈現虛幻實境。明代袁中道〈中郎先生全集·序〉云：

> 至於今天下之慧人才士，始知心靈無涯，搜之愈出，相與各呈其奇，
> 而各窮其變，然後人人有一段眞面目溢露於楮墨之間。〔註29〕

─────────────

〔註29〕袁中道：〈中郎先生全集·序〉，《珂雪齋集》（上海：古籍出版社，1989年），

即使扮裝文本特別強調「推陳出新」、「變化求奇」，然終歸主體，仍不可違背「眞」之美學精神，故袁中道認爲創作過程「各呈其奇，而各窮其變」，然最終仍須回歸「眞」之創作精神，若僅是譁眾取寵，遠離大眾眞實生活，此種文學作品僅能稱爲虛假、無意義之文本，故優秀文學作品除端視作者文學造詣外，更重要因素則視作者創作之作品是否得以切中讀者之閱讀心境，並且牽動讀者喜怒哀樂。惟有以眞正感情爲出發點所創作之作品，方具最單純之情感表現，不牽涉任何矯揉造作之外在因素，透過文字傳遞，將作者最眞切之感情傳達予讀者。

　　作者模擬現實之文學虛境，可視爲作者內心世界之反射，或爲批判現實，或爲表達心志，或爲作意好奇，即使創作動機不同，卻皆同指向作者之內心世界，故明清扮裝文本作者藉文本連接現實與虛幻、外在生活環境與內心欲望世界，表現「假中求眞」之美學趣味。作者內心眞實欲望之不滿，成爲文本世界之創作來源，佛洛伊德於《自傳》云：

> 想像力的王國被看作是在快樂原則向現實原則進行痛苦過渡期間所設立的一塊「保留地」，其目的是給在現實生活中不得不放棄的本能滿足提供一種替代物。藝術家與精神官能症患者一樣，從不能滿足的現實中退出而進入這一幻想的世界；但是，與精神官能症患者不同的是，他知道怎樣從這一幻想世界中退出，再一次在現實中站穩腳跟。他所創造的藝術作品，就像夢一樣，是潛意識願望的想像滿足。〔註30〕

佛洛伊德認爲當藝術家對現實不滿時，將採取退縮方式，處於自我創作世界，藉以尋求心靈慰藉，王溢嘉亦贊同佛洛伊德言論云：

> 他認爲，作家之所以提筆，是想藉作品爲其「受挫的欲望」找尋一種「替代性的滿足」，文學作品乃是「與現實相反的幻覺」，但它不像其它幻覺，「幾乎可以說是無害而有益的」，因爲「幻覺是它所追尋的唯一目標，除了少數爲藝術著魔的人外，藝術從不敢對現實的領域作任何攻擊。」文學作品的主要功能之一是當作「麻醉劑」，它具夢的特徵——佛氏稱爲「內在自欺」的扭曲。〔註31〕

卷十一。
〔註30〕佛洛伊德（Sigmund Frued）：《自傳》（臺北：桂冠出版社，1992 年）。
〔註31〕王溢嘉：《精神分析與文學》（臺北：野鵝出版社，2001 年）。

佛洛伊德以精神心理學觀解釋作家內心欲望與文本之間之連結關係，分析作者不足之欲望，透過文本得到「替代性之滿足」，作者之內心世界透過文本展開於讀者面前，即使其中扮裝者並非作者，然文本中之人物、事件、場景皆與作者息息相關，文學模擬之實境，即爲作者生活之實境；文學虛構之世界，即爲作者嚮往之世界，兩者密不可分，故文學作品乃是「與現實相反之幻覺」，虛實相生，正是明清扮裝文本迷人之處。

　　明清扮裝文本雖爲作者內心眞實世界之反映，然其中不乏作者「虛構」之成份，凌濛初《拍案驚奇・序》云：「其事之眞與飾，名之實與贗，各參半。」〔註32〕謝肇淛《五雜組》亦云：「凡爲小說及雜劇戲文，須是虛實相半，方爲遊戲三昧之筆。亦要情景造極而止，不必問其有無也。」〔註33〕凌濛初與謝肇淛兩人觀點一致，皆強調文學藝術作品是由作者依其文學造詣與想像力所創作之結晶，具虛構與想像之特質。凌濛初強調之「飾」與「贗」，即爲作者創作能力之展現，然於虛構、想像之包覆下，文學藝術作品仍須兼顧其眞實性，否則僅是一部被架空之作品，無法貼近人類眞實生活，亦無法切中人類最深層之欲望。謝肇淛亦強調文學作品必須「虛實相半」，於虛構之作品中，展現眞實人性與日常生活之內蘊，方爲一部成功之作。從凌、謝二人對當時文學作品之觀察得知，作者須於虛構之人物、情節中，兼顧人性之眞實，此正爲明清時期所重視之審美思潮。

　　明清扮裝文本處於此股審美思潮中，融合「眞」、「假」，以成「虛構本事」，其中扮裝者有些源自史實，有些則全出自作者虛構，無論是否有本可參，作者仍須注重扮裝人物及事件之合理性，呈現「眞假相生」之美感。扮裝者如花木蘭、黃崇嘏等英雌事蹟，於文人筆記與地方志中時有記載；桑欽此類假扮女性藉以行姦淫惡行之採花賊亦於地方判決中清楚記錄。明清扮裝文本作爲反映眞實人生之文學載體，故此類人物事蹟被作者網羅，成爲小說、戲曲等敘事文本之主要題材。扮裝人物既轉化於眞實人生，甚或源於史實，故作者於設定故事走向之初，即不可與人類眞實生活脫離。然因「扮裝」爲觸犯傳統體制之行爲，故扮裝者之扮裝事蹟兼具故事性與爭議性，易於引起大眾注意。如花木蘭、黃崇嘏等扮裝女性，於扮裝文本作者之推波助瀾下家喻戶

〔註32〕凌濛初編：〈序〉，《拍案驚奇》（臺北：建宏書局，1995 年）。
〔註33〕謝肇淛：《五雜組》（臺北：新興書局，1975 年），卷十五。（收錄於《筆記小說大觀》叢書第八編）

曉，亦使女性於傳統社會下之艱困處境，漸漸爲人知曉，後繼作者於觀察現實傳統女性之社會定位後，又虛構許多爲求眞愛或騁才華之女性人物，藉以凸顯女性價值，並爲女性發聲，使虛構之文學作品成爲眞實生活之反映媒介。扮裝文本以文學模擬實境，於「假」中求「眞」，呈現似假如眞之文學環境，實是扮裝文本展現之高度美學。馮夢龍《警世通言·敘》中提到：

> 人不必有其事，事不必麗其人，其眞者可以補金匱石室之遺，而贗
> 者亦必有一番激揚勸誘、悲歌慷慨之意，事眞而理不贗，即事贗而
> 理亦眞。〔註34〕

作者可自由選擇素材，以爲個人文藝創作之內容，其所選素材可爲眞、可爲假，然無論眞、假，作品元素應取材自眞實實境，合於人性、合於現實，方爲通俗文學創作之本色。明清扮裝文本作者發揮無限想像力，憑空構思自由無拘之情節，但仍謹守現實之寫作界線，即便是平凡無奇之日常生活，必包含人類歷經時空萃煉之生活智慧與生命價值，此正爲明清扮裝文本可貴之處，故明清扮裝文本雖有虛構成分，然於以「眞」爲上之欣賞美學趣味下，濃縮人類眞實生活之精華，表現最深入之眞實。

二、性別越界之擬眞——陰陽同體

人類之生理性別於出世時即已判定，受二分性別法之約制。然生理性別易於區分，社會性別則須藉後天客觀環境與養成教育加以成形。女性之後天教育以柔弱、嫻雅、卑弱爲尚；男性之後天教育則以堅強、勇敢、獨立、強勢爲主。男、女先天生理性別之異，導致接受教育之不同，故男、女分別接受隸屬與自己「性別族群」相同之教育，並受傳統體制之制約。這些制約雖經條規明定或社會認可，然男、女社會性別本具抽象之特質，故只重「質」而無法「量」化之社會性別特質，產生模糊與矛盾。

男、女之別實難以「量」化認定，「陽剛」、「豪邁」與「溫柔」、「嫻靜」這些用以形容男性或女性之特質，本是相對性程度之感覺形容詞，無法以絕對性態度加以嚴格區分，故女性雖被教育爲應具備「溫柔」、「嫻靜」之特質，然隱藏於女性生理性別之皮相下，又何嘗無「陽剛」、「豪邁」之特質？反之，男性雖被教育爲應具備「陽剛」、「豪邁」之特質，然隱藏於男性生理性別之皮相下，又何嘗無「溫柔」、「嫻靜」之特質？男性與女性除生理性別互異，

〔註34〕馮夢龍編：〈敘〉，《警世通言》（臺北：建宏書局，1995年）。

其本質上皆具「陰陽同體」〔註35〕之特質，然受後天教育與社會制約，故表現屬於社會性別應有之社會化傾向，一旦隱藏於男、女生理性別下之潛質被觸發，這些潛質自然顯現，故明清扮裝文本中，女性有花木蘭、男性有尤瑞郎。此種現象反映明清時期對性別特質之包容，男、女之間看似對立二分，因「陰陽同體」現象之存在，於中間地帶產生交錯，故明清扮裝文本產生陰柔爲美之「美型男」，亦有智勇雙全之「女英雄」、「女才子」。

「美型男」、「女英雄」、「女才子」之出現，代表性別越界之擬真。扮裝爲女性之「美型男」無論於外在服飾或內在心理狀態，皆朝女性看齊，作者甚至刻意著力美型男之「女性美」，展現比女人更美之姿態。男性雖以陰柔美爲尚，然並不表示此種美等同於女性，男性自身之陽性特質，加上引發之陰性特質，方爲男性魅力所在。明代有關男伶之品花記錄反映此項美學觀點，如敘男伶金蘭「性靈警，能知人。骨珊珊若神仙，有俠氣。嘗與友人過其居，與之論古今豪傑，瞭如也。」〔註36〕敘男伶朱福喜「稚齒靜婉若幼女，稍長溫雅若書生。絕無纖媚之態，而蘊藉宜人。相對清談，如烏衣子弟。侍坐依依，不覺其爲梨園小史。」〔註37〕敘男伶愛齡「雖習武小生，而對人宛轉如意，無介冑容，亦無脂粉態。大抵柔媚是吳兒本色，小香則別饒清致。」〔註38〕等。這些對男伶之品頭論足，表現當時文人對美型男態度之定位與「陰陽同體」同趨。清代美型男較明代更具明顯女性特質，作者全力刻繪美型男之面容美與體態美，使清代美型男之風貌較明代更具體，形塑更趨女性化之男性美。然而，於此股「比女人更女人」之審美價值與寫作趨向中，作者並未全然摒棄美型男之陽性特質，如《品花寶鑑》評陳素蘭云：

> 好義若渴，避惡如仇，真守白圭之潔，而凜素絲之貞者。風致之嫣
> 然，猶其餘韻耳。〔註39〕

〔註35〕「陰陽同體」或稱「雌雄同體」（Andyogyny），「Andyo」表示陽性，「gyn」表示陰性，瑞士心理學者容格（jung）認爲男、女體內除自身特質外，另隱藏異性特質，使男、女陰陽特質兼具，然男性表現陽外陰內，而女性表現陰外陽內，看似不同，實則「陰陽同體」。

〔註36〕蜃橋逸客等著：《燕臺花史》，（北京：中國戲劇出版社，1988年）。（收錄於《清代燕都梨園史料》）

〔註37〕蘿摩庵老人：《懷芳記》，（北京：中國戲劇出版社，1988年）。（收錄於《清代燕都梨園史料》）

〔註38〕蕊珠舊史：《丁年玉筍志》，（北京：中國戲劇出版社，1988年）。（收錄於《清代燕都梨園史料》）

〔註39〕陳森：〈史南湘制譜選名花　梅子玉聞香驚絕豔〉，《品花寶鑑》（北京：華夏

評王蘭保云：

> 其《刺虎》、《盜令》、《殺舟》諸戲，俠情一往，如見巾幗身肩天下
> 事，覺薰香傅粉，私語喁喁，真痴兒女矣。溫柔旖旎之中，綺麗風
> 光之際，得此君一往，如所李三郎擊羯鼓，作《漁陽三撾》，淵淵乎，
> 頃刻間見萬花齊放也。〔註40〕

陳素雲、王蘭保等人外貌兼具女性柔美之態，故扮裝串戲入木三分，得以成功攫取閱讀者與愛慕者之目光，然作者敘寫這類美型男時，亦不忘標榜其陽性特質。陳素雲、王蘭保二人雖爲社會下層之男伶、權貴族群之玩物，然兩人於不利於己之性別政治運作下，除獨善其身、持君子清白之操，並積極展現「好義若渴，避惡如仇」之陽性特質，呈現典型之「陰陽同體」特質，「陰陽同體」於其身上得到合理之調和。

明清扮裝文本作者形塑之美型男藝術典型共相，顯示明清時期之審美價值與文化認同。人物之美醜標準因閱聽大眾接受度而定，作者順應此思潮創造美型男外顯之美感，使美型男展現比女性更柔媚之魅力，不僅有別純男性特質之陽剛，亦與傳統女性之婉約不盡相同。美型男展現女性之婉約，又透露男性之本色，遊走於男、女、陰、陽之性別策略，成功攫獲閱聽大眾視線。「陰陽同體」之新鮮感造成審美思潮之翻新，明清時期特有之美型男部隊，成功征服廣大閱聽群眾之閱讀心理，形成嶄新的美感類型。

「陰陽同體」之欣賞美學亦展現於女性扮裝者身上。女性扮裝者扮裝動機多以展現才學、武略為主，此種人物類型融合男女雙性特質，生理性別為女，社會性別卻以男性爲同化，如代父從軍之花木蘭、英勇善射之聞蜚娥、扮男爲官之孟麗君等等，分別展現不同之雄才武略。與男性扮裝者不同的是，這些女性扮裝者之陽性特質並非藉由外形顯現，作者並不刻意塑造外型虎背熊腰、高大壯碩之扮裝女性，而注重女性扮裝者所展現之勇氣、機智、膽識、文才、謀略等陽性特質。明清扮裝文本崇拜之女性多爲「女英雄」、「女才子」角色，「陰陽同體」對女性扮裝者而言，爲踏入男性職場之重要門票，她們不須改變女性身體，只須改變服飾或戒除負面之女兒息氣，於女性柔美特質之外，增添英雄元素，此即爲女性扮裝者體現之「陰陽同體」。「花木蘭」、「孟

出版社，1995 年），第一回。
〔註40〕陳森：〈史南湘制譜選名花　梅子玉聞香驚絕豔〉，《品花寶鑑》（北京：華夏出版社，1995 年），第一回。

麗君」形象之確立，使女性扮裝者之扮裝歷程有終極目標，此種敘事程式宣示女性「陰陽同體」之審美精神。然明清扮裝文本作者以男性角度進行書寫，故女英雄、女才子之陽性特質只是進入扮裝世界之籌碼，而非護身符，故走入家庭、婚姻，是這些女性扮裝者之唯一規律。

　　綜觀明清扮裝文本之美學表現著重「奇」、「美」、「眞」。明清扮裝文本創作以「好奇」、「尚美」、「求眞」爲主要訴求，表現文學作品之美學標則，並以此審美邏輯運作。「奇」涵括情節內容之曲折，亦涵括日常生活中所體現之特殊人、事、物；「美」則是扮裝者自身之獨特吸引力，即便是男性扮裝者亦涵括於此審美體系下，故作者極力形塑男性扮裝者，營造其外型之美，並以女性美標準衡量其美醜，此時審美態度已與過往要求男性須具陽剛之氣標準明顯不同，男性不僅外型女性化，內在亦具陰柔特質，並以女性角色思考；「眞」則體現明代中後期提倡個體自主之自由風潮，以眞情、眞學爲尚，扮裝情節力主「假中求眞」，使看似脫軌之情節得以合理化，貼近民眾眞實生活，引起讀者心靈共鳴，即使人物角色爲假，亦力求逼眞，並以此延伸美學線索，使男、女扮裝人物因扮裝需求而有「陰陽同體」之雙性質，擬假求眞，展現不同之雙性內涵。

第八章　結　論

　　由文學發展歷程得知，文學現象之產生絕非憑空崛起，必有其特殊時空背景提供發展之溫床。這些發展溫床包括文學自體變化與社會、經濟、思想等各式人文活動。明清扮裝文本數量遠多於其他朝代，必亦有其特殊因素。由文學作品推知當時創作時空背景與曾發生之人文活動，並探討這些元素之互動歷程，正是本書探究之課題。本書剖析扮裝文本形成之因，除採用社會外緣研究，亦以歷史研究途徑分析扮裝文本形成原因，以扮裝史實與扮裝虛構故事交叉分析，並將扮裝文本從社會性質回歸文學性質，由文學自身發展脈胳深究扮裝文本形成之內緣原因。於外緣之社會研究與內緣之文學研究中，顯見「扮裝」文本於各式傳統古典小說主題中之獨特性。

　　為使扮裝文本研究更為全面，故本書參考研究文本除以古典小說為主，並橫跨戲曲領域。小說與戲曲同為明清通俗文學兩大雙璧，於文學發展歷程中，許多非戲曲形態之文學作品，於明清時期被大量改編為戲劇演出題材，成為戲曲蓬勃發展之重要因素。戲曲雖著重演出效果，然其寫作模式與古典小說相仿，同具人物、情節、主題等完整結構，故視為敘事文本，將之列入扮裝文本中一起討論，對扮裝文化之深層意涵，實為一有力佐證。

　　分析以往扮裝文化研究途徑多以分析題材類型並敘及扮裝文本與傳統體制之各項關係，此種研究分析得以揚現扮裝文本之反傳統思想，並凸顯性別於扮裝文化之關鍵性。本書除兼顧扮裝文本與傳統文化之複雜網絡外，並兼顧扮裝文本之文學性，以美學角度分析扮裝文本之文學藝術。藉閱讀扮裝文本，觀察明清社會時代脈胳與思想風潮，探究扮裝文本於性別、身分等議題之精神意識。

明清扮裝文本之出現，實是先秦以來扮裝文化之歸納成果。早於先秦時期已有扮裝事實出現，這些扮裝事蹟清楚記載於史冊中，扮裝事蹟列入史冊，說明「扮裝」對傳統文化之確有其歷史意義。傳統體制於先秦時期初步建立，當時對長幼尊卑、性別階級等區別嚴格分立，儒家提倡「君君、臣臣、父父、子子」正名思想，更為傳統社會之中心綱構，加以後世儒學家大力鼓吹，「男尊女卑」、「夫為妻綱」思想根深蒂固於人類思考邏輯，故「扮裝」事蹟出現，代表社會秩序失衡之始，這些失衡秩序將引起社會恐慌，故須予以阻遏、懲處，史學家對扮裝事蹟亦多予以負面評價，如漢文宣帝曾做女子裝扮，《隋書》稱此為「君變為臣之象也」〔註1〕；晉惠帝時，女性多以男性干戈兵器之象為飾，《晉書》稱此為「此婦人妖之甚者」〔註2〕等。扮裝行為直接衝擊傳統制度，使性別、身分體系受到挑戰，衛道人士雖立即挺身遏止，然扮裝史實仍於各朝史書持續出現，顯示傳統體制必有不合人性之處，故須藉由「扮裝」以填補不足，故傳統體制不合人性之處正是人類扮裝意識產生之契機，故扮裝文本之歷史遠源早於傳統體制建立之初即已出現。

傳統體制仰賴君臣合作，使政治運作正常，然君、臣關係永遠處於不平等之態。知識份子對此政治真象已有認知，但受傳統出仕觀念影響，即使赴湯蹈火，仍躍入政治權謀場域，成為此利害關係中之一顆棋子。長期受政治操作之知識分子，思索自身於政治之立場，正等同女性於傳統家庭定位之卑下，故將己憤懣心理投射於文學作品，並以女性地位比興，形成「擬代文學」傳統，如屈原「香草美人」、王昌齡「閨中少婦」、張籍「還君明珠」等。擬代寫作模式使男性描摹女性心理，將對政治地位之懷疑與不安，藉由擬代得到短暫紓解。擬代寫作模式亦使知識分子注意女性處境，產生認同心理，並縮小性別鴻溝，即使這些知識分子僅是藉由擬代反映心理情緒，然屈原帶起之擬代文學，卻促使男性作家試圖理解女性處境，由為己發聲轉而為女性發聲，這不可不說是兩性關係融合之契機。擬代文學為明清扮裝文本提供文學養分，於擬代文學基礎上，明清扮裝文本作者嘗試以「扮裝」跨越性別障礙，使兩性透過越界，明瞭雙方之性別定位與任務，並藉以修正不公之兩性關係，故「擬代文學」對明清扮裝文本創作實有啟迪之功。

〔註1〕 魏徵主編：〈服妖〉，《隋書》（臺北：鼎文書局，1995年），卷二十二，志十七，五行上。

〔註2〕 房玄齡主編：《晉書》（臺北：中華書局，1975年），卷二十七，志十七，五行上。

　　帶著累積許久之傳統體制包袱，個體自主思潮終於明清時期迸發，此股思潮蔓延社會各階層，在李贄、徐渭等自由之士之倡導下，影響無數知識份子，人類長久被禁錮之心靈終於得到解放，自由意識高漲。人類開始省思自我生命需求與自我定位，明清扮裝文本作者受此股個體自主思潮鼓舞，以「扮裝」主題從事創作，透過扮裝者扮裝過程，表現人類追求自我實現之精神，然獨立個體自我實現目標不同，故也形成多元化之扮裝動機。扮裝者藉由「扮裝」跨越性別、身分之界限，以達到某些目的。本書重點並非在於扮裝者如何扮裝，而是為何必經扮裝方可達成目的？其背後動機為何？從扮裝文本情節構思分析，這些扮裝者扮裝動機各有異趣，或為盡忠盡孝以保全家庭；或為求取知識以實現自我；或為追求愛情以尋求幸福等。不同扮裝者透過不同扮裝行徑追求自我目的，其個人心理意識與整體文化內涵透露性別間之差異。

　　傳統社會男女分工，性別、身分、階級各有不同代表符號，「男」、「女」性別符號分別代表不同族群，兩者關係並不平等。男女之別並非僅限生理軀殼不同，除為傳宗接代必須相互配合外，一旦離開此目的，則全由男性族群支配女性族群，包括行為規範、職責分工全由男性主導，即使日常生活尋常使用之每一器物，包括服飾、傢飾等，亦有男女尊卑、階級上下之大不同。若不依循此社會規則、尋思反動，將遭傳統禮教攻擊，成為離經叛道之徒，為傳統體制吞沒。故若欲改變現狀，又欲顧全自我安身，扮裝者通常「掩人耳目」，藉由扮裝改變性別與身分，跨越性別階級界限，進入另一族群之禁區。然扮裝為秘密、不可告人之行為，無法受傳統禮教允許，一旦被揭穿「扮裝」假相，勢必遭傳統禮教懲治，扮裝者明知危險，仍不顧一切進行扮裝，可見另一性別世界必有吸引扮裝者之動人處，使扮裝者前仆後繼進入扮裝之嶄新世界。

　　女性因受傳統禮教所限，故為社會定位為「賢妻」、「良母」，得參與事務範圍僅限家庭，禁足涉入政治等公共領域，即便是高階貴族女性亦受此規範，否則將引起「婦女干政」、「牝雞司晨」等負面聲浪。男性養成教育則完全不同，傳統體制將男性教育為主外之領導人物，在家庭扮演「夫為妻綱」之角色，展現陽剛、威武、積極等陽性特質，其地位遠較女性尊崇。統治者之求才宣導與儒家思想對士子之教育養成，使男性以政治服務為畢生職志，縱橫沙場之將士或輔佐皇帝之股肱之才，為男性終其一生欲達成之人生職志。「賢

妻良母」、「良相將才」方為傳統社會對兩性之預設定位。明代興起一股由李贄、徐渭等人帶起之反撲理學思潮，此股思潮影響所及，使明清時期之部分女性得以走出閨閣，爭取學習權利，甚至組成文學團體，切磋才學，此股知識力量並獲得部分男性文人之重視，給予高度肯定。男性亦受此股個體自主精神鼓舞，不再迎合社會期待、刻意展現陽剛豪邁之陽性特質，反而得以釋放本有之柔性面。

此股社會趨勢反映至明清扮裝文本，使扮裝者之形象展現各式不同面貌。扮裝者不再依傳統體制期望，僅有「賢妻良母」、「良才將相」之單一面向，而有顛覆傳統觀念之人物形象出現。如「悍婦」形象顯現兩性主控權已有移轉之現象，「男尊女卑」之性別地位完全被否定，另類性別關係正逐漸形成。傳統性別意識遭受挑戰，為「悍婦」形象之積極意義。於明清扮裝文本中，不少女才子、女英雄展現比男性更卓犖不凡之見識，這些女性藉由扮裝實現政治服務目的，其所為之政治服務只是實現自我之過程，而非最終目標，可見男女二性對政治參與認知並不相同。

悍婦、女英雄、女才子、男寵等人物形象代表明清時期性別刻板印象之鬆動。藉由對扮裝文本之分析得知，傳統禮教「男尊女卑」之性別定位已開始面對許多衝突，於扮裝文本作者之塑造下，傳統性別地位與性別刻板印象正被翻覆，扮裝文本作者重新省思男女二性於傳統社會之角色地位，並嘗試以新的性別形象突破性別定位。這些新性別形象具鮮明之人格特質，展現不同以往之性別角色，打破傳統社會男尊女卑、夫為妻綱之價值觀，肯定女性聰穎、才華之一面，亦允許男性展現溫柔之一面，而無須僵持於傳統性別定位中。

明清扮裝文本所刻劃之扮裝人物行為，深具人物個別形象與整體社會意識。就兩性扮裝動機言，女性扮裝人物動機較為單純，主因傳統社會女性相較男性受更多限制，無法享有從政權與教育權，連婚姻權亦掌握於父母威權體制，故扮裝女性多具遠識與抱負，甚且懷抱文武才能，為追求自我實現、爭取權益，進行扮裝。女性之扮裝行為透露女性空間之狹隘，「性別原罪」造成女性發展空間受限，女性之人生模式永遠是恪盡職守，遵守傳統禮教，完成「賢妻良母」人生目標，然傑出女性大有人在，有些女性對自我才能尚未啟蒙，但因外在環境迫使其進行扮裝，因而拓展人生新境界；有些女性則深具自覺，不願受限體制做「賢妻良母」，故大膽扮裝進入男性職場以實現抱負，

其勇氣、膽識非常人能及。這些扮裝女性其扮裝之自主性雖有不同，然同樣以「扮裝」成就自我。

相形之下，傳統社會賦予男性之權利較女性優惠甚多，實無藉扮裝以爭取權益之必要，故其扮裝通常是爲進行傳統社會所不容之事，其扮裝動機多存歹念，如扮裝藉機接近女性，乘女性不備，侵入內室以逐獸欲；甚至扮成女尼，伺機姦淫進香女性等，此類扮裝文本亦占男性扮裝文本之大部。另外，隨明代禁狎妓之令頒布，社會新興一股蓄優童、狎男伎之歪風，主客二者雖同爲男性，但受金錢、地位運作糾葛，形成複雜之消費關係。權勢者居於主導，任意宰制這群特種行業工作者；男伎、優童則以其扮裝美色優勢獲求金錢、財富，二者皆是施予與索求者，然彼此地位終不平等，無人性眞情支撐之關係無法長久亦不正常。

明清扮裝文本兩性扮裝動機迥異，可見傳統體制兩性權利與義務之不同，故造成扮裝動機朝不同方向發展，透露兩性之性別差異，從男女扮裝動機規律發現，女性扮裝往往向上提昇，而男性扮裝則多向下沉淪，符合馮夢龍所言「男人裝女，敗壞風化，女人裝男，節孝兼全」〔註3〕之扮裝傾向。

此種扮裝傾向亦形成明清扮裝文本「賞善罰惡」之道德觀，據扮裝者扮裝行爲，於結局安排適切結果，以達「善有善果，惡有惡果」之道德制裁。如赫大卿與桑茂此類男性扮裝者，藉扮裝乘機接近女性，並爲逞獸欲而姦淫弱勢女性，此種騙財騙色之禽獸之行，自爲社會大眾唾棄，更違背善良風俗、儒家教化。爲社會公義，維持社會正常運作，作者對此類男性扮裝者絕不筆下留情，分別予以嚴厲制裁。作者道德觀符合社會價值，此種扮裝結果亦能兼顧社會期待與道德標準，未破壞社會穩定性。傳統制度之道德制裁力量，於扮裝文本中展現其魄力，爲明末過度發展之個體自主，設下應有之道德界限。

作者對積極作爲之扮裝者則多持肯定態度，於扮裝文本給予高度發揮之空間，對扮裝者動機需求給予正面回應。如孟麗君官場表現極爲優異，雖扮裝男性，有違女子「大門不出，二門不邁」之空間規範，然作者刻意營造展現其才學之機會；扮裝男子與意中人私奔之靜觀，雖爲佛門中人，然基於人性自然需求與情感價值思考，作者亦安排靜觀與意中人得成連理。只要

〔註 3〕 馮夢龍編：〈劉小官雌雄兄弟〉，《醒世恆言》（臺北：建宏出版社，1995年），卷十。

扮裝動機正當，未對他人造成傷害，作者多以正向回應，回饋扮裝者之動機需求。

「賞善罰惡」之道德觀支配明清扮裝文本之主題思想，任何扮裝者，不分性別、身分、動機，凡行惡者必遭懲戒；行善者必受褒揚。明清扮裝文本作者雖未刻意將儒家教化思想融入作品，然其道德價值體系仍依儒家教化運作，證明道德教化仍為明清扮裝文本作者人格養成教育中極重要之一環。

扮裝者於作者創造之扮裝世界謹守自身性別、身分之秘密，亦須兼顧社會秩序之穩定，其行為雖因「扮裝」而重獲自由，然其思想仍須受傳統禮教約制。明清扮裝文本作者於創作實踐中，嘗試將不同團體、族群、元素予以互相跨越之可能，男與女、尊與卑、內與外、常與非常，建構彼此對立、矛盾、恐懼、調合、牽制之世界。這些不同元素本受傳統體制強迫固定於某位階，然又被個體奔放心靈予以錯位，於明清扮裝文本世界展現多采迷人之豐富面貌，並透露其中蘊含之性別文化與傳統秩序。扮裝者經歷不同之扮裝過程，藉服飾改變，跨越性別與階級之限制，更踰越傳統體制建構之威權世界，於短暫扮裝過程中，得暫時無視傳統體制之限制與不公。

明清扮裝文本作者於對傳統制度之反思與維持個體自主之思考邏輯下，形成不同趨向之書寫模式，既批判傳統制度，卻又受傳統制度影響。故注重團體制約之傳統體制與鼓勵自由發展之個體，並試圖提出情理平衡之解決方案。「傳統制度」與「個體自由」兩種權力關係相互牽制且互相矛盾，扮裝者透過「扮裝」進入另一權力機制範圍，雖得以享受扮裝所帶來之權力、自由、愛情、婚姻、解放，然所有扮裝者於扮裝過程，都須謹守「社會我」應有之性別與身分行為，對整體社會架構而言，僅是多了一男，少了一女；或是多了一女，少了一男，對改善社會價值觀而言，實際作用有限。扮裝後之扮裝者並未踰越「第二主體」該有之行為規範，僅是改裝成另一身分性別，扮演不同個體，傳統價值觀念仍持續進行，並傳承予下一行為者，此種充斥社會各階層之秩序力量，仍為支配整體社會運作之重要能源。然以促進社會進步之積極意義而言，明清扮裝文本作者往往藉書中人物抒發自我對禮教制度、婚姻制度之見解，扮裝人物更是貫串整部文本之重要靈魂。扮裝人物之「原始主體」與「第二主體」分屬兩種不同族群，然藉由扮裝，扮裝人物得以游走於異類族群，呈現不同族群於傳統社會特定之文化意涵，使原先設定之性別分際與身分階級被破壞，更使性別與身分所揭示之權力關係受到挑戰。

　　隨明清扮裝文本之出現，傳統體制本質開始產生微妙變化，明清扮裝文本作者提出傳統社會存在之死角，故藉由不同扮裝者之扮裝行徑，對社會問題進行檢討，並於性別、身分、個體自主等領域提出許多進步見解，這些見解並非僅為扮裝文本作者個人情緒之發洩，而是大眾心中蘊釀已久之心聲，明清扮裝文本作者注意此種現象，加以個人藝術構思，做出具體表達。透過明清扮裝文本作者之語言論述，現實生活之不滿、生存空間之侷限、自我才學之壓抑，皆於明清扮裝文本得到解放，嘗試取得「情」與「理」的平衡，並引動新的民主思潮。

　　明清扮裝文本凸顯兩性彼此兼具之模糊地帶，兩性對生理、社會性別之認同與否，亦牽涉人類對兩性角色定位與心理意識之問題。由於性別認同並非全然符合個人意願，故於真實世界，確實發生人類否定生理性別或社會性別之情事，明清扮裝文本之扮裝者嘗試跨越性別界限，正是此股認同情結之實踐。「男尊女卑」阻礙兩性和平共處、「男主外、女主內」非為最佳之空間安排，故明清扮裝文本將兩性地位重做嶄新調整，拉近性別差異，於兩性平等議題延伸無限可能，亦對兩性認知之進步做出偉大貢獻。

　　受性別角色限定，傳統個體有其固式化之呈現，然扮裝人物卻藉「扮裝」跨越性別、身分界線，對傳統體制造成威脅，亦使明清扮裝文本產生活化因子，展現獨持生命力。明清扮裝文本自產之活化因子使文本充滿變數，於時、空因素交互激盪下，使文本有不同面向之發展演進軌跡：

（一）男性扮裝文本

1.男風文化由權力關係轉變為人性真情

　　明代男風扮裝文本反映明代社會色欲泛濫之現象，故男風文化多充斥金錢、權力、肉欲之糾葛，並有諸多露骨之性描寫；清代男風扮裝文本則著重「情」之表現，同時刻意表揚男男關係之專一、痴情，凸顯人性真情之可貴，摒棄傳統俗世價值。

2.縱欲受騙對象由女性轉變為男性

　　有些不肖男性不願受社會職責與道德約制所限，縱容人欲甚至危害他人，如王二喜、桑茂、王尼等人，姦淫良家婦女，使無數女性受害；然男性重視肉欲之特質亦易使自身落入他人所設陷阱，故騙色型扮裝文本所騙對象由女轉男，出現男性因好色而受騙上當情節。

3.女性才學由被忽略轉變為受到男性欣賞

明代智慧型扮裝文本所敘男性如汪秀才、杜弘仁等，以過人機智，用計救妻，文本著重男性機智；至清初，才子佳人小說盛行，除凸顯男性才學、機智之優異表現外，同時亦凸顯男性對女性才學之鑑賞力，作者並藉男性託言，表達對「女子無才便是德」之反動思想，塑造「才、德、貌」兼備之理想女性。

（二）女性扮裝文本

1.女性由缺乏自我轉變為人格鮮明

早期為保護家庭而扮裝之女性，以家庭為重，個人特色模糊，缺乏自我聲音，當完成任務後，隨即回歸女性定位；然發展至後期，為保護家庭而扮裝之女性則具備鮮明人格特質，如謝小娥、商三官堅毅、機智、大膽；江城更是潑辣、跋扈、殘暴，顛覆傳統女性形象與傳統社會對女性定位之期待。

2.女性才學由職場肯定轉變為自我逞才

明代才學型女性藉由「扮裝」以爭取職場工作權，然其才能價值仍須仰賴「男性性別」之保護，方得以繼續實現自我；然清初才學型女性如山黛、冷絳雪則未限於傳統俗世價值或傳統道德禮教之批判，恣意馳騁才學，顯現女性對自我定位之觀照。

3.愛情吸引力由「性」轉變為「才」

引動明代愛情型扮裝文本之愛情酵素為「性吸引」，若遇相貌出色之對象，青年男女受彼此肉體之吸引，往往不顧禮教逕自結合；清代則呈現與明代不同之愛情標準，愛情之實踐須由「才」、「貌」、「情」同時觸動方可完成，其中尤以「才」最為重要，呈現與明代不同之愛情認知。

明清扮裝文本之故事類型與扮裝動機複雜多變，即便扮裝文本同具扮裝情節，然其文本內容仍是各有所長、各具特色。明清扮裝文本之故事發展過程經「扮裝」環節之文學塑造，使故事情節得以曲折發展，增加可讀性，故「扮裝」環節舉足輕重，亦是影響故事開展之關鍵因素，其作用有：

（一）增加故事曲折性

明清扮裝文本具一定之指標性，其故事情節大多朝「故事開展→衝突→扮裝→解決問題→回歸秩序」之大綱模式發展，即使扮裝文本之主題不同，然其情節模式多朝此種美學模式思考。但若故事發展平淡無「奇」，勢必無法

引起讀者之閱讀動機與興趣，故惟有出「奇」制勝，方可使文本成功拓展市場，於此創作期待下，「扮裝」情節應運而生。「扮裝」可自由調換男女性別與身分階級，並由此改變，使故事發展產生意外變化，造成驚喜效果。作者運用「扮裝」情節，使扮裝者獲得不同之際遇經歷，或因此得到良緣；或得到自我實現機會；或完成家庭任務；或滿足自我欲望。故「扮裝」實具增加故事曲折性與加強戲劇張力之藝術效果。

（二）提供愛情情節鋪敘之場合

傳統女性生活空間被限制於家庭，接觸男性亦僅限於家庭成員，少有外出機會，更不可能與其他異性接觸。故為符合現實限制，年輕男女發生愛情之場合總為花園或女子進香之寺廟。然預設場景嚴重侷限作者之想像，易使文本落入陳腔濫調或同出一轍之窠臼，為突破此創作侷限，並符合現實生活之合理性，故明清扮裝文本作者設計「扮裝」情節，使扮裝者突破性別、身分之限制，合理走出生活空間，為造求愛情，進入全新領域，藉此增加異性男女接觸之機會與場合，促使浪漫愛情發生。故男女相遇場景除花園、寺廟，更有舟船（靜觀與聞人生）、學堂（蜚娥與魏子中）、職場（黃善聰與李秀卿）等，甚至登堂入室（孫玉郎與劉慧娘）。明清扮裝文本作者藉「扮裝」提供男女相識之新場合，並突破父母之命、媒妁之言之婚姻宿命，間接為男女婚姻自主請命，使男女得以藉「扮裝」獲得婚姻自主權，作者亦藉文本表達創作理念之集體欲望。

（三）表達對傳統體制之反動

明清扮裝文本作者依創作理念與創作實踐完成扮裝文本，其創作理念一致指向「扮裝」，顯現作者之共性。然不同作者不約而同選擇「扮裝」為其主題，此必非偶然，而有其文化性、歷史性。作者選擇「扮裝」為故事發展重要關鍵，顯見必有須經「扮裝」方可完成之事，代表「扮裝」為取得事物、完成目的之手段，故作者藉由「扮裝」情節傳遞所欲表達之意念。「扮裝」代表對性別與身分之文化反動意涵，傳統體制極力維護「男尊女卑」、「男外女內」之禮教道統，此套社會模式支配近二千年人類思想，然西力東漸，啟蒙民主思潮，傳統文人亦尋思傳統體制之合理性與正當性，明清扮裝文本作者發現傳統體制之陋規，極思反省，然無法立即推翻龐大之傳統體制，故藉扮裝文本表達對傳統體制度之反動，藉由文學之傳播力量，表達自我理念，於

虛構之文學世界，創造理想，實踐可能。故明清扮裝文本作者選擇「扮裝」做為達成目的、滿足理想之橋段，成為改革傳統體制最為立竿見影之方。

明清扮裝文本出現之際，個體自覺精神正席捲社會，表現隨性自主之審美思潮。此股思潮之形成，象徵人類個體欲望與社會規範之矛盾。人類渴望自主，卻又面臨生命之焦慮，故對明清扮裝文本產生情感依存，透過扮裝者之扮裝實踐，得以獲得與扮裝者同在之閱讀滿足。明清扮裝文本獲閱讀族群之支持，顯見扮裝者之扮裝願望與閱讀族群有情感共鳴之通性，故促使扮裝文本陸續出現，益發凸顯扮裝文本所呈現之社會問題實為全面性而非片面性。

明清扮裝文本之扮裝者藉「扮裝」獲得自我實現之滿足，同時嘗試打破兩性界限與傳統、自我間之鴻溝。這些界限原為維護傳統體制正常運行而設定，故藉由架設各式藩籬以防止任何破壞體制運行之事。然人類為有意志之個體，這些傳統藩籬無疑為限制個體自由之重大阻礙，故處心積慮跨越界限，以使欲望伸展。然界限被打破後，又將出現另一新界限，此界限被打破後，又將出現其餘界限，如此無限循環，故傳統界限雖然存在，然一再被人類尋思突破。

主體與主體（男與女）、傳統與自我間之對立與矛盾造成彼此之危機，「扮裝」越界後產生之衝突，引起一長串連鎖效應，包括性別、階級、身分、權利、欲望等因素之移轉，使扮裝者有全新之生命體驗，並使個體潛能獲得發揮。「扮裝」強調不同主體間之差異，並使主體必須面臨人、我彼此之矛盾，故「扮裝」指出傳統體制由身分、性別建構之領域範疇，並揭示此領域造成之矛盾。於衝突、矛盾、不安之元素衝擊下，使傳統體制規範逐漸妥協，瓦解，保留合乎人類期待之元素，並改革不合人性需求之舊法，終演進為當前之多元社會。明清扮裝文本創造於性別、身分、階級皆具突破性進步之扮裝人物，無論這些扮裝者為史實人物或虛構人物，皆是使傳統體制產生實質變化之加溫者，展現人類個體自主之精神。

過往「扮裝」議題研究多由國外學者發起，且研究範疇著重外國文學，對古典文學關注甚少，若涉及古典文學，亦多著重社會外緣與扮裝文本之關聯，忽略扮裝文本自身之文學價值，故本書以文學本位為研究視角，以美學角度審視明清扮裝文本，探索其敘事表現下之文藝美學。以題材言，明清扮裝文本故事情節之多變性，適時滿足人類窺探、好奇之欲望。人類天性自有

試探之冒險精神，對不熟知領域固然存有好奇、窺伺之心，然亦同樣抱持害怕、退縮之心理，如何滿足好奇心又使自我處於安全狀態，明清扮裝文本正是最佳選擇〔註4〕。明清扮裝文本打破傳統制度規範，使讀者透過閱讀歷程參與扮裝者之冒險過程，並於扮裝世界盡情馳騁自我想像，無形中亦拓展現實生活空間，使身、心得到解放，故「扮裝」題材確實滿足群眾之閱讀期待，並提供最佳之閱讀效果。

明清扮裝文本不僅滿足群眾窺探不熟知領域之心理特質，扮裝人物形象書寫之成功，亦爲其引人原因之一。明清扮裝文本所創之扮裝人物，無論男女，皆有突破以往固化性別形象之表現。作者藉形塑扮裝人物外貌與製造表現其性格特質之特定事件，將扮裝人物形象深植讀者心中，使各具其形、各具其聲，同時消弭性別界線，使扮裝人物融合陰陽特質，展現特殊之人物美學。

明清扮裝文本作者並善用交錯之敘事建構，大量以衝突、錯認、幽默、巧遇、巧合、懸疑、伏筆等鋪敘模式，增加扮裝情節之曲折、複雜，在扮裝人物探索自我、追求目標、體驗人生之實踐過程，經歷作者所刻意營造之挫折事件，面臨個人意志與權力價值之衝突。透過「扮裝」展演，作者表達其創作意識與道德價值，逐步呈現扮裝文本特有之美學藝術與審美精神，作者成功之鋪敘技巧，正是扮裝文本得發展自身特色，不使讀者厭倦之主因。

明清扮裝文本特別標榜「奇」、「美」、「眞」三項美學表現。明清扮裝文本擁有豐厚之文學遺產累積，加以適度覺察大眾審美標準，故作者吸收種種元素之養分後加以創作，更大爲提昇扮裝文本之魅力。明清扮裝文本之「奇」，不僅重視文學創作之新奇多變，更著重於平凡之日常生活中，擷取「奇」之要素，濃縮於扮裝文本，此爲扮裝文本作者之審美共識。扮裝文本爲描繪現實生活之敘事載體，其養分根基於人民生活點滴，故作者必須不斷以細膩之文學觀察做全面觀照，使文本貼近民眾眞實生活，避免斷層，方可引動讀者內心眞正共鳴。

〔註4〕美國人本主義心理學家亞伯拉罕·馬斯洛（Abraham. Maslow）提出需求理論，將人類需求依低層次至高層次，分爲生理、安全、人際、愛與尊重與自我實現需求五類，其中安全需求指對自身安全與免遭痛苦威脅的需求。當滿足低層次需求後，人類將嘗試追求更高層次之需求。明清扮裝文本讀者正是此類層次需求之實踐者，藉閱讀文本獲得人身安全與自我實現之欲望，完成現實生活不可能體驗之事。

明清扮裝文本對「美」之欣賞顯然與前代有顯著不同，甚至呈現相反之趨向。以男性美而言，明清政府明令嚴禁官員狎妓，故使男風興起，情色事業蓬勃發展。男色為迎合狎客需求，刻意學習女性裝扮與儀態，使當時審美思潮以符合女性美為標準；加以明清扮裝文本作者為使男性扮裝人物之女性扮裝形象合理化，以符合「真」之美感需求，故作者以女性特質包裝男性外在特徵，對男性多著墨其女性美特質，無論外形、體態或舉止、思想，皆以擬真女性為主，審美評價之高低，亦指符合女性美特質之程度多寡。

明清扮裝文本強調尚真精神，既立基於現實生活，又塑造一虛構之想像世界，呈現「假中求真」之美學趣味。扮裝者不停穿梭於「真實」與「假扮」之界限，曲折之故事內容、成功之人物書寫、流暢而不突兀之情節安排，皆仰賴作者之文學造詣與藝術技巧，將立基於現實生活之虛構情節予以排列組合。作者根據預設事件，將之緊密、合理之連串成扮裝文本，看似簡單之題材，實蘊涵作者對生活之體驗、生命之省悟與對傳統文化之反思，藉由扮裝人物之登場，一幕幕揭開人類回歸自我、突破藩籬之訴求主題。

明清扮裝文本作者虛構扮裝世界，令讀者得以暫忘現實、滿足自我，其出現實為呼應人類需求而生。然扮裝世界雖為虛構，其運行機制仍仿效現實之傳統體制，故扮裝文本可謂作者於「自創」之「真實世界」完成自我理想，故明清扮裝文本涵括諸多反映真實世界之文化元素，本書即以橫向研究方式，探析明清短篇小說、長篇小說、彈詞、戲曲等扮裝文本所蘊涵之文化精神。

明清扮裝文本之兩性議題與傳統社會之階級文化，實較單一文學體裁複雜，其中所牽涉之兩性議題必須就性別做區塊分析，更由於「扮裝」對兩性之制衡關係產生衝突，故產生模糊地帶，由此地帶衍生之問題，帶來許多研究空間，本書除對兩性性別地位、活動空間、社會階級等問題加以分析，亦就傳統體制、外在服飾、性別認同差異與婚姻意識等文化議題做視角延伸，以釐清相關問題。然筆者深入研究明清扮裝文本後，深覺尚有待開發之研究空間，可供未來研究方向：

（一）扮裝文本情節模式之歸納

明清扮裝文本情節變化多端，於「扮裝」同一主題下，仍有如此多變之情節模式，其文藝美學自是值得深入研究。本書發現扮裝文本作者以「扮裝」為故事舖述情節，然其情節複雜多變，男性扮裝者與女性扮裝者之扮裝動機

互異，扮裝歷程亦不同，敘事建構亦因性別、身分、動機不同，而有不同發展，故欲歸納扮裝情節，找出其文學藝術表現規律實為一難事。然「扮裝」既為新興文學研究主題，實可於情節方面做進一步研究，目前尚無研究專著或學位論文做此嘗試，故試圖找出明清扮裝文本敘事建構與情節模式之共性與異性，將是未來研究之重點。

（二）作家性別與文本建構之差異

明清扮裝文本作者透過擬代想像，建構自我異想世界，這些異想世界確實能給予男女二性彼此同情同理之印象，然仔細觀察作者所營造之擬代氛圍，仍僅於交換男女社會職責之原則打轉。作家之性別認知奠基於自身養成教育，故男性作家即使創造如智勇奇才聞蜚娥、愛情信徒劉素香等扮裝女性，其對理想女性之形塑仍得自儒家教育，故扮裝女性仍具貞節、柔順之特質；而女性作家多出身書香門第，具高度文學素養，然由於她們出身於傳統中上層階級，門當戶對之門第觀念使交友範圍單純化，其接觸男性皆為父兄或丈夫，與其他男性互動甚少，故女性作家對男性之性別認知多朝正向發展，具賢良大方、才貌雙全、品德高潔之優秀形象。然於現實生活，兩性於社會地位、傳統規範、婚姻權限、活動空間所受權利與標準仍有價值差異，男性作者與女性作者憑「想像」「身受」彼此傳統處境、「感同」彼此心聲，然因性別差異，故其敘事建構與思考模式、擬代文學人物與現實形象之差異等問題，仍為值得深思之研究領域。

兩性教育之養成，歷經社會化過程，形成應有之性別表現，然「扮裝」史實與「扮裝」文本之扮裝現象促使知識分子對「扮裝」態度改變，甚至認同，女性亦對自我才學勇於公開表態，使男性與女性有互通機會，並試圖理解彼此領域之文化企求，故明清扮裝文本之性別啟示已突破文學功用，於文化、服飾、空間、婚姻等認知之推動，明清扮裝文本實扮演舉足輕重之影響力。

參考書目

一、**古籍**（依出版先後編排）

1. 《琅環文集》，張岱，上海國學研究社，1935 年。
2. 《譚曲雜箚》，凌濛初編，北京中國戲劇出版社，1959 年。
3. 《五種遺規》，陳宏謀，臺北德志出版社，1961 年。
4. 《袁氏世範》，袁采，臺北藝文印書館，1966 年。
5. 《焦氏筆乘》，焦竑，臺北藝文印書館，1966 年。
6. 《朝野僉載》，張鷟，臺北藝文印書館，1966 年。
7. 《陶庵夢憶》，張岱，臺北藝文印書館，1966 年。
8. 《寓圃雜記》，王錡，臺北藝文印書館，1966 年。
9. 《說苑》，劉向，臺北中華書局，1966 年。
10. 《世說新語》，劉義慶編，臺北藝文印書館，1967 年。
11. 《清人雜劇初二集》，鄭振鐸編，香港龍門書店，1969 年。
12. 《菽園雜記》，陸容，臺北廣文書局，1970 年。
13. 《宋書》，沈約編，臺北鼎文書局，1970 年。
14. 《南史》，李延壽編，臺北開明書局，1970 年。
15. 《北史》，李延壽編，臺北開明書局，1970 年。
16. 《禮記今註今譯》，戴聖編／王夢鷗註譯，臺北商務印書館，1971 年。
17. 《天雨花》，陶貞懷，臺北文海出版社，1971 年。
18. 《舊五代史》，薛居正，臺北成文出版社，1971 年。
19. 《全明雜劇》，陳萬鼐主編，臺北鼎文書局，1972 年。
20. 《說文解字》，許慎，臺北廣文書局，1972 年。
21. 《歷代詩史長編二輯》，楊家駱編，臺北鼎文書局，1974 年。

22. 《晉書》，房玄齡編，臺北中華書局，1975 年。

23. 《隋書》，魏徵編，臺北中華書局，1975 年。

24. 《五雜組》，謝肇淛，臺北新興書局，1975 年。

25. 《陔餘叢考》，趙翼，臺北新文豐書局，1975 年。

26. 《史記》，司馬遷，臺北藝文印書館，1976 年。

27. 《袁中郎全集》，袁宏道，臺北清流出版社，1976 年。

28. 《後漢書》，范曄，臺北藝文印書館，1976 年。

29. 《孟子》，繆天綬選注，臺北商務印書館，1976 年。

30. 《萬曆野獲編》，沈德符，臺北新興書局，1977 年。

31. 《新校漢書集注》，班固，臺北世界書局，1978 年。

32. 《文史通義》，章學誠，臺北中華書局，1979 年。

33. 《新刻繡像批評金瓶梅》，笑笑生，臺北三民書局，1979 年。

34. 《閒情偶寄》，李漁，臺北長安出版社，1979 年。

35. 《滄浪詩話》，嚴羽，臺北河洛圖書，1979 年。

36. 《後漢書》，陳壽，臺北鼎文書局，1979 年。

37. 《北齊書》，李百藥，臺北鼎文書局，1979 年。

38. 《漢書》，班固，臺北鼎文書局，1979 年。

39. 《秋涇筆乘》，宋鳳翔，臺北新興書局，1979 年。

40. 《金史》，脫脫編，臺北鼎文書局，1980 年。

41. 《新唐書》，歐陽脩，臺北鼎文書局，1980 年。

42. 《二刻拍案驚奇》，凌濛初，臺北河洛圖書，1980 年。

43. 《金瓶梅》，笑笑生，臺北河洛圖書，1980 年。

44. 《玉臺新詠》，徐陵編，臺北世界書局，1980 年。

45. 《藝文類聚》，歐陽詢編，臺北中文出版社，1980 年。

46. 《新校後漢書集注》，陳壽，臺北世界書局，1981 年。

47. 《無聲戲》，李漁，上海古籍出版社，1981 年。

48. 《再生緣》，陳端生，中州書畫出版社，1982 年。

49. 《湯顯祖詩文集》，湯顯祖，上海古籍出版社，1982 年。

50. 《宋史》，脫脫主編，臺北鼎文書局，1982 年。

51. 《兩般秋雨庵隨筆》，梁紹壬，上海古籍出版社，1982 年。

52. 《明史》，張廷玉主編，臺北商務印書館，1983 年。

53. 《金元明清詞選》，夏承燾、張璋編選，北京人民文學出版社，1983 年。

54. 《鏡花緣》，李汝珍，臺北聯經出版社，1983 年。

55. 《詩經今注》，高亨注，臺北漢京書局，1984 年。

56. 《筆生花》，邱心如，中州古籍出版社，1984 年。

57. 《焚書》，李贄，臺北漢京書局，1984 年 5 月。

58. 《續焚書》，李贄，臺北漢京書局，1984 年 5 月。

59. 《全宋詞》，唐圭璋編，臺北世界書局，1984 年。

60. 《全金元詞》，唐圭璋編，臺北洪氏出版社，1984 年。

61. 《曹植全集》，曹植著／趙幼文校注，北京人民出版社，1984 年。

62. 《大戴禮記》，戴德編／盧辯注，北京中華書局，1985 年。

63. 《唐律疏議》，長孫無忌等，北京中華書局，1985 年。

64. 《釋名》，劉熙，北京中華書局，1985 年。

65. 《溫氏母訓》，溫以介，北京中華書局，1985 年。

66. 《情史類略》，馮夢龍，臺北天一書局，1985 年。

67. 《奇女子傳》，吳震元，臺北天一書局，1985 年。

68. 《玉嬌梨》，荻岸散人編，瀋陽春風文藝出版社，1985 年。

69. 《兩交婚》，步月主人，北京新華書局，1985 年。

70. 《玉芝堂談薈》，徐應秋，臺北商務印書館，1986 年。

71. 《荔鏡記》，佚名，臺北天一書局，1987 年。

72. 《通典》，杜佑，臺北商務印書館，1987 年。

73. 《史記》，司馬遷，臺北中華書局，1988 年。

74. 《清代燕都梨園史料》，張次谿編，北京中國戲劇出版社，1988 年。

75. 《舊唐書》，劉昫編，臺北中華書局，1988 年。

76. 《拾遺記》，王嘉，臺北世界書局，1988 年。

77. 《珂雪齋集》，袁中道，上海古籍出版社，1989 年。

78. 《古今圖書集成》，陳夢雷主編，臺北學生書局，1989 年。

79. 《晏子春秋》，晏子著／王更生註譯，臺北商務印書館，1989 年。

80. 《蘭雪集》，張玉孃，臺北新文豐書局，1989 年。

81. 《全唐詩》，康熙御編，上海古籍出版社，1990 年。

82. 《紅樓夢》，曹雪芹，臺北地球出版社，1990 年。

83. 《楚辭》，朱熹編，臺北文史哲出版社，1991 年。

84. 《李清照詩詞評注》，李清照著／侯健、呂智敏編，山西教育出版社，1991 年。

85. 《無聲戲》，李漁，北京中華書局，1991 年。

86. 《儒林外史》，吳敬梓，上海古籍出版社，1992 年。

87. 《型世言》，陸人龍，臺北中華書局，1993 年。

88. 《再生緣》，陳端生著／梁德繩續，臺南漢風出版社，1993 年。

89. 《鼓掌絕塵》，金木散人編，江蘇古籍出版社，1994 年 4 月。

90. 《思無邪匯寶叢書》，陳慶浩、王秋桂編，臺北臺灣大英百科出版社，1994 年 11 月。

91. 《宜春香質》，醉西湖心月主人著，臺北臺灣大英百科出版社，1994 年。

92. 《龍陽逸史》，醉竹居士編，臺北臺灣大英百科出版社，1994 年。

93. 《醒風流》，鶴市道人編，瀋陽春風文藝出版社，1994 年。

94. 《詩經註譯》，馬持盈註譯／王雲五主編，臺北商務印書館，1994 年。

95. 《品花寶鑑》，陳森，北京華夏出版社，1995 年 1 月。

96. 《隋書》，魏徵主編，臺北鼎文書局，1995 年。

97. 《警世通言》，馮夢龍編，臺北建宏書局，1995 年 3 月。

98. 《醒世恒言》，馮夢龍編，臺北建宏書局，1995 年 3 月。

99. 《拍案驚奇》，凌濛初編，臺北建宏書局，1995 年 3 月。

100. 《二刻拍案驚奇》，凌濛初編，臺北建宏書局，1995 年 3 月。

101. 《春秋左傳》，左丘明著／王守謙等編，臺北臺灣古籍出版社，1996 年。

102. 《鄭板橋集》，鄭燮，臺北九思出版社，1997 年。

103. 《世說新語》，劉義慶編，臺北臺灣古籍出版社，1997 年。

104. 《韓非子》，韓非，臺北建安出版社，1997 年。

105. 《韓愈全集》，韓愈，上海古籍出版社，1997 年。

106. 《喻世明言》，馮夢龍編，臺北三民書局，1998 年 4 月。

107. 《平山冷燕》，天花藏主人編，臺北三民書局，1998 年。

108. 《南村輟耕錄》，陶宗儀，臺北建宏書局，1998 年。

109. 《樂府詩集》，郭茂倩，上海古籍出版社，1998 年。

110. 《第六才子書西廂記》，王實甫著／張建一校注，臺北三民書局，1999 年。

111. 《舊唐書》，劉昫主編，臺北鼎文書局，2000 年。

112. 《簷曝雜記》，趙翼，上海古籍出版社，2002 年。

113. 《玉釧緣》，佚名著／侯芝改訂，北京圖書館出版社，2002 年。

114. 《宋詞三百首》，成濤註譯，臺北未來書城出版社，2002 年。

115. 《陶庵夢憶》，張岱，臺北漢京書局，2004 年。

116. 《聊齋誌異》，蒲松齡，臺北正展出版社，2004 年 4 月。

117. 《金瓶梅》，笑笑生／劉本棟校注，臺北三民書局，2004 年。

118. 《綴白裘》，錢德蒼編選／汪協如校，臺北中華書局，2005 年。

119. 《古詩源》，沈德潛著／馮保善注譯，臺北三民書局，2006 年。

120. 《閱微草堂筆記》，紀昀，臺北三民書局，2006 年。

121. 《陸機詩文集》，陸機著／王德華注譯，臺北三民書局，2006 年。

122. 《喬影》，吳藻，現藏國家圖書館，未註。

二、專著（依出版先後編排）

1. 《論中國古典小說的藝術形象》，李希凡，上海文藝出版社，1961 年。

2. 《中國婦女史論集》，鮑家麟編，臺北牧童出版社，1979 年。

3. 《柳如是別傳》，陳寅恪，上海古籍出版社，1980 年。

4. 《三言二拍資料》，譚正璧，上海古籍出版社，1980 年。

5. 《彈詞通考》，譚正璧，上海古籍出版社，1981 年。

6. 《中國通俗小說書目》，孫楷第，臺北木鐸出版社，1983 年。

7. 《馮夢龍與三言》，容肇祖，臺北木鐸出版社，1983 年。

8. 《張君秋藝術散記》，張君秋口述／安志強整理，北京中國戲劇出版社，1983 年。

9. 《主題學論文研究集》，陳鵬翔編，臺北東大圖書公司，1983 年。

10. 《歷代婦女著作考》，胡文楷編著，上海古籍出版社，1985 年。

11. 《小說美學》，吳功正，江蘇人民出版社，1985 年。

12. 《明清人情小說研究》，方正耀，上海華東師範大學出版社，1986 年。

13. 《明清小說論叢》，林辰編，瀋陽春風文藝出版社，1986 年。

14. 《明清小說論稿》，孫遜，上海古籍出版社，1986 年。

15. 《文藝美學辭典》，王向峰編，瀋陽遼寧大學出版社，1987 年。

16. 《俞平伯論紅樓夢隨筆》，俞平伯，上海古籍出版社，1988 年。

17. 《小說結構美學》，金健人，臺北木鐸出版社，1988 年。

18. 《晚明小品與明季文人生活》，陳萬益，臺北大安出版社，1988 年。

19. 《中國古代服飾風俗》，周汛、高春明，臺北文津出版社，1989 年。

20. 《中國古代小說演變史》，齊裕焜，蘭州敦煌文藝出版社，1990 年。

21. 《中國婦女生活史》，陳東原，臺北商務印書館，1990 年。

22. 《明代戲曲五論》，王安祈，臺北大安出版社，1990 年。

23. 《中國小說史略》，魯迅，臺北風雲時代出版社，1990 年。

24. 《風騷與艷情》，康正果，臺北雲龍出版社，1991 年。

25. 《明清小說的藝術世界》，黃清泉、蔣松源、譚邦和，武漢華中師範大學出版社，1992 年。

26. 《小說形態學》，徐岱，杭州杭州大學出版社，1992 年。

27. 《佛洛伊德自傳》，佛洛伊德（Sigmund Frued）著／游乾桂校閱，臺北桂冠出版社，1992 年。

28. 《中國名妓藝術史》，嚴明，臺北文津書局，1992 年。

29. 《中國女性文學家列傳》，龔師顯宗，高雄前程出版社，1993 年。

30. 《中國古代婦女生活》，高世瑜，臺北商務印書館，1993 年。

31. 《青樓文學與中國文化》，陶慕寧，北京東方出版社，1993 年。

32. 《話本與才子佳人小說之研究》，胡萬川，臺北大安出版社，1994 年。

33. 《性別／文本政治：女性主義文學理論》，Moi, Toril 著／陳潔詩譯，臺北駱駝出版社，1995 年。

34. 《中國言情小說史》，吳禮權，臺北商務印書館，1995 年。

35. 《纏足史》，高洪興，上海文藝出版社，1995 年。

36. 《中國愛情與兩性關係》，何滿子，臺北商務印書館，1995 年。

37. 《中國小說學通論》，寧宗一編，合肥安徽教育出版社，1995 年。

38. 《中國古代性文化》，劉達臨編著，臺北新雨出版社，1995 年。

39. 《中國小說學通論》，李豐楙，合肥安徽教育出版社，1995 年。

40. 《重審風月鑑：性與中國古典文學》，康正果，臺北麥田出版社，1996 年。

41. 《明代小說的藝術流變》，孫一珍，四川文藝出版社，1996 年。

42. 《文藝心理學》，朱光潛，臺北開明書店，1996 年。

43. 《中國小說理論批評史》，劉良明，臺北洪葉文化出版社，1996 年。

44. 《明代小說史》，齊裕焜，浙江古籍出版社，1997 年。

45. 《清代小說史》，張俊，浙江古籍出版社，1997 年。

46. 《中國古代服飾研究》，沈從文編著，上海書店出版社，1997 年。

47. 《古典文學與性別研究》，性別／文學研究會編，臺北里仁書局，1997 年。

48. 《女性文學與中國文學》，東海中文系編，臺北里仁書局，1997 年。

49. 《中國短篇小說》，Hanan, Patrick 著／王青平、曾虹譯，臺北國立編譯館，1997 年。

50. 《德才色權——論中國古代女性》，劉詠聰，臺北麥田出版社，1998 年。

51. 《李漁美學思想研究》，杜書瀛，北京中國社會科學社，1998 年。

52. 《明清世態人情小說史稿》，王增斌，北京中國文聯出版公司，1998 年。

53. 《漢魏六朝詩選》，陳亦文編，臺北世界書局，1998 年。

54. 《精神分析引論》，Sigmund Freud 著／葉頌壽譯，臺北志文出版社，1999 年。

55. 《性別詩學》，葉舒憲編，北京社會科學文獻出版社，1999 年。

56. 《禮教與情慾——前近代中國的後／現代性》，熊秉真、呂妙芬編，臺北中央研究院近代史研究所，1999 年。

57. 《第二性》，Simone de Beauvoir 著／陶鐵柱譯，臺北貓頭鷹出版社，1999 年。

58. 《中國女性書寫——國際學術研討會論文集》，淡江中文系編，臺北學生書局，1999 年。

59. 《中國婦女與文學論集》，鮑家麟編，臺北稻鄉出版社，1999 年。

60. 《文藝心理學》，朱光潛，臺北開明書店，1999 年。

61. 《自己的房間》，Woolf, Virginia 著／張秀亞譯，臺北天培文化，2000 年。

62. 《性別化流動的政治與詩學》，王志弘，臺北田園城市文化，2000 年。

63. 《性別越界在中國》，周華山，香港同志研究社，2000 年。

64. 《女性文學百家傳》，龔師顯宗，臺北金安出版社，2001 年。

65. 《性的歷史》，劉達臨，臺北商務印書館，2001 年。

66. 《中國女性文學史》，譚正璧，天津百花文藝出版社，2001 年。

67. 《精神分析與文學》，王溢嘉，臺北野鵝出版社，2001 年。

68. 《清代女作家彈詞小說論稿》，鮑震培，天津社會科學出版社，2002 年。

69. 《同性戀亞文化》，李銀河，北京中國友誼出版社，2002 年。

70. 《華夏女子庭訓》，沈時蓉等編，臺北萬卷樓圖書公司，2003 年。

71. 《夢的解析》，Sigmund Freud 著／孫名之譯，臺北左岸文化出版社，2006 年。

72. 《尋覓「新男性」：論五四女性小說中的男性形象書寫》，廖冰凌，臺北文史哲出版社，2006 年。

73. 《文學中的女人》，謝鵬雄，臺北九歌出版社，2007 年。

三、學位論文（依出版先後編排）

1. 《天花藏主人及其才子佳人小說之研究》，李進益，胡萬川教授指導，文化碩論，1988 年。

2. 《唐代小說中的女性角色研究》，朱美蓮，李豐楙教授指導，政大碩論，1988 年。

3. 《晚明文人對小說性質的認識》，何秀娟，王忠林教授指導，高師碩論，1990 年。

4. 《《閱微草堂筆記》與《子不語》中兩性關係研究》，吳聖青，李進益教授指導，文化碩論，1990 年。

5. 《《三言二拍》的精神史研究》，王鴻泰，李永熾教授指導，台大碩論，1992 年。

6. 《唐詩中的女性形象研究》，李孟君，包根弟教授指導，輔大碩論，1992 年。

7. 《晚清小說中女性處境之研究》，戚心怡，李瑞騰教授指導，淡江碩論，1993 年。

8. 《《午夢堂集》女性作品研究》，李栩鈺，陳萬益教授指導，清大碩論，1994 年。

9. 《三言二拍中的女性研究》，林麗美，康來新教授指導，央大碩論，1995 年。

10. 《三言二拍一型中的婦女形象研究》，劉灝，鄭阿財教授指導，文化碩論，1995 年。

11. 《世情小說之價值觀探論》，陳翠英，樂蘅軍、張亨教授指導，台大博論，1995 年。

12. 《再生緣研究》，楊曉菁，龔顯宗教授指導，中山碩論，1996 年。

13. 《《鏡花緣》的主題研究》，呂覲芬，龔顯宗教授指導，中山碩論，1996 年。

14. 《明末清初才子佳人小說中的佳人形象》，黃蘊綠，林保淳教授指導，淡江碩論，1996 年。

15. 《元雜劇中女性意識之研究——婚戀關係》，陳莉莉，李殿魁教授指導，文化碩論，1996 年。

16. 《中國神話傳說中的兩性社會地位之演進研究》，康靜宜，傅錫壬教授指導，淡江碩論，1997 年。

17. 《馮夢龍情史類略之才女形象研究》，郭淑芬，胡萬川教授指導，清大碩論，1997 年。

18. 《唐詩中的兩性意象研究》，李鎮如，張夢機教授指導，中央碩論，1997 年。

19. 《《聊齋誌異》女性人物研究》，劉惠華，張健教授指導，台大碩論，1997 年。

20. 《唐代小說中他界女性形象之虛構意義》，陳玉萍，廖美玉教授指導，成大碩論，1998 年。

21. 《根據三言二拍一型見證傳統的女性生活》，陳國香，王三慶教授指導，

成大碩論，1998 年。

22. 《晚清中長篇小說中女性人物塑造之研究（1895～1911）》，陳秀容，陳兆南教授指導，逢甲碩論，1998 年。

23. 《六朝詩歌中的「女性書寫」》，張紫君，鄭毓瑜教授指導，輔大碩論，1998 年。

24. 《晚明清初擬話本之娼妓形象研究》，吳佳眞，林保淳教授指導，淡江碩論，1999 年。

25. 《清代臺灣「妾」地位之研究》，吳瓊媚，賴澤涵教授指導，師大碩論，2000 年。

26. 《明末清初小說中男女扮裝之性別與文化意義》，蔡祝青，曹淑娟教授指導，南華碩論，2000 年。

27. 《男色興盛與明清的社會文化》，何志宏，張永堂教授指導，清華碩論，2001 年。

28. 《唐詩中的女冠》，林雪鈴，鄭阿財教授指導，中正碩論，2001 年。

29. 《中國服飾禮儀符碼表徵與文化內涵研究》，江蓮碧，許錟輝教授指導，文化博論，2001 年。

30. 《柳永詞女性形象之研究》，施惠娟，徐照華教授指導，中興碩論，2002 年。

31. 《三言之越界研究》，吳玉杏，高桂惠教授指導，政大碩論，2002 年。

32. 《杜牧詩中唐代之女性形象研究》，曾宗宇，陳文華教授指導，南華碩論，2003 年。

33. 《女冠、女仙與唐代社會》，郭雅鈴，黃清連教授指導，東海碩論，2003 年。

34. 《全唐詩宮廷婦女形象研究》，李映瑾，蔡榮婷教授指導，中正碩論，2004 年。

35. 《晚清小說中婦女地位的研究——從鴉片戰爭到辛亥革命》，曾淑貞，席涵靜教授指導，文化碩論，2004 年。

36. 《巾幗英雄之研究——從樊梨花出發》，曾馨慧，尤雅姿教授指導，中興碩論，2004 年。

37. 《龍陽逸史之小官文化研究》，賴淑娟，陳益源教授指導，中正碩論，2004 年。

38. 《邱心如及其《筆生花》研究》，邱靖怡，龔顯宗教授指導，中山碩論，2005 年。

39. 《《二拍》果報故事研究》，黃郁茜，韓碧琴教授指導，中興碩論，2006 年。

40. 《中國古代男色文學研究》，何大衛，郭玉雯教授指導，臺大碩論，2006年。

四、論文集（依出版先後編排）

1. 《「空間」與「家」——論明末清初婦女的生活空間》，高彥碩，近代中國婦女史研究第三期，中研院近史所，1995年。

2. 《女演員、寫實主義、「新女性」論述——晚清到五四時期中國現代劇場中的性別表演》，周慧玲，近代中國婦女史研究第四期，中研院近史所，1996年。

3. 《明、清婦女劇作中之「擬男」表現與性別問題《鴛鴦夢》、《繁華夢》、《喬影》與《梨花夢》》，華瑋，明清戲曲國際研討會論文集下冊，中研院文哲所籌備處，1998年。

4. 《明、清劇曲與女性角色》，葉長海，明清戲曲國際研討會論文集下冊，中研院文哲所籌備處，1998年。

5. 《兼扮、雙演、代角、反串——關於演員、腳色和劇中人三者關係的幾點考察》，王安祈，明清戲曲國際研討會論文集，中央研究院，1998年。

6. 《逆讀明末清初才子佳人小說：從《玉嬌梨》談起》，張淑麗，女性主義與中國文學，東海大學中文系，1997年。

7. 《花木蘭與黃崇嘏——徐渭的非女權主義的女英雄》，熊賢關，中國婦女與文學論集，稻鄉出版社，1999年。

8. 《明末清初才子佳人劇之言情內涵及其索引生之審美構思》，王璦玲，中國文哲研究集刊，中研院文哲所，2001年3月。

9. 《才子・佳人・變——從《換身榮》、《繁華夢》看清代戲曲中的性別反思》，華瑋，第二屆中國小說戲曲國際研討會論文集，嘉義大學中文系，2005年4月。

10. 《試論《再生緣》孟麗君的自我實現——由女扮男裝談起》，黃曉晴，國立中央大學中文所論文集刊，中央大學中文系，2006年6月。

五、期刊論文（依出版先後編排）

1. 〈馮夢龍古今小說研究〉，徐文助，《國文學報》第十二期，1972年6月。

2. 〈平山冷燕與紅樓夢〉，傅朝，《社會科學輯刊》第三期，1983年。

3. 〈《三言》市民意識淺探〉，林樟杰，《上海師大學報》第三期，1983年。

4. 〈清初才子佳人小說與紅樓夢〉，黃立新，《紅樓夢研究期刊》第十輯，1983年3月。

5. 〈中國古代話本小說的典型塑造淺探〉，吳紅，《社會科學研究》第六期，1984年。

6. 〈關於徐震及其女才子書的史料〉，王青平，《文學遺產》第二期，1985年。

7. 〈《三言》《二拍》中發跡變泰主題新說〉，歐陽健，《山東大學學報》第五期，1985年。

8. 〈明末清初才子佳人小說的美學風貌〉，潘知常，《社會科學輯刊》第六期，1986年。

9. 〈論中國敘事文學的演變軌跡〉，董乃斌，《文學遺產》第五期，1987年。

10. 〈從《三言》看明代僧尼〉，徐志平，《嘉義農專學報》第十七期，1988年4月。

11. 〈女彈詞中婦女特異反抗形式──女扮男裝〉，林娜，《福建師範大學學報》第二期，1990年。

12. 〈論關漢卿雜劇中的「改扮人物」〉，李惠綿，《中外文學》第十九卷六期，1990年11月。

13. 〈女性在明清小說中的地位〉，田同旭，《山西大學學報》第一期，1992年。

14. 〈時空與性別的錯亂：論「霸王別姬」〉，廖炳惠，《中外文學》第二十二卷第一期，1993年1月。

15. 〈界域、國家與文學〉，孫中曾，《中外文學》第二十二卷第四期，1993年9月。

16. 〈重新認識明清才女〉，康正果，《中外文學》第二十二卷第六期，1993年11月。

17. 〈《三言》中婦女形象與馮夢龍的情教觀〉，張璉，《漢學研究》第十一卷第二期，1993年12月。

18. 〈晚明士大夫對婦女意識的注意〉，鄭培凱，《九州學刊》第六卷第二期，1994年。

19. 〈明清戲曲與女性角色〉，葉長海，《九州學刊》第六卷第二期，1994年。

20. 〈明代禁奢令初探〉，林麗月，《師大歷史學報》第二十二期，1994年6月。

21. 〈《三言》與《型世言》禮教觀〉，金孝真，《輔大中研所學刊》第六期，1996年6月。

22. 〈明代豔情小說的發展與朱熹的淫詩說〉，張祝平，《書目季刊》第三十卷第二十期，1996年9月。

23. 〈以《三言》看馮夢龍的貢獻〉，涂秀虹，《明清小說研究》第一期，1997年。

24. 〈西方女性性別角色變遷與服飾流行演變關係之初探——十九世紀中期至二十世紀後期爲研究範圍〉，葉立誠，《實踐學報》第二十八期，1997年6月。

25. 〈道教房中文化與明清小說中的性描寫〉，潘建國，《明清小說研究》第三期，1997年。

26. 〈改扮分飾——演員、角色、劇中人三者關係〉，王安祈，《表演藝術》第五十三期，1997年4月。

27. 〈喬太守亂點鴛鴦譜探析〉，吳惠珍，《臺中商專學報》第二十九期，1997年6月。

28. 〈宋代「衣服變古」及其時代特徵——兼論「服妖」現象的社會意義〉，劉復生，《中國史研究》第二期，1998年。

29. 〈劉向《列女傳》的性別意識〉，劉靜貞，《東吳歷史學報》第五期，1999年。

30. 〈服飾與禮儀：〈離騷〉的服飾中心說〉，李豐楙，《中國文哲研究集刊》第十四期，1999年3月。

31. 〈明代平民服飾的流行風尚與士大夫的反應〉，巫仁恕，《新史學》第十卷第三期，1999年9月。

32. 〈衣裳與風教——晚明的服飾風尚與「服妖」議論〉，林麗月，《新史學》第十卷第三期，1999年9月。

33. 〈性別反串、異質空間、與後殖民變裝皇后的文化羨嫉〉，張靄珠，《中外文學》第二十九卷第七期，2000年12月。

34. 〈女性翻身的狂想曲——陳端生和她的《再生緣》〉，宋致新，《廣播電視大學學報》第四期，2000年。

35. 〈《三言》、《二拍》與雅俗文化選擇〉，吳建國，《中國文學研究》第二期，2000年。

36. 〈眞實與想像——中國古代易裝文化的嬗變與文學表現〉，鮑震培，《南開學報》第二期，2001年。

37. 〈沒有圓滿結局的圓滿——彈詞《再生緣》結尾探析〉，王亞琴，《渝州大學學報》第一期，2001年。

38. 〈神女原型與中國男性的依附心態〉，王萌，《中洲學刊》第三期，2001年。

39. 〈談馮夢龍文學思想的進步性〉，張繼，《遼寧師專學報》第二期，2001年。

40. 〈性別、變裝與英雄夢——從明清女詩人的寫作傳統看秋瑾詩詞中的自我表述〉，陳素貞，《東海中文學報》第十四期，2002年7月。

41. 〈晚清以來的彈詞研究——兼論清代女作家彈詞的文體定位〉，鮑震培，

《天津社會科學》第二期，2002年。

42. 〈論《金瓶梅》中的兩性關係〉，邱紹雄，《船山學刊》第三期，2002年。

43. 〈烈女、才女、織女——女性生活的文化圖像〉，馬孟晶，《故宮文物月刊》第二十一卷第二期，2003年5月。

44. 〈試從馮夢龍「情教說」論《三言》之編寫及其思想表現〉，李志宏，《臺北師院語文集刊》第八期，2003年。

45. 〈淺談唐代婚姻制度與社會習尚的矛盾現象〉，莫曉斌，《長沙大學學報》第十七卷第三期，2003年9月。

46. 〈扮裝、變體與假面：辛蒂·雪曼的詭態諧擬〉，劉瑞琪，《中外文學》第三十二卷第七期，2003年12月。

47. 〈人神戀模式的演變與人文覺醒〉，蔡堂根，《廣西社會科學》第一期，2004年。

48. 〈扮裝、試探與相知相惜——漫談梁祝故事與曾永義編著崑劇「梁山伯與祝英臺」〉，洪淑苓，《印刻文學生活誌》第一卷第四期，2004年12月。

49. 〈明清世情小說年輕女子生存價值爭議〉，張向榮，《黑河學刊》第三期，2005年5月。

50. 〈情欲流動與性別越界——《三個人兒兩盞燈》與《男王后》之觀照〉，李惠綿，《戲劇學刊》第二期，2005年7月。

51. 〈「男子禁地」：女子學校與宿舍的空間性別史〉，王季雲，《性別平等教育季刊》第三十二期，2005年8月。

52. 〈柳永與名妓：不同版本與相關評點序言所反映馮夢龍之情教觀〉，劉恆興，《漢學研究》第二十三卷第二期，2005年。

53. 〈陰陽越界——論《三言》人鬼戀故事之意涵〉，劉順文，《有鳳初鳴年刊》第二期，2006年7月。

54. 〈浪蕩子美學與越界：新感覺派作品中的性別、語言與漫遊〉，彭小妍，《中國文哲研究集刊》第二十八期，2006年3月。

55. 〈明代女教書的小同大異——《閨範》與《女範捷錄》的性別意識研究〉，陳豫貞，《新北大史學》第四期，2006年10月。

56. 〈唐代家訓中的夫妻關係及其源流〉，劉燕麗，《嘉南學報》第三十二期，2006年12月。

57. 〈性別主流化——邁向性別平等之路〉，王如玄、李晏榕，《研習論壇》第七十六期，2007年4月。

58. 〈唐詩中的女兒形象與女性教育觀〉，歐陽娟，《清華學報》第三十七卷第一期，2007年6月。